KB119210

첨벙

\ 테마 소설집 \

첨벙

박솔뫼 백수린 송지현 오한기 윤민우 이갑수 이상우
이주란 정지돈 조수경 최정화 최진영 황현진

불가사의하면서도 기묘한 13가지 중독 이야기

한겨레출판

차례

수영장

박솔뫼

다미가 일하던 야영장에 갔는데 거기서 다미는 청소를 하고 그 외에 이런저런 것들을 하고 있었다. 크게 하는 일은 없어 보였는 데 일어나 밥을 먹고 간단한 숙소 청소를 하고 사무실로 가서 걸려오는 전화를 몇 통 받고 일주일에 한 번 수영장 청소를 했다.

다미는 긴 면바지에 티셔츠를 입고 수영장을 청소하는 인부들을 돕는다. 이 수영장에서 수영장이라기에는 조금 작은 듯한 이곳에서 흰옷을 입은 신자들은 세례를 받는다. 하지만 기도회는 끝났고 이곳은 캠프가 끝난 야영장과 같아졌다. 다미는 이곳에서 그러면 무얼 하나. 왜 사람들은 돈을 주며 다미에게 일을 시키나. 그럴 이유가 있을 것이다. 필요가 있을 것이다. 몇 주가 지나자 인부들은 더 이상 오지 않았고 다미는 배운 대로 수영장을 청소한다. 강을 따라 지어져 있던 커다란 숙소와 화장실들도 기도회가 끝나자 모두 철거되었고 다미는 기도회를 하는 동안 본부로 쓰였던 작은 직원 숙소에서 생활하고 있다.

오토바이를 타고 다미에게로 가 그곳에서 며칠 묵었다. 세례를 받는 사람들, 흰옷을 입은 사람들, 깊숙이 물로 들어갔다가 솟구쳐 오는 기분은. 그 기분은 특별하다고 믿는 사람들에게 특별할 것이 나……. 너는 별거 없이 돈을 받는구나. 별거 안 되는 돈을 받는다 나는 하고 다미는 농담을 하다가 아냐 아냐 하고 머리를 긁었다.

새벽에 강을 따라 걸었다. 키가 큰 풀이 있고 아무도 없다. 경찰이 온다면, 신자들이 온다면, 누군가의 부모가 형제가 온다면 동네 아이들이 남고생 여고생이 어딘가 숨는다면 하지만 왠지 그려지는 것이 없다. 그러나 언젠가는 생각지도 못한 누군가가 나타날지 모른다고 생각했다. 오토바이는 여전히 그대로 있다. 직원 숙소로 돌아가 식당의 냉장고를 열었다. 시원한 보리차를 마셨다. 남아 있는 직원은 두세 명쯤 되는 것 같았고 근처에 집을 얻어 생활하는 직원들이 있다고 했다. 물통에 보리차를 담아 수영장으로 향했는데 첨벙첨벙 뚱뚱한 여자애는 헤엄치고 있었다. 그 애는 낮에는 이곳에서 수영하지도 않고 들어가고 싶어 하는 얼굴도 하지 않는데 하지만 이곳은 사람들이 세례를 받는 곳이니까 낮에는 누구도 드러내고 수영을 하지는 않는다. 뚱뚱한 여자애는 친한 여자애들이 없고 남자애들도 없고 아이들이 강에서 놀 때 멀리서 그것을 바라보기만 했다. 첨벙첨벙 첨벙첨벙. 잠자리가 나타났고 잠자리는 어디에 앉을까 빙글빙글 돌다가 멀리 갔다.

그리고 나는 며칠 뒤 집에 갔다. 오토바이는 돈이 없어 팔아버렸다.

다미가 묵던 숙소는 인터넷도 되지 않고 전화도 잘 터지지 않았다. 경기도 인근에 이런 곳이 있다니. 이곳은 옛날 같아 오래된 철제 책상과 철제 2층 침대가 있는 방에서 책을 읽다가 일기를 쓰다가 이전부터 꽂혀 있던 성경을 펴 매일 1장을 읽는 것을 목표로 하지만 잘 지켜지지 않고 그러나 기도는 매일 한다. 기도회 기간에는 임시로 숙소도 식당도 화장실도 많이 지었었다. 천막이 바닥에 깔린 수영장도 하나 더 있었는데 그곳에서 기도회의 마지막 날 세례식을 진행했다. 이곳에 온 지 한 달이 지나가지만 가져온 옷의 절반도 꺼내 입지 않았다. 면바지에 티셔츠나 추리닝에 티셔츠를 입고 가만히 침대에 누워 있다 식당에 내려가 남아 있는 밥에 멸치볶음 같은 것을 김과 먹는다. 전화는 받아도 그만 안 받아도 그만이지만 받을 수 있는 것은 모두 받는다. 전화를 끊고 책상 밑으로 몸을 웅크린 방학 중인 긴 머리의 여대생은 아무 비밀도 찾을 수 없었다. 작은 상자도 핏자국도 일기장도 금고도 현금 다발도 왜인지 어딘가에 몸을 웅크리면 그런 것을 찾아낼 수 있을 것 같지만 그런 것은 없다. 이마를 책상에 찧으면 둥둥 소리가 났고 이마는 아프지 않았다. 독실한 신자가 아닌 다미는 독실한 신자의 조금 친한 친구였고 어째서 일을 독실한 신자가 아닌 자신이 하게 되었는지 알 수 없지만 사람들은 보통 다미를 신뢰할 만한 인상이라고 생각할 것이다. 옛날의 냄새. 매일 충전하는 휴대전화는 숙소

식당 귀퉁이로 가야 쓸 수 있었지만 다미는 이제 들고 다니며 게임이나 했다. 여름이 지나가고 있었다. 아직 완전히 지나가지는 않았지만. 길게 자란 풀은 왜 아무도 베지를 않을까 풀을 손으로 꺾으며 시골 냄새가 나지 않네 이곳은 야영장에서는 시골 냄새가 원래 나지 않는 것인가 이곳만 벗어나도 집들이 있고 농사짓는 사람들이 있을 것이다. 책을 열심히 읽게 되지도 공부나 해볼까 그것도 잘 되지 않았고 가끔 멀리서 들리는 개 소리가 개가 짖는 소리가 정말일까 착각일까 착각이라면 어째서 개의 짖는 소리인가 그런 문제를 지나치게 길게 자주 생각했다.

뚱뚱한 여자애는 말이 없다. 그 애를 소녀라고 부를 수 있다. 그 애는 아마 열두 살이거나 열세 살이었을 것이다. 여자애 이름은 이애정으로 늘 무뚝뚝한 표정으로 먼 곳을 보았고 여대생과 이애정은 여름이 지나도록 별로 가까워지지는 않았다. 그 애는 새벽에 첨벙첨벙 수영을 했다. 강렬한 느낌이었는데 잘해서도 아니고 못하는 것은 아니었지만 다른 이유 때문은 아니고 처절하게 헤엄을 치고 있었기 때문이었다. 이애정의 남동생은 아주 말랐고 안경을 쓴 까무잡잡한 남자애였다. 이민구라는 이름의 남자애는 말이 없고 수줍음을 많이 타는 성격이었다. 이민구는 자전거를 타고 다녔다. 방학 내내 오후 시간에는 자전거를 타고 어딘가를 돌아다녔다. 어디 멀리를 다녀오는 걸까 멀리서 숙소를 향해 자전거가 다가온다.

어느 교회에 다니시나요, 그가 물었고 그것이 대화의 시작은 아니었지만 그 질문은 선명했다. 선명하게 기억이 남았다. 여대생은 중학교 동창의 권유로 미군 부대가 있는 동네의 교회를 몇 번 나갔다. 여대생은 20대 중후반과 30대 초반과 마흔이 다 되어가는 얼굴을 잘은 구별할 수 없었다. 남자는 서른둘이었는데 어릴 때부터 교회와 기도회를 오가며 시간을 보냈기 때문인지 옛날 사람 같은 느낌이 있었다. 전두환 정권의 대학생 같은 느낌이었는데 실제로도 그는 왜인지 컴퓨터를 쓰는 것에 죄의식을 느끼고 있었다. 그것이 쾌락적이어서인가. 남자는 숙소 1층에서 묵으며 기도회의 사무처리를 하고 있었다. 그러니 컴퓨터를 쓸 수밖에 없었는데 매일 필요한 만큼만 컴퓨터를 쓰고 얼른 꺼버리려고 한다. 남자가 하는 일은 여름이 끝나기까지만 하면 되었는데 처리가 끝나고 여름이 끝나면 남자는 서울로 돌아가 교회에서 비슷한 일을 하다가 봄이 되면 이곳으로 와 기도회 준비를 시작했다. 매해를 그렇게 보내게 될 것이다. 남자와 여대생은 보리차가 든 물병을 가운데 두고 두꺼운 플라스틱 접시에 밥과 멸치볶음과 얇은 김과 달걀조림과 소고기 뭇국을 먹는다.

오토바이를 판 돈으로 월세를 내고 나머지는 통장에 넣어둔다. 지갑에는 8만 원이 있었다. 우유를 사다가 핫케이크를 만들었다. 아직 해가 지지 않고 핫케이크가 든 접시를 들고 바닥에 앉아 먹는데 등에서 땀이 나 등에 옷이 붙었다. 한 손으로는 핫케이크를 먹고 다른 손으로는 옷자락을 잡아 펄럭거렸다. 이렇게 집 안에만 있으면 옛날 냄새를 떠올리게 되고 이 집 역시 지어진 지 30년이 넘었고 모든 사람은 쉽게 옛날 사람이 되어버리는 것이다. 옛날은 힘이 세고 나쁘더라도 그립다. 다미와 묵던 숙소의 철제 책상에는 아무 흔적도 중국집 스티커도 불어버린 견출지도 없었다. 나는 거기에 손바닥을 대보았는데 왠지 고통스러운 목소리가 떠올랐고 다미는 옆에서 웃으면서 핏자국을 찾고 있다고 말했다. 없어 없어 아무것도 못 찾았어.

여대생은 한 번은 그래 보고 싶어서 별다른 기대가 있던 것도 아니지만 30분을 걸어서 버스 정류장으로 간다. 서울에서 온 여대생은 숙소에서 머문 지 한 달 만에 읍내에 나가는데 본인의 옷이 읍내에 가기에 촌스럽지 않은가 확인을 했는데 그것이 웃기지는 않았다. 멀리서 신호처럼 이민구가 자전거를 타고 지나간다. 동네 여자애들의 무리에는 이애정이 없고 이애정은 언제나 처절하게 새벽에 수영을 한다. 여름이 끝나면 그것도 못 하게 되겠지. 다미는 20분이 넘게 버스를 기다렸고 버스에는 군인 몇과 할머니들이 있었다. 다미는 읍내에 나가 장 구경을 했다. 팥이 든 도넛을 사 먹고 컵에 든 앵두를 사 먹었다. 너무 오랜만에 돈을 쓰는 기분은 그것이 어떤 기분이라는 것을 느끼게 할 만큼 선명했고 아주 사람을 들뜨게 했다. 다미는 사람들 사이를 걸으며 물속에서 헤엄을 치다 가끔 고개를 내밀고 물 밖에서 숨을 쉬는 것 같은 기분이 들었다. 야영장의 숙소의 수영장의 공기는 느리고 무거웠고 다미의 온몸은 그 속도에 맞춰 있어서 몸속 어딘가에서 누군가 첨벙첨벙 헤엄을 치다가 잠깐 고개를 드는 것으로는 부족하여 레일을 붙잡고 혹은 입구의 문턱을 붙잡고 천천히 숨을 내쉬고 있는 느낌이 들었다. 힘든 것은 아니고 그 상황을 다 내려다보는 또 다른 누군가가 느껴졌고 그것과 언제까지나 함께하게 될 것 같다고 생각했다.

1층의 남자에 대해서는 더 이상 깊은 말을 할 수도 없고 짐작도 쉽게 할 수가 없는데 누구도 독실한 신자가 되어본 적이 없고 그런 친구조차 없기 때문이다. 하지만 어렴풋한 것들은 늘 있고 여름 내내 다미는 틀렸을 거야 아냐 그럴 거야 하는 생각을 하다가 말다가 했다. 그 사람과 자주 마주치기는 힘들었다.

첨벙 첨벙 첨벙 첨벙 첨벙
첨벙 첨벙 첨벙 첨벙 첨벙
첨벙 첨벙 첨벙 첨벙 첨벙
첨벙 첨벙 첨벙 첨벙 첨벙

다미는 이애정의 헤엄치는 모습을 일주일에 한 번꼴로 보는데 아무리 일찍 자도 새벽부터 수영장으로 나가고 싶지는 않기 때문이다. 상쾌한 여름의 새벽 모기향을 손에 들고 걷는 여대생의 옆에는 타고 남은 재가 따라붙는다. 본인의 헤엄은 그러니까 읍내에 나갈 때 느껴지던 헤엄은 본인의 헐떡거림은 누가 지켜보는가. 이애정의 헤엄은 다미가 종종 본다. 하지만 1층의 남자도 가끔 잠에서 깨어 그 모습을 보기도 했고 5층에 있는 나이 든 아주머니는 좀처럼 식당으로 내려오지 않는다. 그 사람은 눈을 마주치지 않았다. 방에 냉장고가 있다는 이야기를 들은 것도 같았다.

첨벙 첨벙 첨벙 첨벙 첨벙
첨벙 첨벙 첨벙 첨벙 첨벙
첨벙 첨벙 첨벙 첨벙 첨벙
첨벙 첨벙 첨벙 첨벙 첨벙

모기향은 천천히 타고 있었고 다미는 끝 부분을 잘라내버리고 바닥에 문질렀다. 나는 한번 무엇을 먹으면 질릴 때까지 먹는 습관이 있고 실은 질리지 않는다. 질려서 관두는 것은 아니고 너무 한다 싶어서 관두는 것이다. 핫케이크를 만들어 맥주와 함께 먹었다. 아주 커다란 수영장에 가고 싶었다. 내가 가고 싶은 수영장은 아주 커다랗지만 사람은 많지 않은 야외 수영장이었는데 사람들은 살이 타는 것을 신경 쓰지 않고 첨벙첨벙 수영을 한다. 곧이어 먹구름이 몰려오고 그때 보게 되는 구름은 서울에서는 보기 힘들게 아주 크고 손에 잡힐 듯이 가까운 먹구름이다. 구름은 왜인지 수영장을 가릴 듯이 무겁게 다가오고 수영장 바로 위에 도착했을 때쯤 비가 가볍게 떨어지기 시작한다. 바람이 불기 시작하고 가벼운 빗방울은 이리로 저리로 흔들리며 뿌려지고 사람들은 빗속에서 수영을 한다. 온통 어디나 젖은 채로 당연히.

야외 수영장의 사진

야영장의 일기
수영복 대신 입은 얇은 티셔츠와 반바지

　남자의 성경책에는 아무런 낙서도 없었다. 그어놓은 줄도 없었다. 어린애들의 성경책에는 그런 것이 있다. 색색의 줄과 가끔 별표 같은 것도 있다. 표지 뒤에는 주소와 이름을 쓰고 가끔 다음 성경 학교의 일정을 쓰고 옆의 친구 주소를 쓴다. 교회를 떠난 사람들은 모여 더 작은 교회를 만들고 더 작은 교회는 곧 더 큰 교회가 되기도 한다. 언제 개학이 되는 거지? 뚱뚱한 여자애는 외로운 사람도 고독한 사람도 아니다. 온몸이 젖은 채로 일어나 그대로 서서 오줌을 싼다. 오줌이 허벅지 사이를 타고 흘러내리고 온몸이 따뜻해졌다. 여자애는 그 느낌을 기억한다. 오줌을 다 싸고 다시 수영장으로 들어가 첨벙첨벙 헤엄을 쳤다. 고추잠자리는 어디에도 앉을 수가 없어 잠시 수영장 위를 날다가 먼 곳으로 갔다. 여대생은 몸을 구부려 걸레로 침대 바닥을 닦았는데 모래만 잔뜩 나왔다. 내가 판 오토바이는 훗날 주인이 몇 번이나 바뀌고 그중에는 남고생도 있었다.

　읍내에는 이라고 하지만 그곳을 이제 사람들은 읍내라고 점점 부르지 않게 되었다. 하지만 다미는 읍내라고 하는 것이 편했고 사람들이 부르는 이름에는 아무 감정이 생기지 않았다. 읍내에는 문구점을 겸한 서점이 있었고 다미는 거기서 잡지 몇 권과 소설책 한 권을 샀다. 패스트푸드점에서 햄버거를 먹고 편의점에서 컵라면을 세 개 사서 돌아왔다. 동네 슈퍼에는 팔지 않는 새로 나온 컵라면이었다. 손목에는 비닐봉지 자국이 남아 있었다. 샤워실에는 엄지손톱만 한 아주 작은 개구리가 있었고 하마터면 밟을 뻔했다. 샤워를 끝내고 옷을 입고 뒤를 돌아보았을 때 개구리는 사라지고 없었다. 고추잠자리도 개구리도 빠르게 몸을 숨기고 있었다. 복도에는 어제 떨어뜨린 모기향 재가 가늘게 이어져 있었다. 남자는 영어로 된 성경을 매일 읽고 영어로 된 예배를 반복해서 듣는데 그런다고 중요한 사람이 될 수 있나. 야영장 너머 동네에 있는 중학교에서는 원어민 교사가 3년째 아이들을 가르치고 있다. 그 사람은 읍내의 한 원룸에서 살며 버스를 타고 출퇴근한다. 마흔이 넘었으며 살고 있는 원룸은 건물 내에서 가장 넓은 평수였다. 교회는 나가지 않으며 가끔 서울에 오래 머물 일이 있으면 명동성당에 나간다. 그녀는 학교 근처의 야영장에서 여름마다 기도회가 열린다는 것을 알고 있었다. 전해에 근무했던 원어민 교사가 그 종파의 신자였다. 원어민 교사를 하기 이전에는 서울과 부산, 광주의 학원에서 영어 강사를 하였다. 서울과 광주는 잠깐이었고 부산에서는 5년 이상 영어 강사로 일했다. 바다가 있는 곳이 아무래도 좋았기 때문이다. 여름방학 때는 제주도에서 일주일 부산에서 2주일을 보냈다. 부산에서 일했던 학원 원장과 함께 식사를 하였는데 그는 언제든 다시 오라고 말했다. 패밀리 레스토랑에서 연어 스테이크를 먹고 조금 걷다가 함께 회와 일본 술을 마셨다. 개학은 아직 멀었지만 곧 닥칠 것이다. 개학은 곧 찾아올 것이다. 개학은.

중학교의 아이들은 학기 중 체육 시간에 수영을 배우는데 버스를 타고 읍내의 스포츠센터로 가 수영 강사의 지도로 배영까지 배우게 된다. 숨쉬기에서 발차기 물에 뜨기 이것이 익숙해지면 자유형 그다음에 배영을 한 해 동안 배우는 것이다. 체육 선생님은 수영복으로 갈아입지 않고 수영장 안으로 뛰어들지도 않고 다른 수영 강사와 잡담을 하다 아이들에게 한 번씩 주의를 준다. 그렇지만 체육 선생님은 수영복으로 갈아입지 않았다기보다 수영복 위에 추리닝을 입은 것이다. 이 수영장에서 원어민 교사는 새벽에 수영을 한다. 이애정도 몇 년이 지나면 이 수영장에서 수영 수업을 들을 것이다. 무관심한 표정도 무표정도 아니고 조금 인상을 쓴 것 같은 표정의 이애정은 어떤 중학생이 되어 어떤 표정으로 학교에 다니게 될까. 다미는 그 이후로도 종종 만났지만 이애정과 이민구는 영원히 중학생이 되지 못하고 열한 살 열두 살의 동네 아이들로 남을 것 같고 하지만 겨울은 찾아온다. 개학은 찾아온다. 이애정이 처절하게 수영을 할 수 있는 날들도 얼마 남지 않았을 것이다.

몇 주간 보이지 않던 인부들이 와 강 근처 긴 풀을 베었다. 다미는 전날 오후 내내 식당에서 보리차를 끓였다. 얼음 곽에 얼음을 여러 통 얼리고 주전자에 뜨거운 물 조금에 믹스커피를 수십 봉지 뜯어 넣었다. 커다란 주전자에 물을 끓이고 물이 다 끓으면 보리차를 넣고 10분 뒤 건지고 그걸 식탁 위에 놓고 식히고 다른 주전자에 다시 물을 끓이고 보리차를 넣는다. 진한 커피는 물통에 담아 냉장고에 넣었다. 보리차가 식는 동안 읍내 편의점에서 사온 영화 잡지를 읽는다. 동네 남자애들이 수영장 근처에서 축구를 하는 소리가 들렸다. 공을 차고 소리를 지르고 네가 그랬잖아 꺼지라고 아 이리로 주라니까. 아이스크림이 먹고 싶어졌다. 주전자 주변에 물방울이 맺혔다. 재빨리 자전거를 타고 동네 슈퍼로 향했다. 돌아올 때는 한 손에는 아이스크림을 한 손에는 자전거를 잡고 돌아왔다. 아직 덜 식은 보리차를 컵에 따르고 얼음 곽에서 얼음을 두 개 꺼내 넣었다. 얼음이 캬캬 하고 금이 갔다. 금이 가는 소리가 듣기 좋았다. 성경은 읽지만 교회는 거의 가지 않았고 하지만 매주 교회에 가는 척을 한다. 교회에 가는 척을 한다기보다 실제로 교회에 가고 있기는 했는데……. 버스를 타고 달려 도착한 교회의 경기도 지부는 워낙 커서 다미가 대충 무얼 하든 혹은 열과 성을 다하든 눈에 띄지 않았고 다미는 있는 듯 없는 듯 일요일 오전 시간을 보내고 1,000원을 내고 밥을 먹고 다시 버스를 타고 숙소로 돌아온다.

교회의 지하실은 곰팡이 냄새가 구석에서부터 피어나고 온갖 비품이 쌓여 있는 와중에 탁구대는 멀쩡하다. 지하실에서 탁구를 치는 사람들이 있다. 위층 강당에는 벨벳으로 된 두꺼운 커튼이 있고 이런 커튼 뒤에는 네 살이나 다섯 살 아이들이 숨어 있다. 나가면 안 돼 나가면. 엄마는 아이의 이름을 부르고 또 부르지만 아이들은 나가지 않고 그러다 깊은 잠에 빠지면 어떻게 되나. 모든 아이들은 어떻게 집으로 돌아가나. 아무 상관도 없는 누군가는 우연히 그곳을 지나가다 뜬금없이 생각나는 말들을 내뱉고 혹은 조심스럽게 피아노 뚜껑을 열고 최신 유행 가요를 쳐보는데 커튼 뒤

아이들은 아무렇지 않게 웃으며 뛰어나온다. 뭔가 재밌다는 얼굴로 강당이 무너져라 뛰면서 엄마 엄마 엄마 하고 부른다.

교회의 여름
교회의 화단
아이스크림 막대와 줄지은 개미의 등

식은 보리차는 이미 누군가가 냉장고에 넣어두었다. 보리차가 식는 것을 기다리다 잠시 잠이 든 다미는 깊은 잠에 빠져들었고 놀란 듯 화들짝 눈을 떴을 때는 이미 1시간 반이 지나 있었다. 주전자는 깨끗이 씻겨 행주 위에 뒤집어져 있었고 보리차는 유리병에 담겨 나란히 냉장고에 들어가 있었다. 아무도 없고 이곳은 다미는 무릎을 꿇고 엉금엉금 기어보지만 여전히 핏자국 같은 것은 어떤 실마리는 비밀은 없고 손바닥이 저렸다. 그런 것은 없고 찾을 수 있을 리도 없고 있어봐야 비밀 장부 같은 것이겠지 아무래도 아마도.

실제로 누군가는 죽었는데 이애정의 어머니는 5년 전 교통사고로 세상을 떠났고 이애정은 고모와 할머니와 아버지와 남동생과 살고 있다. 이애정의 어머니는 교회 신자였는데 해마다 기도회에 열심히 참가하였다고 한다. 이상한 일이지만 신자들은 주변 사람들이 죽으면 그 사람에게 신의 이야기를 전하지 못한 것을 깊이 안타까워하지만 신자들이 죽는다고 주변 사람들이 아 그의 말을 한 번은 믿어줄걸 하고 슬퍼하는 것은 아니다. 조금은 슬플지 몰라도 말이다. 어쩌면 마음 깊은 곳에서는 양쪽 다 그것을 이유로 슬퍼하거나 애통해하지는 않을 것이다. 지금 볼 수 없는 것보다 슬플 리는 없을 것이다. 이애정은 물을 때릴 듯이 양팔을 위에서 아래로 내리치고 접영을 하려고 하나 보다 수영장 주변 풀들이 젖어 있었다. 그런데 왜 물 안에서 오줌을 싸지 않을까. 이애정은 일어나 물 밖으로 나와 선 채로 오줌을 싸고 바지를 손으로 잡아서 짜고 물을 뚝뚝 흘리며 집으로 간다. 멀리서 이민구의 자전거가 출발하고 있었다. 일기를 썼다. 일기장에는 아침에 몇 시에 일어났는지 일어나 무얼 했는지 또 그 전에 무얼 먹었는지 간단히 쓴다. 이것은 시간이 지나 다시 보면 아무리 애써도 기억나지 않을 날일 것이다.

방을 청소하다 오래된 수첩을 보았는데 그것은 내 것은 아니고 수십 년 전에 누군가 쓴 것이다. 오래된 수첩은 나의 두꺼운 노트 안에 책갈피처럼 끼워져 있었다. 얇은 종이 위에 이미 번진 볼펜 잉크는 그날의 예배에 대해 쓰고 있었는데 그날의 목사님은 형제에 대해 말하고 있었다. 형제에 대해 이웃에 대해 그것이 가지는 사랑에 대해. 나는 예배를 마치고 거리를 쏘다니다 서점에 들러서 시간을 보내고 집에 돌아오니 머릿속을 떠나지 않는 여전히 머릿속에 뚜렷하게 남아 사라지지 않는 것이 다시 한번 자신의 큰 몸을 펼쳐 보이고 있었다. 나는 사라진 사람들과 죽은 사람들이 온몸을 꽁꽁 싸매 어디로도 가지 못하게 할 것이라고 생각했다. 오늘 교회를 가고 서점을 가고 또 어디 어디를 갔지만 말이다. 사라진 사람은 살아나지 못할 것이다. 되돌아오지 못할 것이다. 시대의 어둠은 사람들의 목을 조이고 팔과 다리를 묶어버렸고 모두 정말로 다시 살아나지 못할 것이다. 죽었다는 말은 어떻게 죽었다는 말을 쓸 수 있을까. 일기를 쓰고 또 쓴다. 수첩을 천천히 넘기다 금세 이것을 다 읽어버리는 것이 아까워 한 페이지만을 읽고 또 읽다 다시 덮었다. 첫 페이지를 읽고 또 읽다 다시 덮어 두꺼운 수첩 사이에 넣었다. 이런 비밀은 나에게 없고 다미는 구별할 수 없는 날들을 기록한다. 나에게는 이런 비밀도 다미의 무거운 구름 같은 낮게 깔린 공기 같은 날들도 없다. 옛날 사람들에 대한 생각만을 많이 했다. 집 근처 중학교 옆 수영장에서는 락스 냄새가 나고 올여름에는 아직 수영장에 가지 못했다. 시간이 지나 내가 옛날 사람들 같은 옛날 사람이 되어도 하지만 옛날 사람 같은 옛날 사람은 결코 못 되겠지만 수영장 냄새를 맡으면 가만히 걸음을 멈추게 될까. 첨벙첨벙 자유형을 하며 팔로 락스 물을 가르는 상상을 했다. 몸을 말리고 밖으로 나와도 마른 팔에서는 락스 냄새가 희미하게 날 것이다. 나에게는 아무런 일도 일어나지 않았고 얼굴을 모르는 사람이 없다. 사라진 사람 죽은 사람이 나를 붙잡고 있지는 않지만 (정말 그럴까) 나는 멈추지 않고 멈출 수 없고 걸을 수밖에 없었다. 머리카락에도 팔에도 목에도 사라지지 않는 냄새를 풍기며. 거리를 골목을 걷고 또 걷는다. 도시에서 가장 시끄러운 사람들은 종교를 가진 사람들이었는데 내가 어떤 냄새를 풍기든 혹은 어떤 냄새를 풍기기 때문에 어김없이 팔목을 잡히고 나는 초점이 묘하게 빗나간 그 사람들을 보며 그래도 다미가 다니는 교회보다는 신자가 많은가 보다 하는 생각을 했다. 나는 멀리서도 그 사람들을 분간할 수 있었는데 그 사람들은 작은 가방을 옆으로 메고 머리를 꽁꽁 묶고 꾸밈의 흔적을 지우고 아니 그런 흔적이 원래부터 없었던 사람들이었으며 체크무늬 셔츠와 면바지 같은 것을 입는다. 다미가 있는 숙소에 다시 들르기 위해서는 버스를 타야 했다. 오토바이는 이제 군대를 제대한 젊은 남자가 그 남자는 흰 얼굴에 살 냄새가 깨끗한 살 냄새가 훅 하고 풍기는 사람이었다. 그 남자에게로 가버렸다. 그 남자에게 팔리고 없다. 여름이 가기 전에 다미를 보려면 버스를 타고 경기도로 긴 강을 끼고 있는 야영장으로 가야 했다.

나는 천천히 다시 손을 뺀다. 내 손은 다시 오래된 수첩을 펴고 첫 번째 페이지를 손가락으로 한 줄 한 줄 읽고 있다. 목사님은 이사야서를 말한다. 어머니가 자식을 위로함같이 내가 너희를 위로할 것인즉 너희가 예루살렘에서 위로를 받으리니 너희가 이를 보고 마음이 기뻐서 너희 뼈가 연한 풀의 무성함 같으리라. 하지만 수첩의 주인은 이것으로 위로를 받지 못하고 교회를 나와 서점에 가고 그 사이사이 온갖 골목을 헤매며 벗어나려고 발버둥을 친다.

넓은 강당은 목사님의 말을 듣기 위한 사람들로 가득 차 있고 사람들은 방석을 깔고 앉아 말씀을 듣는다. 오늘 들으실 말씀은 아마도 몸이 아프고 병원에 가 있는 분들이 들으시면 아주 큰 위로가 되실 겁니다. 이사야서를 펴고 같이 읽어봅시다. 몸이 아픈 사람들을 떠올리자 눈이 띄는 듯하고 그 사람들에게 오늘의 말을 꼭 전달해줄 거야 다짐을 하고 하지만 나는 이미 보아버린 며칠 전의 장면들에 다시 사로잡히고 만다. 머리를 흔들고 목사님의 말씀에 집중하기 위해 애쓴다. 이럴 때는 아주 무서운 생각을 해보자. 아니야 나는 무서운 생각에 사로잡혀 있고 더 이상 무서운 생각을 할 수가 없어요. 아니다 아니다. 나는 당신에게 말하지 못한 것이 있어요. 나는 사람들이 어떻게 쓰러져 있는지를……. 빈집의 밥상에 숟가락이 어떻게 마치 제사상처럼 꽂혀 있고 다른 숟가락은 바닥에 나뒹굴었는데 그 옆에 사람 둘이 있었어요. 아니 아니 나는 이것을 말하려던 것이 아니라 몸이 아픈 사람들에게 하나님은 네 육신의 고통이 곧 사라지리라 말씀하십니다.

내가 다가간 수첩의 페이지들은 누렇게 번진 점들을 가지고 있었고 변색된 모퉁이들을 가지고 있었다. 다미는 수영을 하지 않고 수영장에 종아리를 담그고 책을 읽으려 하였다. 몇 페이지를 읽기는 하였지만 이것은 왠지 너무 꾸민 장소와 동작과 움직임 같다는 것이 신경이 쓰여 곧 다시 방으로 돌아왔다. 종아리를 긁다 샤워를 하였다. 잠시 낮잠을 잤고 무언가 생각하다 다시 잠이 들었다.

원어민 교사는 키가 170센티미터가 약간 넘고 안경을 쓰고 팔다리는 약간 붉고 땀이 나는 여름에는 얼굴도 붉다. 그 사람은 자유 수영을 하고 수영 강사들과는 눈인사를 하지만 사람들은 말을 걸지 않는다. 비가 오면 모기가 죽는다. 그 이유 하나로도 여름에 비가 오는 것은 아주 좋다고 생각한다. 원어민 교사는 샤워를 하고 아무렇지 않게 몸을 닦고 나오지만 어느 때고 사람들은 그 사람을 의식하고 쳐다보았고 다 씻고 나온 그 사람은 편의점에서 주스와 핫도그를 사서 핫도그를 전자레인지에 데우고 콘센트에 꽂아서 쓰는 모기 퇴치기를 사야겠다고 생각한다. 핫도그에서 김이 나왔고 옷을 벗고 샤워를 하는 것은 아니지만 그래도 핫도그를 먹는 자신을 누군가는 쳐다보고 있다는 것을 알고 있다. 여기서는 만날 수 있는 남자가 없고 하지만 만나려는 것은 여자인데 여자도 만나기 힘들었다. 부산으로 돌아가는 것이 좋을까 생각하다가 부산으로 가는 것이 아니라 돌아가는 것이라니 정말로 이제는 부산을 돌아갈 곳으로 생각하는구나 깨달았다. 부산에서는 여자를 만날 수 있었고 마음을 먹자면 남자도 만날 수 있었지만 이곳은 젊은 사람이 드물었다. 남자고 여자고 말이다. 눈에 띈다는 것은 안전한 것인가. 가끔 인적이 드문 골목을 향해 가다 이 동네 사람들은 어느 외국인 여자가 이 건물에 산다는 것을 다 알겠지 그러면 내가 사는 곳에는 강도도 들지 않고 한밤중 누군가 내 목에 칼을 들이밀지는 않으리라는 것인가. 원어민 교사는 한 달에 한 번 정도 지나가듯 그런 생각을 하다가 만다. 그리고 눈을 뜨면 다시 옷을 챙겨 입고 걸어서 스포츠센터로 간다.

첨벙 첨벙 첨벙 첨벙 첨벙
첨벙 첨벙 첨벙 첨벙 첨벙
첨벙 첨벙 첨벙 첨벙 첨벙

첨벙 첨벙 첨벙 첨벙 첨벙

나는 끊임없이 일기를 씁니다. 하루 종일 방 안에서 이불을 뒤집어쓰고 있어도 일기를 쓰고 또 씁니다. 그리고 나는 성경을 읽고 그것을 베껴서 쓰고 며칠 전 길에서 받은 종이를 다시 펴 읽고 또 읽고 그것을 이 노트에 옮겨 적습니다. 손금을 따라 땀이 맺혀 하루에도 몇 번이나 치마에 손바닥을 문지르고 땀에 미끄러진 볼펜을 다시 줍습니다. 어떨 때는 교회에 나가고 다른 생각을 하지 않고자 눈을 치켜뜨고 목사님 말씀만을 들으려 하다가 교회에서 나오면 사람들과 본 것들을 이야기하고 그럴 수밖에 없고 다시 나는 거리를 헤매고 무엇을 찾으려는 것처럼 헤매다 방으로 돌아와 다시 노트를 폅니다. 어떨 때 나는 기독교 회관 계단에 주저앉아 방금 들은 이야기를 쓰고 또 쓰고 어떨 때 나는 서점 책꽂이에 노트를 대고 그리고 다시 나와 제과점에 가 핸드백 안의 동전을 모아 우유를 마시며 계속 옮겨 적습니다.

저녁을 여럿이 함께 먹는다. 오랜만에 5층 아주머니와 1층 남자와 이애정과 이민구 그리고 할머니까지 모두 모여 저녁을 함께 먹었다. 교회의 숙소에 교회의 신자이며 직원인 사람들이 모여 있지만 식사 기도 같은 것은 하지 않는다. 다미가 3년 후에 잠시 만나게 되는 남자는 유명 교회에 다니는 사람이었는데 그 사람은 아주 자연스럽게 식사 기도를 하였고 그제야 다미는 보통의 기독교 신자들은 아주 자연스럽게 식사 기도를 한다는 것을 알게 된다. 그

자리에서는 모두 식사 기도 같은 것을 하지 않고 모두 말없이 묵묵히 밥을 먹고 가장 묵묵히 먹는 것은 이애정이었고 다미는 밥을 먹으며 감자가 맛있다고 계속 생각했다. 이곳에서 지낼 날이 얼마나 더 남았나 속으로 계산을 해보았고 여대생은 이제 휴학생이었고 휴학을 했지만 방학이 끝나면 이곳을 떠나는 것으로 되었고 무엇보다 돈을 벌어야겠다고 생각한다. 밥을 먹고 설거지를 하고 식탁 옆에는 잘게 잘린 식빵이 있었는데 사람들은 밥을 다 먹고 그것으로 접시를 닦고 김치 국물에 눌린 식빵을 먹었다. 다미는 물을 끓여 커피를 타고 얼음을 넣고 얼음이 깨지는 소리를 듣는다. 사람들은 모여서 자두를 먹고 있었다. 다미는 방으로 가 널려 있는 책을 하나로 모으고 안 보는 잡지를 버리려고 내놓고 여기서 입다 버리려고 가져왔지만 한 번도 입지 않은 티셔츠를 짐에서 빼고 노트에서 쓸모없는 부분을 한 장 한 장 찢고 왠지 다신 안 입을 것 같은 반바지와 원피스도 빼고 그것들을 모아 어떤 것은 쓰레기통에 아니 모든 것을 쓰레기통에 넣는다. 검은 봉지에 싸서 쓰레기통에 넣는다. 사는 것은 즐겁지만 종종 아주 많이 즐겁지만 버리는 것만큼 홀가분하기는 힘들고 언젠가 커다란 옷장 같은 것이 서랍과 책장 같은 것이 생기면 버리는 것은 더욱 즐거울 것이다. 사는 것보다 훨씬 낭비하는 기분이 들 것이다.

　　우물 속의 얼굴과 손에 남은 자갈
　　달려나가는 무릎과 목덜미
　　읽지 않을 책을 눈이 더듬는다

언제까지 계시나요. 이것은 남자의 마지막 질문은 아니었지만 마지막 질문처럼 기억에 남아 있다. 그 사람은 좀 더 이상한 사람이었겠지 이해받기 어려운 사랑받기 어려운 모습이 있었겠지만 그런 것은 전혀 짐작도 할 수 없게 그저 조용하고 혼자 열심히 일을 하던 사람으로만 기억에 남아 있다. 그는 마흔이 다 되어 교단을 나오게 되는데 이후에는 큰형이 하는 학원에서 사무를 보고 간간히 중학생반 영어 수업을 맡는데 학원 강사라는 일은 아주 힘이 들지만 보통의 학원 강사들이 20대 중반에 겪을 일을 그는 30대 후반에 겪게 되지만 그의 큰형이 원장이라 그래도 사정은 나았다. 그가 교단을 나오게 되는 데는 어려움이 컸고 설득을 가장한 협박도 있었고 한번은 사무장이라는 사람이 차에 태워 국도를 달렸을 때는 아 사람들은 이렇게 죽고 아무도 알지 못하는 데서 죽고 미제 사건이라는 말 범인은 아직 찾지 못했습니다라는 말 그런 말은 아주 많이 쉽게 쓰게 되는 말이구나 생각했다. 사무장의 차에서 간신히 내려 집으로 돌아왔을 때 그는 버릴 것을 다 버리고 혼자 사는 집은 빼버리고 그래서 보증금은 6개월이나 지나서야 받을 수 있었는데 집주인은 아들 결혼식에 다 써서 없다고 했다. 모아놓은 얼마 안 되는 돈으로 호주로 가서 두 달 동안 숨어 지내다 돌아왔다. 그리고 큰형의 학원 근처로 집을 옮겨 학원으로 출근을 하기 시작했다. 학원에 다니며 일주일에 한 번씩 집주인에게 전화를 했다. 새로 이사 온 사람이 있잖아요 그런데 왜 아직 안 보내주시는 거예요 같은 말을 매주 했다. 호주에서 얼굴이 타서 특별히 뭘 한 건 아니었지만 얼굴이 타고 돈이 없고 누군가 쫓아오지 않을까 하는 걱정에 남자는 고달파 보였다. 하지만 누가 더 이상 찾아오지는 않았다. 다미는 8월이 되면 집으로 돌아간다고 말했다. 8월이 되면 바로? 아니요. 8월 되고 좀 더 있다가요.

오래된 노트에는 얇은 파란색 볼펜으로 쓴 일기가 이어져 있었고 거기에 코를 대면 헌책 냄새가 났다. 가끔 끝까지 넘겨보지만 끝까지 읽게 되지는 않고 잠시 읽다 덮어두다 그러다 다시 처음부터 다시 읽는다. 아직 수영장에는 가지 못했고 언제쯤 갈 수 있을까 머릿속으로 날짜들을 헤아려보다 관둔다.

박솔뫼
소설집 《그럼 무얼 부르지》, 장편소설 《을》, 《백 행을 쓰고 싶다》, 《도시의 시간》이 있다.

높은 물때

백수린

이 집의 부엌과 거실로 이어지는 벽면에는 'sto distruggendomi' 라는 문장이 칼로 새겨져 있었다. 칼자국이 마모된 상태로 보아 수백 년은 더 되었으리라 추정만 할 뿐 쓴 사람이 누구였는지 아무도 알지 못하는 문장이었다. 누가 썼는지 알 수 없는 까닭은 13세기에 건물이 지어진 이래 헤아릴 수 없이 많은 사람들이 집을 거쳐갔기 때문이었다. 이곳에 머물렀다 떠나간 이들에 대해 확언할 수 있는 바는 이제 그들이 모두 죽었고, 다른 사람들이 그러하듯 죽을 때 철저히 혼자였을 것이라는 사실뿐이었다. 물론 기록이 남아 있는 사람이 한 명도 없는 것은 아니다. 베니스의 한 도서관에 비치된 먼지 쌓인 향토사책 속에는 지금은 여러 가구가 나눠 살고 있는 이 건물 전체가 15세기 말에서 16세기 초까지 조반니 마리아 첼리니의 저택으로 쓰였다고 기록되어 있었다. 그 문서에 따르면 조반니 마리아 첼리니는 당시 지중해 동부와의 교역으로 막대한 부를 축적한 무역상이었다. 그의 집 앞, 에메랄드 빛 물이 흐르던 운하에는 그의 수많은 배가 정박해 있었는데 갑판 위에는 포도주와 올리브유가 언제나 가득했다.

사실 부유했던 것이 조반니 마리아 첼리니만은 아니었다. 십자군 원정에 의해 동방무역이 확대된 이후로 도시는 더할 나위 없이 풍요로웠다. 오래전, 베니스 공화국의 건국신화를 화려한 6운각 시문으로 찬양한 시인은 그즈음의 베니스를 오색 빛이 휘황한 보석함에 비유했다. S자 운하가 가로지르는 시가지는 금박 장식의 석조 건물들로 수놓아져 있었다. 리알토 다리에서 산마르코 광장까지 이어지던 향수 가게에서는 온갖 감미로운 향들이 당시 유행대로 노란색 비단 가발을 쓴 여인들을 유혹했고, 골목마다 환전상들과 금 세공사들이 줄을 지었다. 1년에 한 번 도시에 커다란 축제가 열릴 때면 양탄자와 꽃으로 장식한 배들이 운하를 가득 메웠다. 황금 실로 수놓은 깃발이 지중해의 온화하고 향긋한 바람에 펄럭였고, 연고와 향수로 단장한 색색의 노새들은 갑판 위에서 세상에서 가장 평온한 표정을 지었다. 사람들은 화려한 가면 뒤에서 기꺼이 방탕해졌다.

베니스가 축적했던 부는 실로 놀라운 것이어서 동인도로 가는 뱃길이 발견되고, 캉브레 동맹 전쟁을 겪었음에도 불구하고 도시는 오랫동안 살아남았다. 인구를 반이나 앗아간 페스트와 나폴레옹 1세의 침략도 도시를 소멸시키지 못했다. 조반니 마리아 첼리니는 그의 저택 2층 오른쪽, 그와 그의 아들 그리고 손자가 하녀의 엉덩이를 만지기 위해 병풍 뒤로 숨어들었던 응접실 자리에서 먼

홋날, 극동의 분단국가에서 온 부부가 불법 민박을 운영할 것이라
고는 꿈에서조차 상상할 수 없었다.

◉

 "머리라도 좀 잘라야겠어." 윤이 말했다. "수염도 좀 깎고." 윤
은 식탁 앞에 앉아 인상을 찌푸리며 제를 바라보았다. 제는 턱 밑
의 수염을 오른손으로 만졌다. 오랫동안 방치해둔 탓에 덥수룩해
진 수염에는 빵 부스러기가 붙어 있었다. 머리를 깎거나 면도를
한 것이 언제 마지막이었는지 기억도 잘 나지 않았다. 제는 윤을
보았다. 윤의 번들거리는 얼굴에는 실수로 붓을 떨어트려 사방으
로 튄 물감 자국처럼 기미가 가득했다. "넌 뭐라도 좀 찍어 발라."
윤은 기분 나쁘다는 듯 입을 씰룩거리며 식어빠진 인스턴트커피
를 마셨다. 2시였다. 그들이 들이닥칠 때까지는 아직 여유가 있는
시간이었지만, 지난 세월의 흔적을 지우기에는 턱없이 부족한 시
간이었다.

 제는 느릿한 걸음으로 약속 장소인 산타루치아 역으로 나갔다.
윤이 멋대로 머리카락을 너무 짧게 잘라 뒷목이 서늘했다. 두 손
을 주머니에 찔러 넣은 채 제는 끊임없이 속으로 귀찮게 됐다고
되뇌었다. 정말 귀찮게 되었다. 산타루치아 역 앞 광장으로 이어지
는 좁은 골목에는 더러운 비둘기들이 함부로 날아다녔다. 광장에
다다르자 약속 장소인 관광 안내소 앞의 젊은 아시아인 남녀가 제

의 시야에 들어왔다. 남자아이는 서서 여행 책자를 들여다보고 있었고 여자아이는 트렁크에 기대어 앉아 까딱거리며 발장난을 쳤다. 남자아이가 무슨 농담을 했는지 여자아이가 갑자기 웃음을 터뜨렸다. 지나치게 해맑은 아이들의 얼굴에 제는 낭패라고 생각하면서, 귀찮게 되었다고 한 번 더 뇌까렸다.

남자아이는 제에게 보낸 메일에서 자신의 이름이 준오라고 소개했다. 아주 흔한 이름은 아니었지만 그렇다고 특별히 희귀한 이름도 아니었다. 준오라는 이름의 아이를 알고 지낸 듯한 기분이 들었던 것은 그 탓일 수도 있었다. 준오는 자신이 제의 과 후배이며 제에 대한 이야기를 선배들로부터 많이 들었다고 말했다. 실제로 준오가 열거한 이름들은 제 역시 알던 후배들의 이름이었다. 그 때문에 비록 기억 속에 없었지만 준오라는 아이가 자신의 후배인 것만큼은 사실 같다고 제는 생각했다. 준오는 휴학 중이며 과 후배인 여자 친구와 배낭여행을 하고 있는데 베니스에 들를 것이라고 말했다. 메일의 끝에는 선배님을 꼭 만나뵐 수 있으면 더할 나위 없는 영광이겠습니다, 라고도 썼다. 제는 그를 만나고 싶은 생각이 조금도 없었다. 그렇지만 윤의 생각은 달랐다. 윤은 누구든 간에 오겠다는 사람을 마다할 때냐고 비난하는 투로 말했다. 가뜩이나 비성수기라 수입이 전무하다는 것이 그 이유였다. 작년 여름 성수기 때 예년만큼의 수입을 올리지 못했다는 사실을 기억이나 하냐고도 다그쳤다. 물론 제도 기억했다. 작년 여름에는 심각한 가뭄으로 쓸 수 있는 물의 양이 턱없이 부족해 관광객들을 많이 받을 수가 없었다. 물의 도시라는 도시의 별칭을 생각하면 아이러니

한 일이었다. 후배라는데 돈을 받을 수나 있겠냐, 고 생각하면서도 제는 더 이상 윤과 다투고 싶지 않았다. 제는 모든 것이 다 귀찮았고 될 대로 되라, 하는 심정이었다.

이제 겨우 스물넷이라는 준오와 미영이란 이름의 스물한 살짜리 여자 친구는 제를 보고 허리를 90도로 숙이며 큰 소리로 인사했다. 20일간의 여행 중 마지막 여행지라고 했는데도 그들은 그다지 피곤한 기색이 없어 보였다. 준오는 키가 제보다 머리 하나는 더 컸고, 건장한 체격으로 머리카락을 새빨갛게 염색했다. 미영은 귀여운 타입으로 웃으면 볼에 보조개가 팼다. 그들은 커다란 배낭을 메고 트렁크를 끌며 제를 따라 걸었다. 트렁크의 바퀴가 돌로 된 길에 부딪쳐 요란한 소리를 냈다. 준오는 한껏 들뜬 목소리로 제를 향해 이렇게 만날 수 있다는 것이 얼마나 큰 영광인지 모른다는 둥, 초대해주셔서 감사하다는 둥의 인사말을 크게 늘어놓았다. 제는 슬리퍼를 끌듯 앞서 걸으며 담배나 한 대 피웠으면 좋겠다고 생각했다. 낙서가 많은 건물 벽 옆의 좁은 계단에 접어들자 물비린내가 났다. "역시, 베니스는 물의 도시라더니 운하가 있네요!" 준오는 무엇에든 감탄할 준비가 되어 있는 여행객처럼 말했다. "여기야." 제는 운하 옆 낡은 건물의 커다란 문 앞에 멈춰 서 열쇠로 열었다. "너희는 여기서 초인종을 세 번 눌러. 그럼 우리가 열어줄 거야. 꼭 세 번 눌러야 해. 잡상인이 많아서 한두 번 누르면 안 열어주니까." 준오와 미영은 제의 말을 하나도 놓치지 않겠다는 듯이 진지한 얼굴로 고개를 주억거렸다. 제는 몹시 피로했다.

제의 아파트는 2층에 위치해 있었다. 복도에는 등이 있었지만 어두침침했고, 몹시 낡은 계단은 더러웠다. 누군가가 버려둔 자전거는 계단참에 녹슬어 있었다. 준오와 미영은 트렁크를 들고 힘겹게 좁은 계단을 올랐다. 미영의 트렁크를 들어줄까 하는 생각이 아주 잠깐 머리에 스쳤지만 제는 생각을 행동으로 옮기지 않았다. 2층에는 양옆으로 문이 두 개 있었고, 제의 집은 그중 오른쪽이었다. 제는 페인트가 벗겨진 붉은 문을 열었다. 문소리에 윤이 느릿한 걸음으로 주방에서 나왔다. 집 안은 어딘가 바람이 새기라도 하는 것처럼 서늘했다. 투숙객이 올 때마다 윤이 끓이는 보리차의 냄새가 축축하게 온 집 안 곳곳에 스며들었다.

이 집에 처음 입주하던 날 현관문을 붉게 칠한 것은 제였다. 그무렵 제가 작업했던 모든 미술 작품에는 붉은색이 등장했다. 그것은 제가 오래전 처음 보았던 이탈리아의 뜨거운 태양처럼 강렬하고 선명한 색깔이었다. 그때 제는 베니스에 비엔날레를 보러 왔다. 지도교수의 작품이 전시될 예정이었기 때문이다. 아무리 애제자라 하더라도, 먼 유럽까지, 그것도 학부생이 교수와 동반하는 경우는 학과가 생긴 이래 없었다. 그만큼 제가 받았던 대우는 파격적이고 놀라운 것이었다. 그렇지만 제가 받는 특혜에 대해 이의를 제기하는 이는 아무도 없었다. 같은 학과 내에 제를 질투하거나 시기하는 사람은 많았겠지만 누구도 대놓고 제에 대한 험담을 할 만큼 배짱을 갖지는 못했던 것이다.

제는 지방의 소도시 출신으로 일찍부터 그 도시에서 열린 대부분의 사생대회에서 대상을 휩쓸었다. 미술에 특별한 재능을 가진 부모를 둔 것도 아니었고, 이름난 미술 선생에게서 미술을 사사한 것도 아니었기 때문에 그 도시 사람들은 제를 천재라고 불렀다. 그가 고등학교에 입학했을 때, 학교 미술 선생은 그에게 전국대회에 참가해보지 않겠느냐고 제안했다. 미술 선생은 젊었고 의욕이 넘쳤다. 그는 전국대회에서도 대상을 거머쥐었다. 3년 뒤, 그는 국내에서 가장 실력이 뛰어난 미술 학도들이 입학한다는 대학에 우수한 성적으로 입학했다. 그리고 그 안에서도 늘 주목을 받았다. 지도교수는 비엔날레를 취재하러 온 기자와의 인터뷰에서 앞으로 한국 미술계의 스타가 될 것이라고 제를 소개했다. 교수가 제에 대해 길게 했던 말들은 지면 부족 탓에 단 한 줄로 요약된 채 사라지고 말았지만 어쨌거나 그 모든 일은 제가 스물다섯이 되기도 전에 벌어진 일이었다. 제는 이듬해 졸업을 했고 그 뒤 대형 캔버스에 물감을 입체적으로 수없이 덧칠한 뒤 금속과 거울 조각을 붙여 만든 기형적 건축물 그림들로 주목을 받았다. 그가 뉴욕 진출을 위한 발판으로 삼겠다며, 그의 작품에 관심을 보였던 현지 전시 기획자를 찾아 베니스에 다시 온 것은 스물여덟 살 때였다. 그리고 그때 그는 윤과 함께였다.

준오와 미영은 부산스럽게 집을 둘러보았다. 준오는 넉살 좋게 "형수님이라고 부르는 게 좋을까요?" 하더니 윤이 머뭇대는 사이 "형수님, 물 좀 마셔도 되나요?"라고 물었다. 집에는 거실로 쓰이는 진녹색 벽의 방 이외에 방이 세 개 더 있었는데 그중 하나는 커플룸이었고 나머지 두 방에는 2층 침대가 각각 두 개, 세 개씩 놓여 있었다. 성수기에는 보통 모든 방이 만실일 때가 많았기 때문에 윤과 제는 부엌에 매트리스를 깔고 잤다. 그렇지만 비성수기에는 방이 빌 때가 많았다. 그러면 윤과 제는 빈방을 차지하고 잠을 잤다. 사람들이 들고 날 때마다 빈방은 바뀌었고, 그때마다 윤과 제 역시 방을 바꿔야만 했다. 그들의 명의로 된 집이었으나 잠을 자려고 침대에 누우면 그들은 유목민이 된 것만 같은 기분을 느꼈다. 별이 가득한 초원의 하늘 대신 삐걱거리는 매트리스 위에 누운 그들이 보는 것은 세월에 마모된 천장뿐이었지만.

제는 준오와 미영에게 그들이 묵을 커플룸을 보여주었다. 침대 시트는 새로 빨았는데도 낡은 티가 가려지지 않았다. 헤드도 없는 침대는 그저 싸구려 철제 받침대 위에 매트리스를 얹은 것에 불과했다. 침대 아래 깔아둔 러그에는 보풀이 일어나 있었다. 제는 방문을 여는 순간 오랫동안 잊고 살았던 수치심 비슷한 것을 느꼈다. 함부로 자신을 찾아온 방문객들에게 화가 나기도 했다. 그렇지만 제는 동시에 방을 본 그들의 얼굴이 일그러지는 것을 보고 싶은, 어처구니없는 욕망을 느꼈다. 그것은 이해할 수 없는 감정이었고, 아주 찰나적인 감정이었지만, 어떻게 보면 수치심이나 분노보다 더욱 강한 충동이었다. 그러나 방을 본 두 남녀는 "아, 여기가 저희 방이에요? 감사합니다. 방이 아주 넓네요" 하고 말했을 뿐이었다. 그들의 얼굴에는 어떠한 실망의 빛도 비치지 않았고 오히려 그들은 활짝 웃고 있었다. 만족해하는 그들을 보면서 제는 안도감을 느꼈어야 했고, 실제로 어느 정도 안도감을 느꼈지만, 동시에 한편으로는 전보다 조금 더 큰 수치감과 분노를 느꼈다. 제는 "내일부터 해면이 상승할 거야"라고 말하고 방을 빠져나왔다. 준오와 미영은 그것이 무슨 말인지 알아듣지 못한 채 철없는 아이들처럼 웃었다.

"이걸 신고 다녀야 할 거야."

다음 날, 제는 준오와 미영 앞에 고무로 된 검정 장화 두 켤레를 내려놓았다. 몇 해 전 배낭여행을 왔던 커플이 사서 신은 뒤 버려 두고 간 것이었다.

"온 도시에 물이 찼어."

제가 말했지만 준오와 미영은 무슨 말인지 이해하지 못한 얼굴이었다. 그들은 윤이 만든 제육볶음과 시금칫국을 아침 식사로 먹었다. 다채롭게 구할 수 없는 한국 조미료의 맛을 모두 설탕으로 무마하려는 것처럼 윤의 음식은 갈수록 지나치게 달았다. 준오와 미영은 밥을 한 그릇씩 해치우고, 설거지를 도와주겠다고 나섰다. 제는 그들이 나가기 전에 시내 지도를 주면서 오징어 튀김이나 파스타 따위의 것들을 먹을 수 있는 주변 식당 몇 군데를 그들에게 알려주었다. 그곳은 민박집에 오는 손님들을 그리로 보내는 대신 커미션을 받기로 되어 있던 식당들이었다. 숙박을 하려는 다른 손님은 여전히 없었다. 장화를 신고, 현관 쪽으로 내려가던 준오와 미영이 탄성을 내질렀다.

"와, 선배님 대단해요!"

운하의 물이 범람해 건물 입구가 온통 물에 잠겨 있었다. 제는 슬리퍼를 신은 채 물살을 헤치고 그들 앞으로 걸어가 대문을 열었다. 그러자 더 많은 물이 출렁이며 현관 안으로 들어왔다.

"이게 대체 어떻게 된 일이야!"

준오와 미영이 또다시 믿을 수 없다는 듯한 눈빛으로 밖을 바라보았다. 베니스는 만(灣) 안쪽 석호 위에 흩어진 백십구 개의 섬들이 사백여 개의 다리로 이어진 도시였다. 그중 시가지는 아주 오래전 석호의 사주였던 곳에 세워졌는데, 그 탓에 지반이 약하고 쉽게 물에 잠겼다. 해수면 상승으로 바닷물에 잠긴 도시에는 더이상 땅이 남아 있지 않았다. 모든 건물은 물 위에 떠 있는 것처럼 보였고, 미처 제대로 묶어놓지 못한 곤돌라들이 어제까지 거리였던 골목을 둥둥 떠다녔다. 관광객들은 장화를 신은 채 물살을 헤치며 거리를 걸었다. 장화를 준비하지 못한 관광객들은 무릎까지 차오른 바닷물에 바지를 다 적시며 걷고 있었다. 준오와 미영이 재난영화의 주인공들처럼 서로의 손을 꼭 잡고 건물 밖으로 나서자 제는 있는 힘을 다해 건물의 대문을 닫았다. 미처 빠져나가지 못한 바닷물이 어둠 속에 고여 서서히 부패해갔다.

제는 다리에 묻은 물기를 닦으며 집 안으로 들어섰다. 윤은 티셔츠와 팬티만 입고 식탁 의자에 앉아 준오와 미영이 남긴 음식을 한데 비벼 먹고 있었다. 거대한 허벅지와 흉측하게 늘어난 뱃살 탓에 윤의 보라색 팬티는 비현실적으로 작아 보였다. 윤이 원래부터 저렇게 뚱뚱하지는 않았다. 일본 인형같이 오밀조밀한 얼굴에 각선미가 빼어난 윤에게 반했던 일이 과연 실제로 존재하기나 하는지 의심스러웠다. 윤은 허겁지겁 음식을 입속으로 밀어 넣었다.

입 주변과 손가락은 기름기로 번들거렸다. 그릇에 머리를 처박고 음식을 먹어치우는 윤은 한 마리의 돼지처럼 보였다. 늙고 더러운 지방 덩어리의 몸. 제는 윤을 혐오스러운 눈으로 쳐다보았다. 미영의 존재 때문일까. 윤에 대한 혐오가 모처럼 선명하게 느껴졌다. 학부 졸업 직후 처음 만났던 윤은 미영처럼 예뻤겠지만 이제는 기억도 나지 않았다.

그 무렵 제는 몇몇 동기들과 단체전에 참여했고 크지는 않았지만 개인전도 열었다. 제의 개인전은 이런저런 신문의 문화면에 소개가 되기도 했다. 어떤 유명 미술 잡지에서는 주목해야 하는 스타 미술가로 그를 인터뷰했다. 굴지의 정유회사 CEO가 세운 미술관의 기획전시에 젊은 작가로는 유일하게 작품 제작을 주문받기도 했다. 모든 것은 제가 기대했던 것보다 더 순조롭게 풀려나갔다. 처음에는 너무나도 순탄한 자신의 삶이 두려울 때도 있었고, 자신의 작품에 대해 호의를 가졌던 평단이 어느 순간 등을 돌리지는 않을까 걱정이 되기도 했지만, 시간이 흐를수록 제는 거듭되는 성공과 주변의 찬사에 익숙해졌다. 제는 사실 그때까지 살아오면서 크게 실패해본 일이 없었기 때문에 대부분의 순간에 자신의 능력을 믿는 편이었다. 신입생 시절에는 많은 지방 출신의 학생들이 그러듯 수도권 출신의 중산층 아이들이 갖고 있는 특유의 자신감과 세련됨에 약간의 열등감을 느꼈다. 그러나 이내 그는 그 결핍으로부터 자신을 보호하는 법을 터득했다. 그는 재능만이 자신을 성공하게 해줄 것이라고 믿었고, 수없이 많은 그림을 그렸다. 잘나갔기 때문에 제의 주변에는 사람이 많았지만 동시에 그는 오만하다는 평을 종종 들었는데, 제로서는 자신이 왜 그런 평가를 받아야 하는지 납득할 수 없었다.

　해수면 상승을 알리는 사이렌 소리가 도시 전체에 울렸다. 비까지 내려 도시는 점점 더 깊이 물속으로 가라앉았다. 배수 시설이 좋지 않은 터라 빗물은 빠져나가지 못한 채 그대로 골목에 갇혔다. 그 탓에 일찍 숙소로 돌아온 준오와 미영은 젖은 양말과 바지를 벗어 말렸다.
　평상시처럼 제가 인터넷으로 한국의 개그 프로그램을 시청하며 킬킬대고 있는데 준오와 미영이 거실로 나왔다. 러닝셔츠 차림인 것이 신경 쓰여 제는 벗어두었던 윗옷을 찾아 걸쳤다. 미영과 준오는 거실을 어슬렁거리며 멋대로 집 안 곳곳을 구경했다. 핫팬츠를 입은 미영의 다리가 자꾸 신경 쓰이고, 뭐가 재미있는지 깔깔대는 그들의 웃음소리가 거슬려 제는 볼륨을 높였다.
　"선배님, 이거 뜻이 뭐예요?"
　준오가 부엌과 거실을 잇는 복도의 벽에 칼로 새겨진 글씨를 발견하고 큰 소리로 물었다.
　"'나는 소멸하고 있는 중이다'란 뜻이야."
　제는 귀찮다고 생각하며 대꾸했다.
　"거실의 초록색 벽지는 선배님이 바르신 거예요?"
　얼마 안 가 미영도 큰 소리로 질문했다.
　"원래 그렇게 되어 있었어."

제의 퉁명스러운 말투를 눈치채지도 못했는지 그들은 문 색이 벽지와 잘 어울린다는 둥 쓸데없는 말들을 늘어놓았다. 제는 볼륨을 최대치로 올렸다. 윤은 다음 날 아침 식사를 준비하며 닭고기의 힘줄을 커다란 식칼로 내리쳤다.

"참, 이거 같이 먹으려고 사왔어요!" 방으로 들어간 미영이 포도주 한 병을 들고 다시 나왔다. 그들은 치즈와 감자칩, 포도주를 식탁에 올려놓았다. 준오와 미영은 윤과 제가 기뻐하는 모습이 보고 싶은 듯 눈을 빛냈다. 제는 하는 수 없이 노트북을 덮었다. 이토록 저돌적으로, 순진하게 다가오는 사람을 만나는 것이 너무 오랜만이었다. 제는 준오와 미영을 볼 때 느껴지는 낯선 감정이 무엇인지 알지 못했다. 그 감정은 설명될 수도, 명명될 수도 없는 것이었다.

준오와 미영은 식탁 주변에 둘러앉아 그들이 보았던 궁전이나 다리 같은 것들에 대해서 떠들어댔다. 스스로 예쁘다는 것을 아는 여자애 특유의 애교 섞인 표정을 지으며 미영은 레스토랑에서 오징어 튀김을 먹었는데 떡볶이 생각이 났다고 말했다. 준오는 벌써 몇 번째, 학교에서 제에 관한 신화를 많이 들었다고 말했다. 준오의 말에 윤의 입꼬리가 기이하게 뒤틀렸고 제는 기분이 상했다. 준오가 자신의 그림들을 보여달라거나 작업실을 구경시켜달라고 하지는 않을까 제는 걱정스러웠다. 작업실이었으나 이제는 4인용 도미토리일 뿐인 그 방에서 그림을 그리지 않은 지 너무 오래되었다. 이젤과 물감은 모두 창고에 처박혀 있었다. 준오를 만나기 전날 밤, 제는 창고에 처박아둔, 망친 그림들이라도 꺼내놓아야 하는 것은 아닐까 잠시 고민했다. 제는 태연한 척 포도주를 들이켜고 싸구려 치즈를 집어 먹으면서 더 이상 자신이 그림을 그리지 않는다는 것을, 자신의 삶이 실패했다는 것을 준오가 이미 알아채지는 않았을까 초조했다.

준오는 포도주를 마시며, 그림을 그려 명성을 쌓고 돈을 많이 번 뒤 세계 일주를 하면서 자유로운 예술가로 사는 것이 꿈이라고 고백했다. "선배님처럼 사는 게 너무 멋져요." 제는 준오가 자신을 비웃는 것이라 생각해 몹시 기분이 나빠졌다가, 이내 그것이 준오의 진심이라는 사실을 깨닫고 더욱 기분이 상했다. 가스레인지 위 커다란 주전자 안에서는 보리차가 끓고 있었다. 푸른 가스 불이 주전자를 집어삼킬 듯 넘실댔다. 주전자 뚜껑이 위태롭게 달그락거리기 시작했다. 세계 여행을 하는 낭만적 예술가의 삶을 꿈꾸는 준오를 미영은 존경 어린 눈빛으로 올려다보았다. 미영이 준오 쪽으로 몸을 기울이며 웃음을 터뜨리자 목이 깊게 파인 티셔츠의 한쪽 소매가 어깨를 타고 흘러내렸다. 준오는 그런 미영이 귀여운지 따라 웃으며 그녀의 소매를 올려주었다. 잠깐 살을 드러낸 미영의 어깨는 동그스름했다. 티셔츠 아래 솟은 가슴은 탄력적이게 보였다.

"초록색 벽지 말야. 너희 초록색 벽지 때문에 나폴레옹이 죽었다는 사실 아니?"

윤이 의자에서 일어서며 뜬금없이 말했다.

"아뇨, 처음 들어요. 왜 죽었어요?"

미영이 윤을 따라 일어서며 콧소리 섞인 말투로 물었다. 가스레인지 앞에 선 윤의 처진 엉덩이 옆, 미영의 엉덩이는 작고 봉긋했다.

"참, 선배님, 그림 좀 구경시켜주세요."

귀청을 찢을 것 같은 소리와 함께 수증기가 날카롭게 치솟았다. 주전자 위에 사마귀처럼 맺힌 수포들이 안간힘을 쓰고 매달려 있다가 허망하게 줄지어 떨어져 내렸다. 푸른 불꽃이 닿은 주전자의 아랫부분이 화상을 입은 듯 검게 그을려 있었다. 김이 서려 아무 것도 보이지 않는 창밖으로 사이렌이 또다시 울렸다. 윤이 갓 끓인 보리차를 투명한 컵에 따랐다. 보리차는 불빛에 황금색으로 빛났는데 어딘지 푸르스름한 빛깔이 감도는 것도 같았다.

줄기차게 떨어지는 빗줄기에도 준오와 미영은 열심히 베니스의 골목을 헤매고 다녔다. 관광객들이 번번이 길을 잃는 미로 같은 골목에서 그들 또한 어김없이 길을 잃었고, 화려한 가면과 색색의 젤라토, 터무니없이 비싼 가격의 피자 따위를 파는 가게들을 기웃거렸다. 나흘째 되던 날, 준오와 미영은 무라노 섬으로 향했다. 유리 공예품으로 유명한 섬에서 미영은 목걸이를 하나 장만하고 싶다고 말하기도 했다. 그들을 항구까지 안내해주고 제는 집에 가기 위해 도시를 가로질렀다. 그칠 듯 그치지 않는 비 탓에 도시는 온통 흐렸다. 원색의 건물들은 해마다 반복되는 침수로 색이 바랬다. 간이로 만든 널빤지 다리를 딛고 한 줄로 걷는 관광객들의 우산이 부딪쳐 물방울이 깨진 유리 조각처럼 쏟아져 내렸다. 돌풍이 불어 우산이 자주 뒤집혔다. 지구 온난화로 인해 해수면이 상승해 도시는 해가 갈수록 점점 더 깊이 침수된다고 했다.
제는 물살을 헤치며 앞으로 천천히 걸었다. 언젠가는 베니스라는 도시 전체가 바닷속으로 사라져버렸다는 전설의 대륙처럼 가라앉아버릴지도 몰랐다. 누군가가 널어놓은 하얀 시트가 비에 젖은 채 펄럭였다. 마주 보는 오렌지색과 파란색 건물 사이, 빨랫줄에 걸려 있는 커다란 시트 위로 사방이 물에 젖어 착륙하지 못하는 비둘기들이 떼를 지어 힘겹게 날아갔다. 제는 리알토 다리 위에 올라가 장화를 벗었다. 장화에서 더러운 물이 쏟아졌다. 육지를 덮어버린 바다 위로 죽은 물고기인 양 페트병이 떠내려갔다. 정박해 있는 곤돌라가 늙은 노새처럼 비에 젖어갔다.

오래전 제는 아름다움에 있어서 타협이 없었다. 자신이 생각하는 아름다움이야말로 진정한 아름다움이라는 확신이 있었기 때문에 그는 단호했다. 마치 절대적인 미의 기준을 자신만 아는 듯, 그는 단호한 태도를 유지하는 것을 오히려 사명으로 여겼다. 제는 허리춤까지 오는 물살을 두 손으로 헤쳤다. 그러고 보면 윤의 부모로부터 받은 은행 대출금을 들고 베니스로 돌아와 민박을 시작한 지도 벌써 8년째였다. 그 당시 제는 재기하고 말겠다는 생각에 사로잡혀 있었다. 실패한 채로 귀국할 수 없다는 것을 마지막 한국 방문 이후 절실히 깨달았던 것이다. 제의 부모는 제가 상을 받거나 인터뷰 기사가 신문에 실릴 때마다 동네에 플래카드를 내걸었다. 후배나 동기들은 모두 제의 성공담만을 기대하고 있었다. 불법 민박을 시작한 것은 가능한 한 이곳에 오래 남아 돌파구를 찾아야 했기 때문이었다. 처음 숙박업을 시작하고 몇 해가 흘렀을 때, 윤은 제에게 말했다. 이제라도 그냥 돌아가자. 아기도 갖고 싶고, 지금이라도 늦지 않았어. 그러나 제는 그럴 수가 없었다. 조금만 더 하면 돼. 거의 다 왔어. 그렇지만 그들은 어디에도 도달하지 못했다. 마지막으로 찾아갔던 전시 기획자는 제의 그림을 보며, 너는 그냥 욕심에 눈이 멀어 영혼도 없이 유행만 좇을 뿐이야, 라고 비난했다. 윤은 어느 날, 여기는 베니스도 아니고 한국도 아니야, 라고 소리 질렀다. 윤의 기세에 제의 이젤이 바닥으로 요란한 소리를 내며 쓰러졌다. 그러면 여기는 어디지? 제는 묻고 싶었다. 그곳이 어딘지는 제 역시 알 수 없었다.

밤사이 비가 더욱 세차게 내렸다. 예년과는 어딘지 다른 비였다. 일기예보에서는 폭우라는 표현을 썼다. 이 도시의 기후 묘사에는 적합하지 않은 단어 사용이었다. 이 역시 지구 온난화 탓이라고 했다. 빗줄기가 요란한 소리로 떨어져 내렸다. 빗소리에 제는 놀라 잠에서 깼다. 꿈에서 집이 물살에 쓸려 어딘가로, 어딘가로 떠내려갔다. "창이 어디 열렸나 봐, 가서 좀 닫아." 제는 윤을 향해 팔을 뻗었다. 침대 옆자리는 비어 있었다. 빗소리가 시끄러울 정도로 컸다. 제는 하는 수 없이 몸을 일으켰다. 잠이 덜 깬 채 배를 긁으며 걷던 제는 이상한 장면을 목격하고 흠칫 놀랐다. 어둠 속에 무엇인가가 웅크리고 있었다. 그것은 틀림없는 윤의 뒷모습이었다. 비대하고 둥그런 뒷모습. 윤은 암흑 속에서 준오와 미영이 묵는 방 앞에 경건히 무릎을 꿇고 있었다. 13세기에 지어진 집답게 방문의 열쇠 구멍은 오늘날과 달리 그냥 뚫려 있어 마음만 먹으면 안을 충분히 볼 수 있었다. 윤은 열쇠 구멍을 통해 방 안을 훔쳐보고 있는 게 분명했다. 얼마나 집중해서 보는지 제가 가까이 다가가는 것도 전혀 눈치채지 못했다. 대체 뭘 보는 걸까. 제는 윤을 잠시

내려다보다가 벽에 귀를 바싹 붙였다. 처음에는 빗소리 말고 아무 소리도 들리지 않았다. 벽의 건너편으로부터 어떤 소리가 감지된 것은 제가 포기하고 벽에서 귀를 떼려 할 때였다. 아주 희미한 신음 소리였다. 제는 얼른 다시 귀를 벽에다 댔다. 벽 하나를 사이에 두고 준오와 미영이 몸을 섞고 있었다. 입을 틀어막은 것 같은데도 점점 가팔라지는 미영과 준오의 신음 소리가 낡고 서늘한 벽을 타고 들려왔다. 윤은 열쇠 구멍에 눈을 댄 채 무릎을 꿇고, 제는 벽에 귀를 갖다 댄 채 서서 그들이 절정으로 치닫는 장면을 상상했다. 제는 윤의 몸에 손을 대지 않은 지 정말 오래되었다는 사실을 깨달았다.

사방이 조용해지고, 이번에는 자리에서 일어서던 윤이 제를 발견하고 흠칫 놀랐다. 너무 오랫동안 무릎을 꿇고 앉았던 탓에 다리에 힘이 들어가지 않아 잠시 휘청했으나 윤은 이내 벽을 짚고 균형을 잡았다. 제가 별다른 질문을 하지 않았지만 윤은 뭔가를 대답해야 한다고 생각했는지 퉁명스럽게 한마디를 내뱉었다. "너무 심심해서." 가스레인지 위 주전자에서는 늘 그렇듯 보리차가 끓고 있었다. 언젠가도 윤은 그렇게 말했다. 너무 심심해서. 그때 무료한 얼굴로 윤은 내가 보리차에 비소를 넣는 거 몰랐지? 하고 물었다. 제가 그림을 포기하고, 미래에 대해서 어떤 희망도 기대도 더 이상 갖지 않으리라 생각하던 무렵이었다. 결코 사람을 해칠 일 없을 정도의 양이니 걱정 말라며 윤은 제의 앞에서 보리차를 마셨다. 왜 그런 짓을 하는 건데? 제가 심드렁한 말투로 물었다. 곰팡이가 핀 딱딱한 치즈 위, 침식의 흔적처럼 희끗한 줄무늬. 포도주 잔 벽을 타고 끈끈한 액체가 얼룩을 그리며 흘러내리고 있었다. 금파리 한 마리가 유리잔 가장자리에 위태롭게 앉아 있다가 미지근한 포도주 속으로 고꾸라졌다. 검붉은 액체 속에 빠진 파리가 다리를 떨며 허우적거렸다. 윤은 비소에 중독된 투숙객 중 누군가가 갑자기 죽을 수도 있다는 상상을 하면 지루함이 조금은 견뎌진다고 했다. 지랄하네. 비소가 어디서 났는데? 윤은 무표정한 얼굴로 대꾸했다. 당신, 나폴레옹이 왜 죽었는지 알아? 윤의 눈은 거실의 초록색 벽지에 고정되어 있었다. 비소중독이야. 나폴레옹 방이 초록색 물감 들인 벽지로 꾸며져 있었거든. 윤의 표정이 어딘지 기괴해, 제는 애써 더 아무렇지도 않은 척 코웃음을 쳤다. 헛소리하네. 윤은 심드렁한 얼굴로 둔탁한 몸을 일으켰다. 그럼 실컷 드시든지. 살을 찌우는 것을 제외하면 이 세상에 존재를 증명할 방법이 없다는 듯 기하급수적으로 팽창하던 윤의 육체. 윤은 투숙객이 올 때면 늘 보리차를 끓였다. 그렇지만 지금껏 이 민박집에 묵었던 투숙객 중 죽어 나간 사람은 없었다. 지루한 매일매일이 지루하고 또 지루하게 흘러갈 뿐이었다.

제가 침실로 돌아가 겨우 다시 잠이 들었을 때, 누군가의 거대한 손이 그를 흔들어 깨웠다. 윤이었다.

"무슨 일이야?"

제는 잠에서 덜 깬 채 윤을 향해 물었다. 윤은 얼빠진 목소리로 대답했다.

"죽었나 봐."

윤의 목소리가 떨렸다.

"무슨 소리야?"

제는 어처구니가 없었다.

"죽은 것 같다고."

제는 무슨 말인지 도무지 이해할 수 없었지만 허둥대며 방을 나서는 윤의 모습에 본능적으로 불길한 일이 벌어졌음을 직감했다. 제가 벌떡 일어서자 낡은 매트리스의 용수철이 비명을 질렀다. 부엌 입구에는 귀엽고 작은 미영이 눈을 감은 채 윤의 품에 파묻혀 있었다. 이게 대체 무슨 일이지? 제는 조금 전까지 벽 너머에서 들려오던 생생한 욕망의 신음 소리를 기억했다. 제가 벽에 귀를 대었을 때, 미영이 준오와 뒤엉켜 있던 것은 분명한 사실이었다. 그러나 어떻게 된 영문인지 지금 미영은 힘없이 윤의 두 팔에 안겨 있었다. 미영의 얼굴은 창백했고 팔은 무기력하게 늘어졌다.

"이게 대체 어떻게 된 일이야?"

제가 놀라서 물었다.

"비소 탓인가 봐."

윤이 목소리를 낮추며 울 것 같은 표정으로 말했다. 식탁에는 물기가 채 마르지 않은 컵이 쓰러져 있었다. 갑자기 윤이 나른한 목소리로 내뱉었던 말이 제의 머릿속을 스쳤다. 보리차에 물감을 타왔다던 윤의 말이 정말 사실인가. 물감 따위로 정말 비소중독이 될 수도 있단 말인가. 그럴 리는 없었다. 그렇지만 미영은 지금 하얗게 질린 얼굴로 쓰러져 있었다.

"죽은 것 같아. 어떻게 해?"

윤이 조금 더 다급한 말투로 물었다. 신경질적인 윤의 목소리를 듣자 갑자기 제의 심장이 빠르게 뛰기 시작했다. 이건 정말 터무니없는 일이야. 제는 머리를 가로저었다. 아무리 생각해도 이것은 있을 수가 없는 일이었다.

"앰뷸런스를 불러야 할까? 근데 그럼 나 감옥 가는 거야?"

멍하니 서 있는 제에게 윤이 채근하듯 질문을 퍼부었다.

"우리, 살인범이 되는 거냐고!"

살인범이라는 윤의 말에 제는 정신이 번쩍 들었다. 그렇다. 이러고 있을 일이 아니었다. 정말 죽은 것이라면 어떻게든 이 상황을 해결해야만 했다. 누군가 이곳에서 죽었다는 사실이, 아니 누군가를 이곳에서 죽였다는 사실이 알려진다면 자신의 삶은 정말 끝장이었다. 죽은 게 아니라, 잠깐 기절한 것일 수도 있어. 제는 미량을 넣을 뿐이라던 윤의 말을 가까스로 기억해냈다.

"죽은 게 확실한 거야?"

제는 미영의 심장에 귀를 갖다 대었다. 봉긋하고 탐스럽던 미영의 가슴에서는 아무 소리도 들려오지 않았다. 콧구멍 아래 손가락을 대보았으나 더운 김 역시 느껴지지 않았다. 정말 죽은 거란 말인가? 제는 눈앞에 펼쳐진 현실을 받아들이고 싶지 않았다. 미영에게 질병이라도 있었던 걸까? 재수 없게, 비소에 민감히 반응하는 체질이었던 걸까? 제는 미영의 뺨을 연거푸 내리쳤다. 어디선가 본 것을 기억해내, 제는 미영의 입을 벌리고 인공호흡을 시도했다. 그렇지만 미영은 아무런 반응이 없었다. 정말 죽은 거구나.

제는 이마의 흥건한 땀을 훔쳤다. 미영의 죽음이 돌이킬 수 없는 사실임을 받아들이는 것 외에는 다른 방도가 없어 보였다. 그리고 거의 동시에 이 죽음이 세상에 알려진다면, 윤이 살인범으로 몰린다면, 아니 자신이 공범으로 몰린다면, 벌어질 일들이 두서없이 제의 머릿속에 떠올랐다. 미영의 죽음이 세상에 알려져서는 안 된다는 생각이 제를 잠식하기 시작했다.

"준오는, 준오는 자?"

제가 윤을 향해 다급히 물었다.

"모르지."

윤이 대답했다.

"그렇게 멍청히 서 있지 말고 가서 좀 들여다봐."

제가 신경질적인 목소리로 다그쳤다. 윤은 넋이 나간 얼굴로, 준오와 미영의 방문 앞에 무릎을 꿇었다.

"곯아떨어져 있는 것 같아."

제는 미영을 내려다보았다. 미영의 얼굴은 석고로 만든 가면처럼 하얗게 굳어 있었다. 제는 충동적으로 미영을 둘러업었다.

"어떻게 하려는 거야?"

윤이 조그만 목소리로, 그렇지만 날카로운 톤으로 말했다.

"물에 흘려버려야겠어."

생각지도 않은 말이 입 밖으로 튀어나왔다. 그랬다. 그러자 처음부터 계획하기라도 한 듯이 물에 흘려보내는 것이 최선이라는 생각이 제를 사로잡았다. 온 도시는 물에 잠겨 있었다. 사람들이 깨기 전에 바다로 가서 미영을 던져버리고 오면 괜찮을 것이다. 영화에서 보았듯이 다리에 무거운 것을 묶어서 던져버리면 된다. 죽은 것이든, 기절한 것이든, 비소 때문이라면 바다에 던지는 순간 미영은 모든 비밀과 함께 물속으로 가라앉을 것이다. 물은 당분간 계속 불어날 예정이었다. 해수면이 다시 낮아지는 봄이 오면 미영의 몸은 이미 썩어 없어져 있을 것이었다. 미영의 통통 불은 몸은 물고기에 의해 살점이 뜯기고 미생물에 의해 천천히 분해되어 사라질 것이다. 그러면 아무도 미영의 시체를 찾지 못할 것이고, 미영은 그저 실종된 것으로 처리될 것이었다.

"넌 뭐든, 매달아버릴 무거운 걸 좀 찾아봐."

제가 윤을 향해 조그맣지만 단호한 말투로 말했다.

"집에 무거운 게 어딨어?"

윤이 대꾸했다. 제는 화가 치밀었다. 쓸데없이 윤이 비소 따위를 보리차에 타지만 않았으면 이런 일은 일어나지도 않았을 거였다. 그렇지만 윤과 실랑이를 할 시간은 없었다. 제가 미영을 업고 복도를 빠져나오는데, 어디선가 또다시 사이렌 소리가 울려왔다. 집 안은 칠흑처럼 어두웠고, 공기 중에는 물비린내가 났다. 일단 얼른 밖으로 나가야 했다. 아무것도 의심하지 않고 잠들어 있는 준오에게 이 장면을 들켜서는 안 됐다. 그런데 준오가 떠오르자 미영이 사라진 것을 알면 준오가 가만히 있을까 하는 데 생각이 미쳤다. 사실 독을 보리차에 탈 거라고는 누구도 상상하지 못할 것이므로 준오가 살인을 의심할 이유는 없을 것도 같았다. 그렇지만 준오는 의심할지도 몰랐다. 경찰에 신고할지도 몰랐다. 경찰에 신고하면 불법으로 민박을 운영했던 사실이 들통 날 거였다. 윤이 보리차에 초록색 물감을 타왔다는 사실이 발각될 수도 있었다. 아, 준오도 같이 죽여버려야 하는 것일까. 사이렌 소리가 또다시 시끄럽게 울려댔다. 죽여버려야 하는 것일까. 그렇게 생각하자 제의 심장이 거세게 뛰었다. 술이라도 한잔 마시고 싶다는 생각이 간절했다.

"준오를 어떻게 하지?"

제가 윤을 돌아보며 물었다. 미영의 발을 묶기 위한 끈과 구형 텔레비전을 힘겹게 안고 뒤따라오던 윤이 불안한 얼굴로 제를 올려다보았다. 제와 윤이, 무엇이 되었든 둘 모두를 위해 같이 고민을 하는 것은 정말 오랜만이었다. 골똘히 생각에 잠긴 윤의 얼굴에서 제는 자신의 그림에 숨겨진 아름다움의 비밀을 찾아내려고 몇십 분 동안 작품 앞에 서 있던 스물여섯 살짜리 여자의 얼굴을 보았다. 반듯한 이마에서 코로, 턱으로 이어지던 윤의 옆얼굴에는 1960년대 미국 영화 속 고전 미인의 선이 있었다.

"내가, 내가 생각해볼게."

제는 지금이라도 당장 윤을 덮치고 싶은 충동을 느꼈다. 제는 윤에게 성욕을 다시 느낄 수 있다는 사실에 당황했다. 몇 년 만에 느끼는 충동인지 기억도 나지 않았다. 제는 어쩌면 모든 것이 새로 시작될 수 있을지도 모른다고 생각했고 그러자 어이없게도 기뻤다. 시체가 경직되어감에 따라 점점 더 무겁게 그를 짓눌렀으나 상관없었다. 그는 다시 그림을 그릴 수 있을 것이고, 윤은 살을 뺄 수 있을 것이다. 처음부터 다시. 심장이 점점 더 세차게 뛰었다. 이것이 기쁨 때문인지 두려움 때문인지는 분간할 수 없었지만, 제는 틀림없이 자신이 살아 있음을 느꼈다.

제는 미영을 업고 밖으로 나왔다. 건물의 대문은 바깥의 물 때문에 쉽게 열리지 않았다. 제와 윤이 힘을 합쳐 가까스로 육중한 문을 열자 짜고 썩은 내 진동하는 물이 거침없이 건물 안으로 범람해 들어왔다. 도시는 대홍수가 난 것처럼 잠겨 있었다. 제는 계단에 내려놓았던 미영의 시체를 다시 둘러업었다. 미영의 몸은 아까보다 더 무거웠다. 물을 헤치며 나아가는 것은 불가능했다. 제와 윤은 자전거나 살이 부러진 우산과 함께 집 앞으로 떠내려오는 곤돌라를 간신히 붙잡았다. 그들은 미영을 태우고 집에서 구할 수 있는 가장 무거운 물건이었던 구형 텔레비전을 실었다. 곤돌라가 너무 작아 윤은 탈 수 없었다. 제는 노를 저어 앞으로 나아갔다. 사위가 여전히 망각처럼 어두웠으나 곧 해가 뜰지도 모른다는 생각에 제는 마음이 급했다. 어둠에 잠긴 더러운 물이 첨벙, 첨벙 소리를 냈다. 제는 계속 노를 저었다. 가능한 한 멀리, 바다로 가야만 했다. 낡은 건물들이 바닷물에 부식하는 소리가 서걱, 서걱, 서걱, 제의 귓가에 울렸다. 오래된 건물들이 기형적으로 몸을 비튼 채 수런거렸다. 건물 외벽에 박힌 저주받은 혼령의 눈[眼]이 제의 움직임을 감시하듯 내려다보고 있었다. 제는 자신의 삶이 왜 이렇게 되어버렸을까 생각했다. 언젠가 자신에게도 삶이 우호적이던 때가 있었다. 꿈을 꾸는 대로 모든 것이 이루어지던 달콤한 날들도 분명 존재했다. 모든 것이 손에 닿을 듯 가까이 있었다. 불과 얼마 전의 일이었지만 동시에 까마득한 옛날의 일이었다.

제는 아무 건물도 보이지 않는 곳에서 더 이상 노를 저을 힘이 남아 있지 않았을 때 곤돌라를 멈추었다. 물안개가 낀 사위는 카본 블랙을 덧칠한 듯 검었다. 제의 머리 위로, 실금처럼 가늘게 그려진 그믐달만이 내플스 옐로 빛깔로 어둠 속에서 번득일 뿐이었다. 그 주변으로 달무리가 오레올린 색 물감을 스펀지로 뭉개놓은 듯 희미하게 어둠을 물들였다. 무엇도 눈에 띄지 않아, 제는 그곳이 섬에서 멀리 떨어진 바다일 거라고 믿었다. 제는 장갑을 끼고 가져온 끈으로 미영의 발을 묶었다. 발아래에는 구형 텔레비전을 달았다. 10년 전, 윤과 제가 처음 베니스에 도착해 원룸에 살던 시절 장만했던 것이었다. 텔레비전 같은 것은 필요 없다고 생각했던 제와 달리 윤은 모름지기 집에는 가장 크고 좋은 텔레비전이 중앙에 놓여 있어야 한다고 주장했다. 유럽에 신혼집을 장만할 줄은 꿈에도 몰랐다며 좁은 원룸 바닥을 광이 나도록 쓸고 닦던 윤의 두 뺨은 빨갛게 상기되어 있었다. 끈을 묶는 제의 손이 덜덜 떨렸다. 심장이 계속 빠르게 뛰었다. 어처구니없게도 웃음이 나왔다. 희미한 달빛에, 검은 물결이 흩뿌려놓은 티타늄 조각처럼 반짝였다. 제는 미영을 바닷속으로 밀어 넣었다. 너무 무거워, 그 바람에 곤돌라가 뒤집힐 듯 휘청거렸다. 제는 간신히 균형을 잡으며 곤돌라 바닥에 엎드렸다. 다 끝났다. 제는 이제껏 숨을 참았던 사람처럼 거칠게 숨을 몰아쉬었다. 등줄기를 따라 땀이 흘러내렸다. 그제야 제는 자신이 얇은 면 티셔츠에 사각팬티 차림이라는 것을, 11월의 음습한 밤공기는 차갑다는 것을 깨달았다. 제는 곤돌라의 바닥에 몸을 눕혔다. 제가 눕자 작은 곤돌라가 꽉 찼다. 부패의 냄새가 코를 찌르는 물의 한복판에 누워 제는 자신의 뜨거운 심장을 느꼈다. 관 속처럼 컴컴한 하늘 아래서 그는 아주 오랜만에 살아 있음을 실감했다. 그는 살아 있었다. 그리고 그는 살고 싶었다.

⊙

　제에게 메일 한 통이 도착했다. 준오였다. 선배님께, 라고 시작하는 메일에는 한국에 잘 도착했다고 쓰여 있었다. 메일을 다 읽은 제는 장화를 신고 집을 나섰다. 준오는 베니스에서 함께 보낸 시간이 무척 즐거웠다고, 여행하는 동안 힘들고 괴로웠던 적도 많았지만 배운 것이 더 많았노라고 썼다. 그는 아직 진로를 결정하지 못했지만 여행을 통해 얻은 긍정의 힘으로 조금 더 용기를 갖고 꿈을 이루기 위해 도전을 하겠다고도 썼다. 그리고 메일의 말미에는 미영이도 안부를 전해달래요, 라고 덧붙였다.
　"또 어딜 나가?" 윤이 제의 뒤통수에 대고 소리를 질렀다. 팬티 차림으로 거실을 어슬렁거리는 윤의 허벅지가 걸을 때마다 출렁였다. 더럽고 어두침침한 계단을 내려가 가까스로 육중한 문을 열자 짜고 썩은 내 진동하는 물이 거침없이 건물 안으로 범람해 들어왔다. 제는 천천히 물살을 헤치며 걸어나갔다. 주인을 잃은 곤돌라 하나가 어디선가 쓰레기와 함께 떠내려왔다. 페인트칠이 벗겨져 얼룩덜룩해 보이는 곤돌라였다. 그날 만약. 각 건물의 배수관에서 물이 수도꼭지를 최대로 튼 양 콸콸 쏟아져 나왔다. 그날 만약 미영이 죽은 것이 현실이었더라면. 제는 가끔 생각했다.
　제는 서서히 산마르코 광장 앞을 걸었다. 12세기부터 17세기까지 그려졌다는 대성당의 벽화를 보고자 했던 관광객들은 침수 탓에 성당 문이 폐쇄되어 허탕을 치고 돌아섰다. 성당의 직원들은 효용 없는 짓인 줄 알면서도 바닷물을 밖으로 퍼서 버렸다. 천천히 바닷물에 침식하고 있는 것은 대성당 벽면만이 아니라는 사실을 그들은 모르지 않았다. 제는 성당 쪽으로 헤엄치듯 걸어갔다. 가슴팍까지 차오른 물을 타고 죽은 쥐가 떠내려왔다. 제는 물속에서 한 발씩 걸어나갔다. 화려했던 성당의 금박 장식이 오랜 세월에 씻겨 벗겨지고, 먼 옛날 등대로 쓰였던 붉은 종탑의 밑은 바닷물에 삭아갔다. 은빛 가면을 쓴 무희들이 있던 자리는 모두 물에 잠겼다. 나폴레옹이 세상에서 가장 아름다운 응접실이라고 했던 광장 위로 노천 카페의 노랗고 파란 플라스틱 의자들이 둥둥 떠다녔다. 영원할 듯 빛나던 순간은 사라지고 모두가 종국에는 늙고 병들다 종료되는 것이 삶임을 이미 알고 있다는 듯, 사람들은 피로한 얼굴로 집에 차오른 물을 묵묵히 양동이 가득 퍼서 창밖에 버렸다. 윤은 아름다웠던 그 모습을 되찾을 수 없을 거고, 제 역시 모든 것이 가능했던 시절로 돌아갈 수 없을 것이었다. 제는 피부로 스며드는 한기를 느끼며 "생(生)은 수없이 많은 모멸감과 열패감을 선사할 것이지만 그 와중에 아주 가끔 또 영원에 대한 기대를 갖게 할 것이고 또 아주 가끔 아름다움에 대한 희망을 품게 할 것이다"라던 문장을 떠올렸는데, 그것은 제가 졸업 전시회 팸플릿의 머리말로 썼던 문장이었다. 단기간에 큰돈을 번 중국인 관광객들이 곤돌라 위에 앉아 비를 맞으며 순간을 영원히 기록하기 위해 사진을 찍고 있었다. 서부식 악센트가 강한 미국의 고등학생들이 더러운 물속을 헤엄치다가 중국인들의 카메라를 향해 손짓했다.

제는 물기로 얼룩져가는 도시의 한복판에서 어디로 가야 할지를 모른 채 붙박이처럼 서 있었다. 그리고 물에 젖어 흡사 쥐처럼 보이는 비둘기 한 마리가 타는 갈증을 이기지 못하고 머리를 처박은 채 허겁지겁 소금물을 마시는 모습을 오래도록 지켜보았다.

백수린

1982년 인천에서 태어났다. 2011년 〈경향신문〉 신춘문예에 단편소설 〈거짓말 연습〉이 당선되었다. 소설집 《폴링 인 폴》이 있다.

흔한,
가정식 백반

송지현

1.

차선 변경은 생각보다 어려웠다. 우측 깜빡이를 켜고 한참이 지나서도 옆 차선으로 끼어들지 못했다. 지나친 휴게소만 두 개였다. 조수석에 앉은 고목 이모가 창문 밖으로 손을 뻗어 흔들었다. 이모, 이모 손이 사이드미러를 가리고 있어. 내 말에 고목 이모가 멋쩍은 듯 손을 치웠다. 고목 이모는 무릎에 손을 가지런히 올리고는 한동안 조용했다. 나는 뒷좌석을 흘끔흘끔 보았다. 엄마는 내내 머리를 찧으며 자고 있었고, 103호 이모는 창밖만 바라보고 있었다. 103호 이모의 표정이 왠지 비장하게 느껴져 나는 핸들을 꾹 쥘 수밖에 없었다.

겨우 휴게소에 도착했을 때, 103호 이모는 입맛이 없다고 했다. 그래도 고목 이모는 튀김우동 네 개를 시켰고, 우동 네 그릇은 깨끗이 비워졌다. 103호 이모의 그릇엔 국물도 남지 않았다. 잠이 덜 깬 표정으로 엄마가 103호 이모에게 물었다. 대전엔 대체 왜 들르는 거야? 103호 이모는 입술을 한 번 깨물고는 대답했다. 만날 사람이 있어.

여행의 최종 목적지는 바다였다. 최근 나는 3년간 만났던 남자와 헤어졌다. 또래의 연인들이 할 법한 평범한 연애와 헤어짐이었다. 헤어지던 날 남자와 나는 단골 술집에서 닭똥집을 먹었다. 그는 내게, 나와 헤어지는 건 네 인생에 아무 영향도 끼치지 않을 거야, 라고 했다. 사실이었다. 정말로 나는 잘 지냈다. 가끔 지난날을 돌이켜보아도 내 인생에는 사건이랄 게 없었다. 마음을 잠식할 만한 거대한 일들은 모두 다른 사람들에게 일어나는 것만 같았다.

반면에 엄마와 이모들은 나를 과하게 위로했다. 내가 닭똥집을 먹고 싶다, 고 중얼거리면(실제로 나는 남자보다 그 술집의 닭똥집이 더 자주 생각나곤 했다) 고목 이모는 매운 닭발을 만들어주었다. 원래 남자가 떠나면 먹고 싶은 게 많아지는 법이란다. 먹을 것을 자꾸만 갖다 주는 고목 이모 때문에 나는 3킬로그램이 쪘다. 고목 이모는 나를 살찌우는 걸로는 모자랐는지 여행을 계획했다. 맛있는 것도 먹고 이왕이면 해돋이도 보는 게 좋겠어. 고목 이모는 바로 103호 이모에게 함께 가겠느냐고 물었고, 103호 이모는 잠시 생각하다 대답했다. 대신, 볼일이 있으니 대전에 들러야 해.

이모들을 처음 만난 곳은 24시 여성전용사우나였다. 간판엔 궁서체로 '여성한증'이라고 적혀 있었는데, 가끔 '간증'처럼 발음되기도 했다. 고목 이모를 먼저 만났고, 103호 이모는 그다음이었다. 엄마와 나는 일이 없는 날엔(일이 없는 날들이 대부분이었다) 그곳에 가서 시간을 보냈다. 여성한증에선 대부분 두 가지 호칭으로 관계가 정리되곤 했다. 언니 혹은 이모. 그 앞에는 별명이 붙게 마련이었는데, 별명이 만들어지는 데엔 아무런 이유도 없었다. 고목 이모의 별명은 엄마와 이모가 만나는 순간 생겼다. 이모가 여성한증의 문을 열고 들어오는 순간 엄마는 탄성을 질렀다. 아, 고목처럼 크다. 식혜 이모도 좌욕 이모도 그 탄성에는 고개를 끄덕일 수밖에 없었다.

103호 이모를 만난 것은 그로부터 약 4개월 뒤였다. 이모는 그동안 옆 동네 사우나에 다니다가 그쪽 고스톱 멤버들끼리 싸운 뒤로 이곳에 왔다고 했다. 103호 이모를 처음 본 날도 이모는 고스톱을 치고 있었다. 그날 여성한증은 한산했다. 명절 전날이었기 때문이다. 명절 전날 전도 부치지 않고 한가하게 한증이나 하는 여자들은 집에 남자가 없기 마련이었다. 그리고 그런 여자들에 속하는 우리는 오전부터 모여 때를 밀고 마사지를 받고 부항까지 붙이며 해가 넘어가길 기다렸다. 더 이상 할 게 없자 엄마와 고목 이모는 식혜를 마시며 한증막이 다시 지펴지길 기다렸고, 나는 엎드려서 휴대전화 게임을 했다. 도저히 다음 스테이지로 넘어가질 않았다. 나는 한 개의 목숨을 더 소비했다. 구석에서는 처음 보는 이모 두 명이 나른하게 점 백짜리 맞고를 치고 있었다. 한 명은 눈썹 문신이 진했고, 다른 한 명은 별 특징이 없었다. 별 특징이 없는 이모 앞에 지폐 몇 장과 동전들이 수북이 쌓여 있었다. 고목 이모가 고스톱 판을 기웃거리다가 말했다. 우리도 끼워줘요. 오늘 따라 시간이 안 가네. 눈썹 문신이 진한 이모가 대답했다. 난 남편 제사라서 가봐야 해. 몇 개의 동전을 모아 그녀가 일어나자, 특징 없는 이모가 우릴 가리켰다. 네 명이면 딱 맞네, 한 명이 광 팔고. 우리는 녹색 담요 앞에 둘러앉아, 한증막의 열기가 다시 지펴지고 꺼질 때까지 고스톱을 쳤다. 특징 없는 이모는 내리 지다가도 한 번씩 크게 먹었다. 그녀가 화투짝을 내려놓으며 말했다. 다들 날 103호라고 불러. 그날부터 우리는 함께 한증을 하는 사이가 되었다.

103호 이모는 우리 가족과(그래봤자 엄마와 나뿐이었지만) 같은 건물에 살고 있었다. 나는 태어나면서부터 이 집에서 쭉 살았지만 103호 이모를 본 적은 없었다. 건물주와 세입자들이 몇 번 바뀌는 동안 이웃과 친하게 지낸다는 것이 얼마나 부질없는지 깨달았기 때문이다. 이 건물에서 오래 사는 사람은 없었다. 이곳은 다른 곳으로 가기 위한 베이스캠프 같은 거였다. 사람들은 계약이 만료되면 모은 돈과 보증금을 합쳐 아파트나 다른 지역으로 떠났다. 나는 이곳에서 한 번의 장례식과 한 번의 자살 소동을 겪었다.

자살 소동을 벌인 것은 당시 나와 같은 고등학교에 다니던 여자애였다. 같은 학교에다 같은 건물에 사는 동갑내기였지만, 우리는 결국 친해지지 않았다. 대신 나는 그 애의 동생과는 자주 놀았다. 함께 떡볶이를 먹거나 만화책을 빌려보기도 했다. 동생은 내게, 언니를 이해하려고 해선 안 된다며 덧붙였다. 어떤 사람들은 자신의 사건을 독보적인 걸로 만들고 싶어 하거든. 하지만 말해줄까. 언니는 사실 언니가 좋아하던 가수가 은퇴한대서 그 난리를 친 거야.

그 집은 자살 소동을 벌인 딸이 대학에 붙자 이사를 갔다.

죽은 사람은 알코올중독이던 40대 여자였다. 유치원에 다니던 여자의 딸은 늘 술병이 든 비닐봉지를 들고 다녔다. 여자의 장례식이 끝나자 누군가가 그녀의 딸을 데려갔다. 그곳은 한동안 비어 있다가 103호 이모의 집이 되었다.

103호 이모는 혼자 살았다. 누가 봐도 반지하였지만, 집주인은 지대가 높아서 1층이나 다름없다고 우겼다. 이모는 그 집을 계약한 날의 느낌을 몇 번이나 생생하게 들려주곤 했다. 신발 속으로 눈이 푹푹 들이치는 날이었다고 한다. 추위에 떨며 부동산 업자와 길을 헤매던 이모는 그 집에 들어가자마자 노곤해지는 걸 느꼈다. 이모는 부동산 업자에게 당장 계약하겠다고 말했고, 그는 바로 서류를 준비했다. 서류에 사인을 하면서도 이모의 머릿속엔 그 집에 얼른 이불을 깔고 눕고 싶다는 생각뿐이었다. 나중에 알고 보니 그 집이 따뜻했던 이유는 곰팡이 때문이었다. 곰팡이를 없애기 위해 집주인이 보일러를 항상 고온으로 맞춰두었던 것이다. 이모는 겨울만 되면 곰팡이와 가스 요금에 시달렸다.

2.

톨게이트를 통과할 때, 차를 바싹 붙이지 못한 나는 표를 꺼내러 내려야 했다. 뒤로 늘어선 차들이 일제히 클랙슨을 울려댔다. 표를 뽑아 다시 차에 올랐을 때, 고목 이모는 휴게소에서 산 맥반

석 오징어를 뜯고 있었다. 나는 기어를 옮기며, 그냥 기차를 타고 가자고 우길걸 그랬다고 후회했다. 넷 중에 운전면허가 있는 사람은 나뿐이었다. 차가 출발하자 고목 이모가 내게 오징어를 뜯어주었다. 오징어는 내가 알아서 입에 넣어줄테니까, 넌 운전에 집중해. 오징어는 좀 질겼다. 내게 고목 이모는 엄마보다 더 엄마 같은 데가 있었다.

고목 이모는 내가 대학에 붙자마자 운전학원에 다녀야 한다고 주장했다. 엄마가 시큰둥하자 심지어 강습료의 반을 대겠다고 했다. 정작 이모는 면허 시험에 다섯 번이나 떨어진 사람이었다. 필기는 최고점으로 합격했지만 언제나 실기가 문제였다. 이모는 마지막으로 실기 시험을 볼 때 나를 데려갔다. 나는 대기실에서 이모가 운전하는 모습을 지켜봤다. 이모의 차는 열 번도 넘게 급브레이크를 밟았고, 결국 중간에 멈추었다. 강사가 이모를 대기실까지 데려다주었다. 이모는 시험장을 나오면서, 땀이 나서 속옷까지 다 젖었다고 했다. 나는 이모에게 사우나를 자주해서 땀구멍이 열린 거 아니냐고 말하고 싶었지만 참았다.

그에 반해 나는 면허를 (당연히) 한 번에 땄다. 면허증이 발급되던 날, 우리는 한증막에 가서 땀을 뺐다. 고목 이모가 박사를 쐈다. 나는 박카스와 사이다를 섞어 먹는 건 좋지 않다고, 기사까지 보여주며 열변을 토했지만 여성한증에서 과학이나 논리 따위는 먹히지 않았다.

이번 여행에 꼭 차를 타고 가야 한다고 주장한 사람은 당연히 고목 이모였다. 이모는 렌터카 회사에 전화를 걸어 내비게이션 대여부터 자동차의 연료공급 방식에 대해 물어보기까지 했다. 나는 그때까지도 기차를 타자고 졸랐고, 엄마와 103호 이모는 뭘 타고 가든 별 상관이 없다고 했다. 103호 이모는 대전에 있는 행복식당에만 들르면 된다고 덧붙였다. 고목 이모는 내게 행복식당을 검색해보라고 시켰다. 검색 첫 줄에 누군가의 리뷰가 나와, 우리는 머리를 맞대고 글을 읽었다. 전국의 맛있는 식당을 돌아다니며 평가하는 게 취미인 사람인 듯했다. 그는, '가정식 백반집입니다. 맛은 그냥 집에서 먹는 거랑 똑같네요'라고 적었다. 우리는 약간 실망했지만 103호 이모의 의견에 따라 주소를 잘 적어두었다.

고목 이모는 여행 수첩에 예상 경비와 이동 수단, 가져가야 할 것들을 적었다. 이모는 친구들과 여행을 가본 적이 한 번도 없다고 했다. 이모는 여행보다 여행 준비를 더 즐거워하는 것처럼 보였다. 어린 시절 본 외국 영화에서의 파자마 파티가 생각난다며 파자마를 사기도 했다. 그리고 마지막엔, 자동차를 얻어왔다. 빌리는 것보다 더 싸다는 그 자동차는, 오래된 것은 둘째 치고 금색이었다. 언젠가 타게 되리라고 생각했던 차와는 많이 달랐으므로, 차를 마주한 나는 조금 어색해질 수밖에 없었다. 게다가 금색이라니. 나는 조금이라도 튀는 옷을 입고 나가면 10분도 안 되어 귀가하는 종류의 사람이었다. 고목 이모는 차 키를 건네며 시험 삼아 여성 한증 주변을 돌자고 했다. 조수석에 앉아 이래봬도 이 차가 예전엔 국민 자동차라고 불렸다는 걸 강조하는 것도 잊지 않았다. 언젠가는 많은 사람들이 몰았던 차의 창문을 열고 팔을 걸쳐보았다. 익숙해지는 데 오랜 시간이 걸릴 것 같았다.

엄마는 여행에 대해 아무런 의견을 내지 않는 대신, 자신이 선택한 날짜에 가야 한다고 했다. 엄마는 난데없이 집 근처 문화센터의 명리학 코스에 등록한 뒤로 꽤 오랜 시간 사주를 공부했다. 초보 코스부터 전문가 코스까지 2년이 걸렸다. 초보 코스에서 엄마는 자신의 사주만 들여다보았다. 다른 아줌마들이 자식과 남편 사주를 들고 올 때도 내내 자신의 사주만 점쳤고, 점점 낯빛이 어두워지기 시작했다. 초보 코스를 수료했을 땐 밤에 훌쩍훌쩍 울기도 했다. 당시 고3이던 나는 엄마의 어깨에 팔을 두르고 위로했다. 엄마는 눈물범벅이 된 얼굴로 나를 쳐다보며 말했다. 내 사주팔자엔 볕 들 날이 없어. 중급 코스에 들어갈 무렵, 엄마는 자신의 사주에 초연해졌다. 최악의 대운도 잘 넘어갔으니, 앞으로의 인생도 그럭저럭 괜찮지 않겠냐는 거였다. 그러고는 내 사주를 보기 시작했다. 내가 집 근처에 있는 전문대에 합격하고 나서 반수를 고민하던 때였다. 엄마는 반수를 말렸다. 네 공부운은 올해가 끝이고, 앞으로는 쭉 직업운으로 달려. 엄마 얘기를 듣고 보니 더 이상 수능 공부를 할 자신이 없다는 생각이 들었다. 대학생이 되니 살 것이 많아졌다. 얼른 돈을 벌어서, 사고 싶은 걸 맘껏 사고 싶었다.

1년 전, 엄마는 재운이 들어오는 때라면서 동네에 사주 카페를 차렸다. 망한 호프집을 인수해서 간판만 바꿔 단 것이었다. 손님은 얼마 없었다. 엄마는 대학생들이 요즘 사주를 많이 본다던데 왜 적자를 면치 못하는지 궁금해 했다. 나는 이유를 알고 있었다. 가게는, 비유하자면, 한때 전 국민이 타고 다니던 금색 자동차 같았다. 차라리 확실하게 낡아버리면 클래식하다는 소리라도 들을 수 있겠지만, 이건 너무 어중간했다. 사주 카페엔 젊은 학생보단 돈 안 되는 단골손님이 많았다. 주로 여성한증의 아줌마들이었다. 엄마는 아줌마들의 사주를 받아 들고 늘 이렇게 얘기했다. 그동안 엄청 힘들게 살았지요? 그럼 아줌마들은 고개를 주억거리며, 엄마가 사주를 풀기도 전에 자신의 이야기를 쏟아내기 시작했다. 결국 사주 카페는 아줌마들이 넋두리를 늘어놓는 곳이 되었다. 엄마는 내년엔 문화센터 상담심리학 코스에 등록하겠다고 결심했다.

3.

대전 시내를 빙빙 돌고 나서야 우리는 행복식당을 찾을 수 있었다. 그러는 동안 고목 이모가 챙겨온 뽕짝 리믹스를 세 번이나 다시 들었다. 튀김우동 외에 식사를 하지 못한 우리는 가면서 메뉴를 정했다. 앞서 읽었던 리뷰에서 김치전골이 그저 그렇다고 했기 때문에, 김치전골은 제외했다. 나는 전복찜이 먹고 싶다고 했다가 엄마의 눈치를 보고는 된장찌개로 메뉴를 선회했다. 엄마와 고목 이모는 순두부찌개가 먹고 싶다고 했고, 103호 이모는 여전히 입맛이 없다고 했다. 온갖 메뉴를 언급한 뒤에야 도착한 행복식당엔 간판이 없었다. 대신 미닫이 형식의 새시 문 네 개에 각각 행, 복, 식, 당이라고 적혀 있었다. '행'이라고 적힌 문을 '복' 쪽으로 밀고 들어가자 카운터에 앉아 있는 여자가 보였다. 여자는 텔레비전을 보고 있다가 우리를 향해 고개를 돌렸다. 여자의 피부는 까맣고

매끈했다. 진한 쌍꺼풀에, 텁텁한 머릿결. 나도 모르게 여자를 향해 말했다. 헬로? 여자가 일어서자 앞치마에 적힌 소주 이름이 보였다. 영업 끝났어요. 꽤 정확한 발음이었다. 고목 이모가 큰 소리로 말했다. 한국말 잘하네?

동남아시아계 여자가 파를 썰고 두부와 계란을 풀어 순두부찌개를 끓이는 모습은 굉장히 이상했다. 이상하다기보단 어색했다. 우리는 노란 장판 위에 놓인 철제 식탁 앞에 앉았다. 장판은 따뜻하게 데워져 있었다. 여자는 순두부찌개와 된장찌개를 내오며, 103호 이모의 남편이 죽었다고 했다. 나는 103호 이모의 눈치를 보았고, 고목 이모가 소리를 질렀다. 남편이 있었단 말이야?

103호 이모는 순두부찌개를 호록거리며 남편에 대해 말해주었다. 이모의 남편은 조용하고 입술이 얇은 사람이었다고 한다. 집안은 가난했지만 번듯한 직장이 있었고 무엇보다 성실했다. 예의 바른 상견례가 이어졌고 둘은 소도시에 아파트를 얻어 살았다. 이모의 부모는 동네 사람들에게 딸이 아파트에 산다며 세면대와 신식 변기를 자랑했다. 남편은 신식 문물에 애증의 감정을 가진 것처럼 보였다. 신혼여행에서 돌아온 이후로 틈만 나면 가전제품을 부수고 새로 사길 반복했기 때문이다. 남편은 물건을 부술 때마다 시끄럽단 말을 중얼거렸다.

남편이 마지막으로 다닌 곳은 트럭 운송 업체였다. 트럭을 몰 때는 혼자라 좋다고 했다. 세상엔 쓸데없는 이야기들이 너무 많다고도 덧붙였다. 그즈음 남편은 밤마다 술을 마셨다. 그리고 어느 날은 이모를 똑바로 보며 시끄러워, 라고 중얼거렸다. 이모는 거실에서 텔레비전을 보고 있었으므로 아무 말도 하지 않았는데 말이다. 남편은 그때부터 가전제품 대신 잡히는 대로 사람을 부수고 다녔다. 남편의 합의금을 갚느라 이모는 라이브 카페에서 일을 했다. 라이브 카페에 대해선 이모가 말한 적이 있다. 그곳에선 밴드에게 팁만 쥐여주면 아무나 노래를 부를 수 있었다. 술 취한 사람들은 음정 박자를 무시했다. 간혹 노래를 부르다 말고 무대 왼쪽에 있는 드럼 위로 고꾸라지기도 했다. 이모는 일할 때면 늘 귀마개를 꼈고, 그때부터 노래를 못하는 건 죄라고 생각했다. 이모는 그래서 함께 노래방에 가도 절대 노래를 부르지 않았다.

이모의 남편은 사라지던 날에도 술을 마셨고, 집 안 물건을 집어 던지며 이모에게 소리를 질렀다. 이모는 출근을 해야 했다. 남편이 트럭은 소음이 심해서 못 견디겠다고 외쳤다. 그건 주정뱅이의 노래보다 더 듣기 싫었다. 이모는 귀마개를 꽂고 남편의 짐을 챙기기 시작했다. 작은 여행 가방이 남편의 물건으로 가득 찼다. 이모가 방문을 나서자 남편이 화분을 던졌다. 이모는 여행 가방을 들어 간신히 화분을 막은 뒤, 가방을 남편에게 던졌다. 이 집에서 네가 제일 시끄러워! 이모는 현관문을 닫고 라이브 카페로 가서 음치들에게 시달렸다. 이모가 퇴근했을 때 남편은 없었다. 다음 날도, 그다음 날도 남편은 돌아오지 않았다. 이모는 장롱 뒤에 손을 뻗어 숨겨놓은 비상금을 찾아보았다. 비어 있었다. 이모는 지금 사는 집으로 이사했고, 얼마 전 몇 년간 소식이 끊겼던 남편이 이혼 서류를 보내왔다고 했다. 이혼 서류를 받은 뒤 이모는 두 통의 전화를 받았는데 한 통은 남편이었고 다른 한 통은 남편의 부고 전화였다. 그게 대전에 와야 했던 이유야.

　외국 처자가 그 양반이랑 어떻게 안 거예요. 103호 이모의 말에 여자가 대답했다. 공장에서 같이 일했어요. 여자는 5년 전 한국 남자와 결혼해서 한국에 오게 되었다고 했다. 대부분의 여자들이 하는 말이지만, 이라고 여자가 운을 뗐다. 우리 넷은 한국말을 능숙하게 하는 여자를 보고 웃음을 터뜨릴 수밖에 없었다. 제 결혼 생활은 불행했어요. 여자는 호텔 프런트에서 일을 하고 있었다. 숙박하는 사람들은 비슷한 질문을 했고, 여자 또한 매일 비슷한 대답을 했다. 그러다 알게 된 한국계 지인의 소개로 첫 남편을 만났다.
　남편은 다리를 저는 것 빼곤 평범한 사람이었다. 드라마에 나올 법한 극성맞은 시어머니 또한 너무나 평범했다. 남편은 여자를 한국어학당에 보내주었다. 2년 동안 여자의 한국어 실력은 나날이 풍성해졌지만 배는 불러오지 않았다. 산부인과에서 불임 결과를 통보받던 날, 여자는 남편에게 떠나겠다고 말했다. 남편은 잡지 않았고, 여자는 휴대전화를 조립하는 공장에 취직했다. 103호 이모의 남편을 만난 것은 그 공장에서였다.
　그 양반이 공장에서 일을 했다고? 103호 이모가 말했다. 여자는 고개를 끄덕였고 이모는 감탄했다. 2년이나 그런 시끄러운 곳에서! 나는 순두부찌개에 밥을 비벼 먹었다. 맛은 예상한 대로 그저 그랬다. 고목 이모가 여자에게 물었다. 근데 어떻게 한식집을 할 생각을 했어요? 여자가 수줍게 웃었다. 한 달 전까지 요리는 실장님이 했어요. 여자가 말하는 실장님은 103호 이모의 남편이었다.

여자의 공장 생활은 별다를 게 없었다. 어떤 날은 7, 8, 9의 패드를, 또 다른 날은 *, 0, #의 패드를 끼웠다. 103호 이모의 남편은, 여자가 일하는 라인 맨 끝에서 완성된 휴대전화를 정리해 넣는 일을 했다. 모두 103호 이모의 남편을 실장님이라고 불렀다. 103호 이모의 남편은 그곳에서 일한 지 한 달째였다. 공장에선 나이 많은 남자는 신입이어도 실장이라고 불렀다. 103호 이모의 남편은 근처 여관에서 장기 숙박 중이었다. 친구를 만나러 왔다가 눌러앉았다고 했다. 그 공장도 친구의 소개로 들어왔다고, 여자에게 맥주를 사주며 말했다고 한다. 103호 이모는 또 놀랐는데, 남편은 이모에게 자기 얘기를 한 적이 단 한 번도 없었기 때문이었다.

실장은 일이 빨리 끝나면 여자의 일을 도와주었다. 여자의 뒤쪽 벨트에 앉아서 여자가 끼워야 할 부품을 미리 끼워주기도 했다. 두 사람은 자연스레 실장이 묵던 여관에서 함께 살기 시작했다. 공장에서 일한 지 2년이 지났을 때 실장은 모아둔 돈으로 작은 식당을 하자고 했다. 요리는 자신이 할 테니, 서빙과 카운터를 보라고 했다. 여기까지 들었을 때 103호 이모의 표정은 멍했다. 그리고 여자에게 물었다. 여기 소주 있어요? 이모는 소주를 한 잔 들이켜더니, 남편의 이름을 적고는 이 사람이 맞느냐고 되물었다. 이모가 아는 한 이모의 남편은 시끄러운 곳에서는 일을 못 하고, 요리라고는 한 적도 없으며, 남는 시간엔 늘 무언가를 깨부수는 사람이었다. 여자는 자신의 좋은 기억은 모두 실장님과 함께였다며 울기 시작했다. 갑자기 여자가 울자 우리는 당황했다. 고목 이모가 소주를 건넸다. 여자는 술을 못한다며 거절했다.

2주 전쯤 103호 이모의 남편은 시장에 가던 길에 103호 이모에게 전화를 걸었다. 이혼 서류를 보냈으니 작성하라며 흔한 안부도 묻지 않고 말했다. 전화를 끊고 스쿠터에 다시 올라타던 그때, 마주 오던 5번 버스의 기사는 졸고 있었다. 허공에 파와 계란과 두부가 흩어졌다. 이어서 스쿠터와 103호 이모의 남편이 허공에 떠올랐다. 버스 기사는 급브레이크를 밟았다. 그리고 그날 이후로 절대, 졸지 않았다. 졸지 않을 뿐 아니라 깊은 밤에도 잠들지 못하게 되었다고 한다.

여자는 한국의 여러 문화를 알았지만, 장례식은 한 번도 겪어본 적이 없었다. 여자는 공장에 전화를 해서, 실장의 친구를 찾았다. 실장의 친구가 장례 치르는 것을 도와주었다. 장례가 끝나고 한참 뒤에, 실장의 친구는 103호 이모를 기억해냈다.

103호 이모와 여자가 손을 마주 잡고 울기 시작했다. 고목 이모가 소주 한 잔을 들이켜더니 말했다. 지랄맞게 꿀꿀하네. 나는 오늘이 친구들하고 하는 첫 여행이라고.

4.

고목 이모는 술이 좀 오르자 바다에 가자고 우겼다. 대전에서는 바다가 멀다고, 게다가 난 아직 운전이 서툴다고 우겨도 소용이 없었다. 엄마는 만세력을 펼쳐놓고 여자의 사주를 풀고 있었다. 외국인 사주는 처음인데, 라며 시작되었고 풍파가 많은 사주네, 로 마무리되었다. 여자의 인생을 10년씩 나누어 풀이하고 그에 맞춰 앞으로의 일을 맞췄다. 메마른 땅이야, 무조건 물 근처에 있어야 해, 라는 엄마의 말이 끝나기도 전에,

그러니까 지금 가야 해.

라고 고목 이모가 말했다. 고목 이모가 사랑받는 캐릭터는 아니었다. 언제나 이런 식으로 극단적인 결정을 내렸다. 여성한증에서도 다른 사람들과 마찰이 잦았다. 이모는 학교에 다닐 때부터 친구들과 잘 어울리지 못했다고 고백했다. 이모네 집은 동네에서 제일 잘살았다. 이모는 최고급 학용품을 가졌고, 반찬도 시골에서 흔히 볼 수 없는 것들이었다. 고등학생이 되기 전, 동네 여자애들은 공장으로, 식모로 떠나갔다. 이모에게는 친구라 부를 만한 여자애가 하나 있었다. 이모의 집에 놀러 온 여자애는 한참을 세계문학 전집 앞에서 머물렀다. 여자애가 집에 간 뒤, 한 권이 사라진 것을 알았지만 이모는 개의치 않았다. 그 여자애도 서울의 어느 공장으로 떠났다. 전집 중 사라진 한 권처럼, 이모는 어느 한 곳이 빈 것 같은 학창 시절을 보냈다.

이모가 단정히 다린 교복을 입고 하교할 때였다. 서울로 갔던 그 여자애가 보였다. 이모는 여자애에게 다가가서 공손히 인사했다. 조 양, 잘 지내셨어요? 여자애는 이모를 바라보며 씩씩거렸다고 한다. 그리고 부릅뜬 눈으로 눈물을 흘리며 외쳤다. 너 같은 년이 제일 재수 없어! 이모는 그날 이후로 누구에게도 먼저 말을 걸지 않았다. 이모는 대학에 진학했다. 그 동네에서 대학에 간 사람은 이모와 이모의 오빠들뿐이었다. 이모가 2년 동안 대학에서 겉

돌고 있을 때, 이모의 부모님이 돌아가셨다. 두 분은 이모의 큰오빠가 처음으로 몬 차를 타고 가다가 사고를 당했다. 큰오빠는 야간 운전에 익숙지 않은데다 갑자기 튀어나온 노루 때문에 사고가 났다고 했다. 이모는 꽤 오랜 시간, 부모님이 돌아가신 걸 큰오빠 탓으로 돌렸다. 노루 탓을 할 수는 없었으니까. 운전면허 실기 시험을 볼 때면, 누군가 자신을 원망하는 것 같은 기분이 들었고, 집중을 할 수가 없었다. 이모는 대학을 중퇴했다. 작은오빠는 이모 앞으로 작은 아파트를 얻어주었다. 이모는 동네에서 공부방을 운영했다.

여자애를 다시 만난 건 공부방에서였다. 여자는 이번에 초등학교에 들어갔다는 아들을 데리고 왔다. 그녀는 이모를 한참 뜯어보다가, 고목 양, 잘 지내셨어요, 라고 말하고는 웃었다. 그때는…… 정중한 말투가 어쩐지 모욕처럼 들리곤 했어. 여자의 말에 이모는 사과했다. 여자는 아들이 중학교에 올라갈 무렵 공부방을 옮겼다. 그녀는 고목 이모에게 책을 한 권 주었다. 제목은 《누구나 자서전을 쓸 수 있다》였다. 책을 읽다가 이모는 자신의 인생에서 부족한 부분이 무엇인지 생각했고, 언젠가 친구들과 꼭 여행을 가야겠다고 결심했고, 그게 이 여행이라고 했다.

5.

그리하여 우리가 도착한 곳은 다시 24시간 여성전용사우나였다.

전국 어디에나 24시간 여성전용사우나는 있었고, 이모들은 그걸 기막히게 찾아냈다. 고목 이모는 계란을 까며 멋쩍게, 야간에 차를 타는 건 아직 좀 무섭네, 라고 했다. 우리는 나란히 앉아 좌욕을 했다. 이곳의 좌욕 이모는 피곤했는지 숯을 넣자마자 구석에 모로 누워 잠이 들었다. 엉덩이는 뜨거웠고 가랑이 사이는 건조했다. 엄마가 식혜를 빨면서 우린 누구 덕 보며 살 사주는 아니야, 라고 했고 나는, 그럼 나도?라고 물었다. 엄마는 대답 대신 빨대를 내 입에 넣어주었다.

석류탕 옆에서 103호 이모와 여자는 서로 등을 밀어주었다. 탕에 아무도 없는 걸 확인한 고목 이모가 난데없이 노래를 불렀다. 차 안에서 듣던 철 지난 뽕짝이었다. 노래라면 질색하던 103호 이모가 흥얼흥얼 따라 불렀다. 후렴구가 탕 안에서 몇 번이고 부딪히다 사라질 때까지 우리는 때를 불리고 밀기를 반복했다.

알몸으로, 우린 한증막 안에 기어들었다. 불이 죽었는지 숨이 막힐 정도의 열기는 아니었다. 103호 이모가 말했다. 난 여기서 며칠 더 있다가 가야겠어. 고목 이모와 엄마가 고개를 주억거렸다. 고목 이모는 다음 여행지를 선정했고, 엄마는 팔을 휘저으며 땀을 냈다. 막은 때론 동굴 같았다. 혹은 방공호라든가. 처음 보는 여자들도 땀을 내고 부대끼며 쉽게 친해졌다. 나는 방공호를 나와 보리차를 마셨다.

고목 이모는 한증막 구석에 붙여져 있는 속눈썹 가격표를 보더니 속눈썹을 붙이겠다고 했다. 좌욕 이모가 그 말을 듣고 누군가를 부르자 속눈썹이 예쁜 이모가 나타났다. 속눈썹이 예쁜 이모는 고목 이모의 눈을 여러 각도로 보고는 구석으로 데리고 갔다. 나머지는 얼굴에 팩을 붙이고 고스톱을 치며 고목 이모를 기다렸다. 엄마는 패를 뒤집으며 또 점을 쳤다. 귀인을 만나는 날이라는군. 엄마의 말이 끝나기 무섭게 고목 이모가 낙타 같은 속눈썹을 깜빡이며 나왔다. 엄마는 손뼉을 치며 말했다.

고목에 드디어 꽃이 피었네.

그때였다. 종이봉투를 머리에 뒤집어쓴 남자 셋이 카운터 이모의 손에 이끌려 들어왔다. 그건 흡사 KKK단을 체포한 장면같이 보였다. 남자들은 익숙하게 한증막 안으로 들어갔고, 카운터 이모가 외쳤다.

막에 불이 죽어서 물 뿌리러 온 거예요. 놀라지 말아요.

여자들은 다시 하던 일로 돌아갔다. 처음 보는 이모들과 드라마를 보며 악녀를 욕했다. 이모들은 자신의 별명을 소개했다. 고목 이모와 103호 이모도 자신의 별명을 알려주었다. 엄마의 별명은 내 이름이었다. 엄마는 내 이름으로 불리는 걸 좋아했다. 사실 내 이름은 엄마가 갖고 싶던 이름이었기 때문이다. 여성전용사우나에서 엄마는 종종 나의 이모나 언니로 불렸고, 나는 종종 엄마의 동생이나 조카처럼 굴었다. 이곳에서 우리는 대가족이었다. 수많은 언니와 이모 사이에서 어떤 날은 이곳이 진짜 집이고 모두가 진짜 가족인 양 느껴졌다.

엄마의 이야기는, 너무 많이 들어선지 그 모습이 사진처럼 펼쳐진다. 엄마의 엄마에게 업힌 어린 엄마, 다시 동생을 업은 국민학생의 엄마, 다시 나를 업은 20대의 엄마……. 엄마는 늘 누군가를 업거나 누군가에게 업힌 채였다. 업거나 업힌 것이 남자는 아니었다.

6.

익숙지 않은 운전으로 종일 긴장한 탓에, 나는 쉽게 잠들지 못했다. 수면실에선 희미하게 락스 냄새가 났다. 나는 어둠에 눈이 익어 네 여자의 실루엣이 보일 때까지 눈을 깜빡거렸다. 그러니까 이 어둠 속에서 코를 골며 자고 있는 건 각자의 서사를 가진 네 명의 여자였다. 서사에는 무언가 빠져 있었지만, 중요한 건 아니었다. 나는 계속 눈을 깜빡이며 생각했다. 고목 이모는 어디에 가려는 걸까. 해가 뜨면 바다를 보러 갈 수 있을까. 나도 언젠가는 사건이 될 만한 서사들을 가지게 될까. 스물여섯, 3년 사귄 애인과 평범한 이유로 평범하게 헤어졌다, 라고 생각했다가 금세 고쳤다. 스물여섯, 첫 차가 생겼다, 무려 금색이다.

나는 잠든 사이, 꿈을 꾸었다.
여자는 바다에서 수영을 하고 있었다. 여자의 모습은 바다와 어울렸다. 여자는 주황색 비키니를 입고 있었는데, 구릿빛 살결 덕에 아주 근사했다. 여자가 나에게 손을 흔들었다. 나는 바닷속에 풍덩 뛰어들었다. 찬물이 닿자 온몸의 감각이 살아났다. 나는 떠다니는 해초를 주워 여자의 귀에 꽂아주었다. 여자가 웃었다. 여자에게 별명을 지어주어야겠다고 생각했다. 그러고 나서 언니라고 불러야지. 여자의 뒤쪽으로 분홍색 돌고래가 뛰어올랐다. 사람들이 손뼉을 쳤다. 나도 깔깔거리며 웃었다. 고개를 돌려 해변을 보니, 엄마와 이모들이 모래찜질을 하고 있었다. 고목 이모의 모래 더미는 커다래서 마치 봉분이 솟아오른 것 같았고, 103호 이모는 그 옆에서 잠자리 안경을 쓰고 무언가에 골몰해 있었다. 엄마는 돗자리에 앉아, 필리핀 사람들의 사주를 풀이해주고 있었다. 나는 물에 둥둥 떠올라 하늘을 보며 웃었다. 모두 행복한 미래뿐이었고, 나는 물꿈을 꾸었으니 복권을 사볼까, 생각했다.

송지현

1987년 서울에서 태어났다. 2013년 〈동아일보〉 신춘문예에 단편소설 〈펑크록스타일 빨대 디자인에 관한 연구〉가 당선되었다.

볼티모어의
벌목공들

오한기

11월 21일 20시.

볼티모어에 온 지 석 달이 다 돼간다. 볼티모어는 칠레의 해안
도시 디차토에서 남극 방향으로 290킬로미터 떨어져 있는 낫 모
양의 자그마한 섬이다. 볼티모어의 면적은 2.43제곱킬로미터고 해
안선 길이는 21킬로미터며 최고점은 푸에스티오 산(384미터)이다.
1년 내내 낮은 먹구름이 몰려다니며 음산한 분위기를 풍기는 볼티
모어는 프리부츠 나무로 뒤덮여 있다.

칠레 원주민 마푸체족의 말로 볼티모어는 '영원히 잠든 곳'이다.
볼티모어에는 두 개의 거대한 자연이 잠들어 있다. 남극해와 프리
부츠 숲이 그것이다. 바다와 숲이 부딪히는 소리가 진종일 어두운
볼티모어에 울려 퍼진다. 마푸체족은 그 소리를 잠든 아기가 쌔근
거리는 것에 비유하면서 볼티모어의 잠을 깨우면 재앙이 닥친다
고 굳게 믿었다.

1981년 12월, 미국과 구소련의 연구원들은 경쟁이라도 하듯 앞다퉈 볼티모어에 여장을 풀었다. 명목은 남극 연구를 위한 전초기지였지만 그들 중 일부는 연구원으로 위장한 특수 요원이었다. 볼티모어 근해에 다량의 석유가 매장돼 있다는 정보가 그들을 불러들인 것이었다. 석유를 선점하기 위한 다툼은 끊이지 않았다. 하루에도 몇 번씩 고요한 섬에 총성이 오갔고 밤마다 암살이 자행됐다. 전직 스페츠나츠 요원의 회고를 따르면 프리부츠 숲은 땅에 묻힌 연구원들의 시체에 의해 더욱 풍성해졌다고 한다. 수천 년 동안 볼티모어에 둥지를 틀고 있는 프리부츠에게는 우스운 소리일지도 모르지만 말이다. 미국과 구소련의 난투극이 볼티모어의 잠을 방해하자 큰 해일이 몰려와 그들을 모두 프리부츠 숲에 묻어버렸다는 후일담도 전해 내려온다.

냉전 시대의 막이 내리고 자본주의의 해일이 세계를 휩쓸고 나서부터 볼티모어는 지도에서 사라져버렸다. 석유는커녕 그 흔한 타이타늄조차 없다는 게 밝혀진 이후 미국마저 볼티모어를 떠난 것이었다. 숲과 해안 곳곳에서 발견되는 탄피나 불발 지뢰, 연구원들이 머물렀던 가옥만이 간간이 그 시절을 떠올리게 한다. 나는 지금 그 가옥을 보수한 곳에 머물고 있다.

머리 위 차양이 바람결에 휘날리는 소리가 들린다. 나는 프리부츠 나무로 만든 딱딱한 침대 위에 누워 잠을 청한다. 거센 바람이 창문 틈을 비집고 들어온다. 담요를 목까지 끌어 올리고 주위를 살핀다. 프리부츠들이 바람에 쓸리는 소리. 거실로 통하는 여닫이문. 십여 발의 총탄 자국이 나 있는 벽면. 벽면에 거미처럼 달라붙은 회중시계. 차갑게 식은 구리 난로. 나는 볼티모어에 있다.

11월 24일 7시.

눈을 뜨니 간밤에 보던 스웨덴의 식물학자 W. S. 아이작의 1976년 논문집《지의류(地衣類)와 선(善)의 형태》가 탁자에 널브러져 있다. 나도 지의류를 연구하는 식물학자다. 지의류는 다른 식물이 도저히 살 수 없는 극지나 높은 산에 주로 서식한다. 나무껍질이나 바위를 들여다보면 고름 덩어리처럼 도드라져 보이는 지의류 군집을 발견할 수 있다. 가지 끝에 달린 접시 모양의 나자기로 이슬을 받는 꼬마요정컵지의, 시체를 연상시키는 죽은 목재에 서식하며 붉은 자실체가 가지 끝에 얹혀 있는 영국병정지의, 툰드라지대의 현무암 바위에 붙어사는 강아지풀 모양의 만도로스……. 지의류의 종류는 남극해의 청어 떼만큼이나 많다.

아이작의 논문을 따르면 지의류는 아낌없이 베푼다. 지낭균류의 일종인 지의류는 태생부터 균류와 조류의 공생 관계에 의해 탄생한다. 지의류는 자연재해가 발생했을 때 황량한 토지나 암석을 점유하여 선태식물이 자라기 위한 기반을 닦는다. 질소가 풍부한 토양을 구분하고 대기오염 정도를 측정하는 데 사용되기도 한다. 중국에서는 차와 약재, 서양에서는 항생제와 향수의 원료로 쓰인다. 바위 표면에 돌기가 돋듯 솟아오른 고착지의류는 돌꽃이라고 불리는 만큼 각양각색의 화려한 외양으로 호사가들에게 각광받는 수집 품목이다. 1960년 대지진으로 조각난 북유럽의 에산드리노 공화국을 돕기 위해 프랑스의 한 부호가 직경 2미터의 석회암에 자리 잡은 희귀 지의류 브리예 레브(Briller Rêve)를 경매에 부친 적도 있었다. 'Briller Rêve'는 불어로 '밝은 꿈'이라는 뜻이다. 에산드리노 공화국이 국력을 회복한 후 붙여진 이름으로 '환희에 찬 꿈' 정도로 의역할 수 있다. 자기병 속의 발광 물질은 '환희에 찬 꿈'을 밤에도 하얗게 빛나게 만들었다. 베트남전 당시엔 텔레비전이나 라디오를 틀 때마다 '환희에 찬 꿈'을 전면에 내세워 기부를 독려하는 반전 공익광고가 나오기도 했다.

아이작은 인류가 공생하기 위해서는 지의류처럼 살아야 한다고 주장했다. 그렇게만 하면 태초의 평화로운 시절로 돌아가게 될 것이라나. 아이작으로부터 시작된 논의는 1980년대 유럽에서 유행하다가 91년 동양으로 건너왔다. 특히 아이작은 동양에서 인기가 많았다. 불교와 접목시킬 수 있는 여지가 많았기 때문이다. 히라키타의《고착지의와 발보리심(發菩提心): 그 기원을 찾아서》와 쯔윈의《선불가진수어록(仙佛家眞修語錄)의 길목에 지의류가 있다》가 그 예이다.

나는 아이작과 생각이 다르다. 각국의 학자들이 아이작을 설파하여도 세계가 엉망이 되는 건 막을 수 없었다. 논문이 발표된 이래 121건의 크고 작은 전쟁이 벌어졌고 열한 개 국가가 사라졌으며 1334종의 동식물이 멸종됐다.

나는 〈지의류의 보호 본능에 대한 적격 판단〉이라는 제목의 논문을 준비 중이다. 〈지의류의 보호 본능에 대한 적격 판단〉은 〈지의류의 활동 영역과 성악설의 본령〉을 구체화한 논문이다. 나는 5년 전 학회의 지의류 관련 세미나에서 〈지의류의 활동 영역과 성악설의 본령〉을 발표했다. 〈지의류의 활동 영역과 성악설의 본령〉은 지의류의 분포와 인류의 악행을 연결시킨 논문이다. 악행의 증거는 충분했으므로 물샐틈없는 논문이었다고 자부한다. 그러나 아이작을 찬양하는 고고한 식물학계는 재판관처럼 내 논문을 '풋내기 학자의 치기'라고 정의했다. 동료들은 등을 돌렸고 지원도 서서히 끊겨버렸다. 오명을 벗기 위해서라도 어떻게 해서든지 새 논문을 완성해야 한다.

선(善)이란 없다. 〈지의류의 보호 본능에 대한 적격 판단〉의 주제다. 나는 지의류의 선 따위는 더더욱 믿지 않는다. 아이작이 주목하는 선천적 공생 관계도 허점투성이다. 조류는 균류에게 광합성을 제공하는 대가로 보호받는 것이다. 1939년 나치 독일이 구소련을 묶어두기 위해 몰로토프-리벤트로프 조약을 맺은 것처럼 철저한 이해관계이다. 나치가 독일공산당을 강제로 해산시키고 마르크스 서적을 불태운 것과 구소련이 자본주의파시즘을 증오해온 것을 똑똑히 지켜본 이들은 양국의 불가침조약에 경악했다. 얼마 지나지 않아 이 조약은 나치 독일이 구소련을 침공하면서 깨진다.

'환희에 찬 꿈'에 관련된 비화도 있다. 에산드리노 공화국은 1981년 결국 파산으로 멸망했다. 후문을 따르면 에산드리노의 파산은 '환희에 찬 꿈'을 앞세운 반전 공익광고의 광고주와 연관돼 있다고 한다. 광고주는 미국의 무기 업체였고 기부금 일부는 무기가 돼 베트남에 투입됐다. '환희에 찬 꿈'은 개꿈이었다.

나는 침대에서 일어난다. 회중시계가 8시에 가까워지고 있다. 소녀가 올 시각이다. 볼티모어의 주인을 자처하는 노인은 소녀를 보내 매일 아침 나를 자신의 식탁에 초대한다. 소녀는 느릅나무 껍질처럼 윤이 나는 까무잡잡한 피부를 지녔다. 열다섯 정도로 보이지만 알로민 나무 열매처럼 제법 풍만한 젖가슴도 달고 있다. 나는 소녀를 노인의 성 노리개 정도로 여겨왔다. 언젠가 지나가는 말로 노인에게 소녀의 출신에 대해 물은 적이 있었다.

"그 계집애는 밀갈토족이다. 동물이야."

노인은 퉁명스럽게 답했다. 밀갈토는 칠레 북부 아타카마 사막을 떠도는 유목 민족으로 알려져 있다. 밀갈토는 18세기 남아메리카를 점령한 스페인인들이 지어준 이름으로 '정오의 햇빛을 보지 못하는 자'라는 뜻이다. 태양의 신을 섬기는 밀갈토는 난생처음 보는 하얀 사람들이 주는 이름을 신의 뜻으로 받아들였고 정복자의 노예로 전락해버렸다. 밀갈토는 지금도 여전히 남아메리카 전역에서 천대받고 있다. 히스패닉계 백인인 노인이 소녀를 업신여기는 이유도 다름없었다.

문이 열리더니 소녀가 들어온다. 소녀를 따라 방을 나설 무렵 창밖에서 시끄러운 소리가 들려오기 시작한다. 벌목공들이다.

11월 30일 4시.

코뮤니즘의 이상은 지의류 군집의 분아(粉芽)를 이용한 실재적 형성 과정과 유사하다. 코뮤니즘은 실패를 거듭하면서 쇠퇴해버렸지만 지의류는 아니었고 앞으로도 아닐 것이다. 코뮤니즘은 환상이었지만 지의류는 완벽한 현실이다.

－ W. S. 아이작, 《지의류(地衣類)와 선(善)의 형태》 중에서

12월 2일 23시.

프리부츠는 참나무의 일종이다. 다 자란 프리부츠는 아파트 10층 만큼 높다. 가장자리가 톱니처럼 갈라진 잎사귀는 검은빛이 은은하게 감도는 녹색이다. 강도가 높고 어떤 기후 조건에서도 버틸 수 있는 반영구적인 재목이다. 프리부츠는 인간의 번식력과 맞먹는 능력을 갖추고 있는 종으로 알려져 있다. 'Avarus subst'는 프리부츠의 라틴어 이름이다. '탐욕스러운 늙은이' 혹은 '색정광'이란 뜻인데, '저열한 사기꾼'이나 '밀고자'라는 의미도 있다. 원산지인 폴란드에서는 '인간의 욕심과 비견할 게 있다면 오직 프리부츠뿐'이라는 속담이 있을 정도였다. 1960년대 폴란드 오시비엥침(Oświęcim)의 프리부츠 숲은 '올빼미의 무덤'이라고 불렸다. 올빼미는 당시 폴란드 레지스탕스의 별칭이었다. 그들은 민주주의로 투신한 동료들의 배신으로 프리부츠 숲에 묻혔다. 스산한 별칭 때문인지 사람들은 프리부츠 숲을 금기시했다.

– 지그문트 헨슬로우, 《인류사와 숲의 연대기》,

〈숲의 레지스탕스 프리부츠〉 중에서

12월 3일 10시.

부둣가에는 이끼가 달라붙은 목재와 부패한 어패류들이 너저분하게 널려 있다. 한동안 바다를 내다보던 노인은 손에 든 레밍턴으로 먼바다를 가리킨다. 연갈색 총신에 무수한 홈집이 나 있는 레밍턴이 노인의 손짓에 따라 흔들거린다. 그는 일흔 살쯤 돼 보인다. 구부정하지만 굵은 골격과 190을 상회하는 키 때문에 나는 노인에게 항상 주눅이 들어 있다.

"해가 지면 비바람이 몰아치겠어."

노인이 총구를 끄덕이며 말한다. 나는 총구가 가리키는 방향을 본다. 광활한 바다 위에는 볼티모어 특유의 먹구름이 떠 있을 뿐이다. 노인의 예측은 틀린 적이 없으므로 나는 고개를 천천히 주억거린다.

"자네 모국은 어디 있는가?"

노인이 무언가를 더 선명히 보려는 듯 눈을 가늘게 뜨며 묻는다. 그의 시선이 향한 곳에 바다를 향해 곤두박질치는 바닷새 한 마리가 보인다.

"먼 곳입니다. 여기에서는 안 보입니다."

나는 대답한다. 노인은 짐짓 고개를 끄덕이더니 숲을 향해 걸음을 옮긴다. 나는 뒤를 따른다. 숲에 진입하자 허공이 보이지 않을 만큼 빽빽한 프리부츠들이 솟아 있다. 줄기마다 벌목을 예고하는 빗금이 새겨져 있다. 사방에 쓰러져 누운 프리부츠 장벽은 성인 남자보다 크고 누운 길이가 30여 미터에 이른다. 그 장벽에서 어린 프리부츠들이 자라나고 있다. 그곳을 지나치자 프리부츠에게 양분을 빼앗겨 깡마른 잎갈나무가 몽비앙 덩굴에 휩싸인 채 듬성듬성 서 있다. 어디선가 소름 끼치는 소리가 들려온다. 프리부츠를 자르고 있는 벌목공들이 저 멀리 희미하게 보인다.

볼티모어를 헐값에 손에 넣은 노인은 재빨리 프리부츠를 거둬내 이곳을 관광지로 만들고 싶어 했다. 오십여 명이던 벌목공들은 프리부츠에 깔려 죽거나 행방불명돼 지금은 여섯 명만 남아 있다.

벌목공들은 요새 노인에게 불만을 표하는 모양이었다. 인력 보충, 임금 인상, 창녀 제공. 이 세 가지가 벌목공들의 요구 사항이었다. 여기까지가 내가 노인에게 귀에 박히게 들은 것이다.

"이제 배가 불러서 그래. 절을 해도 수천 번은 해야지."

노인은 프리부츠 사이에서 몸을 놀리고 있는 벌목공들을 보며 투덜대기 시작한다. 나는 노인의 말을 흘려들으며 주변을 살핀다. 내게 이곳은 보물창고이다. 프리부츠 숲에는 도감에서만 봤던 값비싼 지의류들이 수두룩하다. 저기 프리부츠 밑동을 뒤덮은 이끼 틈에 을라(虬蘿) 군집이 보인다. 을라는 무성한 이끼 사이에 그 푸른빛이 감도는 모습을 꼭꼭 감추고 있다. 학계에서 을라는 청연화(靑煙花)라고 불릴 만큼 진귀했다. 을라는 나무의 양분을 빨아 먹는 지의류이다. 을라를 품은 프리부츠는 다른 프리부츠보다 삐쩍 말라 있다. 〈지의류의 보호 본능에 대한 적격 판단〉의 좋은 예가 될 것이다. 나는 노인에게 을라의 가치에 대해 설명한다.

"저 지저분한 이끼가 그렇게 비싼 건가?"

노인은 이렇게 중얼거린다. 나는, 을라는 이끼가 아니라 아주 진귀한 식물이라고 말한다. 노인이 흥미를 보이더니 을라를 향해 다가간다. 볼티모어에서 내가 하는 일은 돈이 될 만한 지의류를 선별해주는 것이다. 산티아고 대학 연구원으로 쫓기듯 유학 와 있는 나를 노인이 고용했다.

나는 노인이 을라를 보는 사이 근처에 있는 화강암 바위를 살핀다. 맨폴필드를 찾는 것이다. 맨폴필드는 극지방의 화강암 바위에 붙어사는 희귀 지의류이다. 볼티모어는 화강암 지층으로 이루어진 섬이고, 맨폴필드가 서식할 가능성이 농후하다. 학계에서는 맨폴 필드를 손에 넣을 수만 있다면 목숨이라도 내놓겠다는 말이 떠돌 았다. 나도 도감에 실린 사진으로만 봤다. 멀리서는 용암이 바위를 뒤덮고 있는 것처럼 보였고, 가까이에서 보면 무수한 별 모양의 입자가 그 용암을 이루고 있었다. 맨폴필드는 기온에 따라 색이 변했고, 그 색에 따라 가격이 매겨졌다. 남극 퀸모드랜드에서 발견 된 제라늄 빛깔의 맨폴필드는 폭스바겐 200대 정도의 값에 거래 됐다. 맨폴필드를 떠올린 이후 볼티모어의 다양한 지의류들이 흔 하디흔한 솔이끼와 다를 바 없이 여겨졌다.

하도 희귀한 터라 맨폴필드의 실존 여부에 대한 이야기도 많다. 그중 하나가 1985년 영국의 식물학자 레이먼드의 일화이다. 레이 먼드는 아일랜드 에리걸 산에서 맨폴필드 군집을 채집하여 주목 받았고 일약 식물학계의 스타로 떠올랐다. 그러나 레이먼드가 맨 폴필드라고 주장한 건 사실 시라수크였다. 시라수크는 맨폴필드의 사촌 격인 고착지의로 얼핏 보면 맨폴필드와 유사했지만 가근 기 관의 균사 형태가 단조로워 연구 가치가 없다. 그 뒤 레이먼드는 런던의 한 호텔 방에서 자살했다. 그의 유서는 맨폴필드에 대한 이야기로 가득했다. 그가 죽자 레이먼드가 도박에 중독돼 몇 년 전부터 빚 독촉에 시달렸고, 빚을 갚기 위해 시라수크를 암시장에 내놓았다는 말이 떠돌았다. 불현듯 맨폴필드가 황금의 도시 엘도 라도처럼 인간의 욕망이 투영된 허상일지도 모른다는 생각이 스 쳐 지나간다.

저 앞에서 노인은 올라가 아니라 삐쩍 마른 프리부츠를 쓰다듬고 있다. 나는 영문을 몰라 고개를 갸우뚱한다. 노인이 내게 다가와 이 프리부츠가 말라붙은 이유에 대해 묻는다. 나는 올라의 양분 갈취에 대해 설명한다.

"그럼 저 쥐새끼처럼 번식하는 나무들을 없애는 데 베는 것보다 저 이끼를 재배하는 게 더 수월하지 않겠어?"

노인이 숲 어딘가로 시선을 돌리며 묻는다. 나는 노인의 눈이 고정된 곳을 바라본다. 대여섯 명의 벌목공들이 프리부츠를 베고 있다. 톱날은 끊임없이 프리부츠의 두툼한 몸통을 파고든다. 순간 긴 함성이 들린다. 벌목공들이 작업을 멈추고 숲 깊숙이 달음질친다. 거대한 프리부츠 한 그루가 해안가 방향으로 쓰러지면서 옆의 나무들도 연달아 고꾸라진다. 굉음과 함께 먼지가 자욱이 피어오른다. 나는 귀를 막고 고개를 숙인다. 오래지 않아 소리가 잦아들고 나는 고개를 든다. 노인은 그 자리에 미동도 없이 선 채 질문에 서둘러 답하라는 듯 나를 응시한다. 나는 자리에서 일어나 옷에 묻은 먼지를 털며 인공 배양 기술은 아직 개발되지 않았다고 답한다. 노인은 긴 숨을 내쉬고 걷기 시작한다. 사방이 프리부츠뿐이라 좀처럼 방향을 가늠할 수 없다. 노인을 따라 앞으로 나갈 뿐이다. 어디선가 부스럭대는 소리가 들린다. 수군대는 말소리도 들린다. 나는 섬뜩해져 그 자리에 멈춘다.

"그냥 앞으로 가."

노인이 덤덤하게 말한다. 열 발자국 정도 움직였을 때 저 앞 몽비앙 덩굴 사이에서 대여섯 명의 메스티소가 튀어나온다. 벌목공들이다. 노인과 벌목공들은 언성을 높여가며 설전을 벌이기 시작한다. 노인이 벌목공들에게 레밍턴을 겨누자 벌목공들이 생소한 언어를 뱉어낸다.

"구에로."

그중에 '구에로'라는 말이 선명하게 들린다. 대부분의 외국어가 그렇듯 '구에로'라는 단어는 텅 빈 것처럼 느껴진다. 다만 거센 억양으로 보아 위협의 뜻이 담긴 게 확실하다. 한 벌목공이 '구에로'라는 단어를 계속해서 내뱉으며 자신의 목을 긋는 시늉을 한다. 나는 '구에로'가 '죽음'과 비슷한 뜻이라는 걸 직감한다.

12월 3일 22시.

노인의 말대로 폭우가 퍼붓기 시작한다. 침대에 누워 눈을 감고 잠을 청한다. 구에로. 구에로. 프리부츠들이 비를 맞고 자라는 소리가 들리는 거 같다.

12월 5일 2시.

암흑 속에서 랜턴의 불빛이 일렁인다. 나는 맨폴필드를 찾아 랜턴 불빛을 따라간다. 주머니칼로 맨폴필드 군집을 도려내 침대 밑에 숨겨둔다 해도 나자기에 저장된 수분 덕분에 몇 달간은 버틸 수 있을 것이다. 그러나 어둠 탓인지 아무리 랜턴으로 숲을 헤집어도 산책 도중 보아놓았던 화강암 바위를 찾을 수 없다. 언제부턴가는 내가 있는 곳이 어디인지도 알 수 없다. 방향을 틀어보지만 발이 움직이지 않는다. 랜턴으로 발밑을 비춘다. 발밑에 엉켜든 프리부츠 뿌리가 발을 꽉 감싸 쥐고 있다.

"구에로."

그때 누군가의 목소리가 들린다. 벌목공인지도 모른다. 뒤를 돌아본다. 어둠 속에서 무언가 휙 하고 지나가는 것 같다. 나는 겁에 질려 숙소 방향으로 달린다. 발을 디딜 때마다 뒤엉킨 프리부츠 뿌리들이 발에 감겨든다.

12월 7일 9시.

난로가 미미한 열기를 퍼뜨리고 있다. 나는 난로 곁에 놓인 의자에 앉아 노인을 보고 있다. 노인은 창가에 걸터앉아 가죽띠로 면도날을 벼르는 중이다. 쉴 틈 없이 움직이는 그의 오른손 끝은 마모된 것처럼 문드러져 있다. 아침을 먹은 뒤 노인은 사흘에 한 번꼴로 덥수룩하게 자라 있는 내 수염을 면도해준다. 노인은 젊은 시절 이발사였다고 한다. 오늘은 목재를 싣기 위해 배가 들어오는 날이고, 나는 볼티모어에 들어온 이래 배를 단 한 번도 보지 못했다.

나는 배가 창밖에 정박하기라도 한 듯 창을 내다본다. 창 너머로 묵직하고 흐린 하늘이 보인다. 톱날이 끈질기게 프리부츠를 파고드는 소리가 들린다. 프리부츠는 곧 총에 맞은 것처럼 단말마를 내뱉으며 쓰러질 것이다.

"사람도 빨아 먹을 수 있는가?"

노인이 면도날에 시선을 못 박은 채 묻는다. 나는 갑작스러운 질문에 영문을 몰라 무슨 말이냐고 되묻는다. 노인은 올라가 사람에게 해를 입힐 수도 있느냐고 묻는다.

"벌목공들에게도?"

노인이 연이어 물으며 면도날을 햇빛에 비춰본다. 무심해 보이지만 대답을 기다리고 있을 것이다. 불현듯 노인과 설전을 벌이던 벌목공들이 머릿속에 스쳐 지나간다. 나는 쉽게 말해 을라가 필요로 하는 양분이 사람에게는 없다고 대답한다.

"벌목공들에겐 아마 총을 쏘는 편이 빠를 겁니다."

나는 레밍턴을 흘끗 보며 대답한다.

"도대체 쓸모가 없군."

노인이 뇌까린다. 그때 소녀가 김이 모락모락 나는 수건을 들고 주방에서 나온다. 자리에서 일어난 노인은 내 턱과 인중에 하얀 거품을 묻히기 시작한다. 수염이 깎여나가는 동안 소녀는 호기심 어린 눈으로 나를 본다. 나는 소녀가 조금만 더 크면 아주 예쁠 거라고 생각한다. 노인은 다시 벌목공들의 험담을 하기 시작한다. 나는 인질이 된 것처럼 꼼짝 않고 그의 이야기를 들어준다.

"구에로."

별안간 노인의 입에서 나온 낯익은 단어가 귀에 들어온다.

12월 7일 10시.

나는 어느 순간 선잠에서 깨어난다. 그사이 면도는 끝나 있다. 꿈결에 맨폴필드로 가득한 숲을 거닐었던 것 같다. 뜨거운 수건이 얼굴에 닿아 있는 게 느껴진다. 수증기 사이로 내 얼굴을 매만지는 소녀가 어렴풋이 보인다.

12월 16일 11시.

벌목공 하나가 프리부츠에 깔렸다.

12월 17일 8시.

청어 조림 조리법은 간단하다. 우선 내장을 빼낸 청어를 바닷물 속에 반나절 동안 담가놓는다. 다시 반나절 동안 햇빛에 건조시킨다. 마지막으로 일미아드 열매를 빻아 만든 매콤한 가루를 첨가해 조린다. 처음엔 특유의 비린내와 투박한 모양에 비위가 상했지만 이제는 적응이 돼 문제없다. 한 가지 문제는 아침을 먹는 내내 노인의 입이 쉬지 않는다는 것이다. 지금도 노인은 자신이 건설할 볼티모어의 미래에 대해 끊임없이 지껄이는 중이다. 나는 노인의 말을 한 귀로 흘리면서 청어 조림을 떠먹는다. 어느 순간 오늘따라 볼티모어가 조용하다는 걸 감지한다. 볼티모어의 일부가 된 벌목 소리가 들리지 않는 것이다.

12월 17일 10시.

나는 평소처럼 노인을 따라 부둣가로 향한다. 부둣가에 가까워지자 장송곡처럼 처연한 노래가 들리기 시작한다. 나는 앞서 나가는 노인에게 무슨 소리냐고 묻는다. 자리에 멈춰 선 노인이 대답 대신 레밍턴으로 나뭇가지를 헤친다. 그러자 부둣가가 내다보인다. 거기에는 벌목공들이 모여 있다. 노인은 고갯짓으로 그들을 가리킨다.

벌목공들은 노래를 부르며 프리부츠 통나무로 뗏목을 엮고 있다. 나는 노인의 눈치를 살핀다. 노인은 여유롭게 그들을 감상하고 있다. 뗏목은 곧 완성된다. 벌목공들은 어제 죽은 벌목공의 시체를 숲 속에서 가져 나와 능숙하게 프리부츠 잎사귀로 동여매고 뗏목 위에 얹는다.

"저 우스꽝스러운 게 바로 저들의 장례식이야."

노인이 낄낄대며 말한다. 벌목공들은 먼바다를 향해 뗏목을 띄운다. 노인은 총을 장전한 뒤 애도하듯 허공을 향해 발포한다. 총성에 놀란 큰부리새 몇 마리가 숲을 벗어나 우중충한 하늘로 날아오른다.

12월 26일 3시.

유리창이 깨지는 소리와 함께 유리 파편들이 날아든다. 나는 머리를 감싸 안는다. 따끔한 것들이 목덜미에 닿는다. 눈을 떠보니 주먹만 한 돌들이 침대 위에 널려 있다. 노인의 고함과 소녀의 비명이 들린다. 언제부턴가 기괴한 소리도 가까이에서 들려오고 있다. 나는 고개를 쭉 빼고 창밖을 내다본다. 벌목공들이 낄낄대며 서 있다. 그들의 손에 윙윙거리며 돌아가는 전기톱이 들려 있다. 그때 총성이 들린다. 잠시 사위가 고요해진다. 벌목공 하나가 쓰러진 채 부들부들 떨고 있다. 노인이 욕설을 내뱉는다. 나머지 벌목공들은 숲으로 뒷걸음친다.

12월 29일 8시.

잠에서 깨어난다. 누군가 나를 흔들어 깨운 것 같았지만 곁에 아무도 없다. 소녀일 거라고 짐작할 뿐이다. 볼티모어는 고요하기 그지없다. 26일 새벽 벌목공 중 하나가 노인의 총에 죽은 뒤 한동안 벌목 소리가 들리지 않고 있다. 나는 침대에서 일어나 식당에 들어선다. 노인은 술을 마시고 있다. 나는 노인을 일별하곤 자리에 앉는다.

"프리부츠든, 벌목공들이든, 둘 중 하나만이라도 없으면 속 편히 죽을 수 있겠어."

노인이 술 냄새를 풍기면서 지껄인다.

"자네도 볼티모어에서 무언가 가져갈 생각은 아니겠지?"

노인이 말한다. 맨폴필드를 손에 넣는 순간 나는 프리부츠의 양분이 될지도 모른다.

1월 15일 자정.

나이테를 따라 도는 사슴벌레처럼 회중시계의 초침이 느릿하게 움직인다. 창밖에서 바람이 볼티모어를 훑는 소리가 들린다. 나는 〈지의류의 보호 본능에 대한 적격 판단〉을 구상 중이다. 나는 지의류의 두 가지 특성에 주목했다.

- 지의류가 극지에 주로 서식하는 건 경쟁 대상인 관속 식물들이 거의 없기 때문이다.
- 지의류 중 일부는 무기물과 양분뿐만 아니라 독성 물질도 구별하지 않고 흡수한다.

맨폴필드의 변화무쌍한 색과 레이먼드의 죽음에 그럴듯한 의미를 덧씌우면 지의류의 악행을 증명할 논문을 효과적으로 뒷받침할 수 있을 것이다. 그러자 맨폴필드가 볼티모어에 있다는 확신이 생긴다. 문득 관자놀이에 차디찬 레밍턴의 총구가 닿은 느낌이 든다.

1월 17일 2시.
낯선 발소리가 삐걱거리며 마룻바닥을 울린다. 속닥대는 말소리도 들린다. 나는 눈을 뜬다. 사위가 먹지처럼 새까맣다. 문밖의 목소리가 점점 커지고 있다. 나는 노인을 위협하는 벌목공을 상상하며 자리에서 벌떡 일어난다. 거실로 나가자 노인과 벌목공 하나가 이야기를 나누고 있는 게 보인다. 160 정도의 땅딸한 몸에 입술이 뒤틀린 언청이 벌목공이다. 생각과는 달리 그들은 싸우고 있는 거 같지 않다. 인기척을 느꼈는지 그들이 이야기를 멈춘다. 언청이가 나를 노려보곤 소녀의 방으로 들어선다. 소녀의 비명이 들린다.
"깼어?"
한껏 몸을 젖혀 의자에 앉은 노인이 태연자약하게 말한다. 노인의 다리 사이에는 레밍턴이 끼워져 있다. 나는 비명이 이어지는 방을 가리키며 영문을 묻는다. 노인은 레밍턴을 짚고 일어나 허리를 곧게 편다. 다시 한번 자지러지는 비명이 터져 나온다. 그 비명은 내 손을 문고리에 얹어놓는다.
"놔둬."
노인의 날 선 목소리가 나를 제지한다. 소녀가 노인의 소유물이라는 게 머릿속에 스쳐 지나간다. 노인이 순순히 소녀를 내줄 리 없다. 밤중에 들이닥친 침입자를 묵인한 이유가 있을 것이다.
"짐승끼리니까 상관없어."

104

노인이 내게 총을 겨눈다. 레밍턴의 깊숙한 총구가 보인다. 나는 문고리에서 손을 떼고 뒤로 물러난다. 대치 상태가 지속되는 동안 비명은 잦아든다. 얼마 지나지 않아 언청이가 방에서 나온다. 문틈으로 담요에 몸을 묻은 소녀가 보인다. 언청이는 나를 거칠게 밀치더니 볼티모어의 어둠 속으로 사라진다.

1월 20일 3시.

언청이가 소녀의 방으로 들어가는 소리가 들린다. 나는 살며시 침대에서 일어나 가옥 밖으로 나온다. 숨을 죽이고 외벽에 붙어선 채 소녀의 방에 뚫린 창을 넘어다본다. 촛불을 밝혀놓은 소녀의 방 안은 몽환적이다. 나체가 된 소녀는 낡은 탁자의 모서리를 잡고 있다. 언청이가 그 뒤에서 허리를 움직인다. 소녀의 풍만한 젖가슴이 출렁거린다. 언청이는 잘 보이지 않지만 소녀의 얼굴은 기이하게 또렷하다. 그녀의 눈에는 초점이 없다. 문득 창 너머의 나를 보는 것 같아 섬뜩한 기분이 든다. 나는 벽에 기대 주저앉는다. 바람이 휘몰아친다. 프리부츠 숲이 바람을 타고 이리저리 흔들린다. 볼티모어의 밤은 소란스럽다.

1월 24일 2시.

맨폴필드 생육지는 화강암으로 이루어진 언덕이나 파랑의 영향이 적은 조간대(潮間帶) 지역이다. 나는 숲 동편의 기이하게 생긴 바위와 프리부츠 줄기들이 쌍떡잎식물의 그물맥처럼 엉켜 있는 곳을 살피고 있다. 그러나 랜턴이 비추는 건 바위에 들러붙은 말라무트 군집뿐이다. 랜턴 불빛 안에 누군가의 발이 들어온 건 정신없이 화강암 바위를 헤집고 있을 때였다. 랜턴을 위로 올리자 누군가가 눈이 부신지 얼굴을 팔로 가린다. 자세히 살펴보니 온몸에 피가 흥건한 언청이다. 그의 발치에 한 벌목공의 시체가 보인다. 언청이의 손에는 피에 젖은 단도가 들려 있다. 나는 뒤로 서서히 물러난다.

"구에로."

그가 나지막하게 중얼거리곤 평소와는 달리 힘없이 내 곁을 지나쳐간다.

1월 27일 15시.

남은 벌목공: 3. 언제부턴가 다시 조그맣게 벌목 소리가 들린다.

1월 28일 1시.

1951년 윈스턴 처칠은 벌목에 대해 다음과 같이 말했다. "아름다운 나무들을 베어 시답잖은 소리만 지껄이는 신문을 찍어내는 것이 바로 문명이다." 아이러니하게도 그해 영국 신문에 가장 많이 언급된 명사는 바로 처칠이었다.

— 조셉 후커,《벌목의 역사와 자연의 증언》 중에서

1월 29일 17시.

노인은 초저녁부터 술에 취해 잠든다. 나는 노인 몰래 가옥을 빠져나온다. 어디선가 끊임없이 나무를 베는 소리가 들린다. 태양이 먹구름 틈으로 뉘엿뉘엿 지고 있다.

화강암 언덕에 오르니 볼티모어의 전경이 내려다보인다. 노인의 계획대로라면 헐벗은 푸에스티오 산과 숲의 동편 일부는 각각 골 프장과 생태 공원이 될 것이다. 호텔이 들어설 섬의 서편, 부둣가 에서부터 숙소 방향으로 펼쳐진 숲의 일부가 횅뎅그렁하다. 벌목 된 곳은 실상 전체 숲의 10퍼센트에도 못 미친다. 나는 오른쪽으 로 열 발자국 정도 떨어진 바위를 살펴보려고 자리를 옮긴다. 세 균성구멍병에 걸린 오얏나무 잎처럼 갖가지 크기의 구멍이 뚫린 화강암 바위는 맨폴필드는커녕 이끼조차 없이 반들반들하다. 그 때 딱 하고 나뭇가지 같은 게 부러지는 소리가 들린다. 칼을 든 언 청이일지도 모른다는 생각에 온몸에 소름이 돋는다. 누군가 내 어 깨를 두드린다. 돌아선다. 소녀다. 태양이 뒤에 있는 덕분에 소녀의 부푼 실루엣이 위협적으로 보인다. 제단 위에 피가 줄줄 흐르는 양 따위를 올려놓고 머리를 조아리는 밀갈토의 미개한 풍습이 머릿속 에 스쳐 지나간다. 어느새 내 안에 공포가 자리 잡는다. 나는 나도 모르는 사이 뒷걸음친다. 소녀가 고개를 갸우뚱한다. 그리고 바다 를 가리킨다. 나는 뒷걸음질만 친다. 소녀가 답답한지 인상을 찌푸 린다. 나는 그제야 정신을 차리고 바다를 바라본다. 해가 담긴 바다 가 피로 물든 것처럼 붉다. 소녀가 바다에 뛰어드는 시늉을 한다.

"밖에 내보내달라고?"

나는 목소리를 가다듬고 묻는다. 소녀는 고개를 끄덕이고는 자 신의 음부를 손으로 가리킨다.

"탈출을 도와주면 자주겠다고?"

내가 다시 묻는다. 소녀는 울 듯한 표정으로 계속해서 자신의 음부를 가리킨다. 나는 고개를 젓는다. 볼티모어에서 버젓이 나갈 수 있는 건 프리부츠 목재뿐이다. 별안간 소녀가 내 손을 잡아끈다. 소녀를 따라 언덕 밑의 해안으로 내려간다.

삼시간에 사라진 해를 대신해 땅거미가 몰려온다. 저 멀리 앞서 나간 소녀가 해안가 쪽을 가리키고 있다. 그 방향에 대여섯 사람이 탈 만한 목조 난파선이 어슴푸레하게 보인다. 꽤 오랫동안 방치돼 있던 모양인데도 상태가 좋아 뱃머리만 손본다면 본토까지 갈 수 있을지도 모른다. 나와 소녀가 목조선에 탄 채 유유히 볼티모어를 벗어나는 장면이 머릿속에 그려진다. 나는 내 손에 들려 있는 맨폴필드를 상상한다. 문득 볼티모어에 익숙한 소녀라면 맨폴필드에 대해 알고 있을지도 모른다는 생각이 머리를 치켜든다. 나는 소녀에게 맨폴필드에 대해 묻는다. 그러나 소녀는 대답 대신 몸짓을 멈추고 멀뚱멀뚱 서 있을 뿐이다. 나는 허공에 별 모양을 그린 뒤 해안가의 화강암 바위를 가리킨다.

"케사르?"

소녀는 이렇게 물으며 허공에 별 모양을 그린다. 그리고 해안가를 가리킨다. 케사르는 아마 지의류를 일컫는 토속어일 것이다. 나는 고개를 끄덕인다. 소녀가 흰 이를 드러내며 웃는다.

1월 30일 4시.

수미부와 늑골이 파손됐지만 조타기는 쓸 만하다. 내가 선체 구석구석을 살피는 사이 소녀는 옆에서 멀뚱거리며 서 있다. 불현듯 소녀가 진짜 맨폴필드를 아는 건가 불안해진다. 나는 허리를 펴고 소녀를 본다. 소녀도 나를 물끄러미 바라본다.

"케사르?"

소녀에게 묻는다. 소녀는 허공에 별 모양을 그리며 걱정하지 말라는 듯 웃음 짓는다. 나는 허공에 그린 별처럼 맨폴필드가 곧 사라질 것 같아 불안하다. 거센 파도가 저 멀리서부터 발밑까지 밀려온다.

2월 3일 9시.

노인은 창가에 걸터앉아 밖을 내다보고 있다. 인사를 건넸지만 노인은 본척만척한다. 나는 식당으로 들어간다.

"무슨 꿍꿍이지?"

노인의 목소리가 나를 멈춰 세운다.

2월 5일 15시.

언청이도 보이지 않는다. 벌목공들이 몇 명 남았는지 알 수도 없다. 아주 조그맣게 들리는 벌목 소리로 그들의 생존을 확인할 뿐이다.

2월 9일 5시.

새벽녘의 청회색 빛깔이 볼티모어를 뒤덮고 있다. 비가 부슬부슬 내린다. 선체는 비에 젖어 까맣다. 나는 선미의 파식한 부분에 미리 잘라온 프리부츠 통나무를 덧대어 못을 박아 넣는다. 소녀는 옆에서 선체에 달라붙은 이끼를 제거하고 있다. 비에 흠뻑 젖은 옷 위로 소녀의 굴곡진 몸매가 적나라하게 드러난다. 소녀의 표정은 프리부츠 숲 속처럼 그늘져 있다. 나는 보다 못해 언청이가 아직도 괴롭히느냐고 묻는다. 내 말을 알아들었는지 모르겠지만 소녀는 고개를 절레절레 저은 뒤 곧 울 것 같은 표정을 짓는다.

해가 떠오른다. 볼티모어는 제 색을 되찾는 중이다. 날이 밝자 노인이 우리를 지켜보고 있는 거 같다. 조급해진 나는 소녀에게 맨폴필드에 대해 묻는다.

"케사르?"

소녀는 심드렁한 표정으로 주머니를 뒤적이더니 무언가를 꺼내 내게 건넨다. 까끌까끌한 촉감이 손아귀에 가득하다. 고약한 냄새가 올라온다. 손을 펼치자 불가사리가 보인다. 부둣가에 널려 있던 썩은 불가사리다. 나는 한참 불가사리를 본다. 소녀는 내 반응이 이상하다는 듯 어깨를 으쓱한 뒤 노인이 깰 시간이라며 서둘러 발걸음을 돌린다.

2월 9일 7시.

동이 터올 무렵 숙소에 다다른다. 차갑게 식은 난로 곁에 노인이 앉아 있다. 손에는 술잔이 들려 있고 발치에는 레밍턴이 기대서 있다. 햇빛이 노인과 레밍턴 사이에 비스듬히 걸쳐 있다.

"어디 갔다 왔나?"

노인이 눈을 게슴츠레하게 뜨고 묻는다.

"산책 좀 하고 왔습니다."

나는 잠시 머리를 굴리다가 대답한다. 소녀의 방문은 굳게 닫혀 있다.

2월 11일 3시.

맨폴필드는 기근이 오면 곤충을 잡아먹기 위해 독성을 활용하는 파리지옥이나 사라세니아와는 달리 흡수한 독성 물질을 모아둔다. 맨폴필드의 독성은 섬유 공장의 매연과 유사한 성분을 지녔다. 산업 혁명 이전에 채집된 맨폴필드에는 독성이 없었다.

– 레네 아들러,《태생의 죄악, 그리고 죽음으로부터의 해방》중에서

2월 12일 8시.

아무리 기다려도 소녀가 오지 않는다. 작지만 집요한 벌목 소리 가 나를 깨운다.

2월 12일 9시.

거실로 나가자 노인은 레밍턴을 손질하고 있다. 간단한 손놀림 에 레밍턴은 뼈대를 드러낸다. 겉가죽과는 달리 레밍턴의 속은 허 하다.

청어 조림이 식탁 위에 차려져 있을 뿐 소녀는 보이지 않는다. 나는 대충 요기를 한 뒤 식당을 벗어난다. 노인은 여전히 총을 만 지작거리고 있다.

"자네 수염이 많이 자랐군."

노인이 레밍턴의 뼈대를 헝겊으로 문지르며 고갯짓으로 의자를

가리킨다. 바닥에 길게 드리워진 레밍턴의 그림자가 노인의 손이 움직일 때마다 덩달아 꿈틀댄다. 나는 공포를 숨긴 채 수염이 수북한 턱을 쓰다듬으며 의자에 앉는다.

"배는 쓸 만한가?"

노인이 빈정댄다. 노인의 손가락이 방아쇠에 닿기라도 한 듯 가슴이 철렁한다. 나는 노인의 해코지로 피투성이가 된 소녀를 상상한다.

"그렇게 조그만 배로는 힘들지 않겠어?"

노인이 분해했던 부품을 하나씩 끼워 맞추며 말한다. 나는 어떻게 대꾸해야 할지 몰라 노인을 바라본다. 입꼬리를 올린 표정이 웃는 건지 찡그린 건지 헷갈린다. 그사이 레밍턴은 점차 위용을 되찾고 있다.

"돌아가고 싶으면 내게 말을 하지 왜 힘들게 그래? 누가 자네를 가두기라도 했어?"

노인은 자리에서 일어나 재조립된 레밍턴을 이리저리 훑어본다.

"아무리 일찍 일어나도 해는 뜨지 않는다. 우리 속담 중에 이런 게 있어."

노인이 자신의 말에 장단이라도 맞추듯 개머리판으로 바닥을 쿵쿵 찧는다. 속담의 뜻을 생각하는 동안 노인은 소녀의 방을 향해 그들의 언어로 외친다. 소녀가 겁에 질린 듯 주춤거리며 나온다. 소녀는 프리부츠에 뭉개진 것처럼 피투성이다.

"모든 일에는 다 때가 있다는 뜻이지."

노인이 말을 잇는다. 소녀는 넋이 나간 표정이다.

"아니 어쩌면 볼티모어처럼 흐린 곳에는 영원히 해가 뜨지 않을지도 모르지."

노인이 히죽댄다. 노인이 말을 하는 사이 소녀가 비명을 지르며 문을 향해 달려나간다. 노인이 소녀를 향해 총구를 치켜들며 "구에로"라고 읊조린다. 나는 낯익은 그 단어에 포박당한 듯 움직이지 못한다. 노인이 총구를 천천히 움직여 발포한다. 귀를 막을 틈도 없이 사라진 총성의 여운이 이명이 돼 돌아온다. 정신을 차리자 노인이 벌목된 나무처럼 쓰러져 있는 소녀를 향해 알아듣지 못할 말을 지껄이고 있다. 소녀의 목에서 피가 꾸역꾸역 올라온다.

"도둑고양이처럼 내 방을 뒤지고 있더군. 역시 밀갈토는 쓸모가 없어."

노인이 얼굴에 묻은 피를 닦으며 실실댄다. 그리고 내게 천천히 다가온다. 노인은 주머니에서 면도날을 꺼내 내 턱에 댄다. 면도날이 금세라도 목을 파고들 것 같다. 서서히 살갗을 파고들던 면도날이 멈춰 선다.

"그래, 자네가 원하는 건 어디 있지?"

노인이 내 귓가에 대고 속삭인다. 나는 눈을 감는다. 프리부츠 숲에 갇힌 벌목공들의 외침이 들린다.

오한기

1985년에 태어났다. 2012년 〈현대문학〉 신인추천에 단편소설 〈파라솔이 접힌 오후〉가 당선되었다. 소설 《나의 클린트 이스트우드(My Clint Eastwood)》가 있다.

원피스

윤민우

변화가 필요해.

그 충동은 그녀가 헤어드라이어로 단골 고객의 머리를 말리던 중 그녀를 세차게 흔들어놓았다. 그녀는 불쑥 고객의 머리칼을 가위로 난도질하고 싶은 강렬한 유혹을 느꼈다.

이 여자를 좀 봐. 고작 일주일도 못 참고 머리를 새로 말고 있잖아.

고객은 잡지에 코를 박고 있었다.

일주일 후면 이 여자는 또 나타날 거야. 그런 다음 저 잡지 속 모델 중 한 명을 톡톡 가리키겠지. 좋아. 그럼 그때 가서 본때를 보여주지.

그러나 채 일주일이 지나기도 전, 그녀는 선수를 쳤다. 수년간 몸담아온 미용실을 하루아침에 때려치운 것이다.

그녀는 자신의 충동이 일시적이거나 단순하지 않음을 깨달았다. 그녀는 자신의 삶 속에 파마약처럼 배어 있는 불만들을 하나하나 수첩에 열거해나갔다. 그건 비참하고 괴로운 작업이었지만, 마침내 목록이 완성되었을 때 그녀는 묘한 기대와 희열에 사로잡혔다.

맨 처음, 그녀는 유방에 실리콘을 삽입시킴으로써 오랜 열등감으로부터 해방되었다. 그녀의 그러한 결단을 누구보다 지지했던 그녀의 백수 애인은 그러나 아무것도 손에 넣지 못했다. 그 역시 그녀의 목록에 포함되어 있었기 때문이다. 다음 차례는 그녀의 가족이었다. 그녀가 가진 콤플렉스 중엔 가난과 짧은 학벌이 포함되었는데, 그 예민한 부분을 유독 아프게 찔러온 상대가 바로 그녀의 가족이었다.

그녀는 가난한 집안의 장녀(2남 1녀)였다. 그리고 현실주의자였다. 그래서 그녀는 일찌감치 대학 진학을 단념하고 미용 기술을 익혔다. 그런데 웬일인지 그녀의 부모는 그런 딸의 결정을 조금도 반기지 않았다. 그들은 오로지 냉정한 인생 선배의 관점에서 그녀의 진로에 대해 염려했고, 한편으로 실망하면서, 한편으로 거들먹거렸다. 남동생들은 한결 속 편하게 누나를 업신여겼다. 그들은 최신 유행처럼 철딱서니 없었다.

그녀는 초라해질 대로 초라해졌다. 세상천지에 자기편이라곤 없는 것 같았다. 가뜩이나 서러운 사회 초년생 시기를 그녀는 누구보다 혹독하게 겪었다. 그러나 다행히도 그녀에게는 재능이 있었다. 정식 미용사로 데뷔하고부터 그녀에겐 단골이 끊이지 않았다. 그녀는 악착같이 일했다. 그녀는 월급의 삼분의 이를 꼬박꼬박 부모에게 갖다 바쳤다. 그 덕분에 슬슬 집안 형편이 피고 그녀가 남동생들의 학비까지 돌보게 되자 부모는 비로소 그녀를 인정하고 대접해주기 시작했다. 그녀는 실질적인 가장이나 다름없었다.

바야흐로 그 일가에 위기가 찾아왔다. 그녀는 살고 있던 전셋집을 담보로 대출을 받았다. 그러곤 홀연히 자취를 감췄다. 아직 처분되지 않은 그녀의 목록들과 함께. 서울을 떠나는 고속버스 안에서 그녀는 수첩을 꺼냈다. 그리고 '무능력한 거머리들'이라고 표시한 부분에 붉은 사선을 그었다.

그녀는 지방 소도시의 모텔에 짐을 풀었다. 모텔의 욕조는 수년 동안 닦지 않은 이(齒)처럼 추악했다. 그래도 상관없었다. 그녀는 욕조에 물을 채우고 거품을 푼 다음 그 속에 들어가 누웠다. 그녀는 삶을 새롭게 정비할 참이었고, 그 무궁무진한 가능성에 완전히 들떠 있었다. 다음 날부터 그녀는 방을 알아볼 작정이었다. 채광이 좋고 멋진 발코니가 딸린 그런 방을. 그녀는 엄선한 가구와 소품들로 자기만의 방을 꾸밀 계획이었다. 거기에만 틀어박혀 지내는 거야. 그녀는 생각했다. 안 될 게 뭐람? 돈이 떨어지면, 시내 미용실에 자리를 구하면 그만이었다. 내친김에, 그녀는 자신에게 새로운 애인이 생길 가능성에 대해서도 조심스럽게 점쳐보았다.

"또 모르잖아요? 촌구석에서 브래드 피트 같은 남자를 낚게 될지."

그녀는 욕조에서 걸어 나와 거울 앞에 섰다. 거울엔 김이 서려 있었다. 이제 손만 뻗으면 그녀가 꿈꾸던 여주인공의 모습이 현실로 나타날 터였다. 그녀는 거울을 문질러 닦았다. 그리고 자신만만한 포즈로 거울을 들여다보았다.

그건 확실히 좋지 않은 징조였다. 그녀는 처음에 뭐가 어떻게 잘못된 것인지 이해할 수 없었다. 잠시 후, 그녀는 한껏 쪼그라든 자신의 왼쪽 유방을 움켜쥔 채 겁에 질린 비명을 질렀다. 그녀가 내게 전화를 걸어온 것이 바로 이 무렵의 일이다.

◉

"이봐요 아가씨, 당신한테 무슨 일이 벌어졌는지 알겠어요."
나는 그녀의 말을 잘랐다. 그대로 내버려뒀다간 이야기의 불씨가 또 어디로 옮겨붙을지 알 수 없었다. 자초지종은 그 정도로 충분했다. 상담을 진행하는 데 구태여 한 권의 자서전을 참고할 필요는 없는 것이다. 나는 메모한 내용들을 바탕으로 그녀가 처한 상황을 침착하고 일목요연하게 들려주었다.
"하지만 결국 일이 잘못된 거죠?" 내가 말했다. "사정이야 어찌 됐든 보상을 받아내려면 증거가 필요합니다. 예컨대 유방에 삽입한 보형물의 안전성 점검 유무랄지, 시술상의 부주의 같은 것 말이죠. 뭐요? 알죠, 압니다. 물론 마취 상태였겠죠. 아가씨뿐만이 아닙니다. 여기로 전화를 걸어오는 분들 태반이 그런 식이에요. 캄캄한 무방비 상태에서 한 방을 먹는 거죠. 소비자보호원이 그런 분들의 권리와 이익을 위해 존재하는 건 사실이지만 솔직한 심정을 말씀드려도 될까요? 지금은 상당히 배가 고플 시간이군요. 12시부터 1시까지가 이곳 점심시간입니다만. 식사는 하셨습니까?"
"정말 몰랐어요."
"물론 그러셨겠죠. 아가씨, 이런 상황도 가능합니다. 만약 수술

후 부작용에 대한 병원 측의 사전 설명 간과가 입증된다면, 설명 의무 소홀에 대한 위자료를 청구할 수 있어요. 중요한 건 영수증처럼 객관적이고 자명한 증거입니다. 그걸 찾아내는 것이 지금 단계에서 아가씨가 할 수 있는 일이에요."

"이제 와서 증거라니! 이런 일이 생기리라고 대체 누가 예상했겠어요…… 그래도 뭔가 쓸 만한 게 있는지 뒤져는 봐야겠죠? 모든 걸 바로잡아야 하니까."

나는 그녀가 수술받은 성형외과의 이름과 주소를 물어 받아 적었다.

"저도 할 수 있는 데까지 해보도록 하죠."

수화기 저편에선 아무런 대꾸가 없었다.

"여보세요? 듣고 계십니까?"

그녀는 울고 있었다.

나는 10초쯤 기다려주었다.

"그럼 행운을 빕니다."

그리고 전화를 끊었다.

◉

나는 한동안 상담 일을 나갈 수 없었다. 근무 중인 법률사무소에 큰 건수가 들어왔기 때문이다. 자그마치 20억짜리였다. 그래서 한직에 앉은 나까지 발 벗고 나서 그 일에 매달려야만 했다. 나는 상담센터에 양해를 구해 한 달간 쉬기로 했다. 그 악몽 같은 한 달

내내 나는 쩔쩔매며 위통 약을 삼켰다. 일을 마무리 지었을 땐 찌든 양말처럼 녹초가 돼 있었다. 그날 밤, 나는 오랜 지기이자 상관인 변호사 친구와 함께 술을 마셨다.

친구는 처음에 소송과 관련된 몇 가지 주의사항을 늘어놓았다. 그러더니 별안간 세상이 나날이 타락해간다며 불평을 해대기 시작했다. 그는 좋았던 시절을 들먹였다. 정의를 위해 싸우고 세상을 바꿔보고자 열망했던 과거를. 그게 그 친구의 단골 레퍼토리였다.

"우리가 늙은 걸까?"

내 빈 잔에 위스키를 채우며 그가 말했다.

"공룡만큼 늙었지."

"정말인가? 그럼 큰일인데. 자, 들자고."

우리는 건배했다.

그때, 방문이 열리며 아가씨들이 쏟아져 들어왔다.

"예전 같진 않겠지만."

친구가 소리 나게 목 관절을 꺾었다. 그는 소매까지 걷어붙이곤, 마치 점괘라도 뽑듯이, 아가씨 둘을 지목했다.

눈을 떴을 때는 늦은 오후였다. 나는 커튼과 창문을 젖혀 실내를 환기시켰다. 땅거미처럼, 온몸에 미열이 번지고 있었다. 나는 주방으로 걸어가 냉장고를 열었다. 생수 통엔 물이 세 모금가량 남아 있었다. 나는 바짝 마른 하수구처럼 물을 빨아들였다. 순수하고 얼얼한 냉기가 목구멍을 훑고 지나갔다. 나는 텅 빈 생수 통을 깍지 사이에 끼워 구겼다. 생수 통은 괴로운 소리를 내며 손안에서 찌부러졌다. 소리가 멎자, 집 안은 물속처럼 고요했다. 갑자기

입 밖으로 욕이 튀어나왔다.

　나는 협탁에 놓아둔 지갑을 열어보았다. 업소에서 사용한 법인 카드와 영수증이 그곳에 들어 있었다. 친구는 법인카드와 열 살 터울의 아내와 장성한 자녀들, 고급 맨션과 세단을 소유하고 있었다. 아마도 그 친구에게 오늘 내로 전화가 걸려올 것이다. 그는 혹시 자기가 실수한 것이 없느냐고 물을 테고, 나는 그를 안심시킬 것이다.

　속이 쓰렸다. 뭔가 음식을 좀 삼켜야 했다. 나는 모자를 눌러쓰고 운동화를 꺾어 신었다. 그리고 더없이 무심하고 관대한 거리로 나섰다.

◉

　"정말 감사했어요. 그땐 경황이 없어서 제대로 인사도 못 드리고."

　모처럼 상담센터에 출근했을 때, 나는 뜻밖의 전화를 받았다. 왜 전에 가슴이 펑크 났던, 하고 그녀는 자기를 소개했다. 그녀를 기억해내는 덴 별다른 어려움이 없었다.

　그녀는 재수술을 받은 뒤였다. 서울이 아닌, 지금 그녀가 지내고 있는 도시에서. 수술을 받기 전, 그녀는 객관적인 증거들을 충분히 확보해두었다. 그녀는 의사의 말이라면 하나도 빠짐없이 녹음했다. 또 자신의 왼쪽 유방에 벌어진 끔찍한 사고와 자신의 처지를 강조하면서, 의사에게 몇 장의 각서를 요구하기도 했다. 의사는 어쩌다가 아주 골치 아픈 환자를 떠맡게 된 셈이었다.

수술은 성공적이었다. 그녀는 심리적인 안정을 되찾았다고 했다. 그리고 마음에 쏙 드는 빌라를 발견해 얼마 전부터 들어가 살기 시작한 참이라고. 그녀가 그토록 시시콜콜 안부를 전하고 나자 마치 나 자신이 그녀의 후견인쯤 되는 양 여겨졌다.

"축하합니다."

달리, 해줄 말이 없었다.

"다 선생님 덕분이에요." 그녀가 말했다. "저, 그래서 말인데요. 만약 제게 어떤 문제라도 생기면 선생님께 또 연락드려도 될까요?"

그녀는 내 이름을 알고 싶어 했다.

그제야 나는 석연찮은 느낌을 받았다. 나는 한 달 만에야 상담센터에 나왔다. 더구나 내가 상담센터로 자원봉사를 나오는 날은 일주일에 고작 이틀뿐이었다. 그녀와의 이 두 번째 통화는 단순한 우연일까?

"실은 선생님이 받으실 때까지 전화를 걸어봤어요."

"내 이름을 몰랐기 때문이군요."

그녀가 웃음을 터뜨렸다.

"맞아요. 이제 성함을 말씀해주실 차례예요."

"글쎄요."

어차피 규정상 상담자의 이름을 밝히도록 되어 있었다. 그러나 그처럼 개인적으로 이름을 소개하자니 어쩐지 마음이 내키지 않았다. 빨리요, 하고 그녀가 재촉했다. 나는 얘기를 빙빙 돌렸다. 공교롭게도 나는 당대의 어느 유명 인사와 이름이 같았는데 뚱딴지처럼 그 양반 얘기를 꺼내서는 한참을 에두른 끝에야 겨우 이름을 알려주었다.

"그럼 안녕히 계세요, 각하."

그녀가 내 이름을 가지고 놀렸다.

"부디, 다시 통화를 나누게 되는 일이 없기를 빌겠습니다."

⊙

신문이나 뉴스를 보는 대다수의 독자들은 밝고 건전한 소식을 기대하지 않는다. 그들은 단지 어둡고 악취 나고 불가해한 소식이 들려오지 않기를 바랄 뿐이다. 이윽고 사건이 터졌을 때, 그들은 마치 뚜껑이 달아난 맨홀에 빠진 양 분통을 터뜨린다. 그러곤 열린 세상을 향해 온갖 저주를 퍼부어댄다. 그렇다고 해서 그들이 남달리 비관적인 기질을 타고난 건 아니다. 그들은 이 세계가 철근콘크리트처럼 공고하다고 믿을 만큼 순진할 따름이다. 그런 믿음은 100년 전부터 있어왔고, 100년 후에도 무너지지 않을 것이다.

그러나 위험은 늘 잠재한다. 그것은 넘실대는 파도처럼 우리들이 살고 있는 세상을 덮치기 위해 호시탐탐 기회를 노리고 있다. 어느 동화 속에서, 네덜란드 소년은 마을을 구하기 위해 둑에 난 구멍을 손가락으로 틀어막았다. 나는 소년의 고독을 이해한다. 소년이 손가락을 이용했다면, 나는 헤드셋을 쓰고 둑에 난 구멍에 바짝 귀를 기울인다. 특별히 누가 알아주길 바라는 건 아니다. 평소에 참견을 좋아하는 성격은 더더욱 아니다. 다만 상담 일을 하는 동안만큼은 내가 별것 아니라는 느낌과 싸우지 않아도 되었다. 그거면 충분했다.

신문을 읽고 있을 때, 동료 상담원으로부터 메모를 건네받았다.

발코니에 관한 상담 접수. XXX 각하께.

메모를 전해준 상담원은 벌써 등을 돌리고 저만치 걸어가고 있었다. 그녀는 웃고 있을까. 나도 웃을 수 있었다면 좋았겠지만, 그 장난은 눈곱만큼도 재미가 없었다. 나는 일에 착수했다. 메모지 하단에 그 아가씨의 연락처와 이름이 기재되어 있었다.

"그쪽에 뭔가 문제가 생긴 것 같군요. 맞습니까?"

"이 일을 어쩌면 좋아요."

"어디 한번 들어볼까요?"

"발코니, 발코니 때문에 아무것도 할 수가 없어요."

그녀가 자신 없이 웅얼거렸다.

"좀 더 구체적으로, 그러니까 발코니가 아가씨한테 어떤 손해를 끼쳤습니까?"

"조금 전에, 분명히 말씀드렸잖아요! 저는, 아무것도, 그놈의 발코니 때문에 전부 엉망이 됐다고요."

그녀는 한동안 새 보금자리를 꾸미는 데 열중했다. 벽지와 장판을 까다롭게 선별했고, 질감이 부드러운 커튼을 구하기 위해 무진장 애를 먹었다. 그녀는 목에 줄자를 친친 감은 채 집 구석구석을 배회했다. 조명 기술자와 입씨름을 벌인 끝에 천장의 일부를 뜯어내는 공사를 벌이기도 했다. 이윽고 가구들이 도착했다. 가구들은 지정된 위치에 빈틈없이 안착했다. 그녀는 완벽을 기했고, 성과를 거두었다. 세탁기가 돌아가는 소리를 들으며 그녀는 원목 식탁에 앉아 차를 마셨다. 그녀는 평온함 속에서 자신이 이뤄낸 독립의 결과물을 만족스럽게 바라보았다. 세탁 완료를 알리는 알람이 울렸다. 그녀는 발코니로 다가가 모로 세워둔 빨래 건조대를 펼쳤다.

"화분들을 한쪽으로 죄 밀어붙여봤지만 건조대를 완전히 펼 수는 없었어요."

"심각한 문제로군요."

내가 말했다.

"그전까진 모든 게 완벽했어요. 평생 이 집을 지키며 살겠다는 각오가 들 정도로요. 그런데 지금은…… 만약 계약을 무를 수만 있다면 그 방법을 택하겠어요. 하지만……."

"위약금을 물게 되겠죠."

"억울해 죽겠어요. 하필이면 건조대를 펼 수 없는 발코니가 딸린 집에 살게 되다니."

"건조대를 조금 작은 사이즈로 바꿔보는 건 어떻습니까?"

"안 돼요! 고작 발코니 때문에 건조대를 바꾸다니!"

나는 건조대를 거실에 펼쳐보는 건 어떻겠냐고 제안해보려다가 그만두었다.

"저도 알아요. 보통은 어느 선에서 양보를 해야 한다는 걸요." 그녀가 말했다. "하지만 이 집은 저에게…… 뭐랄까…… 맞아요,

의미가 각별해요!"

"정 그렇다면, 방법이 아주 없는 건 아닙니다."

나는 그녀에게 발코니 확장 공사에 관한 절차를 설명해주었다. 간혹 있는 일이었다. 주로 오래 살던 집에 변화를 주고 싶은, 예컨대 발코니에 작은 정원을 꾸미고 싶어 하는 부인들이 문의를 해오는 경우가 있었다. 하지만 절차가 상당히 까다로웠기 때문에 의욕에 찬 문의자들조차 쉽사리 엄두를 내지 못했다. 하물며 빨래 건조대를 제대로 펴기 위해 그런 절차를 밟는다는 건 어림도 없는 일이었다. 내가 이야기를 마치자 그녀는 한숨을 쉬었다.

"보통 일이 아니네요. 돈도 듬뿍 들어가겠죠? 그보다는 먼저, 일이라도 시작하는 편이 낫겠어요."

"좋은 생각입니다."

"매번 감사해요. 혹시, 저한테만 특별히 잘해주시는 건 아니죠?"

"저는 모든 소비자들에게 평등합니다."

"왠지 섭섭하게 들리는데요? 하여간 또 각하께 신세를 지고 말았네요."

"이봐요 아가씨, 나는 그렇게 대단한 사람이 아닙니다."

"하지만 아저씨, 아저씨는 지금 저한테 정말 대단한 분이세요."

◉

법전에 파묻혀 있다가도 고개를 돌려보면 웬 여자가 말없이 나를 지켜보고 있다. 그것이 아내에 대한 상징적인 기억이다. 그렇다고 아내가 전전긍긍 내 곁을 맴돌았던 건 아니다. 아내는 사범대학 출신으로, 고등학교에서 미술을 가르쳤다. 방학이면 혼자서 갤러리를 순례하거나 짧은 여행을 다녀올 정도로 아내는 개인적인 시간을 즐겼다. 그리고 돌아와서는 숨죽여 나를 지켜보았다. 아내가 현실적인 부분들을 전적으로 책임지던 시기였다. 우리에겐 아이가 없었다. 그러므로 아내가 책임져야 할 현실이란 10년째 사법고시를 준비하는 남편의 뒷바라지뿐이었다.

당시에도, 이후로도 나는 아내에게 고맙다는 말을 해본 적이 없다. 그럴 만한 여유가 없었기 때문이다. 마지막으로 시도한 고시에서 낙방했을 때 나는 인간적인 감정의 대부분을 잃어버린 상태였다. 아내는 말했다. 결과가 어찌 됐건 자신은 처음 만난 순간부터 나를 존경해왔고, 앞으로도 그럴 것이라고. 나는 아내의 말이 진심이라는 걸 알았다. 그러나 그건 이 세상에서 가장 어리석고 사치스러운 진심이었다.

마지막으로 얼굴을 본 게 얼추 반년 전이었다. 아내는 멋스러운 흰색 블라우스에 크림색 스커트 차림이었다. 창가 자리에 앉아 있어서 눈부신 햇살이 그녀 위로 쏟아져 내렸다. 그녀는 짙은 선글라스로 얼굴을 반이나 가리고 있었다. 테이블엔 기다란 잔에 담긴 상앗빛 음료가 놓여 있었다.

"시간 좀 지킬 수 없어요? 뜬금없이 당신이 먼저 보자고 해놓곤."

"좋아 보이는군."

"당신은 얼굴이 그게 뭐예요. 홀아비라고 쓰여 있잖아요."

나는 웨이트리스를 불러 맥주를 주문했다. 아내는 선글라스를 벗어 테이블에 가지런히 내려놓았다. 나는 아내의 얼굴을 바라보았다. 그사이 눈가 주름이 더 깊어진 것 같았다. 아무리 그래 봤자 주름은 그녀의 눈매를 더욱 선하게 만들어줄 뿐이었다.

맥주가 도착했고 우리는 한동안 안부를 주고받았다. 누군가의 탄생과 죽음과 결혼에 대해. 주로 내가 이야기를 늘어놓는 쪽이었다. 아내는 감정을 조율하듯 이따금 테이블을 손가락으로 두드리며 내 얘기에 귀를 기울였다. 얘깃거리가 바닥났을 때쯤 나는 상담원 일을 하면서 겪게 된 일화들을 끄집어냈다. 발코니 여자의 이야기를 들려주었을 때, 아내는 마치 아이처럼 웃음을 터뜨렸다. 갑자기 과거로 돌아간 것만 같았다.

"거봐요. 얼굴 보고 얘기하니 얼마나 좋아요. 만날 이 핑계, 저 핑계."

"나쁘지 않군." 내가 말했다. "몸은 좀 어때?"

아내가 나른하게 기지개를 켰다.

"최근에 약을 바꿨어요. 하도 잠이 쏟아지길래요. 지금은 보시다시피 멀쩡해요. 하지만 당신도 알잖아요. 내가 어떻게 될지 장담 못 한다는 거."

아내는 조울증을 앓고 있었다.

◉

아내를 만나고 난 후, 여러 가지 변화가 있었다.

나는 지난 7년간 끊었던 담배를 다시 피우게 되었다. 알다가도

130

모를 일이다. 영원히 끊지 못할 거라고 믿었던 담배를 단칼에 끊게 되었을 때도 마찬가지였다.

아내는 폐경기를 잘 극복하지 못했다. 그리고 그 와중에 우울증이 아내를 덮쳤다. 아내는 말수가 줄어드는 대신 잠이 늘었다. 그럴수록 아내는 점차 현실감각을 잃어갔다. 어느 날 아내는 어린 제자들 앞에서 끔찍한 일을 겪어야 했다. 아내는 장을 통제할 수 없었고, 교실에서 그대로 변을 봐버렸다. 아내의 퇴직과 입원은 동시에 이루어졌다. 입원 과정에서 울증이 조증을 동반했다. 심리 치료와 약물 치료가 병행되었다. 아내는 전혀 다른 사람처럼 보였다. 증상에 대한 객관적인 원인을 찾을 수 없었으므로 모든 것이 원인일 수 있었다. 나는 아내에게 해가 될 만한 소지가 있는 것들을 모조리 치워버렸다. 담배까지도.

나는 담배를 피우며 이삿짐을 꾸렸다. 지금 살고 있는 집엔 불필요한 공간과 기억들이 너무 많았다. 집은 아내와 내가 함께 이룬 유일한 결실이었다. 고심 끝에, 나는 집을 처분하기로 결정했다. 아내의 동의는 구하지 않았다. 그녀가 어떤 심리적 타격을 입을지 알 수 없었기 때문이다. 나는 원룸에 세를 들었다. 그리고 남은 돈은 만약을 위해 고스란히 통장에 넣어두었다.

발코니 여자에게선 그 후로도 전화가 걸려왔다. 그녀는 미용실에 취직해 막 돈을 벌기 시작한 참이었다. 금세 단골이 생길 테니 두고 보라고 그녀는 나에게 큰소리쳤다. 나는 언젠가 기회가 되면 내 머리도 부탁하겠노라고 그녀에게 당부했다. 그리고 다른 건 몰라도 내가 헤어스타일에 관한 한 누구보다 까다로운 취향을 가지고 있다고 덧붙였다. 그녀는 내 농담을 칭찬했다. 그러곤 뜬금없이, 대체 사람의 취향이란 것에 대해 어떻게 생각하느냐고 물어왔다. 그녀는 혹시 자기가 누구에게도 이해받지 못할 유별난 취향의 소유자인지 알고 싶다고 했다. 나는 그녀에게 아직도 발코니 같은 것에 마음을 쓰고 있는 것인지 물었다.

"이번엔 원피스예요."

그녀가 말했다.

그녀는 얼마 전 텔레비전 채널을 돌리다 우연히 〈연인〉이라는 로맨스 영화를 보게 되었다. 영화가 꽤 야했다는 것 외에, 그녀는 이렇다 할 감동을 받지 못했다. 그런데 영화를 본 지 며칠이 지났을 무렵, 그녀는 영화 속 여주인공이 입고 나왔던 푸른색 원피스가 몹시도 갖고 싶어졌다.

"시내를 이 잡듯 뒤졌어요. 푸른색이다 싶으면 덮어놓고 입어봤고요. 실제로 마음에 드는 것들도 있었어요. 그런데 막상 집에 돌아와 입어보면 어딘가 달라요. 마치 반점 하나 차이로 아슬아슬하게 비껴간 쌍둥이들처럼요."

그녀는 십여 벌의 원피스를 환불받았다고 했다.

"매장에 그새 낙인이 찍혔어요. 입어보기만 하고 사가지는 않고, 사가더라도 도로 환불을 요구하니까요. 저도 이제 양보란 걸 배우게 됐나 봐요. 확실히 같은 매장에서 여러 번 환불받기란 쉬운 일이 아니에요."

그녀의 옷장엔 차마 환불받지 못한 푸른색 원피스가 세 벌이나 걸려 있었다.

"요즘은 매일 그것들만 번갈아가며 입고 있어요. 꼭 죄수처럼요."

별로 좋은 소식이 아니었다. 이런 일이 반복되다간 소비에 대한 자신감 자체를 잃어버릴 수 있었다. 나중에 가선 껌 한 통 사는 일조차 나에게 조언을 구하려 들지 몰랐다.

"아가씨, 혹시 기회비용이란 말 들어봤습니까?"

내가 말했다.

"아뇨. 제발 어려운 말씀은 마세요."

"쉽습니다. 무언가 선택을 내려야만 할 때, 보다 손해가 적은 쪽으로 결정하면 되는 거니까요. 지금까지 잘해왔잖습니까? 하지만 한 가지 문제가 있어요. 아가씨가 어떤 선택을 내렸다고 해서, 포기한 선택의 가능성까지 함께 죽어버리는 건 아니라는 점입니다. 그 가능성은 어디로도 사라지지 않습니다. 그리고 한여름 밤의 모기처럼, 그 가능성들이 때때로 우리를 괴롭히죠. 아가씨가 본의 아니게 원피스를 수집하게 된 이유도 마찬가지일 겁니다. 내가 찾고 있는 원피스가 어딘가에 틀림없이 존재하리란 가능성을, 아가씨가 놓지 않았기 때문이죠. 내 말에 동의하십니까?"

"듣고 보니, 그럴지도 모르겠어요."

"당분간은 아가씨의 선택을 의심하지 않도록 해보세요. 물론 내 이야기를 받아들이느냐 마느냐 역시 아가씨의 선택이지만."

"마음에 들지 않더라도 말인가요?"

"나빴던 것들이 좋아지는 경우도 얼마든지 있습니다. 누구나 변덕을 부리기 마련이니까요."

"그래서 이제 제가 어떻게 하면 되는 거죠?"

"이런 건 어떨까요. 한 번쯤 되돌아올 수 없는 다리를 건너보는 겁니다."

"……왠지, 다리가 후들거리는데요?"

그 통화 후로 나는 거리에서 푸른색 원피스를 입은 여자들을 만나게 될 때마다 슬그머니 눈여겨보게 되었다. 그녀들은 자신의 원피스에 얼마만큼 만족하고 있을까. 그러는 사이 원피스를 입은 여자들이 한 사람씩 모습을 감추었다. 어느 틈엔가, 계절이 바뀌어 있었던 것이다.

◉

"제가 뭘 사게 됐는지 한번 맞춰보세요."

그녀는 흥분을 감추지 못했다.

"잘은 모르겠지만, 결국 다리를 건넌 모양이군요. 맞습니까?"

"맞아요! 역시 아저씨 말씀이 옳았어요."

그녀는 처음부터 성공을 거둘 수는 없었다. 그녀는 그 후로도 몇몇 가전제품에 손을 댔다가 성에 차지 않아 환불받았다. 그녀는 궁리 끝에 환불에 대한 가능성을 처음부터 차단하기로 했다. 그녀는 환불이 원활한 백화점이나 마트를 가급적 피했다. 그녀가 찾고 있던 대상은 가격이 저렴하면서 서서히 정을 들일 수 있을 만한 무언가였다. 그녀는 재래시장을 배회하기 시작했다. 그리고 마침내 도시 외곽의 재래 장터에서 그녀는 마음에 드는 무언가를 발견해냈다.

장터 한구석에서, 보자기를 꽁꽁 뒤집어쓴 노파가 사과 상자를 품고 있었다. 상자 속에선 새끼 고양이 여남은 마리가 장난을 치고 있었다.

"지금 우유를 먹고 있어요."

"귀여워 보이겠군요."

"엄청난 먹보예요. 한 끼에 1리터씩 해치우니까요."

그녀는 단숨에 고양이들에게 매료돼 상자 앞을 떠나지 못했다. 그녀의 눈엔 모든 고양이들이 앙증맞아 보였다. 그러나 그들 전부를 데려가 키울 수는 없는 노릇이었다. 그녀가 결정을 내리지 못하는 사이, 두 마리가 팔려나갔다.

"이왕 정을 줄 거면 제일 튼튼한 놈으로 고르는 게 낫겠다 싶었어요. 아저씨 말씀대로, 그래야 손해가 덜할 테니까요. 이 녀석을 보면 아마 아저씨도 놀라실 걸요? 어깨가 떡 벌어졌거든요."

자랑은 계속 이어졌다.

"집에 돌아와 목욕을 시켜놓고 보니 털빛이 너무 고운 거예요. 헤어드라이어로 말끔하게 말린 다음 영양크림을 발라줬죠. 아마 암컷 고양이라면 누구라도 반하고 말 거예요."

"금세 식구가 늘지도 모르겠는데요?"

"그래서 말인데, 이 녀석이 함부로 빠져나가지 못하도록 방범창을 촘촘한 걸로 교체하기로 했어요."

"너무 가둬두고 키우면 성격이 비뚤어질지도 모릅니다."

"하지만 이 아인 너무 예쁜걸요. 저, 그럼 이담에 또 연락드릴게요."

"이제 그럴 일은 없을 것처럼 보이는군요. 아무튼 새 식구에게 잘 대해주세요."

그리고 정말로 그녀로부터 연락이 끊겼다. 하지만 그녀가 아니어도 상담을 요청해오는 사람은 무수히 많았다. 사람들은 하루에도 수백 가지 선택과 오류를 저지른다. 그들은 소비자이면서 피해자요, 가해자였다. 그들의 정체를 일일이 분류해내는 데도 이만저만 힘이 드는 게 아니었다. 연말이 다가오자 통화량이 부쩍 늘었다. 수많은 예약과 선물이 이 손에서 저 손으로 넘어갔다. 나는 함께 고생한 동료 상담원들과 조촐한 회식 자리를 가졌다. 그 자리는 내 환송연도 겸하고 있어서 보통 때처럼 거절할 수가 없었다.

법률사무소의 유능한 직원 하나가 갑작스레 다른 곳으로 스카우트되어 갔다. 그래서 그 공백을 메우기 위해 내가 자리를 지키고 있는 수밖에 없었다. 변호사 친구는 상담일을 그만둘 것을 정중하게 부탁해왔다. 따지고 보면, 여태껏 그 일을 해올 수 있었던 것도 다 그 친구의 배려 덕분이었다. 때문에 나는 그의 청을 거절할 수 없었다.

"자네의 책임이 막중하다는 걸 잊지 말게."

나는 변호사 친구가 나에게 했던 말을 동료 상담원들에게 앵무새처럼 들려주었다. 그리고 주제넘게도 결의에 찬 건배를 제의했다.

위하여–

⊙

크리스마스가 긴 주에 나는 잠시 짬을 내 상담센터에 들렀다.

내가 남겨두고 온 짐을 어떻게 처리해야 좋을지 모르겠다는 연락을 받았기 때문이다.

상담원 대부분이 통화에 매달려 있었다. 나는 그들과 가볍게 눈인사를 주고받았다. 내 자리는 이미 깨끗하게 정리되어 있었다. 나는 책상에 놓인 마분지 상자를 열어보았다. 보온병과 양장 노트, 안경집, 옥편, 만년필 따위가 그 속에 들어 있었다. 나는 외투를 입은 채 그대로 자리에 앉았다. 전화선은 뽑혀 있었다. 나는 전화선의 이음매 부분을 아무런 의미도 없이 매만져보았다.

"장난 전화라도 하시려고요?"

직원 하나가 녹차를 가져다주며 말했다. 하긴. 나는 생각했다. 줄곧 이 자리에서 못된 장난 전화나 상대해왔는지도 모르지. 나는 녹차를 마시며 노트를 펼쳐보았다. 상담을 하며 받아 적은 메모들이 거기에 빼곡했다. 그러다 나는 노트 갈피에서 특별한 메모 한 장을 발견했다.

발코니에 관한 상담 접수. XXX 각하께.

나는 전화선을 연결했다. 헤드셋을 착용하자 신호음이 울렸다. 그러나 그녀에게 마지막 인사를 남기는 게 과연 옳은 일인지, 판단이 서지 않았다. 인사를 남기건 남기지 않건 나는 후회할 것이다. 그렇다면 보다 후회가 덜할 쪽으로 선택을 내리면 되었다.

나는 전화 버튼을 눌렀다. 길게 이어지던 연결음 끝에 그녀가 전화를 받았다.

"아가씨, 잘 지내고 계십니까?"

"이 녀석! 얌전히 있어!"

"틀림없이 잘 지내고 있는 거 같군요."

"어머! 아저씨 아니세요? 안 그래도 연락을 드리려고 했는데. 연말이고, 그동안 통 연락 못 드려서요."

"아가씨한테는 그편이 좋은 거 아닙니까."

"아저씬, 여전하시네요."

그녀에게는 애인이 생겨 있었다. 그녀는 어째서 자신에게 백수들만 꼬이는 것인지 모르겠다며 투덜거렸다. 나는 그 점에 대해선 무어라 조언을 해줘야 할지 모르겠다고 그녀에게 솔직히 말했다. 그러자 그녀는 애인의 단점을 나에게 증명하기 위해 애를 썼다. 머리숱이 모자란다는 둥, 배가 나왔다는 둥, 양말을 이틀씩 신는다는 둥.

"덩치는 산만 해갖고 겁은 또 얼마나 많은데요. 고양이를 무서워하는 남자에 대해 어떻게 생각하세요?"

나는 그만 그녀의 애인을 구제해주고 싶었다. 화제를 돌리기 위해 나는 고양이의 안부를 물었다.

"얘는 너무 많이 먹어서 탈이에요. 사료는 거들떠도 안 봐요. 닭고기라면 사족을 못 쓰죠. 글쎄, 뼈까지 삼켜버리는 거 있죠."

"비만에 걸릴지도 모르겠군요."

"정말이에요. 요즘은 무거워서 안아 들지도 못하겠어요. 다이어트를 시켜야 할까 봐요."

그때 수화기 너머로 초인종 소리가 들렸다. 뒤이어 그녀가 재빠르게 이동하는 발소리가 울렸다.

"그 사람이 왔나 봐요. 아저씨, 잠시만 기다리세요."

휴대전화를 어디에다 내려둔 것인지 감이 멀어졌다. 그러나 현관문의 잠금쇠가 돌아가는 소리, 그들이 서로를 다정하게 부르는 소리가 희미하게 들려왔다. 나는 안심이 되었다. 그들을 조금도 방해하고 싶지 않았으므로 나는 슬며시 전화선을 뽑았다.

나는 자리에서 일어났다. 마분지 상자를 끌어안은 채, 가능한 주위를 둘러보는 일 없이, 그곳을 얌전히 빠져나갈 셈이었다. 그런데 출입문에 막 다다른 순간 상담원 하나가 나를 붙잡아 세웠다.

"선생님, 어떤 여자분께서 선생님을 연결해달라고 하시는데요."

"그렇습니까?" 역시, 제대로 마무리를 짓는 게 낫겠지. "제 자리에서 받도록 하죠."

나는 자리에 앉아 도로 전화선을 꽂았다. 그러곤 손짓으로 상담원에게 신호를 보냈다. 전화기 램프에 내선을 알리는 불빛이 깜빡였다. 나는 전화를 연결했다.

"저예요."

뭔가 혼선이 빚어진 듯한 느낌이었다. 나는 갑자기 불분명한 상황 속에 빠졌고, 기분이 상했다. 하지만 그녀는 내가 잘 알고 있는 여자임이 분명했다.

"당신이 어쩐 일이오?"

"어쩐 일이긴요. 그쪽에서 연락을 해오지 않으니 제가 하는 수밖에요."

"하지만 여긴, 휴대전화로 걸어도 되잖소."

"여보, 연말이에요. 크리스마스라고요. 제발 화내지 말아요."

나는 목소리를 낮췄다.

"화를 내고 있는 게 아니야. 그저 놀랐을 뿐이지. 요즘은 어때?
지낼 만해?"

"지금 내 안부가 궁금한 거예요, 상태를 떠보는 거예요?"

"둘 다야."

아내가 발작적으로 웃었다.

"그렇게 좋은 편은 못 돼요. 지금 짐을 꾸리는 중이에요."

"어디 여행이라도 가나?"

"아뇨. 도망을 치는 중이에요. 또 일을 벌일까 봐요."

아내는 과거에도 약을 먹는 일을 꺼렸다. 약에 의존할 때마다
자기가 정상이 아니라는 사실을 떠올려야 했기 때문이다. 장기간
에 걸친 꾸준한 치료로 아내는 한동안 삶의 균형을 유지했다. 상
태가 호전되었다고 판단한 아내는 의사의 동의 없이 무리하게 약
을 끊었다.

"성탄절을 미치광이들로 가득한 병동에서 보내게 됐어요."

"하지만 당신은 미치지 않았어."

"나도 알아요. 미친 건 아마도 당신이겠죠."

뭔가 심상치 않은 일이 닥치리란 예감이 들었다. 나는 예전에도
그랬던 것처럼 단단히 각오를 다졌다.

"10년 내내 같은 책만 보고 있었잖아요."

"당신은 10년 내내 그런 나를 지켜봤지."

"웃기지 말아요. 나는 그런 적 없어."

"여보. 이러지 마. 내가 지금 당신한테로 가는 건 어때?"

"이런 망할 자식! 나를 직접 병원에 처넣으시겠다?"

"이봐, 진정해. 진정하라고."

아내가 울음을 터뜨렸다.

"처음부터 당신을 만나지 말았어야 했어."

"그건 불가능한 일이야. 내가 그리로 가지."

아내는 절망적으로 악을 써댔다. 그러다 무미건조한 신호음의 장막 너머로 모습을 감추었다.

⊙

구정 연휴에 나는 변호사 친구로부터 저녁 식사 초대를 받았다. 그 집에 들어서자마자 친구의 아내가 내게 편안한 옷을 내주었다. 나는 처음에 사양했지만 결국 그들이 원하는 대로 했다. 나는 그 집 거실 소파에 앉아 친구의 장성한 자녀들로부터 세배를 받았다. 나는 그들에게 흔쾌히 수표를 꺼내주었다. 푸짐한 식사를 대접받은 뒤, 나는 친구의 응접실에 앉아 곡주를 마셨다. 친구는 얼마 전 새로 들어온 직원에 대한 인상과 몇 가지 우려 사항에 대해 이야기했고, 신참에 대한 교육을 내게 일임했다.

"실은 자네 통장에 돈을 좀 넣었네. 그동안 자넬 너무 부려먹은 것 같아서 말이야."

친구가 하룻밤 자고 가라는 것을 끝까지 뿌리쳤다. 그렇게 나는 내가 진정으로 만족해야만 하는 자리로 순순히 복귀했다.

연휴의 마지막 날, 나는 새벽부터 사우나에 다녀왔다. 집으로 돌아오는 길에 편의점에 들러 우유와 주먹밥을 사다가 아침 식사를 해결했다. 아직 이른 오전이었고, 내겐 터무니없이 긴 하루가 놓여 있었다. 나는 무심코 달력을 확인했다. 첫째 주 월요일 칸에 붉은 색 동그라미가 그어져 있었다. 아내가 퇴원한 지 벌써 2주가 지나 있었다.

퇴원 날, 나는 아내에게 안개꽃을 안겨주었다. 아내는 꽃을 보며 화사하게 웃었지만 나와는 눈을 마주치지 않았다. 곁에서 아내를 돌보던 처제가 나를 따로 떼어냈다.

"언니는 결정을 내렸어요."

우리는 이혼 수속에 들어갔다. 아내는 처형이 살고 있는 캘리포니아로 요양을 떠날 예정이었다. 머지않아 이혼 판결이 내려질 것이다. 이제 내가 아내를 위해 해줄 수 있는 일이란, 매달 달러로 된 위자료를 송금해주는 것뿐이었다.

나는 식탁에 신문을 펼치고 손톱을 깎아나갔다. 주위는 온통 손톱이 잘려나가는 소리로 가득했다. 나는 그 어느 때보다도 마음이 개운했다. 만사 또한 이처럼 평안하길. 나는 손톱을 깎으며 사회면 기사들을 눈으로 훑었다. 그러던 중 나는 한 토막 흥미로운 기사를 발견했다. 도심서 맹수에 의한 피습.

무단으로 맹수를 반입해 사육해오던 독신녀가 자택에서 숨진 채 발견되었다. 맹수는 생후 6개월가량 된 벵골 호랑이로 길이 90센티미터, 무게 60킬로그램에 달했다. 신고자는 피해자의 헤어진 애인이었다. 그는 지난 두 달간 자신의 연락을 피해온 피해자의 집을 방문, 현관 너머에서 들려온 맹수의 울음소리를 듣고 이를 경

찰에 알렸다. 이웃 주민들은 그간 아무런 기척도 듣지 못했다고
진술했다. 경찰은 피해자가 맹수를 반입하게 된 경위를 철저히 조
사할 것이라 밝혔다.

기사에는 느긋하게 앞발을 핥고 있는 호랑이 사진이 실려 있었
다. 나는 기사를 한 번 더 되풀이해 읽었다. 그러곤 손톱을 마저 깎
은 다음 그대로 신문을 접어 쓰레기통에 처박았다.

윤민우
1982년 서울에서 태어났다. 2012년 〈문학과사회〉 신인상에 단편소설 〈보이스카우
트〉가 당선되었다.

아프라테르

이갑수

이것은 크리링 이야기다. 세탁소를 떠올렸다면 당신은 조금 고지식한 사람이다. 내가 말하려는 크리링은 도리야마 아키라의《드래곤볼》의 등장인물이다. 만화를 좋아하지 않는 사람이라도 한 번쯤 들어본 적은 있을 것이다. 작년에《원피스》에 자리를 내주기 전까지 세계에서 가장 많이 팔린 책이니까. 총 2억 3000만 부가 팔렸고, 한국에서만 2000만 부가 발행됐다. 하지만 당신이《드래곤볼》을 전혀 몰라도 상관없다. 그 만화의 주인공은 손오공이고, 내가 하려는 이야기는 크리링에 관한 것이니까.

나는 인터넷 포털 사이트의 웹툰 관리자다. 이런 일을 하게 될 줄 알았다면, 이 회사에 들어오지 않았을 것이다. 나는 만화를 아주 싫어한다. 입사할 때 지원한 곳은 기획과 관련된 부서였고, 3년 차까지는 배너 광고와 관련된 일을 했다.

― 저번 기획안 보니까, 만화에 대해 잘 알던데.

팀장은 그렇게 말하면서 나를 인사이동시켰다. 내가 적임자라는 말도 덧붙였다. 그즈음 우리 회사는 경쟁이 심해져가는 웹툰 시장에서 살아남기 위해 새로운 아이디어를 찾고 있었다. 웹에 게시하는 만화는 종이책과 뭔가 달라야 한다. 어떻게 다르게 할 것인가가 문제다. 전 사원이 의무적으로 기획안을 제출했다. 대부분 생각하는 것이 비슷했다. 배경음악을 넣거나 동영상을 덧붙이자는 의견이 많았다. 하지만 그 방법은 추가 비용이 너무 많이 발생해서 현실성이 없었다.

웹툰은 휴대전화로 보는 경우가 많으므로 대화가 적고 그림이 단순해야 한다. 그리고 책처럼 한자리에 앉아서 쭉 보는 게 아니라 잠깐씩 회차별로 보니까 전체의 연속성보다는 회당 완결성이 더 중요하다. 마지막으로 완전 컬러여야 한다. 종이책과 달리 웹에 게시할 경우 만화를 완전 컬러로 만들어도 비용 초과는 거의 없다.

내 기획안은 대략 그런 내용이었다. 제대로 된 기획안도 아니었고, 누구나 다 알 만한 것들이었다. 내 것과 내용이 비슷한 기획안도 많았다. 다만 나는 컬러판으로 나왔을 경우 더 효과가 있었을지도 모르는 만화를 다수 언급했다. 스스로 만화를 많이 봤다는 것을 광고한 것이나 다름없었다.

나는 어릴 때 엄청난 양의 만화를 봤다. 형 때문이었다. 형은 만화 대여점 누나를 좋아했다. 형의 손에 이끌려 반강제로 만화 대여점에 처음 간 것은 내가 초등학교 6학년, 형이 중학교 1학년 때였으니 정확히 1999년 봄이었다.

대여점 이름도 기억난다. 유미책방. 대여점 사장의 딸 이름이 유미였다. 형의 첫사랑이다. 그녀는 대학생이었다. 남자들은 어릴 때는 누나를 좋아하고 나이가 들면 연하를 선호한다. 뭔가 생물학적인 이유가 있을지도 모른다.

내가 보기에도 유미 누나는 예쁜 편이었다. 책방에 오는 손님 중 90퍼센트는 남자였고, 사장이 직접 가게를 보는 시간에는 손님이 별로 없었다. 누나가 사장과 부녀 관계였는지는 확실하지 않다. 사장과 누나는 성씨가 달랐다. 어쨌든 누나는 사장을 아빠라고 불렀다.

형은 학교가 끝나면 책방으로 달려갔다. 나는 먼저 가서 형을 기다렸다. 한 권에 200원, 대여 기간은 1박 2일, 다섯 권을 빌리면 한 권은 공짜로 볼 수 있었다. 우리는 매일 열두 권을 빌렸다.

대여점 한쪽에 3인용 소파가 있었다. 파스텔 블루 톤의 인조가죽으로 된 아주 낡은 소파였다. 묘하게 편안했다. 나와 형은 거기 앉아서 빌린 책을 다 읽고 바로 반납했다.

— 엄마한테 혼나요.

누나가 집에 가서 편하게 읽으라고 말하면 우리는 그렇게 대꾸했다. 반쯤은 사실이었다. 엄마는 우리가 만화책을 보는 것을 싫어했다. 언젠가 나는 엄마에게 왜 만화를 보면 안 되느냐고 물어본 적이 있다. 엄마는 이런저런 이유를 들었지만, 설득력은 별로 없었다. 만화를 교과서의 반대말쯤으로 생각하는 것 같았다. 대체로 어른들은 만화를 우습고 저급한 것으로 생각한다. 만화가 공식적으로 예술의 한 종류로 인정받지 못하는 것도 같은 이유일지도 모른다. 물론 정말로 저급한 만화들도 있다. 하지만 그것은 어느 분야나 마찬가지다. 가치 있는 것은 1퍼센트 정도밖에 되지 않는다. 나머지 99퍼센트는 쓰레기다. 어쩌면 사람도 그런 식으로 구분할 수 있을지 모른다.

　만화를 선택하는 것은 언제나 형의 몫이었다. 요즘 웹툰에서 사용하는 분류를 따르면, 형이 고르는 것은 액션, 무협, 판타지, 스포츠, 학원물이었다. 《북두의 권》, 《시티 헌터》, 《더 파이팅》, 《열혈강호》, 《타이의 대모험》, 《드래곤볼》 등속이다. 목록을 보면 알겠지만, 대부분 일본 만화다. 형의 취향은 일본 만화와 잘 맞았다. 당시 인기 있는 소년 만화의 대부분이 일본 만화였던 탓도 있었다.
　― 일본 놈들은 좆나 대단한 것 같아.
　형은 자주 그런 말을 했다. 어느 면에서 비교해도 한국은 상대가 되지 않았다. 만화가의 자질 문제는 아니다. 요즘 나는 만화가들을 자주 만나는 편인데, 그들 개개인은 결코 일본의 만화가들에게 뒤지지 않는다. 차이는 시스템이다. 일본은 만화 하나를 만들면, 동시에 관련 게임을 출시하고 캐릭터 상품을 만들어 판다. 인기가 주춤하면 극장판 애니메이션을 만들어 개봉하기도 한다. 그들은 만화를 현실 가치로 환원하는 구조를 갖고 있다. 그리고 만화를 소비하는 사람들은 합당한 비용을 지불한다. 일본은 아직 종이책이 팔리는 나라라 웹툰이 활성화되지 않았지만, 이 시장도 언제 뺏길지 모른다. 지금도 블로그를 통한 일본 만화 번역물이 웹툰보다 조회 수가 높다. 물론 형은 그딴 것은 전혀 생각하지 않고 자기 마음에 드는 만화를 골랐다.

나는 형이 책장 앞을 거닐며 책을 고를 때마다 조마조마했다. 형은 궁금한 것을 못 참는 사람이었다. 호기심으로만 치면 과학자가 됐어야 마땅하다. 정말 별걸 다 궁금해했다. 낮과 밤의 경계를 확인하겠다고 몇 주나 밤을 새운 적도 있었다. 문제는 형이 자신의 궁금증을 나를 통해 푼다는 것이었다.

형의 궁금증 때문에 나는 베란다에서 떨어진 적도 있다. 그날 형은 나를 난간에 매달았다. 나는 왜 이러느냐고 물었다.

— 《시티 헌터》 보면, 이럴 때 한 손으로 매달려 있다가 갑자기 상대 손잡고 올라오잖아. 그거 진짜 되나 궁금해서.

형은 그렇게 말하더니 오른발로 내 왼손을 지그시 밟았다.

아래를 보니 까마득했다.

— 자, 잡아.

1분 정도 후에 형은 손을 내밀었다. 나는 만화 주인공처럼 초인적인 힘이 나오길 간절히 바랐다. 떨어지면서 만화가들, 아니 만화라는 장르를 만드는 데 일조한 모든 인간을 원망했다. 다행히 우리 집은 3층이었고, 아래에 쓰레기봉투가 쌓여 있어서 나는 죽지 않았다. 대신 오른쪽 무릎에 철심 세 개를 박았다. 덕분에 나는 군대에 가지 않았다.

그것만은 형에게 감사하고 있다.

세상에서 가장 저주하는 만화가를 고르라면 나는 전극진과 양재현을 선택할 것이다. 《열혈강호》의 작가들이다. 그들은 형에게 내공심법과 장풍, 경공술에 대한 궁금증을 갖게 했다.

— 무공을 익히기 위해서는 인고의 시간을 견뎌야 해.

형은 벽곡단이라면서 좁쌀과 보리에 꿀을 섞은 환을 만들어서 내게 먹였고, 새벽마다 약수터에 끌고 가서 물 밑에 가부좌를 틀게 했다. 내공은 쌓이지 않았다. 대신 설사병과 감기에 걸렸다. 11킬로그램이 빠졌다. 빙백신장 수련에 동원된 내 가슴에는 늘 멍이 가득했다. 뚝섬유원지의 오리 배에 매달려서 수상비를 연습하다가 물에 빠져 119에 구조된 적도 있었다. 그나마 형이 SF 만화를 읽지 않은 것이 다행이다. 형이 《암스》나 《기생수》 같은 만화를 봤다면 나는 한쪽 눈이나 팔을 잃었을지도 모른다.

내게 안전한 만화는 《드래곤볼》뿐이었다. 그 만화는 형만큼이나 이상한 세계관을 갖고 있다. 가령, 손오공의 친구인 오룡이라는 캐릭터가 나온다. 한마디로 설명하면 변신술을 할 줄 아는 말하는 돼지다. 그런데 손오공이 천하제일무술대회에서 우승하고 밥을 먹는 장면을 보면, 식탁에는 언제나 통돼지 구이가 있다. 나는 돼지랑 친구인데 돼지를 즐겨 먹는 게 이상하다고 생각했다. 하지만 나이를 먹으면서 이해했다. 그런 게 사람이다.

《드래곤볼》이 안전한 이유는, 거기에 나오는 기술이나 설정이 도저히 따라 할 수 없는 것들이었기 때문이다. 형은 에네르기파나 원기옥의 자세를 흉내 냈지만, 전혀 위험하지 않았다. 성공한 것은 초사이어인이 되겠다고 머리를 노랗게 염색한 것과 왁스로 머리를 세우고 다니는 것 정도였다. 조금 창피하기는 했지만, 형이 머리를 포니테일로 묶든 상투를 틀든 나하고는 관계없었다.

《드래곤볼》은 총 마흔두 권이다. 손오공과 친구들은 끊임없이 적들과 싸운다. 나는 마지막 권을 읽지 않았다. 그들의 싸움이 영원히 끝나지 않기를 바랐다.

돌이켜보면 형이 고르는 만화들은 어떤 형태로든 주인공이 치고받고 싸우는 내용이었다. 형은 만화에 나오는 기술이나 수련 방법을 내게 실험했다. 지금도 만화를 보면 그때의 기억들이 떠올라서 몸이 떨린다. 형은 싸움을 잘했다. 좋아하기도 했다.

세상에는 태어날 때부터 강한 인간이 있다. 이를테면 종합격투기 챔피언 표도르 같은 사람이다. 어떤 사람들은 표도르가 삼보를 배웠으니 삼보가 최강의 무술이라고 말한다. 내 생각은 다르다. 뭘 배워서 강해진 것이 아니라, 그 사람이 원래 강한 것이다. 나는 형도 같은 종류의 인간이라고 생각했다. 우리 동네에서 완력으로 형을 이길 수 있는 사람은 없었다. 그러나 형은 표도르가 아니었다.

형의 첫 패배는 이태원에서 벌어진 싸움이었다. 상대는 2미터가 넘는 흑인이었는데, 형은 15분 동안 이백스물여섯 대를 맞았다. 엄마는 형이 그렇게 될 때까지 넌 뭘 하고 있었느냐며 나를 혼냈다. 하지만 나는 절대로 형이 질 거라고 생각하지 않았다. 아니, 그것이 링에서 벌어진 시합이었다면 형은 진 것이 아니었다. 흑인이 때리다 질려서 돌아갈 때까지 형은 쓰러지지 않았다. 양팔에 가드를 올린 채로 꼿꼿이 서서 최후의 한 방을 노리고 있었다.

병원에서 퇴원한 형은 설득력을 갖춘 사람이 되었다. 형이 설득
력을 사가지고 왔을 때 나는 그게 뭐냐고 물었다.
— 설득력.
형이 말했다.
— 너클이잖아?
내가 말했다.
— 설득력.
형은 설득력을 손에 끼고서 다시 말했다. 나는 바로 설득되었다.
한 달 정도 이태원을 어슬렁거리던 형은 결국 2미터가 넘는 흑인
을 설득해서 부하로 만들었다. 그 흑인의 이름은 존슨이었다.

얼마 안 있어 형은 담임을 설득하고 학교를 그만뒀다. 사실 그
동안도 제대로 학교에 다닌 것은 아니었다. 형의 출석부는 출석,
결석, 조퇴, 지각의 숫자가 서로 비슷했다.
학교의 조치가 좀 더 적절했더라면 형은 고등학교 정도는 졸업
할 수 있었을지도 모른다. 형이 계속 사고를 치자, 교장은 국가대
표 럭비 선수 출신의 체육 교사가 있는 반으로 형을 보냈다. 잘못
된 결정이었다. 형이 꼼짝 못하는 건 오히려 몸집이 작은 여선생
들이었다. 그건 엄마의 영향이 크다. 어릴 때부터 형은 동네에서
온갖 말썽을 부리고 다녔는데, 엄마는 형이 누구랑 싸우고 오든
크게 혼내지 않았지만, 상대가 여자아이일 때는 옷을 몽땅 벗겨서

집 밖으로 내쫓았다. 몇 번이고 그런 수치를 당한 형은 여자들을 무서워했다. 어디까지나 결과론적인 이야기일 뿐이다. 여선생이 담임이었어도 형은 학교를 그만뒀을지 모른다.

형이 학교를 그만뒀을 때 나는 남몰래 박수를 쳤다. 그동안 형 때문에 내 학교생활도 엉망이었다.
— 영어로 생각하고 영어로 말하는 건 어떤 기분일까?
내가 중학교에 입학했을 때 형은 그런 궁금증을 가졌다.
나는 사전으로 공부했다. 단어를 외우고 예문을 읽고, 어원을 찾아보는 방식이었다. 나는 중학교를 마칠 때쯤에는 원어민 교사의 말 상대를 하는 학생이 되어 있었다. 그동안 형은 질문을 잊어버렸다. 하지만 나는 질문에 대답했다.
— 한국어로 생각하고 한국어로 말하는 거랑 똑같아.
형은 그럴 줄 알았어, 라고 말하면서 손뼉을 쳤다.

형 인생의 최대 궁금증은 여자였다.
— 저 치마 속에는 뭐가 있을까?
형이 제일 많이 한 질문은 그것이었다. 하지만 나는 그 궁금증 만큼은 풀어주지 않았다.
— 안 해. 그런 거 시키면 아가페 누나한테 이를 거야.
나는 그렇게 말하면서 형의 부탁을 거절했다. 아가페는 유미 누나의 세례명이다. 유미책방은 일요일마다 문을 닫았다. 사장과 누나가 성당에 다녔기 때문이다. 형은 그 사실을 알자마자 나를 데리고 성당에 갔다.

　누나는 초등부 선생님 겸 성가대의 피아노 반주자였다. 형과 나는 성가대에 들어갔다. 누나는 시간만 나면 피아노 앞에 앉아 있었다. 신앙보다 피아노에 더 관심이 있는 것처럼 보일 때도 있었다.

　― 집에는 전자피아노밖에 없으니까.

　누나는 원래 음대에 가고 싶었는데, 돈 때문에 포기했다고 했다. 누나의 연주는 훌륭했다. 정말로 그랬다. 형의 노래는 형편없었다. 노래보다는 기합 소리에 가까웠다. 나도 형을 비웃을 처지는 아니었다. 듣기 싫기는 매한가지였으니까.

　누나는 예배가 끝나면 형과 나를 따로 불러 성가 연습을 시켰다. 신입이라 원래 하는 건지, 우리가 노래를 못해서 하는 건지는 확실하지 않았다.

　― 그리스어로 '아'가 없음을 뜻하는 부정어야. 아카펠라는 반주 없음, 아템포는 박자 없음. 너희는 아멜로디쯤 되겠다.

　몇 주가 지나도 진전이 없자 누나는 그렇게 말했다.

　― 멜로디 없는 노래도 있어요?

　내가 물었다.

　― 아 아아아 아아아아아.

　누나는 대답 대신 발성 연습을 했다. 우리는 누나를 따라 했다. 좀처럼 잘 되지 않았다.

　― 그럼 아가페는 뭐가 없는 거예요?

　형이 물었다. 아가페는 무조건적인 사랑이란 뜻이다.

— 글쎄. 미움 없음 아닐까?

누나가 대답했다.

— 아가페, 확실하지 않은 건 조심해야지.

연습을 지켜보던 수녀님이 끼어들었다.

— 아님 말고요. 자 연습하자.

두 달이 지나도 우리의 노래 실력은 나아지지 않았다. 누나는
우리의 목소리에도 '아'를 붙였다. 입만 뻥긋거리라고 했다. 나는
기분이 상했지만, 형은 성가대에 남아 있을 수만 있으면 아무래도
좋은 것 같았다.

누나는 책방에 있을 때보다 성당에 있을 때, 더 활동적이고 말
도 많이 했다. 우리의 입장이 달라졌기 때문에 그렇게 보였을 수
도 있다. 우리는 누나와 자주 밥을 먹었고 같이 노래방에 가기도
했다. 형은 싸움을 하지 않았고 이상한 궁금증으로 나를 괴롭히지
도 않았다.

우리는 누나에게 의외의 취미가 있다는 것도 알았다. 누나는 오
토바이광이었다.

— 아빠랑 수녀님한테는 비밀이야.

누나는 오토바이를 카센터에 맡겨놓고 새벽에만 탔다. 누나와
함께 오토바이를 타는 무리는 대부분 남자였다. 형은 원동기 면허
를 따려고 학원에 등록했다. 매번 필기에서 떨어졌다. 형은 누나에
게 오토바이에 태워달라고 계속 졸랐다. 누나는 위험하다고 태워
주지 않았다.

— 천국에 가면 어떤 기분일까요?

형이 그렇게 묻자, 누나는 형을 오토바이에 태우고 시속 160킬로미터로 고속도로를 달렸다.

— 부드럽고, 빠르고, 무서웠어.

내가 천국이 어땠냐고 묻자 형은 누나의 허리를 잡았던 양 손바닥을 펼치면서 그렇게 말했다.

몇 주 후에, 누나는 진짜로 천국에 갔다. 오토바이가 가로등과 충돌했다. 브레이크 고장이라고 했다.

누나는 사흘 동안 병원에 있었다. 의사는 누나가 곧 깨어날 거라고 했다. 어디에도 아무 이상이 없다고, 잠시 기절한 것뿐이라고 단언했다. 근거는 시티 사진이었다. 엑스레이나 시티 사진을 판독하는 원리는 다른 그림 찾기와 같다. 건강한 사람의 사진과 비교해서 다른 부분이 있으면 병이 있다고 의심하는 것이다. 누나의 시티 사진에는 단 하나의 다른 그림도 없었다. 누나는 깨어나지 않았다. 아무도 누나가 왜 깨어나지 않는지 알지 못했다. '아'에는 두 종류가 있다. 아무것도 없음과 알 수 없음.

성당에서 장례식이 열렸다. 나는 신부님에게 누나가 천국에 갈 것 같으냐고 물었다. 신부님은 대답 대신 성호를 그었다.

— 여기가 천국 맞나요? 아님 말고요.

누나는 도착해서 그렇게 말했을 것이다.

형은 경찰에서 보관 중인 누나의 오토바이를 가져왔다. 검사의 공소장에는 훔쳤다고 적혀 있는데, 그건 잘못된 표현이다. 형은 정문으로 당당하게 들어가서 의경 둘과 형사 한 명을 설득하고 오토바이를 꺼냈으니까.

형은 오토바이를 가지고 카센터로 갔다. 오토바이는 아주 단순한 구조물이다. 발차기와 주먹질만으로도 해체할 수 있다. 형은 오토바이의 잔해에 휘발유를 뿌리고 불을 붙였다. 카센터에는 인화성 물질이 아주 많았다. 바닥에도 유막이 덮여 있었다. 화재보다는 폭발에 가까웠다. 반경 15미터 안에 있는 건물의 유리창이 전부 깨졌다.

인명 피해는 없었다. 책방 사장과 신부님이 탄원서를 제출했지만, 큰 효과는 없었다. 판사는 형에게 정확한 이유가 무엇이었는지 물었고, 형은 대답하지 않았다. 나도 궁금하다. 브레이크 고장에 대한 복수였을까? 감정을 주체할 수 없어서 터뜨린 걸까? 더 단순한 이유일지도 모른다. 단지 누나한테 잘 보이는 큰 향불을 피운 걸 수도 있다. 판사는 내게 왜 형을 말리지 않았느냐고 물었고, 나는 형을 설득할 힘이 없어서 지켜만 봤다고 대답했다.

웹툰 관리를 하다 보면 싫어도 만화를 보게 된다. 굳이 읽으려고 하지 않아도 즉각적으로 내용이 눈에 들어온다. 유일하게 마음에 드는 작품이 하나 있다. 《3등급 슈퍼 영웅》이라는 웹툰이다. 미국의 SF 소설을 만화로 만든 것인데, 아주 유치하다. 그래서 좋다. 세상이 유치하기 때문이다. 착한 편 카드와 나쁜 편 카드 중에서 한 장을 고르는 슈퍼 영웅의 세계와 다를 게 없다.

형은 나쁜 편 카드를 선택했고, 판사는 1년 8개월 형을 선고했다. 감옥을 누나 식으로 말하면 아포리아쯤 될까?

형이 감옥에 가 있는 동안, 유미책방은 문을 닫았다. 사장이 지방의 소도시에서 당구장을 한다는 소문을 들은 적이 있다. 그 후로 나는 만화를 보지 않았다. 형도 마찬가지다. 면회 갈 때 만화책을 사간 적이 있는데, 필요 없다고 했다.

나는 고등학교를 졸업하고 대학에 갔다. 아주 평온한 시간이었다. 기억나는 것이 하나도 없을 정도로 아무 일도 없었다. 가끔 심심하다는 생각이 들었다. 형을 기다린 것은 아니다. 솔직히 말하면 형이 조금 더 오래 감옥에 있기를 원했다.

지루한 만화의 연재가 중단되듯 형은 수감 기간을 3개월 남기고 가석방됐다. 형은 체중이 많이 늘었고, 말수가 적어졌다. 어딘가 음울해 보였다. 출소 후 몇 달 동안 형은 집에 잘 들어오지 않았다. 주로 존슨과 같이 돌아다녔다. 클럽에서 형을 봤다는 이야기를 몇 번이나 들었다. 성매매 업소에도 다니는 눈치였다. 한번은 형이 여자를 소개해달라고 해서 학과 동기를 소개해줬다가 동기한테 따귀를 맞았다.

가석방 기간이 끝나고 완전히 자유의 몸이 되었을 때, 형은 방에 틀어박혀서 나오지 않았다. 간혹 존슨만 만나는 것 같았다. 돈이 떨어진 게 가장 큰 이유였겠지만, 뭔가 흥미를 잃어버린 것 같았다.

형은 차츰 활기를 되찾아갔다. 특별히 운동을 하는 것 같지는 않았는데, 체중도 조금씩 줄어들어서 예전 모습으로 돌아왔다. 나는 형이 방에서 온종일 뭘 하는지 궁금했다.

나는 예비 열쇠로 조용히 방문을 열었다. 방 안은 어두웠다. 형은 컴퓨터 앞에 서 있었다. 헤드폰을 낀 탓에 내가 들어온 것을 눈치채지 못한 것 같았다. 형이 보고 있는 것은 AV였다. 화면 속의 여자는 빨간색 하이힐을 신고 있었다. 옷은 입고 있지 않았다. 카메라는 여자의 얼굴과 가슴, 유두, 음부의 털을 차례로 클로즈업했다. 잠시 후에 남자가 등장했다. 남자는 능숙하게 여자를 애무했다. 형은 허공에 대고 남자의 손동작을 따라 했다. 너무 진지하고 리얼해서, 형 앞에 진짜 여자가 서 있는 것 같은 착각이 들었다. 여자가 애무를 하려고 하자 형은 마우스를 조작해서 뒷부분으로 건너뛰었다. 이제 여자와 남자는 섹스를 하고 있었다. 여자는 절정에 다다른 표정이었다. 연기인지 실제인지 구별이 되지 않았다.

— 아.

여자의 교성이 헤드폰 밖으로 새어 나오는 것인지, 형이 내는 것인지 모를 소리가 났다. 형은 모니터 앞에 있는 A4 용지를 허리 밑으로 가져갔다. 나는 부러 큰 소리가 나도록 문을 닫고, 불을 켰다. 형이 고개를 돌려 나를 봤다.

— 일본 놈들은 좆나 대단한 것 같아.

형이 A4 용지를 구겨 휴지통에 넣으면서 말했다. 나는 그 말에 전적으로 동의한다. 그들은 형이 일본어를 공부하게 만들었다. 형은 히라가나로 AV 배우의 이름을 쓸 수 있었고, 영상에 나오는 대화를 대부분 알아들었다.

만화가들은 하지 못한 일이다.

한번 들킨 이후로 형은 거침없었다. 방문도 잠그지 않았고, 부모님이 없을 때는 헤드폰을 끼지 않고 AV를 봤다. 같이 보자고 할 때도 있었다. 다행히 자위는 혼자서 했다.

나는 형이 하루에 몇 번이나 자위를 하는지 알고 있었다. 엿본 것은 아니다. 간단한 계산으로 알 수 있었다. 형은 일주일에 한 번씩 쓰레기통을 비웠다. 쓰레기봉투 안에는 구겨진 A4 용지가 가득 들어 있었다. A4 용지 한 장의 무게는 5그램이다. 정액이 묻은 용지는 15그램 정도 된다. 나는 전자저울로 쓰레기봉투의 무게를 쟀다. 1100그램이었다. 그러니까 형은 하루에 대략 아홉 번에서 열 번의 자위를 하는 셈이었다.

— 내 이상형은 이 안에 있는 것 같아.

형은 외장 하드를 꺼내면서 그렇게 말했다. 3테라바이트짜리 외장 하드 안에는 AV가 가득 들어 있었다. 형은 스토리와 배우별로 점수를 매겨서 폴더를 분류했다. 의외로 기준이 높아서 10점 만점을 받은 것은 열 편도 안 됐다. AV에는 두 종류가 있다. 유모/노모.

— 노모가 진리지.

형은 그렇게 말했다. 실제로 형이 10점 만점을 준 것은 모두 모자이크가 없는 영상이었다. 형 말이 맞을지도 모른다. 사전에서 진리라는 단어를 찾아본 적이 있다.

아레테이아, 은폐 없음.

형은 감옥에서 보낸 시간과 비슷한 기간 동안 방에서 나오지 않았다. 외장 하드는 다섯 개로 늘어났다. 나는 대학을 졸업했다. 졸업식 날 형은 대학 등록금이 한 학기에 얼마인지 물었다. 나는 400만 원쯤 한다고 대답했다. 형은 아버지를 설득해서 3,000만 원을 받았다. 등록금 대신이라고 했다.

형은 AV 배우가 되겠다며 일본으로 갔다. 존슨이 형의 가방을 들고 있었다. 나는 존슨을 볼 때마다 안타까웠다. 그는 형한테 완전히 설득당했다. 한편으로는 안심도 됐다. 존슨은 미국인이니 외국에서 큰 도움이 될 것이다. 무엇보다 그가 없었다면 내가 따라가야 했을지도 모르니까.

일본에 간 형은 몇 달 동안 연락이 되지 않았다. 일본 AV 산업에는 야쿠자가 관련되어 있다는데, 형이 야쿠자를 설득하려다가 도쿄 만에 가라앉은 것은 아닌지 걱정이었다. 하지만 형을 신경 쓰고 있을 여유가 없었다. 회사에 들어간 게 그즈음이었다. 연수를 받느라 정신이 없었다. 환영회, 회식, 워크숍, 선배, 상사. 형이 오십 명쯤 생긴 것 같았다.

간신히 적응해서 한 사람 몫의 일을 하고 있을 때쯤 형한테서 이메일이 왔다. 제목은 '친애하는 동생에게'였다. 나는 형이 어떤 형태로든 편지를 쓸 수 있는 사람이라고 생각해본 적이 없었다. 더구나 친애하는 동생에게, 라니. 일본 놈들이 대단하긴 대단한 모양이었다.

형은 한 달에 두 번 정도 이메일을 보냈다. 형식적으로 나와 부모님의 안부를 묻기는 했지만, 대부분의 내용은 자신의 일본 생활에 관한 거였다.

형은 AV 기획사에 들어갔다. 정식으로 배우가 된 것은 아니었다. 촬영 준비를 돕고, 배우들 심부름을 했다. 말하자면 정식으로 데뷔하기 전에 거치는 연습생 기간이었다. 월급은 거의 없는 거나 다름없었지만, 숙식은 해결되는 것 같았다.

존슨은 데뷔를 했고, 형은 하지 못했다. AV 배우가 되기 위해서는 몇 가지 조건이 필요하다. 가장 중요한 것은 당연히 정력이다. 40분에서 1시간까지 사정하지 않고 버틸 수 있어야 촬영을 할 수 있다. 형은 10분을 넘기지 못했다. 그다음은 외모다. 아주 못생겨야 한다. 실제로 AV에 출연하는 남자들은 대부분 추남이다. 평균 이하의 남자들도 아름다운 여자를 만날 수 있다는 환상을 심어줘야 많이 팔리기 때문이다. 반대의 경우도 있기는 하다. 여성 관객층을 위한 배려인데, 극히 드물지만 아주 잘생긴 남자 배우도 있다. 형은 애매하게 잘생겨서 문제였다. 반면 존슨은 모든 조건을 갖추고 있었다. 흑인이라는 것도 유리하게 작용했다. 동양 남자들은 흑인에게 이상한 자격지심을 갖고 있다. 형은 존슨과 사이가 멀어졌다. 얘기할 사람이 없어서 이메일을 보냈는지도 모른다.

AV 배우가 되는 것은 무공 고수가 되는 것과 비슷하다. 둘 다 인고의 노력이 필요하다. 형은 못생겨지기 위해 눈썹을 반쯤 밀고, 콧수염을 길렀다. 이메일에 사진이 한 장 첨부되어 있었다. 그런 얼굴이라면 형이 뭘 시켜도 거절할 수 있을 것 같았다. 외모 문제를 해결한 형은 정력 증진을 위한 훈련을 시작했다. 돼지비계로 성기를 문질러 발기시킨 후에 얼음 팩으로 진정시키는 방식이었다. 사정 시간은 점점 늘어났다. 열두 번째 편지가 왔을 때는 20분까지 버틸 수 있다고 적혀 있었다.

그러고 보니 이것은 크리링 이야기다. 크리링은 원래 대머리가 아닌데, 수련을 위해 머리를 빡빡 밀고 다닌다. 결혼한 후에는 다시 기른다. 나는 개인적으로 대머리일 때 모습이 더 마음에 든다.

《드래곤볼》은 소년 만화의 공식을 그대로 따른다. 주인공과 친구들이 있고, 강한 적이 있다. 적과 싸우면서 주인공과 친구들은 성장한다. 그리고 세계를 구한다. 모두가 성장하는 것은 아니다. 누군가는 도태되고 사라진다. 작품 초반부에 최강이었던 무천도사는 후반부로 가면 전화를 받아주는 노인일 뿐이고, 손오공의 라이벌이었던 야무치는 가장 약한 인조인간과도 싸울 수 없는 약자로 전락한다. 이야기에서 완전히 사라지는 캐릭터도 많다. 처음부터 끝까지 손오공과 함께 싸우면서 성장하는 것은 크리링뿐이다.

크리링은 《드래곤볼》에서 가장 강한 사람이다. 의아하게 여길지도 모르지만 사실이다. 손오공과 베지터는 사이어인이고, 손오반과 트랭크스는 사이어인과 지구인의 혼혈이다. 피콜로는 나메크인이다. 셀은 유전자 조작으로 탄생했고, 마인부우는 주술로 만들어졌다. 17호와 18호는 인조인간이다. 순수한 인간 중에 가장 강한 것은 크리링이다. 크리링은 거대 원숭이나 초사이어인으로 변신하거나, 퓨전이나 귀걸이를 이용한 합체 같은 반칙을 사용하지 않는다. 기술을 갈고 닦고 수련할 뿐이다.

셀과의 싸움이 끝난 후에 크리링은 18호와 결혼해서 딸을 낳는다.

이상형을 찾았어.

형은 아유미 사와무라라는 AV 배우를 만났다. 열세 번째 편지부터는 형 얘기보다 아유미에 대한 이야기가 더 많았다.

아유미는 소녀시대 티파니를 닮았어.

검색해보니 아유미는 두 편의 AV에 출연한 신인이었고, 실제로 소녀시대 닮은꼴로 유명세를 떨치고 있었다. 내가 보기에도 비슷해 보였다.

아유미는 노래도 잘해. 티파니와 아유미의 차이는 대체 뭘까?

형은 처음으로 질문으로 편지를 끝냈다.

나는 한동안 답장을 쓰지 않았다. 웹툰의 유료화 문제로 회사가 시끄러웠다. 광고만으로는 안정된 수익 구조를 만들 수 없었다. 전면적이든 부분적이든 유료화가 필요했다. 누군가의 창작물을 볼 때 돈을 내는 것은 당연한 일이지만, 공짜로 웹툰을 보는 것에 익숙해진 독자들은 유료화를 반대했다. 조회 수가 가장 높은 세 편을 가지고 유료화가 되면 계속 보겠느냐고 설문조사를 했더니, 87퍼센트가 보지 않겠다고 답했다. 회사는 유료화 계획을 전면 취소했다. 피해를 보는 것은 만화가들이었다. 만화가들의 삶의 질은 AV 배우 연습생과 비슷하다.

　설득력이 있고 없고의 차이 같아.

　나는 형한테 그렇게 답장을 보냈다.

　석 달째, 형한테 편지가 없다. 마지막 편지에서 형은 두서없이 많은 말을 했다.

　드디어 데뷔 날짜가 잡혔어.

　아유미와의 촬영이었다. 아유미가 인터뷰를 하고 있을 때, 형이 뒤에서 갑자기 나타나서 강간하는 내용이었다. AV세계에는 1만 시간의 법칙이라는 것이 있다. 성행위에 1만 시간 이상 노력을 기울이면 불구가 된다는 연구 결과다. 형은 아유미와의 촬영 전날 1만 시간을 다 채웠다. 열심히 한다고 반드시 좋은 것은 아니다. 만화가들도 소재 고갈이나 슬럼프로 갑자기 연재를 중단하는 경우가 많다.
　촬영 당일, 형은 몇 번의 시도 끝에 배역에서 잘렸다. 존슨이 형을 대신하기로 했다. 형은 존슨에게 배역을 거절하라고 말했다. 하지만 형은 더 이상 존슨을 설득할 수 없었다. 형은 곧 쫓겨날 연습생이었고, 존슨은 주연이었다. 편지의 말미에 형은 아유미를 데리고 도망치겠다고 썼다.

어제 아유미와 존슨이 출연한 AV가 출시됐다. 나는 3,500원을 내고 그 AV를 다운받았다. 영상 속에서 아유미는 다섯 번의 섹스를 했다. 즐거워 보였다. 나는 사표를 썼다.

나는 만화를 아주 싫어한다. 하지만 가끔 끝까지 보지 않은 만화의 결말이 궁금할 때가 있다. 41권에서 크리링은 초콜릿이 되어 마인부우에게 먹힌다. 크리링은 어떻게 됐을까? 만약 당신이 《드래곤볼》을 끝까지 봤다면, 알려줬으면 한다.

아브라더, 아니 아프라테르.

이갑수

1983년 서울에서 태어났다. 2011년 〈문학과사회〉 신인상에 단편소설 〈편협의 완성〉이 당선되었다.

888

이상우

너는 의자에서 일어난다. 여름, 쿨 앤드 더 갱. 그런 것들도 있었다. 치맛자락, 미러볼. 그런 것들은 있다. 너는 등을 보이며 스테이지로, 살갗에 달라붙는 빛들, 너는 흘려보내듯이, 스모그 속으로 걸어가고, 8비트로 회전하는 색깔들. 너는 랑방 드레스 입은 남자들 사이를 지나가고. 비밥, 흑인, 중력 장치 없이도 혼자 춤을 춘다. 어깨에 스냅을 걸면서, 귓불이 흔들리는 것을 느끼면서, 신시사이저 내부에서 너는 혼자 춤을 춘다. 리듬. 너는 리듬이라는 말을 들어본 적이 없고, 소름. 이라는 말을 들어본 적이 없고, 문레스, 또는 마더레스. 라는 말을 들어본 적이 있고, 춤이라는 것을 이해하지 못하면서, 너는 혼자 춤을 춘다. 언제인가 꿈에서 거울을 봤을 때, 거울 안에 운치만 보였을 때, 너는 네가 잠 밖에서 맴도는 사람이라는 것을 알았고, 우아한 손짓들을 배웠지만, 오르가슴은 없었고, 춤을 춰도, 왜 춤을 추는지 모르지만, 너는 혼자 춤을 춘다.

8비트. 신시사이저, 환각제, 변화하는 드레스 들. 방금 경찰이 열여덟 살 꼬맹이에게 총을 쐈어. 여섯 발씩이나. 점프슈트 겉에 더블코트를 걸친 남자가 말을 걸어오고, 너는 혼자 춤을 춘다. 너 반바지를 입었네. 남자는 손짓으로 스모그를 밀어내고, 너는 혼자 춤을 춘다. 나한테 팝이 있는데 같이하지 않을래? 너는 혼자 춤을 춘다. 밖에 나가면 자동차도 있어. 거기서 팝을 하며 드라이브나 하자. 너는 혼자 춤을 춘다. 네 반바지가 마음에 들어서 그래. 다른 사람들은 춤을 춘다. 남자는 더블코트를 벗어 너의 어깨에 걸쳐주고, 너는 혼자 춤을 춘다. 꼬맹이는 버려진 버스 안에서 칼을 들고 있었대. 남자는 뒤에서 스친다. 정말 안 나갈 거야? 나한테 팝이 있다니까. 구하기 어려운 건데. 너는 앞에서 스친다. 허리끈, 젖꼭지, 턱 선. 남자는 미소 짓고 너는 혼자 춤을 춘다. 팔꿈치를 흔들면서, 손가락에 힘을 풀면서. 먼저 나가 있을게, 팝을 하고 싶으면 나와서 자동차를 찾아. 너는 혼자 춤을 춘다. 자동차가 뭔지는 알지? 미러볼은 얼룩을 만들고, 네 개의 바퀴가 땅에 닿아 있는 거야. 속력이 있지. 남자는 스모그 속으로 걸어가고, 첫발은 공포, 두 번째는 불안, 세 번째는 의심, 너는 혼자 춤을 춘다. 속력이라는 말을 들어본 적이 없고, 넷째 발은 거짓말, 다섯째 발은 신앙, 여섯째 발은, 너는 생각을 멈추고 혼자 춤을 춘다.

산에 문이 있다. 시체를 숨겨뒀어. 사내 하나가 말한다. 사내들이 문을 열고 들어간다. 문 안에 산이 있다. 시체를 찾아야 해. 사내 하나가 말한다. 사내들이 문을 열고 들어간다. 문 안에 산이 있다. 이 근처였던 것 같은데. 사내 하나가 말한다. 사내들이 문을 열고 들어간다. 문 안에 산이 있다. 아직이야. 사내 하나가 말한다. 시체들이 문을 열고 들어간다. 문 안에 아파트가 있다. 여기가 맞아. 사내 하나가 말한다. 문 앞에 경비원이 있다. 사내는 들어가지 못한다. 경비원은 의자에 앉아 졸고 있다. 경비원은 언제나 있지. 사내 하나가 말한다. 경비원은 비스듬히 앉아, 고개를 숙이고 있다. 저 각도가 문제야. 사내 하나가 말한다. 모자가 경비원의 눈빛을 가린다. 경비원은 언제나 저러고 있지. 시체들이 문 앞에서 맴도는 사내 하나를 구경한다. 사내 하나는 경비원을 지나가다, 멈추고 다시 돌아오고, 반대 방향으로 지나가다, 멈추고, 다시 돌아온다. 꼭 그것이 필요한 거야? 시체들이 고개를 끄덕인다. 경비원은 존다. 방법은 하나야. 시체들이 말한다. 사내 하나가 고개를 끄덕인다. 경비원들이 문을 열고 들어간다.

너는 남자를 흡입한다. 닛산 스카이라인. 너는 조수석에 앉아 허리를 숙이고, 차창 밖에서 쏟아지는 광선, 너는 남자를 흡입한다. 남자는 입을 벌려 신음을, 혀 위로 밀려오는 색채, 방사능, 팝을, 너는 남자를 흡입한다. 알아? 옛날 사람들은 이성애자였대. 너는 남자를 흡입한다. 그래. 나도 헛소리라고 생각해. 한쪽으로만 만족하다니 말도 안 되는 이야기지. 바퀴에 채는 돌멩이 같은 것들에 차체가 들썩일 때마다, 너는 남자를 흡입한다. 헤드라이트가 광선에 뚫릴 때마다, 마음에 들어? 그루브라고 하는 거야. 너는 남자를, 남자는 속력을 흡입하고, 아까 쌌잖아. 그만해도 돼. 광선이 사라

지며, 마돈나. 너는 마돈나, 라는 말을 들어본 적이 없고, 크리스토
퍼 크로스. 라는 말을 들어본 적이 없고, 브라이언 하이랜드. 라는
말을 들어본 적이 없지만, 너는 팝을 한다. 남자가 스낵바를 명령
하자, 건물들이 솟아나고, 비행접시들이 순간 이동하고, 네온사인
은 필기체처럼 흘러가는 홀로그램 속에서, 도시는 새벽을 구상하
고, 너는 창문을 열어, 토하고, 이번에는 내가 네 걸 빨아줄게. 너
는 팝을 한다. 남자는 홀로그램에게 캡슐 두 개를 받아 들고, 건물
들은 흩어지고, 새벽은 멀어지고, 다시 광선이 쏟아지고, 네가 침
대까지만 함께 가준다면 말이야. 너는 그루브를 본다. 보닛 너머
에서 다가오는 광선이 차창에서 하나의 점이 되고, 너의 눈앞에서
천체가 되고. 소멸되는 방사능, 돌멩이는 여전히, 남아 바퀴에 부
딪치고, 너는 덜컹거리며, 반바지가 부풀어 오르고, 엔진은 매 순
간 네가 너를 앞지르게 하는데, 너는 팝을 한다. 팝을 하다 보면 그
들이 나를 대신해서 살아주고 있다는 느낌이 들 때가 있어. 횡단
보도를 지나치며, 횡단보도. 라 말해보고는, 표시에 따라 보도를
횡단하는 것에 대해 떠올려보지만, 왜 그런 것이 필요했는지 알
수 없기에, 멍해지다가, 상상 속 횡단보도 끝에 사람을 세워두어
보고, 그 사람이 무엇을 하고 있는 것인지 추적하다가는, 다시 멍
해지다가, 레키쇼들이 왔어. 남자는 시동을 끄고, 너는 멈춰지고,
광선은 느려지고, 차창 앞으로 테일 램프가 부드럽게 휘어지고, 전
조등이 광선처럼 쏟아지더니, 바이크들이 모이고, 점(点)주의자 새
끼들. 창문이 깨지고, 남자의 목이 쇠사슬에 묶이고, 팝은 멈춘다.
너는 의자에서 움직이지 못한다. 테일 램프 하나가 멀어지고, 쇠사

슬이 찰랑거림을 멈추고, 기이한 소리와 함께 남자는 굴절되며 끌려가고, 레키쇼들은 너를 둘러보는데, 자지를 긁적이고, 보지를 긁적이고, 도로에는 남자의 등가죽이 남겨지고, 너는 둘러 보여지고, 너의 종아리로 뜨거움이 흘러내리고, 레키쇼들은 자지를 긁적이고, 보지를 긁적이고, 너는 오줌 냄새를 맡는다. 그건 하얗다. 박살나는 스카이라인. 트렁크에서 튀어나온 주크박스. 너는 주크박스가 무엇인지 모르고, 알기 전에 부서지는 주크박스. 하얀 것은 더하얘지지 않고, 유리 조각 사이로 팝이 흐르고, 너의 종아리에는 길이 생기고, 횡단보도는 복잡할 수도 있지만, 하얀 것에 대해서는 어떤 여지가 없다. 가까워지는 사이렌 소리. 레키쇼들이 너를 트렁크에 집어넣자, 너는 거의 하얗게 앞질러진다.

아직도 그녀가 나에게 했던 말이 생각나요. 그녀는, 있잖아요. 꼴리게는 하는데, 싸게 하지는 않는 여자들. 그런 여자였어요. 한 편으로는…… 할머니 같다고 할까. 왜, 노인들은 아무 곳에나 혼자 세워두는 것만으로도 보고 있는 사람들을 슬프게 만들잖아요? 여하간 그런 여자였죠. 그날도 그녀는 뭔가에 쩌들어 돌아왔어요. 술인지, LSD인지, 기시감인지, 그녀는 거실의 거울 앞에 서서, 자신의 머리카락을 쥐어뜯는 거였어요. 저는 그녀에게 말을 걸지 않았죠, 늘 그래 왔듯 그녀가 곧 옷을 벗고 침대로 들어갈 것을 알고 있었기 때문요. 하지만, 그날따라 그녀는 좀처럼 거울에서 벗어나지 못했어요. 가느다라면서도 뼈마디가 도드라진 손으로 자신의 얼굴을 쓰다듬으며, 눈물 섞여 볼을 굴러 내리는 마스카라 진액을 자신의 입속으로 집어넣기 바빴죠. 무슨 말을 하고 싶긴 한데, 입을 벌리는 순간 마치 뇌가 입 밖으로 튀어나오기라도 할까 봐 두려워하는 것 같았어요. 파란색 벽지는 바깥 등대의 조명에 바닷물처럼 일렁이고, 두 손으로 입을 틀어막고 있는 그녀의 눈알은 월경하듯 붉어졌죠. 창밖에서는 마닐라 항구의 뱃고동 소리가 들려오는데. 저는 일단 기다렸죠. 그거 알아요? 저는 평생 기다리려만 왔어요. 기다림은 저의 숨결과도 같죠. 여하간, 반성은 개수작이야. 맞아! 호호호. 선창가의 트랜스젠더들이 속삭거릴 때, 그녀는 다리를 벌려 자신의 질에 손가락을 쑤셔 넣기 시작했어요. 아, 그곳을 뭐라 표현해야 할지. 깊고 넓은 물의 해자와 아름다운 건축 양식의 구조면이 모여 있는, 바빌론? 그래요. 그곳은 바빌론 같았죠. 상상에게마저 버려진 도시. 누구야. 당신 누구야. 부탁이에요. 누가 좀 있어요. 그녀가 신음과 함께 읊조리는 혼잣말을, 주제가 삼아 저 홀로 분홍빛 쾌락에 찬 그녀의 도시를 배회하고 있자니, 불현듯 어디선가 거세된 남성의 목소리가 들려오는 것이 아니겠어요? 방관자. 당신들은 모두 방관자들이야. 쿵쾅쿵쾅. 저는 제 심장이, 어디서 들려오는 것인지 모를 음성에 터질 듯 빨라지는 것을 느끼곤, 재빨리 그녀의 도시에서 벗어났지만, 바로 그 순간부터 진짜 공포가 시작되었죠. 그녀의 아름다운 도시의 입구가, 그녀의 그토록 예쁜 보지가, 아주 또렷하게 벌어졌다 닫히며 저에게 말을 거는 것이었어요. 방관자들. 방관자들. 방관자들. 이라고. 너무 놀란 저는 커튼을 닫고 망원경에서 떨어졌죠. 방관자? 방관자라고 내가? 그러나 하얀 커튼 너머로 보이는 그녀의 텅 빈 몸짓과 항구에서 풍겨오는 갈매기 똥 냄새. 그리고 그들을 향해 고개를 끄덕거리는 제 자지를 지켜보며, 저는 바로 저 자신이 제 삶에게마저 방관되고 있다는 것을 깨달아버리고 만 것이에요.

벗어. 했었다. 담배. 필 것이야. 냄새는, 깡통. 셋이서, 일곱이서 했었다. 불이 필요해. 있게 될 거야. 빨아줘. 커졌었어. 4구역은 푸르다. 물고기는 꽃잎. 그런 게 있나? 있었지. 보게 될 거야. 불꽃은 못생겼어. 못생기고 있잖아. 우리는. 흔들고 있어. 잘이라는 말이 무슨 뜻인지 모르겠는데. 알아. 잘. 담배. 폈겠지. 물은, 잘생겼어. 육교는? 하고 있잖아. 기차는? 지나갔어. 기차는? 오고 있어. 기차는? 쌌어. 쌌었지. 싸게 될 거야. 주크박스는, 죽었어. 방글라데시, 하이재킹, 모르겠어. 철망은? 환희. 오르간은? 지질. 물결은? 자폐증. 기차는? 가고 있어.

너는 눈을 가린다. 트렁크 바깥에 구도자가 서 있다. 너는 트렁크에서 나오다 넘어진다. 모래에 정액이 섞여 있지만, 레키쇼들은 없다. 대신 사막이 놓여 있다. 나는 구도자다. 구도자가 말한다. 너는 구도자에게 절을 한다. 나는 구도자다. 구도자가 말한다. 너는 구도자를 따라간다. 사막은 삼각형이다. 원이었던 시절도 있었다고, 구도자는 말한다. 돌아가다 보면 중심이었다. 구도자는 고개를 젓는다. 변은 의지다. 이제야 안에 있을 수 있다. 너는 구도자에게 절을 한다. 구도자는 변을 따라 걷는다. 나는 구도자다. 꼭짓점에서 너는 옷을 벗는다. 구도자 앞에서 발기된 네 성기를 흔들어본다. 구도자는 성기의 방향대로 걷는다. 너는 구도자를 따른다. 모래알이 발을 잡아당기고, 너는 무릎까지 삼켜지며, 발을 번갈아 뗄 때마다 분리된다. 중심에는 바깥이 없었다. 구도자가 걷는다. 나는 지루할 뿐이었다. 두 번째 꼭짓점에서 구도자가 말한다. 나는 구도자다. 구도자가 걷는다. 너는 흩어진다. 사구는 스러지고, 너는 네 다리가 몰려가는 것을 느끼고, 분해된 이동력, 감각은 모래알과 함께 구르기도, 미끄러지기도, 너는 구도자의 뒷모습을 따라, 사구에 쓸려가며, 가끔 너의 혈관 사이를 지나다니는 곤충들을 마주하고, 그들의 육각형 시각을 통해, 너는 그들의 패턴이 되기도, 그들의 세계가 되어, 흐름을 멈추지 않고, 셋째 발가락에서 가늘거리는 곤충의 자그마한 날갯짓 소리에 떨기도 하면서, 놀람과 날갯짓 사이에서 네가 너의 환생에 대해 생각할 때, 곤충은 너에게서 그들의 전생을 보고, 사막의 하단부로 홀로 떨어져나간 너의 신경선 한 토막이, 사막 아래를 포복하며, 꽃들과, 풀들과, 돌, 마른 물방울들의 시체를 헤치고서는, 그 아래로 하얀색 아치의 궁정을, 1000헥타르 정원을, 주위의 어룩더룩한 원색의 건물들을 발견해냈을 때, 너는 사막이 사막의 전생을 너의 몸으로 잠재우고, 그들의 재건을 막기 위해, 사구는 끊임없이 무너지고, 흘러가고, 무너지고, 흘러간다는 사실을 깨닫는다. 나는 구도자다. 구도자는 걷는다. 너는 끊임없이 따라간다. 세 번째 꼭짓점에서, 걸음은 요상한 일이 아닐 수 없다. 구도자가 말한다. 요상하도다 요상해. 구도자가 물구나무를 선다. 반바지로다. 구도자가 말한다. 반바지라, 반바지. 구도자가 중얼거린다. 되찾아와야 해, 되찾아와야 해, 되찾아와야 해, 되찾아와야 해. 구도자는 물구나무선 채로 걷는다. 너도 물구나무서기로 구도자를 따른다. 손가락은 뿌리로, 팔은 기둥으로, 살갗은 벽화로, 구도자는 걷고, 너는 복기된다. 행진하는 노역자들은 너의 궁을 모른 체하고, 귀부인들은 너의 안채에서 광대들과 떼씹을 벌이고, 왕은 왕좌에 앉아 너를 바라본다. 아무도 왕이 무엇을 바라보는지 눈치채지 못하나, 왕은 정확하게 너를 바라본다. 야간, 공중에서 폭죽들이 터지고, 공원 사람들의 얼굴이 불꽃색으로 밝혀지고, 손을 잡거나, 발을 구르며 춤을 추거나, 양탄자를 훔치고, 골목에서 수음을 하고, 웃통을 벗은 채로 강가로 뛰어들고, 노역자들이 모여 앉아 술을 돌릴 때, 왕은 너를 바라본다. 너는 깊어지고, 왕의 눈에 모래알들이 가득 차오르고, 무너지고, 흘러가고, 되찾아와야 해, 되찾아와야 해. 구도자는 걷는다. 첫 번째 꼭짓점. 두 번째 꼭짓점, 세 번째, 네 번째, 다섯 번째. 너는 모서리를 헤아릴 수가 없고, 변은 이어지며 길어진다. 누군가는 되찾아와야 한다. 구도자가 브리지 자세로 말한다. 변 밖에 도시로 통하는 워프 센터가 보이는데, 너는 변 안에서, 반은 사막으로 반은 왕국이 되어 구도자 뒤를 따른다. 구도자는 몸을 동그랗게 말아 굴러간다. 너도 굴러간다. 아니, 굴러가려다가 멀어지는 구도자를 지켜본다. 구도자는 다시 돌아올 것이다. 너는 생각한다. 동그란 구도자는 다시 돌아올 것이다. 너는 생각한다. 왕좌에 앉아, 노역자들의 행렬을 감상하다, 궁 밖의 동그란 것, 공중의 노랗다가, 하얬다가, 퍼렜다가 하는 동그란 것을 올려다보며, 너는 작은 날개를 움직이며 육각형의 세계에서, 패턴 밖의 패턴 안의 패턴을 가로지르고, 다시 나타나는

888

동그란 것을 바라보며, 생각한다. 구도자는 다시 돌아올 것이다. 너는 꼭짓점에 서서, 네가 꼭짓점인 것처럼 구도자를 마중하고, 모래알은 쏟아지고, 기병들은 창을 세우고, 지네들은 날아오르고, 너는 제자리서 몸을 구르며 전복되지만, 꼭짓점은 순번을 바꾸며 균형을 유지하고, 구도자는 돌아오지 않는다. 기하학. 변 바깥으로 광선이 쏟아지는데, 기하학. 구도자의 음성은 위에서, 광선을 무너뜨리며 들려온다. 기하학. 너는 구역질을 하지만, 기하학. 구도자는 중얼거린다. 나는 영성이다. 나는 영성이다. 너는 왕의 눈이 되어 무릎 꿇은 시녀의 젖은 머리칼 위로, 궁전 위의 커다란 눈알을 마주하고, 너는 곤충의 눈이 되어, 연계를 가득 채운 모래알 너머의 커다란 눈알을 마주하고, 공중에 떠 있는 단 하나의 눈알 속에서, 두 개의 눈동자가 가까워지고, 멀어질 때, 왕은 네가 되어 몸이 흩어지고, 곤충은 네가 되어 기둥을 세우고, 기하학. 너는 기하학이라는 단어에서 풍겨오는 역겨움에 무릎 꿇어 토사물을 쏟아내지만, 누군가는 그 말을 다시 찾아와야만 한다. 구도자는 중얼거리고, 너는 변 바깥으로 기어나간다.

가끔 의자는 이미 앉아 있다. 우리는 길가의 의자들을 내버려두고 걸어간다. 서부 공단에서. 어제는 휴일이었지. 오늘도 휴일이고, 내일도 휴일이야. 우리는 편지를 읽는다. 새벽에 길을 걷다 개 한 마리와 마주쳤다. 검은 개와 공장이 있었다. 굴뚝들은 멈춰 있었고, 개는 새들의 그림자처럼 쏘다녔다. 우리는 가로등 밑에서 편지를 읽는다. 사랑하는 이들아. 나를 조금 더 사랑해다오. (수취

인란은 비어 있다.) 말했듯, 새벽에 길을 걸으며 개 한 마리와 마주쳤다. 내가 그랬듯, 개도 소문에서 떨어져 나온 듯했지. 공단에서 그런 일은 흔하니까. 나는 계속 걸었네. 우리 머리 위의 가로등이 깜빡인다. 아마 100년을 걸었지. 새벽은 늘 어둡잖아? 공장. 그리고 나와 개는 늙지 않더군. 공장장은 죽었을까. 알 수 없네. 나는 100년 동안 돌아가지 않았으니까. 그저 계속 걸었지. 개와 함께. 서로의 친구 시늉을 내면서. 우리는 페도라를 벗고서 잠시 기도했다. (수취인란은 비어 있다.) 어제는 겸손했지, 오늘은 거만했고, 내일은, 글쎄 100년이라 말했지만, 한 번도 햇빛을 본 적이 없었어. 그러니까, 나는 팔 수 있는 게 더 이상 아무것도 없었던 거라네. 개들은 늘어만 나는데, 두 마리, 네 마리. 개들은 늘어만 가는데. 여섯 마리, 열한 마리. 개들은 늘어만 가는데. 우리는 택시의 그림자를 본다. 검은 개에게 공장장이 선술집에서 자살했다는 이야기를 들었네. 어쩔 수 없는 일이라고 생각해. 그걸 누가 막을 수 있단 말인가. 나도, 공장장도, 신처럼 거대한 타워 크레인도 그걸 막을 수는 없는 거라네. 내가 잠시 길가에 주저앉아 공장장의 딸을 겁탈하려 했던 외국인들을 떠올리고 있을 때에, 하얀 개가 또 하나의 소식을 말해주더군. 다음은 네 차례야. 털도 얼마 남지 않은 말라비틀어진 하얀 개가, 어둠 속에서 눈알을 광석처럼 빛내며 속삭여줬던 걸세. 다음은 네 차례야. 다음은 네 차례야. 라고. 우리는 흐트러진 글씨체에 눈을 더 가까이 댄다. 편지지 위로 불빛이 지나간다. 오늘도 걸었네. 개들은 살아 있는 걸까. 요새는 그런 의문이 드네. 개들의 혀는 땅바닥까지 늘어져 있는데, 최초의 개가

888

이들을 불러온 것인지, 내가 그들을 불러낸 것인지. 그들이 나를 데려온 것일 수도 있지. 어쩌면, 나는 단지 개들의 상상력일지도 몰라. 그들은 이빨로 고양이의 눈알들을 걷고, 나는 아무래도 점점 더 말라가는 것만 같아. 우리는 편지지에서 눈을 떼고, 콜라 맛 사탕을 빤다. 그러고선 몇 그루의 나무와, 바람에 흔들리는 그림자들을 보며 동어반복에 대해 생각해본다. 친구들. 100년 후에는 어떤 일들이 일어날 것 같은가.

(…)

나는 결국 아무 일도 일어나지 않을 것이라 생각한다네. 우리는 공단의 의자에 앉아, 의자의 편지를 불태운다.

도시는 비가 설정되어 있다. 너는 비를 맞으며 멍해진다. club de striptease, 羊肉館, 99Rennstrecke, ぎんざ. 시가지의 빗방울은 분열적이고, 골목은 휘어졌으며 너는 골목으로 들어서서, 모여 앉아 비에 젖는 사람들을 지나친다. 우리들은 비에 중독됐어. 사람들이 너의 반바지를 붙잡고 말할 때, 골목은 빗방울과 함께 흐려지고. 너는 네 몸을 흘러내리는 인공의 축축함에 네 피부 또한 골목 길로 흘러내려가는 것을 느끼고, 바닥에서 허우적거리며 길을 찾지 못하고, 웅덩이에 괸 다른 이들의 기억들과 섞이다가, 너는 둘이 되고 여럿이 되어, 실루엣 하나가 갇혀 움직이는 전화박스 앞으로 흘러가고, 실루엣은 동전을 집어넣으며 옷깃을 움직이나 말

은 보이지 않고, 실루엣의 바짓단 밑으로 검은 빗방울들이 새어 나올 때, 너는 이자카야의 한편에서 술잔을 돌리고 있다. 호를 그리며 기울어지는 술을 바라보며, 비는 실패야. 옆자리의 여자가 말하고, 우리는 중독됐지. 너는 술잔 안에서 홍등과 여자의 얇게 갈라진 턱을 비추며 여자가 매음녀라 짐작하고, 당신은 아직 중독되지 않았구나. 매음녀는 술잔을 돌리며 말한다. 비행기라는 것을 타보고 싶어. 창밖으로 우산을 쓴 몇몇 이들이 걸어가는데, 너는 우산 위로 쏟아지면서, 그들의 방어하는 자세에 토 달듯 매달려, 그들과 함께 창 안의 붉은빛과, 히라가나와, 담배를 물고 있는 매음녀 그리고 불을 붙여주는 너를 감상한다. 코로 두 줄기 담배 연기를 내뱉으며, 비행기가 이륙하는 걸 본 적이 있어. 매음녀가 말한다. 그걸 타면 벗어날 수 있다던데. 너는 재떨이에 뭉개진, 빨간 립스틱 자국이 묻은 담배꽁초에서 비행기의 침몰만 떠올리고, 매음녀는 다시 담배꽁초를 들고, 우산을 쓴 이들은 알몸으로 서 있다. 전화박스에서는 여전히 하나의 실루엣이 움직이는데, 말은 보이지 않고, 다 가짜야. 바 구석의 노인이 말한다. 진짜는 소리가 나는 법이지. 노인이 소리 낸다. 챙. 그리고 챙, 챙. 알몸들이 우산을 들고 걸어간다. 너는 우산 위에서 뒹구나, 소리를 내지 못하고, 단지 좋은 차들을 몰고 싶었어. 노인이 말하고, 결국 운전사가 됐겠군요. 매음녀가 노인에게 담배를 건네며, 나를 공항에 데려다 주세요. 알몸들은 우산을 버티고, 이제 그저 영원한 노인일 뿐이야. 영원한 노인이 대답한다. 모두 영원해졌어요. 너는 간판에서 떨어지며, 마작장 사람들의 표정 위로 미끄러져 내리고, 무한한 판돈에, 패들의 무의미함을 알았고, 유리창에 달라붙는, 실패의 가짜들과, 가짜의 실패들에 섞여 흐르며, 테이블 밑에서 네 반바지 속으로 손을 집어넣는 매음녀를 느낀다. 자기는 왜 이 도시에 들어왔어? 매음녀는 네 성기를 붙잡고, 받아야 할 것이 있어. 너는 대답한다. 뭘 받아야 하는 건데? 매음녀가 묻고, 글쎄, 아무래도 이 도시에는 없는 것 같아. 너는 매음녀의 손을 밀어낸다. 대비했지만 대비하지 않았고, 대비될 수도 없는 것이었다. 노인이 말하고, 하얀 손이 무릎 밑으로 떨어지고, 전화박스의 문이 열리고, 알몸들은 우산과 함께 실루엣이 되어 지나가고, 너는 전화기에 동전을 집어넣는다. 나는 아직 남아 있어. 누구세요? 나야. 나구나. 맞아. 남아 있구나. 맞아. 그쪽은 어때? 그렇지 뭐. 우산들이 두 발로 고아들처럼 걸어 다니고, 너는 실루엣에 포위되어, 공중전화 줄을 붙잡은 채 다음 말을 기다리고, 쟁. 그리고 쟁, 쟁. 영원한 노인이 소리 낸다. 건물 안에도 비가 내리고 있는데, 쟁, 쟁. 진짜와 진짜가 마주쳐야 하는 거거든. 영원한 노인이 말한다. 그건 받았어? 아니, 아직. 그래. 계속 돌아다녀볼게. 그러도록 해. 그런데 그게 정말 있을까? 쟁. 유리창이 떨리면서 시작되지. 너는 전화박스에서 나오려다, 수화기를 귀에 붙이고 머문다. 말없이 입을 뻥끗거리지만 우산 인간들은 너를 쳐다보지 않고, 너는 전화기를 내려놓지 못한다. 골목에 모여 앉은 사람들은 흐르지 못하고, 경계를 잃은 채로 우산이 되어버린 사람들은 시가지를 떠돌고, 너는 이자카야에서, 테이블과, 식탁보 위에서 분열되며, 네가 밖으로 향하는 문을 열었을 때, 혼자가 되는 것은 전화기인가, 너인가, 확신하지 못하고, 너는 유리창에 수화기를 갖다 대어, 도시의 파란 불빛과, 공중 전차의 진지함과, 빗방울들의 순간순간을 들려주다가, 다시 수화기를 내려놓을 때, 너는 유리창 안에 혼자서, 전화기에서 멀어지는 네 손이 단순히 검은 것을 보고, 몸을 움직여봐도 더블코트의 결과 살갗 대신 네 눈앞으로 온통 검은 실루엣들만 스치는 것을 보면서, 전화기는 전화기대로 섬뜩하게 벨을 울려대는데, 너는 실루엣이 되어 말을 중얼거리나 보이지도 들리지도 않는다. 받아야 할 것이 있다면 내가 데려가주지. 영원한 노인이 말한다. 역시 당신이 기장이었어. 나도 데려가주세요. 술잔 위로 폭우가 쏟아지고, 하이힐 밑으로 얼굴이 녹아내린 매음녀가, 이자카야 연못을 어지럽히며 노인의 발목을 붙잡지만, 자격이 있는 자들만 비행기를 탈 수 있어. 젖지 않는 영원한 노인은 말한다. 반바지는 가장 훌륭한 자격이지. 너는 고개를 들고, 공중 전차는 객실에 황홀한 빛을 품고선 전진한다.

선생님은 대만에 도착하였습니다. 기차가 지붕의 눈을 털어내며 사라질 때, 도둑들이 선생님의 배낭을 훔쳐갔습니다. 세탁소에서, 선생님은 일주일 동안 자신의 가방에 무엇이 들어 있었는지 생각해보았습니다. 돌아오는 화요일, 여장 남자가 세탁소에 들어와 선생님에게 물었습니다.

맡겼던 옷을 가져가고 싶어요.

제발 아무에게도 아무것도 맡기지 좀 마시오.

다음 일주일 동안 선생님은 시먼딩 거리를 걸었습니다. 일곱 번의 아침과, 일곱 번의 오후와, 무한대의 밤이었습니다. 공원에서

888

에어로빅을 구경하다 우울해진 선생님은 야시장 앞에 오토바이를 타고 모여 앉은 사람들에게 말을 걸었읍니다.

오늘이 무슨 요일이요?

그중 우두머리로 보이는 남자가 대답했읍니다.

오늘은 오늘이요.

선생님이 다시 물었읍니다.

그럼 지금 몇 시요?

우두머리가 다시 대답했읍니다.

당신에게 그런 것들은 전혀 중요해 보이지 않는데?

선생님은 주차장에서 린치 당하는 남학생을 지나치고 호텔 라운지로 돌아왔읍니다. 텅 빈 테이블을 한 바퀴 돌고는, 하얀 냅킨을 한 장 펼쳐, 그 위에 대만의 지도를 그려보는 것이었읍니다.

나는 나다. 나는 나다. 나는 나다. 나는 나다, 나는 나다. 나는 나다.

혼자 오셨나 봐요?

승무원 제복을 입은 여인이 선생님에게 말을 걸어왔지만,

눈이 내렸지. 이곳에 처음 도착했을 때, 눈이 내리고 있었어.

선생님은 완성된 노르웨이 지도를 보며, 자꾸 중얼거리기만 했읍니다.

무슨 소리예요. 대만은 따듯해서 눈이 내리지 않아요.

맞아. 눈이야. 하얗고 어지러운 체하는

선생님은 혼자 미소를 지어 보이며,

내가 손써볼 틈도 없이, 그 징그러운 냉소주의자들이 모든 것을 가져가버린 거지.

불 꺼진 라운지에서, 선생님은 여전히 선생님이 애초에 가방을 가져오지 않았다는 사실을 깨닫지 못하는 것이었습니다.

너는 공항을 떠올린다. 플립보드 앞에 서 있었다. 브뤼셀, 몬트리올, 다렌, 코펜하겐. 지명들이 멈춰 있었다. 너는 처음 들어보는 지명들을 발음해보았다. 몬트리올, 몬트리올. 네가 진짜를 향해 추락하는 비행기를 떠올릴 때, 활주로로 비행기가 들어섰다. 비행기에는 두 개의 날개가 달려 있었는데, 그 커다랗고 기괴한 생김새에, 너는 버려진 가게로 들어가 숨어버렸고, 박살 난 탁자 밑에 웅크려 앉아, 주문하듯 메뉴판을 읽어보았다. 샌드위치, 샌드위치, 샌드위치. 너는 그것이 네가 여태껏 발음해왔던 지명들 중 가장 슬픈 지명이라 생각했다. 샌드위치, 샌드위치, 이것 좀 봐, 옆자리의 남자가 비행기 객실 천장에 적힌 낙서를 가리킨다. '아무 일도 일어나지 않았다.' 샌드위치, 샌드위치. 등이 없어지니까 좋아. 남자가 말한다. 모든 순간이 처음부터라는 느낌으로 다가온달까? 좌석 등받이로 남자의 내장들이 출렁거린다. 팝은? 때려치웠어. 비행기가 이륙한다. 단지 날아가기 위해서 이렇게 거창해야 하는 게 웃기지 않아? 등 없는 남자는 말한다. 너는 몸이 뒤로 쏠리고, 봐, 저 날개, 이 안전벨트, 그리고 중력. 모든 것들이 과장되어 있어. 너는 네가 남겨지는 것을 느낀다. 공항의 샌드위치 가게에서. 활주로의 잡초 사이에서. 멈춰 있는 플립보드 앞에서, 남자의 말대로 과장되게 멀어지는 비행기 꼬리를 지켜보는 너의 살갗이, 너의 모양새로 활주로에 두 발을 딛고 서서 너를 배웅한다. 이

888

토록 큰 과장 안에서는 팝도 쓸모없어지는 거야. 너는 팔을 들어, 너의 드러난 근육 조직들을 살피고, 근데 넌 왜 비행기를 탄 거야? 남자의 물음에, 받아야 할 게 있어. 받아야 할 것? 응. 저건 뭐지? 너는 창밖의 절벽을 내려다보며 묻고, 이발소야. 이발소. 이발하는 곳이야. 이발. 균형을 만드는 일이지. 이발사는 절벽에서 떨어질지 말지 고민한다. 그래서 받아야 할 게 뭔데. 사과. 남자는 웃는다. 사과? 응. 그건 멸종됐어. 아주 한참 전에 사라져버렸다고. 너는 남자를 보고, 남자는 입술이 눈알의 위치에 달려 있다. 그래도 받아야만 해. 비행기는 쭉쭉쭉 쭉쭉 쭉쭉쭉쭉쭉 올라간다. 아섭네, 너도 등이 없어지면 그런 것 따원 관심도 안 갖게 될 텐데. 남자는 눈알이 없어지고, 나는 이제 전진하는 일만 남은 거야. 남자는 코가 없어지고, 쭉쭉 쭉쭉 쭉쭉쭉쭉 쭉쭉. 네가 조종실로 들어가 기장의 좆이나 빨고 싶다는 생각을 할 때, 이대로 계속 올라가다 보면, 우리에게 마지막으로 남는 것이 무엇일까. 남자의 입술이 등받이에 붙은 채로 떠든다. 너는 펄럭이는 이발사의 하얀 가운이, 흔들거리는 날갯소리가, 환풍기의 먼지 냄새가, 푸석한 시트의 촉감이, 고도 밖으로 벗어나 자유 낙하하고 있음을 느끼고, 우리를 둘러싼 우리의 감각들이 하나씩 하나씩, 전부 다 벗겨져나가 우리에게서 떠나가면, 우리는 진짜 우리가 되는 걸까. 등받이는 말하고, 너는 너의 날개를 비틀어보며, 기류가 너의 분위기인 것처럼, 너에게 남겨진 아우라 속에서 비행한다. 이발사는 가위로 절벽을 다듬고, 어떤 들판들은 시체가 되어 자빠져 있고, 랜드마크는 유행 지난 얼굴처럼 쓸쓸하고, 도시들은 절뚝거리듯 구상되어지고, 너는 두 발이 떠 있는 스스로에게, 이 기이한 과장됨이 전혀 너를 벅차 오르게 하지 않음에도, 아무 정취 없는 너의 아우라를, 그저 높이와 시선만 있는 고도의 감정과 동일시하여, 너는 너도 모르게 엔진오일을 뚝뚝뚝 흘리다가는, 저 멀리서 너를 지켜보는 구도자의 눈과 마주하고 만다. 하나의 눈알, 두 개의 눈동자. 항로 밖으로 흑두루미 떼들이 눈발마냥 흩어지고, 구름은 씨발 새끼. 너의 어깨에 부딪히고 지나가는 정신병자들 중 누군가는 그 아무에게나 용서를 빌어야 한다고, 몬트리올 샌드위치, 몬트리올 샌드위치, 마치 그런 중얼거림이 너의 죄를 사하고 다른 이들의 죄를 벌할 수 있다는 듯이, 너는 중얼거리고, 오래전 진짜라는 이름의 도시로 추락했던 비행기의 기장이 되어, 등 뒤에 실린 예비 시체들을 모른 체하며, 공항 자판기에서 밀크 커피를 뽑아 마시는 상상을, 오슬로의 얇은 광기, 라이베리아의 잔혹한 습기, 밀워키의 연쇄적인 초록빛, 브뤼셀의 광대한 우울함. 여태 돌아다녔던 수많은 해변과 호텔 방, 걸어 들어오는 계피색 스타킹, 종아리들의 휘어짐. 그녀들은 그녀들의 업무에서, 서로를 증오하면서도 끝없이 그녀들을 흉내 내며 살아갔지만, 너는 어떤 감흥, 홍차를 들고 조종실로 들어오는 그녀들의 젖은 겨드랑이나, 조종실 유리창으로 번져오는 야간 도시의 화사함이 일으키는 낭만 대신, 안도감 따위나 내려다 주며 단지, 너만의 안도감만을 싣고 이륙했고, 착륙해왔다고. 지상의 종이컵 안에서 커피 프림이 중력에 이끌려 퍼져가는 모습을 떠올리며, 나는 신일지도 몰라. 내가 이 세계에서 가장 높은 곳에 있고, 이 세계를 내 마음대로 가로질러갈 수가 있고, 이곳에서 나는 유일해. 밀크 커피는 천천히, 별들의 궤도를 침몰시키는 은하처럼, 드러나면 없는 것 같고, 정말 보이지 않을 때는 바로 옆에 앉아 고개를 끄덕거리고 있는 느낌을 주는 정신병처럼 거리를 확장하고, 국경을 넘나드는 버스 운전사는 소설가와 같고, 도심의 골목에서 튀어나오는 택시 기사들은 고작 시인들일 뿐이라고, 지상에서 나는 농구도 못하고, 오믈렛 하나도 제대로 만들지 못하지만 지금 당장은 사람들의 목숨을 조종할 수 있어. 나는 신이니까. 스스로에 대한 신앙심을 위해, 그 지루함만이 연속되는 신적인 감정 상태에 심취되어 도시로 돌진해버렸다고, 너는 구도자의 눈을 마주하여, 기하학. 구도자의 말에 귀를 기울이고, 기하학. 구도자가 또 한 번 말하고. 기하학. 구도자는 전에 말했던 것인지도 모른다. 기하학? 언젠가는 결국 구도자가 말할 것이다. 내가 우리들은 모두 이성애자였던 적이 있다고 말했었지? 배기관이 따뜻한 목소리로 말을 걸어오는데, 기하학. 이제 우리들은 중성애자이지만 머지않아 모두 무성애자가 될 거야. 그다음은, 아마…… 기하학. 너는 몸을 흔들며, 엔진 오일을 퍼붓듯 쏟아내다가, 너는 너에게로 쏟아져오는 광선을 향해, 미래의 아가리라 불리는 이 세계의 초고를 향해 질주한다.

비를 맞으며 인부 하나가 분전함에 붙은 벽보를 떼고 있었다. 인부는 온몸을 이용하여 조각칼로 벽보 풀을 긁어냈다. 햄버거를 주문하고 그들은 키스했다. 그들 중 여자는 창밖으로 걸어갔고, 남자는 창 안에서 그녀를 지켜봤다. 그녀가 걸음을 멈추지 않고, 창을 벗어나면 첫눈이 내릴 것 같았고, 폭풍과 함께 세계가 맛이 가버리지 않을까 생각했다. 고 남자가 여자에게 말했다. 별 무늬가 그려진 차렵이불 속에서 그들이 살을 섞을 때, 사거리로 우박이 내렸다. 그것이 비트라면 우리는 리듬이라고, 그들이 햄버거 포장을 벗기자 가로수 길에서 매미 울음이 들려왔다. 우리가 가게 될 호텔이 너무 작으면 어쩌지. 여자는 말하고, 익숙해질 거야. 남자가 대답했다. 편의점 앞으로 군용 트럭이 지나갔다. 군복을 입은 청년들이 그들을 지켜보며 터널 속으로 사라졌다. 겁나. 그들은 레키쇼라 적힌 분홍색 성채 모양의 모텔로 들어갔다. 그들은 욕조에 마주 앉아 시집을 펼쳐 이승훈의 〈바람 부는 날〉을, 한 행씩 번갈아 읽었다. 난 수화기를 놓고 말했지. 이상해 돌아가신 선생님이 어떻게 전화를 했을까? 아마 누군가 김춘수 선생님이라고 속였을 거야요. 아내의 말이다. 아니야 선생님 목소리가 맞아 도대체 알 수 없군. 돌아가신 선생님이 전화를 하다니! 햄버거를 반쯤 먹었을 때, 여자가 울기 시작했다. 겁나. 아직 봄인데. 또 봄이야. 그들은 언덕을 올랐다. 남자가 말했다. 우리는 존재하는 것들에 한해서는 얼마든지 익숙해질 수 있어. 그러고는 턱에 손을 괸 채 말을 이었다. 그렇지만서도 이상하군. 도시에서 군인들이 총을 들고 다니다니. 여자는 침대에 누운 남자의 허리에 올라타 목을 졸랐다. 뭐 하는 거야? 남자가 스스로의 목을 조르고 있는 여자를 쳐다보며 묻자, 모르겠어. 여자가 대답했다. 우리는 어쩌다 이렇게 됐는데, 지금은 그 일들이 확실했던 일이었던 것만냥 굴고 있잖아. 비를 맞으며 인부 하나가 분전함에 붙은 벽보를 떼고 있었다. 남자는, 여자든 상관없다. 누군가 내 바지를 벗겨주고, 내 것이 아닌 다른 촉감으로 자지를 빨아주기만 한다면. 어제는 빌 위더스를 들었는데, 꽤 좋았었지. 그러나 리듬 앤드 블루스 싱어들은 모던함에서 나아가질 못하고 있어. 재밌는 일이네. 그래. 재밌는 일도 있군. 재밌는 일들을 생각하면 생각할수록 슬퍼지는 건 재밌는 일일까 슬플 일일까. 남자는 인부가 혼잣말을 하고 있다고 생각했으나, 인부는 아무 말도 하지 않고 있었다. 빗물과 조각칼이 분전함을 긁어 댔다. 어쩔 수 없지 않을까? 오토바이 불빛에 길모퉁이는 이지러지고, 어쩔 수 없다는 것에 의미가 있을까. 그들은 인부에게 우산 하나를 건네주고 마저 언덕을 올랐다. 어쩔 수 없다는 듯이. 우리가 꿈을 꾸고 있는 건 아니지? 여자가 가터벨트를 벗으며 물었다. 꿈이 뭔데? 남자가 셔츠 단추를 풀며 되물었다. 몰라. 아무튼 그건 이 방의 조명보다는 훨씬 어두울 거야. 터널에서 군용 트럭이 빠져나왔다. 짐칸에서 방탄모를 쓴 노인들이 그들을 올려다봤다. 반쯤 남은 햄버거를 사이에 두고, 남자는 창밖을 보며 말했다. 여기야. 여자는 창밖에서 걸어갔다. 찢어진 우산을 들고 있는 인부를 지나, 우리는 존재하는 것들에 한해서만 익숙해질 수 있어. 여자는 창밖을 벗어나고, 눈은 오지 않았다.

너는 해변을 걷는다. 물가에 아이들이 줄 서 있다. 곰, 사마귀, 순록, 코알라 인형 탈을 쓴 아이들은 바다로 들어간다. 뭐 하는 거니? 지구를 지키는 거예요. 그리고 그들은 바닷속에서 광선이 되어 발사된다. 너는 오클라호마 가면을 쓴 아이의 손을 잡고 함께 걷는다. 왜 벌써부터 지구를 지키려는 거야? 마땅히 할 일이 없어서. 너의 반바지가 펄럭인다. 아이는 너의 종아리를 만지작거리고, 병적으로 발작 중인 노을, 모닥불에서 뛰쳐나오는 개들처럼 달려드는 바람, 바람 안의 공간감이 너의 반바지 속을 휘저을 때, 너는 반바지의 허리춤을 열어보며, 바람이라는 것이, 노을이나 바다색이 아니라는 것이 놀랍고, 네가 숨겨둔 너의 여지, 식도나 혀의 밑에서 아직 중얼거리지 않은 너의 독백까지 일렁이려는 것을 느끼고는, 너는 손을 뻗어 바람 속으로, 바람의 투명한 삼십팔면체 공간으로 들어간다. 파도는 각도 없이 밀려오고, 뼈대만 남은 야자수는 나병 환자처럼 숨 쉬고, 말라죽은 강가의 정적들이, 모래알 위로 기습적으로 불쑥불쑥 너를 포위해오고, 아이들을 배웅하러 온 부모들과, 지구를 지킨 뒤 노인이 되어, 혹은 팔다리가 하나씩 없어진 채로 돌아온 아이들, 너는 온몸을 뒹굴며, 풍경을 흔드는데, 나는 불꽃놀이를 본 적이 있어. 야자수가 말을 걸어온다. 나도, 너도, 나도. 야자수들의 웅성거림. 언제인지는 알 수 없어. 너의 면은 언젠가의 초록색으로 물들고, 별빛 모양의 잎사귀들을 찰랑이며, 숲의 내장을 엎지르듯, 거대하게 휘몰아치고, 어두운 하늘로 도망가는 나비 떼들을 좇는 중에 나비들의 무늬 너머로 불꽃이 퍼지는 것을 본다. 희망적인 것들이 비로소 우리 눈앞에서 펼쳐졌을 때 우리는 다 함께 자살 충동을 느꼈어. 너는 화려해지고, 분주하게 아스러지고, 다시 다채로워지고, 스스로가 스스로에 대해 설명할 수 없는 상태인 것처럼, 그러나 언젠가는 가능하리라 생각하고, 그 방식에 대해서는, 스스로든 다른 이, 다른 것을 통해서든, 어떤 수단, 말, 그림, 포켓볼, 린치, 섹스 그 어떤 방식으로든 가능해질 거

888

라 믿어 의심치 않는 불안정한 머저리 새끼처럼, 팝, 팝, 팝. 폭발하는 너는 팝을 생각한다. 지금 우리 꼴을 봐. 숨소리도 썩어 문드러진 나병 환자들이 너를 내려다보고, 너는 아이의 손을 잡고 걸어나간다. 형도 지구를 지킬 거야? 아니. 뭘 좀 받아야 할 게 있어서 와봤어. 뭔데? 사과. 형은 멍청이야? 아이가 걸음을 멈추고 묻는다. 구름은 갈퀴 모양으로 긁혀 있고, 너의 발목과 소년의 머리칼 사이가 노을빛으로 물든다. 형은 또라이야? 아니야. 너 왜 그런 소리를 하는 거야. 형이 이상한 소리를 하고 있어서 그래. 정말 그렇게 생각해? 응! 오클라호마 가면을 쓴 아이가 고개를 끄덕이고, 지구를 지키기 위해 날아가는 아이들의 시체들 반대 방향에서, 레키쇼들의 오토바이가 몰려온다.

핑크색 소파에 월터 반 베이렌동크 슈트를 빼입은 순록 세 마리가 앉아 있다. 전축에 존 서먼을 걸어놓고, 그들은 나란히 앉아, 브라운관을 바라본다. 벽지는 보라색. 열여덟 살 소년은 버스 안에서 식칼을 들고 섰고. 밖의 경찰은 열다섯 명, 고장 난 형광등이 소년을 번쩍번쩍, 식칼은 멍청하고, 소년은 알 수 없다. 번쩍번쩍, 낙서들. 번쩍번쩍, 실수들, 번쩍번쩍, 부모들, 번쩍번쩍, 제2의 부모들, 번쩍번쩍. 오후, 번쩍번쩍, 알 수 없다. 칼은 밑으로, 칼을 밑으로. 위협 방송, 열다섯 자루 피스톨, 소년은 다른 나라에서 왔고, 가끔 스냅백을 썼고, 두 달에 한 번쯤 파티에 갔지만, 식칼로는 아무도 찌르지 않았다고, 여동생의 생리 때 말고는 피 냄새를 맡아본 적 없는데, 식칼로는 누구도 찌르고 싶지 않다고, 순록들은 연극 조로 웃는다. 불빛이 확신에 찬 눈빛처럼 소년에게 모이고, 브라운관은 하얘지고, 환함 속에서 튀어나온 두 개의 눈알, 끔뻑이지도 않은 채, 검은 두 눈알이 팽창된다. 횐자는 여백으로 점멸되고, 홍채 안의 광선들, 별빛같이. 멀어지다 가까워지고 다시 멀어지고, 구(球)의 태가 날카로워지고, 열다섯 개의 다른 구들은 반동되고, 소년의 이목구비가 억울함을 위해 속눈썹을, 입술의 주름들을, 브라운관 안에서 입체적으로 일그러트릴 때, 소리는 거의 창백하고, 저녁은 자빠지고, 순록들은 식칼처럼 웃고, 테이저 건이 쓸모없는 충고처럼, 이미 구멍 난 소년의 시체 속을 왕복한다.

레키쇼들이 떠난다. 이상한 소리일까? 당연하지. 왜, 너도 그걸 받아보고 싶지 않아? 아이가 너를 밀친다. 형에게 무슨 일이 있었는지는 알고 싶지도 않지만, 형. 그건 없는 거잖아. 그래 알았어. 너는 다시 아이의 손을 잡고, 형. 형도 지구를 지키는 게 어때? 너와 아이는 해변 도로에 멈춰 선다. 무섭니? 무섭지? 무서운 게 뭔데? 나도 몰라. 그런데 방금 네가 나에게 함께하자고 했을 때 그 말이 생각났어. 아이는 해변에 남아 말한다. 난 아무렇지도 않아. 뭐가? 지구를 지키는 일 말이야. 너는 도로에 올라가 반대편의 클럽을 쳐다본다. 돌아온 친구들에게 물어봤거든. 뭘 물어봤는데? 뭐긴 지구를 지킬 때 중요한 사항들을 물어봤지. 너는 아이의 가면을 벗겨보고 싶으나 참는다. 뭐라든? 최선을 다하래. 최선을 다해? 응. 최선을 다해 죽으래. 돌아오지 말고. 너는 눈물이 나는 걸 참는다. 지구를 위해서 그렇게까지 해야 하는 거야? 너는 묻고, 형은 역시 머저리야. 아이가 대답한다. 지구하고는 아무 상관 없는 일이잖아. 지구를 지키러 가는 건데 그게 왜 지구와 아무 상관 없는 일이야. 아이는 고개를 저으며, 형도 사과하고는 아무 상관 없이 돌아다니고 있는 거잖아. 말하고, 뭐? 아니야. 클럽 뒤편에서 총성이 들려온다. 어떻게 그렇게 생각할 수 있어? 너는 묻고, 간단해 그건 존재하지 않는 거니까. 아이는 대답한다. 총성은 다섯 번을 반복하고 멈춘다. 지구는 존재하잖아. 글쎄. 너는 아이의 손등이 주름진 것을 보고, 글쎄. 너는 아이의 살이 늘어진 것을 보고, 글쎄. 반바지도 존재하기는 하잖아? 아이는 왠지 노인 같은 목소리로 말한다. 바다에서 솟아오르는 광선들에서, 너는 쏟아지는 웃음소리, 어쩌면 울음소리 같은 것을 듣는다. 형 이야기를 해봐. 할 이야기가 없는데. 형의 여행이 만약 소설이라면, 아무도 여기까지 읽지 않을 거야. 너는 소설이 무엇인지 모르나, 고개를 끄덕인다. 그래도 형은 의미 있는 척 형의 여행을 이어나가지. 너는 아이에게 한 발자국 더 다가가며, 하지만 너는 지구와 상관이 있고, 나도 사과와 상관이 있어. 아이는 고갤 들어 지구를 지키는 친구들을 올려다보며, 아무 상관없어. 나에게 상관있는 건 나뿐이야. 가면에 가려 아이의 표정은 보이지 않고, 어쩌면 나조차도 나와 상관없을지 몰라. 너는 아이의 손을 놓치고, 형이 의미도 없이 의식적으로 형의 여행을 이어나가듯이. 아이는 해변으로 돌아간다. 아이야. 야 꼬맹아. 땅딸보 쌥새끼야! 너는 소리 지르나 아이는 뒤를 돌아보지 않고, 그래도 누군가는 나에게 사과를 해야 해! 어떤 이유든지, 어떤 방식이든지, 어떤 뉘앙스든지, 누군가는 나에게 사과를 해야 해, 그 일이 이 세계를 바로잡을 수 있는 유일한 일이라고! 계속 걸어가던 아이의 목이 뒤로 꺾이며 너를 바라본다. 반바지를 아껴 입어. 뭐? 너는 놀라서 묻고, 아이는 말한다. 그냥. 너는 묻는다. 그 냥? 아이는 말한다. 돌아온다면 레키쇼가 되겠어. 바다로 들어간 아이는 몸이 납작해지고, 그냥. 너는 심각하게 중얼거리고, 여섯 번째 총성과 함께 아이는 광선이 되어 발사된다.

2013년 11월 9일. 길, 그 10년 후 비 오는 날 다음 날.

내 외투에는 올빼미 휘장이 달려 있다. 나는 야간에게 고용됐고, 내 직업은 경비원이다. 낮에는 영감들과 함께 공원에서 연을 날렸다. 다리를 못 쓰는 영감을 위해 휠체어도 밀어줬다. 방패연을 조종하던 그 영감은 아직도 자신이 조타실에 앉아 항해기를 살펴보고 있는 줄 아는 것 같았다. 어쩌면 그들 전부가 그럴지도. 내 생각에 연을 날리는 행위는 자살 시도와 비슷하다. 죽음을 체험해보는 것. 하늘 속으로 빨려 들어가는 연을 지켜보며, 나는 우리의 지나간 과거가, 어쩌면 이 생이 아니라 전생 혹은 환생, 다른 생의 것일지도 모른다는 생각을 잠시 했다. 연을 다 날리고는 카페에서 개똥 같은 커피를 한 잔 마셨다. 젊은 연인이 카페 고양이에게 참치 캔을 사다 주며 말을 걸었는데, 야옹. 야아옹. 나는 통조림으로 그들의 머리통을 박살 내고 싶었지만, 잘 참아냈다. 그리고 생각을 하기 위해 탁자에 종이 한 장을 펼쳐놓았다. 하지만 내가 카페에서 나갈 때까지 종이는 단순히 종이였다. 주짓수 도장으로 가는 길에, 내가 문학을 참아내고 있는 것인지, 문학이 나를 참아내고 있는 것인지 고민했다. 둘 중 하나는 다른 하나를 참아내고 있을 일이니까. 주짓수가 작품에 도움이 좀 되시나요? 마스터가 물어왔다. 주짓수는 주짓수입니다. 나는 한여름의 선술집 주인처럼 그에게 미소 지어 보이며 대답해줬다. 주짓수가 적어도 경비 일에는 도움이 되시겠지요? 주짓수는 주짓수입니다. 마스터는 기분이 상한 듯, 다른 이에게 말을 걸러 갔다. 그 이후로는, 좋은 뜻으로 기억이 안 난다. 지금 나는 경비실 의자에 앉아 아파트의 건조한 불빛들을 지켜보고 있다. 바람이 불면, 각자의 불빛을 머금은 커튼들이, 한 권의 책 속에서 흘러가는 페이지들처럼 느껴진다. 지금 내 두 손에 볼펜과 종이 대신 손전등과 커피가 들려 있지만, 나는 내 작품—아마 유작일—이 출판되기 전까지는 이 세상에 다른 이들의 작품이 단 한 권, 아니 단 한 편도 발표되지 않기를 소망해보곤 한다. 그런데, 언젠가 나의 에필로그를 쓸 내가 이 생의 나일 것인가. 야 이 개새끼들아 잠 좀 자자! 대만에서 온 남자가 창문 밖으로 소리쳤다. 씨발 새끼들아 여기는 신자유주의 국가다! 공장장이 소리쳤다. 실패자들아 숨어 있을 거면 아가리도 같이 숨기지그래! 술집 여자도 소리쳤다. 나는 손전등을 내려놓고, 커피 잔에 두 손을 감싸 녹이며, 어릴 때, 함께 술을 마시고 빙판길에 자빠졌던 친구들의 웃음소리를 떠올렸다. 목욕탕 문이 열리기를 기다리며, 셔터 앞에서 제자리 뛰기를 하고, 문이 열리면, 냉탕에서 물구나무를 선 채로, 나무처럼 다리를 벌려, 구부러진 성기를 과시하다가는 후지 산이 그려진 온탕에 누워 졸곤 했던. 그들은 잘 지낼까. 아버지의 장례식장에서 음악을 틀어놓고 무용을 하거나. 선원을 얻기 위해 바다의 거짓된 낭만을 팔거나, 정신 병동에서 당근 주스를 만든 인간이야말로 진짜 정신병자라 주장하고 있을지도, 나는 혼자 웃다가 급히 손전등을 들어 내 사방을 비춰봤다. 가끔 누군가 지나간 것 같다. 손전등이 밝힐 수 있는 영역에 아무도 보이지 않았으나, 나는, 그러니까 가끔 누군가가 나를 지나가고 있다는 생각을 멈출 수 없다.

　너는 문을 열고 들어간다. 겨울, 안티폰 블루스. 그런 것들도 있었다. 치맛자락, 미러볼. 그런 것들은 있다. 너는 앞을 보이며 스테이지로, 살갗에 달라붙는 빛들, 너는 흘려보내듯이, 스모그 속으로 걸어가고, 8비트로 회전하는 색깔들. 너는 드레스 입은 남자들 사이를 지나가고. 나초, 기분, 주크박스 없이도 혼자 술을 마시고 있는 너를 본다. 너는 반바지를 입고 의자에 앉아 다리를 꼬고 있고, 몇 사람들이 너의 곁에 서서 성기를 꺼내보지만, 너는 술잔을 들었다가 놓고 들었다가 놓을 뿐이다. 너는 옆자리를 비워두고, 어깨를 흔들거리며 스모그 속으로 맹인처럼 걸어가는 사람들을 지켜보고, 가만히 앉아, 미러볼의 빛들이 너를 중심으로 회전하듯이 느끼게끔, 빛들에게 눈길을 주지 않으며, 미러볼의 빛들이 모른 척 너를 통과해버리길 기대하며, 빛들에게 눈길을 주지 않고, 바에 혼자 앉은 너의 등이 매끄러워 보여서, 반바지 밑으로 드러난 종아리가 적당해 보여서, 너는 너의 옆에 앉는다. 왔구나. 응. 왔어. 너는 너의 반바지를 쓰다듬고, 너도 너의 반바지를 쓰다듬는다. 총성이 들리던데. 누군가 쐈겠지. 누군가 누군가를 쏜 거야. 너가 너

와 말을 나눈다. 누군가가 누군데. 너가 쏜 건 아니고? 내가 쐈을
수도 있지. 네가. 내가? 그건 우리의 일이야. 내가 쏜 기억은 없는
데. 그럼에도 그건 우리 모두의 일인 거야. 맞은 사람은. 내가 맞았
을지도 모르지. 내가 맞았다고? 그것도 우리 모두의 일인 거야. 너
는 바에 팔을 기대고, 너는 바에서 팔을 거둔다. 사건들에서 벗어
날 수 있다고 생각하지 마. 사건이 일어나면 우리는 언제나 이미
사건의 일부니까. 너는 스모그 속에서 춤추는 사람들을 보고, 너는
스모그 속에서 울고 있는 사람들을 본다. 그래서 그건 받아왔어?
너가 너에게 묻고, 아니. 너가 너에게 대답한다. 너도 가끔은 아름
다울 줄 알았겠지. 발목 밑으로 엎질러지는 햇빛이라든가, 차양에
서 미끄러져 내려오는 저녁의 기온이라든가. 전혀. 본 적도 없어.
무슨 일이 있었는지 이야기해줄래? 너는 너에게 이야기하려 한다.
그러나 이야기는 없다. 너는 너의 입이 벌어지길 기다리고, 너는
너의 눈이 멀어버리길 기다린다. 그러나 아무 일도 일어나지 않는
다. 그게 정말 필요한 걸까. 못 받을 걸 알면서, 아니 끝까지 못 받
기를 기대했던 걸지도 몰라. 그렇다면 아주 멍청하고 한심한 일
인 거야. 넌 받을 수 있을 것 같아? 그것이 아직 남아 있다면 받을
수 있겠지. 아니. 그것을 받아들일 수 있을 것 같으냐는 말이야. 누
군가 방아쇠를 당기면 누군가는 총알을 맞아야 하는 법이지. 너는
너의 반바지를 내려다보며, 상식이 폭주하고 있어. 너는 너와 함께
말없이 술잔을 돌린다. 술잔 안에 빛이 머물렀다 떠나고 다시 머
무르고 떠나고. 너는 빛이 술잔 안에 있다고 생각하고, 너는 빛이
술잔 밖에 있다고 생각하고, 이제 어쩌지. 뭘. 있잖아, 모든 것들.

비트만 남은 음악이 스모그 속의 사람들을 흔들어대고, 너는 빛이 해체되고 있다고 생각하고, 너도 빛이 해체되고 있다고 생각한다. 사건은 사건 안에 있는 걸까 사건 밖에 있는 걸까. 방금에서야 깨달았는데, 너는 너의 눈을 마주하며 말하고, 그러니까 뭘? 너는 너의 눈을 마주하며 묻는다. 그래. 지금에서야 떠올랐어. 필요한 게 있으신가요? 바텐더가 묻고, 너는 고개를 젓고, 말동무가 필요해 보이시는데요. 바텐더는 다시 묻고, 너는 눈을 감고 손가락을 까닥거린다. 손님. 바텐더가 너의 어깨를 두드리고, 너는 반바지를 입고 너의 조명 없는 세계를 걸어간다. 돌아봐도 시작점을 볼 수 없고, 어디까지 와 있는지도 모르는 너의 세계를, 두 다리를 번갈아 놓으며, 한쪽 다리가 다른 한쪽 다리를 앞지를 때마다 살인, 존속, 피살, 출산, 결혼, 졸업 따위의 아무 일이라도 일어나길 바라며, 그러나 다른 한쪽 다리가 다시 다른 다리를 앞지를 때까지 역시 아무 일도 일어나지 않는 세계를 걸어가며, 손님에게 말동무가 필요해 보인다고요. 바텐더는 너의 어깨를 잡고 말하지만, 너는 여전히 눈을 감은 채로 중얼거린다. 맞아. 반바지, 반바지, 반바지. 바텐더가 어깨를 잡아 밀치고. 손님. 부탁드립니다. 제발 제 말동무가 되어주세요. 스모그는 없고, 미러볼은 없고, 반바지, 반바지, 반바지. 음악은 비트가 없고, 테이블에 고개를 처박고 앉아 표정 없이 울고 있는 사람들을 보며. 나는 의자에서 일어난다.

이상우

2011년 〈문학동네〉 신인상에 단편소설 〈중추완월〉이 당선되었다.

참고인

이주란

1.

　얼마 전에 나는 서른한 살이 되었는데 그냥 스물한 살이라고 해도 이상하지 않을 것 같다. 나이에 맞는 행동을 해야 하는 게 아니라 행동에 맞게 나이를 정했으면 좋겠다. 나는 뭐 하나도 스스로 결정하지 못하는 사람이다. 예를 들어 내가 뭘 써야 할지 몰라 고민하다가 그에게,

　당신 얘기도 조금 들어가.

　라고 말하자 그는 그러지 말라고 했다. 그러자 나는 오직 그의 이야기만을 써야지, 하고 결심했다. 어차피 그가 이 글을 볼 일은 없을 것 같아 농담이었다고 그를 안심시켰다. 이제 그는 심심할 때만 내게 전화를 걸곤 하지 내 안부나 근황 따위는 묻지 않는다.

　아무도 내게 안부를 묻진 않지만 내겐 하니가 있다. 하니가 있

는 게 아니라 하니밖에 없다. 하니는 나랑 같이 사는 강아지인데 원래 내 개는 아니고 집주인이 맡기고 간 아이다. 세 살이고 사람으로부터 유기되었던 적이 있는. 집주인은 미국으로 떠나면서 내게 집과 하니를 맡겼다. 덕분에 나는 독립을 하게 되었다. 그사이 집주인은 미국 영주권을 신청했고 얼마 전 한국에 잠시 다녀가면서 당분간 더 이 집에 살아도 된다고 말했다.

독립을 하면서 나는 30년 만에 처음으로 30년 동안 살던 곳을 떠났다. 지금 나는 집 근처 학원에서 아이들을 가르치고 있고 뚱뚱하다. 시간은 이상하게 흘러갔다. 하루하루는 빠르게 지나갔고 돌이켜보니 길었다. 그동안의 시간은 내가 살았기 때문에 이상하게 흘러간 것 같다. 말하자면 내 시간만 이상했을 것 같다는 것이다.

2.

집은 104평이었고 내 짐은 적었다. 아버지가 홈쇼핑으로 구입한 수납 박스 네 개로 충분했다. 원래 옷도 없고 뭣도 없지만 내 나름대로 저는 이 집을 탐낼 생각은 없습니다, 너무 제 집처럼 쓸 생각은 없어요라고 어필한 것이었다. 선배에게 받은 기타를 가져왔으나 두 번 정도 친 것이 전부다. 독학을 하기엔 음악적 재능이 없는 것 같고 학원에 다닐 돈은 없어 그냥 방치하고 있다. 없는 재능이 생길 일은 없고…… 자기 돈으로 기타 줄을 갈고 배송비까지 지불한 선배에게 미안한 마음이 든다. 그날 술값이며 택시비까지 모두 선배가 냈는데. 연락이 되지 않는 것이 그 때문일 리는 없지만 어쩐지 지금은 선배를 생각하면 모든 것이 민망할 따름이다. 짐을 최소화했는데, 저 기타 덕분에 내가 싼 짐은 결과적으로 최대화되어버렸다. 말 그대로 짐이 된 것이다.

가져온 짐들 중에서 가장 마음에 드는 것은 빨래 건조대다. 필요한 물건들을 구입하면서 처음엔 속옷만 널 수 있는 작은 건조대를 살 생각이었는데 막상 배송되어온 것은 큰 건조대였다. 이 집에 들어오던 날 도우미 아주머니가 내게, 이사 오냐? 무슨 이런 것까지 챙겨 오냐?고 말해 나는 마치 이 집이 비길 오래전부터 기다렸던 사람처럼, 좋은 집에 못 살아 안달이 난 사람처럼 보였구나 싶어 얼굴이 벌게졌었다. 하지만 지금은 원래 이 집에 있는 건조대의 사용이 불편해 큰 건조대를 사오길 잘했다는 생각이 든다.

나는 여기 와서 처음 빨래를 하기 시작했는데 하다 보니 거의 매일 하게 되었다. 하루는 빨래를 하고 하루는 마른빨래를 개키고 하다 보면 매일 빨래와 관련된 일들을 하고 있는 셈이었다. 빨래하는 것을 너무 좋아해서 하는 것이 아니라 정신을 차리고 보면 빨래를 하고 앉아 있었다. 정말 빨래를 한 다음에 앉아 있었던 것은 아니고 웃기고 앉아 있네에 쓰이는 앉아 있다다. 라디오에서 모든 증상은 가면을 쓴다는 정신과 의사의 말을 들은 뒤로 내가 한 번 입은 옷은 무조건 빤다는 것을 의식하기 시작했는데 그게 어떤 증상의 가면인지는 모르겠다. 알게 된다고 한들 지금보다 빨래를 적게 하게 되는 것 말고 내 인생의 무엇이 더 좋아지는가? 이런 태도로는 정신과 의사에게 상담조차 받지 못할 것 같다. 그러니까 애초에 나같이 멍청하고 나약한 인간은 의식이라는 단어도 쓰지 말아야 한다. 나는 빨래를 널어놓고 자주 언니의 메일을 다시 읽는다.

3.

주연아.

그곳 생활은 어때? 너무 덥지 않니? 넌 더위를 많이 타서 여름을 싫어하잖아. 얼굴 전체에 땀이 나고…… 특히 콧잔등과 인중에 땀이 많이 나서 늘 콤플렉스에 시달리곤 했었지. 수염이 난 것도 아닌데 늘 인중이 퍼렇고 말이야. 그러고 보니 얼굴도 검은 편인데 더 검어졌을까 봐 걱정이다.

여긴 여전해. 봄이라서 라일락 향이 동네를 하루 종일 맴돌고 있어. 네가 가장 좋아하던 꽃이잖아. 라일락은 자기를 보이기도 전에 늘 향으로 먼저 존재를 알린다고 했었지? 깜깜할 때 동네 골목으로 들어서면 라일락은 안 보이고 그 향기가 먼저 풍성하게 반긴다고. 넌 자주 술을 마시고 늦게 들어오곤 했었지. 지금도 그러니?

네가 떠난 게 한 달 전이고…… 겨우 한 달이 지났을 뿐인데 계절이 겨울에서 봄으로 바뀌었네? 언니도 그새 임신 3개월 차에 접어들었어. 아직 입덧을 한다거나 그런 건 없어. 임신 체질인가? 나중에 시작되는 경우도 있다고는 하는데 별걱정은 하지 않고 있어. 그러고 보니 넌 내 임신 소식을 듣자마자 떠났지. 왜 그랬지? 뭐 아무튼…… 형부도 잘해주고…… 얼마 전엔 안개꽃을 한 다발 사오기도 했어. 알다시피 이 동네엔 꽃집도 없는데 어디 시내에 나간 김에 사온 건지 일부러 나간 건진 모르겠지만 나로선 정말 감동이었단다. 아버지에게도 잘해서 그제는 아버지 드시라고 홍삼도 사왔어. 물론 아버지는 홍삼을 먹고 술을 더 많이 마시고 또 홍삼을 먹고 술을 더 많이 마시고 그래. 홍삼 때문에 그런가 봐. 아무튼 건강하면 되는 거 아니겠니?

아 참, 태명을 뭐로 지을지, 도대체 몇 주째 고민인지 모르겠어. 도저히 못 짓겠는 거야. 넌 글을 잘 쓰고 하나밖에 없는 이모니까 네가 좀 지어줬으면 좋겠다. 연예인들의 태명도 그렇고 주변 사람들의 태명은 거의 다…… 너무…… 뭐랄까, 그러니까 내 말은 너무 거창한 건 싫더라구. 언닌 요즘 앞날을 참 희망적으로 생각하고 있고 늘 기분이 좋단다. 그래도 태명은 좀 점잖았음 해.

추신
1. 처음으로 이렇게 네게 메일을 쓰니 색다른 기분이 들어(좋다는 뜻).
2. 담배를 피우고 싶은데 애 때문에 참고 있다.

4.

내가 처음 호주에 간다고 했을 때 언니는 호주? 하고 되물었다.

호주에 가면 농장에서 과일들을 따다가 사기나 당한 뒤 돌아오는 것은 아닌지 언니는 걱정했다. 막상 내 인중이나 걱정할 거였으면서. 아무튼 그때 아버지는 언니에게 임신도 했는데 너무 많이 걱정하지는 말라고, 쟤도 이제 서른이라고 말했다. 맘먹으면 호주가 뭐냐, 어디든 갈 수 있지. 아버지가 말했다. 나는 사실 언니와 가까운 곳에 살고 있다. 언니, 나 말이야. 호주가 아니라 파주에 살아.

아무튼 형부가 언니에게 잘해주는 것 같아 다행이다. 형부에게 전과가 있어서 처음에 아버지와 나는 언니의 결혼을 반대했다. 하지만 그사이에 언니는 덜컥 임신을 하고 말았다. 전과가 있다 뿐이지 2년 전부터는 성실히 사설 가스 회사 같은 데를 다니고 있다고 한다. 대전에 새 지부가 생긴다면서 언니를 대전까지 데려가려고 하는 걸 아버지가 겨우 말렸다. 형부는 변두리에서 흔히 볼 수 있는 양아치 같았는데 다행히 행동에는 낭만적인 구석이 있었다. 눈빛에서는 어떤 알 수 없는 서글픔이 느껴지기도 했고.

키가 작고 상체가 전부 문신이야. 어떤 사람이냐고 물었을 때 언니는 그렇게 말했다. 나도 예전에 두 팔뚝이 문신으로 가득 찬 남자를 사귄 적이 있었다. 가는 두 팔뚝이 망친 문신으로 가득 찬 남자. 추위를 많이 타고 애교가 많았던 남자. 전과가 있어도 좋으니 내게 안개꽃 한 다발을 안겨줄 사람을 만나고 싶다. 아르바이트를 하고 있는 작은 학원엔 나를 포함해 여자만 셋이다. 무척이나 아쉬운 투로 말하고 보니 내가 무척이나 남자를 밝히는 여자인 것만 같은 기분이 든다. 그래서.

210

5.

집에 오면 늘 이따위 생각뿐이지만 학원에서는 마치 다른 인간인 양 군다. 그건 생각보다 외로운 일이었다. 가끔 실수를 할 때도 있었는데 술이 덜 깬 채 출근을 했을 때다. 얼마 전이었다. 친구에게 일이 생겨 술을 마셨다. 친구는 원치 않는 임신을 했고 우리는 베이비박스 운운하며 술을 마셨다. 그러자 그 친구는 먼저 자리에서 일어났다. 남은 친구와 나는 계속해서 술을 마셨고 새벽 3시에 헤어져 그의 집엘 찾아갔다. 다행히 그는 와도 좋다고 말했고 나는 행복했다. 가는 도중 그가 문자메시지로 컵라면이나 사오라고 해서 나는 그에게 잘 보이려 컵라면을 사기 위해 편의점에 들어갔다. 그가 빨간 국물 라면보다 하얀 국물을 더 좋아해서 나는 시중에 나와 있는 하얀 국물 컵라면을 전부 샀고, 혹시 몰라 그의 부엌에서 보았던 빨간 국물 컵라면도 하나 샀다. 우리는 라면을 먹고 맥주를 마셨다.

전에도 한번 친구 둘과 술을 마시고 취해 그의 집엘 찾아가서 컵라면을 먹은 적이 있었다. 내가 친구들을 데려간다고 말하자 그는 거절했는데 나는 친구들을 데려갔다. 다음 날 그는 내게 진상이라고 말했는데 그러자 나는 몹시 기분이 좋았었다. 진상인데도 날 좋아하는 것 같아서 세상에 두려울 게 없단 생각까지 들었던 것이다. 뭐…… 지금 생각해보니 그건 그저 내 생각일 뿐이었고 실은 더도 말고 할 것 없이 진상이었던 것 같다.

중간에 술이 떨어지자 그가 이것밖에 안 사왔느냐고 말해 나는 얼른 나가 술을 더 사왔다. 그리고 3시간쯤 자고 일어나 못생긴 얼굴로 그와 인사 같지도 않은 인사를 하고 학원에 출근을 했다. 신발을 신으면서 내가 택시비를 좀 달라고 말하자 그가 현금은 2,000원뿐이라고 말해서 버스비가 아니라 택시비라니까…… 속에 말을 하고는 2,000원을 받아 나왔다. 그때 어디선가 낮게 북소리가 들렸다. 북소리를 들으며 모퉁이를 돌아 편의점에서 로또 두 게임을 샀다. 얼마라도 당첨이 된다면 그와의 이별을 감사하게 생각할 수 있을 것도 같았다. 2등이 된다면 그에게 몇백만 원 정도 줄 수 있을 것 같았고 1등이 된다면 1억은 줄 수 있을 것 같았다. 그리고 나는…… 작은 카페? 아니면 일본식 선술집? 아무튼 학원은 아니었고 그때 나는 나라는 인간의 마음과 생각이 참을 수 없이 가난하다는 것을 깨달을 수 있었다. 그 생각 때문인지 술이 덜 깨서인지는 몰라도 실제로 얼굴이 화끈거려서 택시 창문을 조금 열었다.

택시에서 원장에게 아침까지 술을 마셔서 지금 가고 있다고 문자를 보냈다. 1시간 늦게 학원에 도착했을 때 이미 내 방에는 열 번 말하면 두 번쯤 말을 듣고 여덟 번쯤 말을 안 듣는 아홉 살 남자아이가 와 있었다. 그림 선생님이 아이들을 서너 명씩 가르치다가 한 명씩 내 방으로 보내면 나는 그 애들과 일대일로 글 수업을 했다. 그 애는 휴대전화로 게임을 하고 있었다.

오늘 내가 좀 피곤해서 널 혼낼 힘이 없어. 집어넣어.

왜 피곤한데요?

왜.

그냥요.

그냥 왜.

아, 그냥요.

그냥 잠을 못 잤어.

선생님 술 마신 것 같아요.

나는 당황해서 술은 니가 마신 것 같은데?라고 이상하게 받아친 뒤 수업을 안 할 거면 그림 방으로 가라고 해버렸다. 그 애는 가지 않고 노트를 폈다. 정말 진심이었는데 그 애는 가지 않았다. 정말 말을 듣지 않는군, 생각하면서 나는 알아볼 수 없는 글씨를 쓰고 있는 그 애의 옆모습을 바라보았다. 쟤도 커서 누군갈 만나고……이렇게 저렇게 살아가겠지, 하는 생각을 했다. 전과가 생길 수도 있고 많은 돈을 벌 수도 있고 정치를 할 수도 있고 아이돌 그룹의 리더가 될 수도 있겠지. 잘생겼으니까. 그런 배를 타지 않는 한 죽지 않고 어른이 되겠지. 모든 사람들처럼 많은 일을 겪겠지……생각하면서 술 깨려고 계속해서 물을 마셨다. 술에 취한 채 출근을 하게 되면 그날 앞 타임에 온 아이들에게 이런 식으로 행동하곤 한다. 다행히 오후쯤 되면 정신을 차린다.

그 주 토요일 저녁, 로또 당첨 방송을 보았다. 내가 산 두 게임 중에 한 게임이 5,000원에 당첨되었다. 로또도 그의 돈으로 샀으니 5,000원을 번 셈이었다. 나는 조금 더 그를 잊지 않아도 되겠다고 생각했다. 5,000원 가지고 이별을 퉁치기에는, 좀 그랬다.

6.

주연아.

아직 전화를 할 수는 없는 거니? 목소리 듣고 싶다. 여긴 벌써 초여름 날씨야. 얼마 전엔 때아닌 폭우가 며칠이나 내리기도 했어. 장마처럼 말이야. 작년에도 그랬던 것 같아. 막상 여름엔 비가 별로 오질 않아 농사짓는 사람들이 정말 힘들었잖아. 수확할 때 되면 또 자기 맘대로 쏟아지고. 그러고 보니 왜 사람들은 편지를 쓸 때 날씨 얘기부터 하는지 모르겠어. 어디서 그렇게 배웠나? 너무 뻔하잖아. 하지만 우린 너무 멀리 떨어져 있으니 해도 될 것 같아. 재작년부턴가 3, 4월에도 눈이 내리질 않나, 5월인데 8월처럼 덥질 않나, 날씨가 엉망이 되어버렸잖아. 아무도 기상청을 믿지 않고 말이야. 올해는 더 심한 것 같아. 언니도 32년 넘게 사계절을 겪어왔는데도 이토록 적응이 안 되는 걸 보면 인간이란 것도 참 우스워.

쓸데없는 말이 길어졌다. 답장에 태명 안 적었더라? 확 주연이라고 해버릴까 보다. 그러면 너처럼 사랑스러운 아이가 태어날 것 같아. 알지? 언니가 널 얼마나 사랑하는지. 거기서 많이 힘들고 외로울 걸 알아. 눈물이 날 때면 호주에 있는 너 자신을 두 번째 너라고 생각해. 진짜 너는 여기 언니와 함께 행복하게 살고 있다고. 그렇게 생각하면 나쁜 감정들이 사라질 거야. 실제로 언니는 아홉 살 때 어머니와 같이 시장에서 돌아오던 날 이미 죽었단다. 그 후의 삶은 마치 보너스 같아서 조금만 좋은 일이 생겨도 웃음이 나는 거야. 모든 것에 감사할 줄 알게 되는 거지. 어때? 언니처럼 한번 생각해볼래?

언니가 네 옆에 있었다면 너에게 많은 도움을 줄 수 있었을 텐데. 그래도 언니를 위해서 한번 노력해주렴. 넌 비관적인 편이라 쉽진 않겠지만.

아기도 잘 자라고 있다고 하고(딸인 것 같아) 형부도 아버지도 모두 건강해. 우리 걱정은 말고 널 잘 챙겨. 특히 몸 간수 잘하고. 외국인과는 사귀지 않길 바란다만 혹시 사귀게 된다면 어떤 사람인지 말해줘. 궁금하긴 하다. 거기가 정말 그렇게 큰지.

7.

외국인은커녕 한국인조차 제대로 사귀지 못하는 나에게 언니는 두 번째 메일을 저렇게 끝맺고 말았다. 마지막으로 사귄 한국인은 내게 세 번쯤 사랑한다고 말했다. 한 번은 만우절이었고 한 번은 술에 취해서였고 한 번은 내가 데이트 비용을 전부 지불한 날이었다. 아무리 내가 낙지를 좋아한다 해도 낙지 한 마리에 4만 원을 내고 싶진 않았는데…… 뭐 아무튼…… 그래도 듣긴 좋더라. 고백하자면 나는 그를 사랑한다는 감정 없이 그에게 사랑한다고 말하곤 했다. 어쩌면 그는 자꾸만 사랑한다고 말하는 나를 부담스러워했을지도 모르겠는데, 나는 그저 알콩달콩하고 싶어서 말한 것뿐이었다. 이상하게도 사랑한다는 마음이 들지 않았다. 나는 그것이 이상해서 나 자신에게 재차 물었다. 그러자 그렇다면 도대체 사랑한다는 게 뭔데에 도달하게 되었다. 사람마다 다른 거잖아…… 친구들이 피곤하다는 듯이 말했고 나는 내가 사랑을 느끼는 기준 같은 게 없다는 걸 알게 되었다. 왜냐하면 사랑에 빠진 적이 없었으니까. 30년을 살게 되면 사랑에 빠지는…… 그런 일쯤은 내가 원하지 않아도 일어날 수밖에 없는 일들이라 생각했는데 내 경우엔 아니었다. 어떤 사람들은 걸레라는 소리를 들을 정도로 쉽게 사랑에 빠지기도 하던데.

8.

평소와 다름없이 통화를 하던 중에 그가 나를 찼다고 생각했었는데 돌이켜보니 평소와 달랐던 것 같다. 그날 그의 목소리와 대화에서 나는 이별을 감지했다. 두려웠다. 두려워서 나는 하고 싶은 말을 제대로 하지 못하고 전화기를 붙잡고서 두서없이 애걸복걸하다가 끊고 말았다. 말하자면 전화가 끊겼다. 지금 생각하니 어떤 면에서는 웃기기도 하다. 실제로 나는 혼자 그 생각을 하다가 소리 내어 웃기도 했는데 그건 아무래도 내가 나 자신을 한 걸음 떨어져서 볼 수 있었기에 가능했던 것 같다. 지금이야 웃지만 당시엔 할 말을 다 못 했다는 게 억울했다. 늘 그렇지만 담담하려 하면 할수록 나는 솔직해지고 말았다.

몇 없는 친구들을 모아 술을 마시고 노래방에 가서 노래를 부르자 눈물이 났고, 그러자 보통 여자가 된 것 같아 슬쩍 기분이 좋기도 했다.

9.

차이긴 했지만 좋은 기억을 떠올려보자. 사랑한다는 말 말고…… 예쁘다는 말도 들어봤다. 나는 자주 그 순간들을 되새긴다. 수십 번 생각한 거라서 누군가 물어본다면 숨도 안 쉬고 아주 빠르게 말해줄 수도 있다. 그중 한번은 내 생일 즈음이었다. 체리색 염색약으로 집에서 염색을 했는데 하고 나니 검은색이 되어 있었다. 일주일인가 열흘 만에 만난 그는 내게 예뻐져서 왔네라고 말했다. 그 생각만 하면 고맙다. 물론 못생겼다는 말은 수십 번도 더 들었지만.

이제 진짜 담담해진 후라 하는 얘기지만…… 그러니까 독립을 하게 된 데는, 사실 그게 가장 큰 이유였다. 안 그래도 연애를 한 번밖에 못 해봤는데 그마저도 4년 만의 연애라 나도 모르게 기대가 좀 있었던 모양이다. 그리고 그게 끝났다는 생각에 잠시 자존감을 잃었던 것 같다. 전부터 틀어진 관계였는데도 그걸 인정하지 못하고 붙잡았다가 모진 소릴 들었던 것이다. 미련했단 생각이 떠나질 않는다.

휴대전화에는 그와의 통화가 일곱 차례나 녹음되어 있었다. 내 볼이 우연히 녹음 버튼을 눌렀던 모양이다. 그 속에서 우리는 억지로 통화를 하고 있었는데 내 목소리는 조금 불안하게 들렸다. 대화 주제를 맞추고 맞장구를 치느라 혈안이 되어 있는…… 30년을 산 여자의 불쌍한 목소리. 그것이 진짜 나인가? 나는 그 목소리로 그런 말을 했던 게 나라는 게 싫었고 그러자 한 인간으로, 말하자면 정신적으로 독립하고 싶었다. 그리고 가족에 기대서는 그게 오래 걸릴 것 같다는 생각이 들어 일단 물리적으로 혼자가 되어야겠다고 느꼈다. 지금부터 노력해도 이미 늦었다는 생각이 들기도 해 조급함까지 더해졌다. 마치 나 자신이 아기 같다는 생각이 드는 것이었다. 지금까지 이런 식으로 30년이나 살아서 이 모양이니 마치 처음부터 새로, 지금까지 내가 살아온 것과는 다르게 살아온 만큼 살아야 한다고 생각한 것이다. 내가 이런 인간으로 자란 것은 어쩔 수 없는 일이었을까? 같은 집에서 한 살 터울로 자란 언니는 저렇게 밝은데? 물론 셀프카메라를 너무 많이 찍는 것도 병이라지만……. 누구에게 물어봐야 할지 모르겠다. 정말 나는 나로 살 수밖에 없었던 것일까? 혹시 노력하면 언젠가 나는 지금과 다른 내가 될 수 있을까? 엄청난 노력을 하면? 그러니까…… 그러니까 도대체 어떤 노력?

10.

안 좋은 소식을 하나 전할게. 얼마 전에 아버지가 다리를 다치셨어. 얘기를 안 해서 자세히는 모르겠는데 조합원 사람들하고 낚시를 갔다가 거기서 또 몇몇 사람들을 만난 모양이야. 오랜만에 배를 탄 데다 고기도 많이 잡고 신 났다고, 매운탕을 끓여 먹고 가겠다고 전화한 게 오후 1시쯤이었나? 8시가 넘도록 안 오시기에 진짜 신 나셨나 보다 했어. 그러다 9시 좀 넘어서 병원에서 전화가 온 거야. 급하게 형부랑 병원으로 갔더니 바로 수술을 해야 한다면서 사인을 하라는 거야. 발목을 절단했어. 대지도 선착장에서 가까운 산 아래 공터에서 지뢰를 밟았다는 거야. 오늘 오전에도 기자 둘이 다녀갔어. 게다가…… 그때 일어난 싸움 때문에 사람 하나가 죽어서 아버지를 참고인 신분으로 소환했어. 어떡하지? 아버지는 엄청난 실의에 빠져서 소환에 불응하고 자꾸 술만 찾아. 형부가 말려도 소용이 없고…… 언니도 어떻게 해야 할지 모르겠어. 이런 소식을 전하게 돼서 미안해. 네가 해줄 수 있는 것도 없는데 괜히 걱정만 할까봐 너 모르게 해결해야지 생각도 해봤는데 너도 알아야 할 것 같아서. 덕순이 언니네 강아지 다리 하나 부러졌을 때도 울던 너니까. 근데 그 발목 지뢰가 신기한 게, 진짜 딱 발목까지만 날아가더라?

11.

하루 종일 남자 생각만 하는 내게 언니의 메일이 왔다. 호들갑 좀 떨지 마, 언니. 지뢰가 아버지만 봐줄 리가 없잖아. 나는 생각했다.

12.

잘 자고 일어났는데 아버지 생각이 났다. 아버지의 발목이 보고 싶었다. 보고 싶었지만 나는 하니와 셀프카메라를 찍으며 시간을 보냈다. 내 얼굴만은 도저히 찍을 수가 없는데 하니로 내 얼굴을 삼분의 이쯤 가리고 찍은 사진들은 마음에 들었다. 하니는 예쁘다. 일전에 아버지에게 개와 같은 인간이 되고 싶다고 말한 적이 있다. 예쁘고 말이 없는…… 하루의 대부분을 잠으로 보내는. 언니는 이상하다. 개가 되고 싶은 나를 사랑하다니……. 언니가 나를 사랑하지 않았으면 좋겠다. 다행히 그건 언니는 나를 사랑하지 않는다고 생각하면 그렇게 되는 일이다. 언니의 마음과는 상관없이 내가 그렇게 생각하면 되는 일……. 한쪽에서 그렇게 생각하면 되는 일은 자주 일어난다.

아버지는 종종 내게 그래도라고 말하곤 했다. 내가 개가 되고 싶다고 말할 때마다 그래도라는 말을 떠올려보라고 했다. 내가 가진 것들을 상기하고 긍정적으로 살아보라고 한 말인 것 같다. 그래도 네가 개보다 나은 것들을 떠올려보라는. 그럴 때마다 나는

하지만 아버지. 그래도 저는 저에 대해서, 제가 되고 싶은 것에 대해서 잘 알고 있잖아요. 자기 자신에 대해서 모르는 사람들이 얼마나 많은데요.

라고 말하곤 했다. 그러면 아버지는 더 이상 자기 생각을 강요하지 않았다. 그러고 보니 아버지도 내가 나에 대해 잘못 알고 있다곤 생각하지 않는 모양이었다. 별다른 말이 없었던 걸 보면?

13.

아버지 말로는 내가 어릴 적에 또래 친구들보다 늦게까지 시계를 보지 못해 걱정이 많았지만 다행히 학교에 들어가면서부터는 공부나 집안일에 척척이어서 모든 우려를 불식시켰다고 한다. 아버지 외에도 몇몇 동네 어른들이 내게 똑똑해 보인다거나 예쁘다고 하기도 했다. 똑똑하다는 것은 아니고 똑똑해 보인다는 것이다. 아저씨들은 나를 보며 이렇게 말하곤 했다. 난 니 그 눈알이 아주 마음에 든다. 그, 그 눈 밑에 점도. 얼굴이 점점 검어지는 데 점들이 한몫하는 것 같아 눈 밑에 있는 점을 빼고 싶은데 그게 매력이라고 말했던 아저씨들이 도대체 기억에서 잊히지가 않아서 그것도 못 하고 있다.

오래 산 사람들로부터 종종 예쁘다는 말을 들은 날엔 나는 왜 그들 눈에만 예뻐 보이는 걸까, 집에 와서 한참을 생각해보곤 한다. 내 또래가 그렇게 말해주면 좋을 텐데. 학원에 처음 출근한 날 처음 만난 아이 생각이 난다. 패션 디자이너와 모델이 꿈인 아홉 살 여자아이였는데, 나를 잠시 관찰하더니 내게 예쁘다고 말했다. 내가 어디가 예쁘냐고 묻자 그 애는 눈이요, 하고 대답했다. 그 애는 지금도 종종 향수 뿌렸어요? 머리가 많이 길었네요? 같은 말들을 하곤 한다. 그 애는 착한 것 같다. 정말이지 나는 나지만 나조차도 이런 나를 서른한 살이라고 봐주기가 힘들다. 나라도 좀 나를 인정해줄 순 없을까! 8년 전쯤 쓴 글에 등장하는 상처받은 화자가 샤워 중에 자기 자신을 껴안으면서 '나는 착하다'라고 진술한 적이 있는데 존경하는 소설가이자 교수가 그 다섯 글자를 칭찬해준 적이 있다. 그 교수를 생각하자 부끄럽고 민망해진다. 지금의 나는 욕이나 먹겠지.

14.

얼마 전 서른한 살을 맞아 사주를 봤는데 착하게 살라는 말을 들었다. 그런데 당신은 누군데 나에 대해 그렇게 말하는 거야?

15.

주연아.
언니 메일을 읽은 거니? 답장이 없네? 수신 확인을 할 수가 없어 답답하구나. 무슨 일이 있는 거야? 아니면 언니 때문에 뭐 기분 나 쁜 거라도 있니? 마음이 답답하고 초조하니까 별생각이 다 든다. 실은 메일을 보내고 곧바로 후회했어. 취소도 안 되고…… 이왕 알게 된 거 더 말할게.

여기까지 읽었을 때, 내게 어떤 의지가 있었다면 나는 메일을 읽지 않거나 삭제했을 수도 있었을 것이다. 하지만 더 말할게까지 읽었다고 인식한 순간 내 눈은 이미 그다음 문장에 가 있었다.

어제 아버지가 피의자 신분으로 조사를 받았어. 도주나 증거 인멸의 우려가 없어서 구속 수사를 받을 필요는 없대. 아버지뿐만 아니라 아버지의 일행 전체가 피의자가 된 것 같아. 처음에 서로 치고받고 할 때 아버지의 일행 모두가 그 사람을 때렸다는 거야. 한 대건 열 대건 어쨌든 모두 가담했다구. 그런데 글쎄…… 첫 참고인 진술에서 어떤 아저씨가 사건의 최초 원인 제공자로 아버지를 지목했어. 그 아저씨 외에도 참고인 조사를 받은 모두가 자기 잘못을 덮으려고 그랬는지 서로에 대해 불리한 진술을 해서 결과적으론 모두가 피의자가 되어버린 거야. 물론 아버지도 그랬지. 아버지가 어떻게 될지 모르겠다. 이미 처음에 유일한 피의자로 지목됐던 아저씨가 말하길 누군가가 찌르라고 해서 그렇게 했을 뿐이었다고 했는데, 그 말을 한 사람이 바로 아버지라고 진술한데다 이번 참고인 진술에서도 그런 진술이 나온 거야. 아버지가…… 죽이라고…… 그게 뭐 진심이었겠니? 그 아저씨가 진짜 찌를 줄 알았겠어?

모르겠어. 다들 취해 있었잖아. 막 싸우다가 피해자 몸에서 피가 튀니까 사람들이 거기서 물러나거나 뭐 그랬나 본데…… 갑자기 퍽 하는 소리가 나면서 아버지가 쓰러졌대. 아버지 말로는 진짜 무슨 전쟁이라도 난 줄 알았대. 술에 취해서 제정신이 아니었나 봐. 아버지는 아버지대로 조사를 받고 있고 또 기관이랑 군인들이 여기저기 다니면서 지뢰 조사를 하고 있어. 얼마 전 폭우 때문에 산에 묻혀 있던 대인지뢰니 뭐니 하는 것들이 유실된 모양이야. 벌써 열두 발이 발견됐다고 하는데…… 그런 조사는 뭐 하러 해? 우리나라에서 언제 조사라는 게 제대로 이뤄진 적이 있기는 한 거니? 옛날에 산사태

났을 때도 유실된 지뢰들을 줍기만 했지 그다음에 뭐 없었잖아. 다 그때뿐이야. 죽은 사람만 억울하지. 그래놓고 뭐 그리 잘났다고들 그러고 다니는지…… 다 죽여버리고 싶어. 아버지가 변호사를 사고 싶어 하는 눈치인데, 형부는 어쩐지 망설이는 것 같아. 양쪽 눈치를 보느라 언니는 정말이지 곤혹스러워. 그저께는 형부가 외박까지 했는데, 뭐라고도 못 했어. 다행히 아이는 별문제 없이 잘 자라고 있대.

　기도해줘. 어서 일이 해결되고 너도 돌아와서 다 함께 웃으면서 고기를 구워 먹고 싶다. 언젠가 마당에서 고기를 구워 소주와 먹다가 너랑 둘이 배나무 아래까지 가서 아빠 몰래 담배를 나눠 피우던 때가 생각나. 바람에 배꽃이 날릴 때…… 그땐 정말 세상에 부러울 게 없었는데. 아버지는 구속될까? 아버지가 정말 사람을 죽인 거야? 그러면 언닌 어쩌지? 어떻게 살아? 내 생각엔 구속될 것 같아. 언니 이런 거 잘 맞히는 거 알지. 정말 불안해 죽겠어. 그런데 너 아직도 던힐 피우니?

16.

언니.

17.

언니, 하고 나는 또 한 번 모니터에 대고 언니를 불렀다.

18.

어쩐지 일이 잘 되지 않았다. 학원 일은 사람을 대하는 일이라 정신이 딴 데 가 있으면 일하기가 힘들었다. 아무리 아이들이라지만 엄연한 인간이고 생각보다 어른 같은 애들도 많았다. 인간이 배워야 할 모든 것은 이미 유치원에서 다 배운 듯했다. 오늘은 그런 애들을 상대하기가 버거웠다. 아이들이 들어오면 인사를 하고 지난번에 어디까지 했는지 봐야 했는데 정신이 다른 데 팔려 있어서 아이들이 들어와도 그 애를 보면서 이름이 뭐더라, 하고 있는 것처럼 가만히 있었다. 일대일로 앉아 있는 상황이라 몇 초만 말이 없어도 아이들은 나를 이상한 눈으로 쳐다봤다.

선생님. 기분이 안 좋아 보여요.

어…… 그래 보여?

네. 왜 그러시는데요?

글쎄. 오늘따라 못생겨서.

똑같으신데요?

알지. 그래도 기분이 그런 날 있잖아.

전 아직 그래 본 적 없는데요, 저희 엄마가 자주 그래요.

엄마?

네. 그래서 성형하고 싶다고 하는데요, 외할머니가 니 기분 탓이지 남들이 볼 때는 똑같다고, 하지 말라고 그러세요.

…….

그러니까 선생님도 기분 푸세요.

그래.

나는 그 애에게 진심으로 많이 고마웠는데 나보다 스물한 살이나 어린 아이에게 내 감정을 어떻게 표현해야 하는지 몰라서 못했다. 우리가 선생님과 학생 사이라는 점, 21년을 더 산 내가 위로를 받았다는 점, 그런 말이 왜 내게 그렇게나 큰 위로가 되었는지 설명할 수 없다는 점 등으로 인해서 그랬는데…… 그 애는 종종 거북이가 좋다거나 꿈이 소설가라고 말했다. 내가 그런 애를 가르치다니.

오후 3시가 지나자 차차 정신이 들어서 정상인 척 아이들과 수업을 했다. 와야 할 아이가 오지 않았고 새로운 아이가 왔다. 차가운 물을 정말 많이 마셨는데 화장실엔 몇 번 가지 않았다. 퇴근을 하고 집 근처 공원을 걸으면서 어떻게 살아야 하나 생각했다. 그 애에게 나를 들킨 것 같아 부끄러웠던 것 같다. 타인의 눈에 내가 사는 모습 그대로가 보인다면 나는 정말 예뻐 보일 수가 없겠구나 싶어 절망했다. 그리고 내가 똥까지 닦아준 아이가 그만둔다는 말을 전해 들은 오후 4시를 복기하면서 그 애가 도대체 왜 그만둔다고 했을까 오래 생각했지만 알 수 없었다. 나 때문은 아니겠지? 나는 불안했다.

19.

　자기 전에 전활 걸어 그의 힘없는 목소리를 들었다. 왜 전화했냐. 그냥 목소리 듣고 싶어서. 내 목소리 싫다면서. 응. 근데 오늘은 듣고 싶네. 참 나. 그는 끝에 혀를 찼다. 별 그지 같은 대화가 아닐 수 없었다. 돌아와주기만을 바랐는데 이상하게 짜증이 났다.

20.

　내가 손이 많이 가지 않을 것 같아서 좋다는 그의 말을 들은 후로, 그에게는 어쩐지 내 얘기를 할 수 없었다. 그도 뻔히 힘든 일이 있을 텐데 싶었고 그가 그런 얘길 나에게 잘 하지 않는 편이어서 나도 그런…… 어떤…… 이를테면 어른같이 행동해야 할 것 같았다. 그의 그런 점이 섭섭하면서도 좋았다. 또 다른 이유도 있긴 한데, 그가 원래 내 이야기를 주의 깊게 살펴 듣는 편이 아니어서 그 내용이 어떤 슬픔과 관련된 것이었을 땐 위로는커녕 실망과 섭섭함이 커져 쓸데없는 싸움으로 번지기도 했기 때문이었다. 글 같은 걸로 고백 같은 건 하지 않으리라 다짐했지만…… 그래도 그는 내가 만난 모든 사람들을 통틀어서 가장 좋아하는 사람이다. 아버지. 그래도라는 말은 이럴 때 쓰는 것 같네요.

21.

그래. 사실 언니는 너에게 화가 나 있어. 네가 일부러 그러는 거라고 확신하고 있어. 넌 마치 내가 힘들길 바라고 있었던 사람처럼 구는구나. 아버지가 구속되고 니 조카가 잘못되기라도 바라는 거야? 갑자기 왜 답장을 보내지 않는 건지 이제는 궁금하지도 않아. 하기 싫으니까 안 하는 거겠지. 그런 거야. 다른 말들은 전부 핑계일 뿐이지. 나 같으면 호주가 아니라 북한에 있다고 한들 지뢰밭을 지나 임진강을 건너서라도 아버지와 너에게 갔을 거야. 알아듣겠니? 니가 어떤 앤지 알겠어? 총살을 당하는 한이 있더라도 난 강을 건넜을 거라구.

22.

주연아. 언니가 미안해. 잘 지내는 거지? 혹시 너도 무슨 안 좋은 일이라도 있는 거야? 발신 취소를 할 수 있었다면 이런 상황은 오지 않았을 텐데.

23.

언니에게 오랜만에 답장을 보냈다.

언니. 나 지금은 언니가 있는 곳 근처에도 가고 싶지가 않아. 그 말도 안 되는 비유도 마음에 안 들어. 당분간 임진강의 ㅇ자도 꺼내지 말아줘. 궁금하지가…… 않다는 말이야. 그러니 내게 잘 지내느냐고도 묻지 말아줘. 이런 내가 잘 지낼 리가 없잖아!

24.

25.

26.

27.

지난 몇 달 동안 나는 그가 잡히지 않길 바라면서 그를 잡을 수 없었고 계속 학원엘 나갔다. 내가 똥을 닦아준 아이가 다시 학원에 나오기 시작했고 몸무게가 7킬로그램이나 빠졌지만 여전히 뚱뚱했고 대학교수의 부친상에 갈까 말까 고민하다가 가지 못했고 몇 없는 친구들과 싸웠다. 나는 사후 장기와 조직 기증 서류에 서명했고 매일 3시간씩 버스 정류장 벤치에 앉아 있다가 아이들과 수업을 하고 돌아와서는 빨래를 돌려놓고 하모니카를 불었다. 그 애는 돌아왔지만 학원생은 점점 줄었고 친구들은 이사를 하거나 낙태를 했고 나는 전보다 가난해졌다. 그 몇 개월은 그렇게 지나갔다. 뭔가 이상했고 웃을 일은 없었다. 나는 시간이 많았지만 뭘 해야 할지 몰랐고 만날 사람이 없었고 그래서 시간이 날 때마다 나에 대해서 자꾸만 생각했으나 알아낸 것은 내가 나 자신을 싫어한다는 것과 그렇다면 나는 나를 잘 아는 사람이라는 것뿐이었다. 나는 무기력해졌고 내다보는 앞날이 짧았다. 다음 달엔 뭘 해야지, 올해가 가기 전에 뭘 해야지 하는 것들도 없었다. 그러자 전처럼 불안하지도 않았다. 성숙한 인간은 타인의 아픔이나 죽음에 대해 고민하지 자기 자신에 대해서 고민하지 않는다고 말한 철학자의 얼굴이 떠올랐다. 한 발자국 떨어져서 생각하면 그저 조금 안타까워하고 말 일을 나는……

28.

주연아.

주연아까지 읽었을 때 나는 울었다. 일단 운 건 어쩔 수 없고 그만 울고 싶었는데 그게 잘 안 됐다. 보는 사람도 없는데…… 그래도 그만 울고 싶었는데. 오래 울었다. 내게 조카가 생겼다는 언니의 이야기가 있을 것 같았다.

오랜만이야.

오랜만이야까지 읽고 나는 더 크게 울었다.

29.

보고 싶다.

30.

밤을 꼴딱 새우고 학원에 도착했을 때 여덟 살인 여자아이가 문 앞에서 울고 있었다. 그 애는 엄마와 신경전을 벌이면서 점점 더 크게 울었다. 나는 학원으로 들어갔다. 10분이 지났고 다른 아이들이 자꾸 밖을 내다보며 누구냐고 물었고 왜 우느냐고 물었다.
뭐가 그렇게 궁금한 게 많아. 이거나 해.
라고 말했지만 나도 걔가 왜 우는지 궁금했다.
평소엔 호기심이 많아야 한다면서요.
나는 그 말에 대꾸를 하지 못했고 나가서 말했다.
제가 잘 데리고 들어갈게요.
나는 그 애를 안았다.
선생님이랑 한 바퀴 걷다가 들어갈까?

그 애가 고개를 끄덕여서 나는 눈물에 젖은 그 애의 작은 손을 잡고 오래된 아파트 상가를 한 바퀴 돌았다. 날씨가 좋았다. 우리는 마을버스 정류장 벤치에 앉았다.

선생님도 어제 울었다?

듣는 건지 마는 건지 믿는 건지 못 믿는 건지 상관없이 나는 고백했다.

진짜야. 어제 울었어. 사람들은 원래 다 울어. 그러니까 창피해하지 않아도 돼. 울 수도 있지 뭐. 앞치마 이거 눈물 때문에 젖었네. 이거 마르면 들어가자. 날이 따뜻해서 금방 마를 거야.

왜 그랬지? 나는 정말이지 말이 많은 인간이 아닐 수 없다. 다시는 애들한테 이런 말 하지 말아야지……. 나는 학원을 그만두지 않고도 애들에게 그런 말을 하지 않을 수 있을까?

31.

집에는 아무도 없었다. 나는 하니를 내려놓고 쓰레기장 같은 집을 둘러보았다. 하니가 여기저기를 쑤시고 다녔다. 하니야, 여기 재밌지?

언니는 배가 주렁주렁 달린 배나무 아래에서 담배를 피우고 있었다. 언니는 거지 같았다. 나는 언니와 집으로 돌아왔다. 이틀에 걸쳐 집을 치웠고 그사이 언니는 몸을 씻고 밥도 먹었다. 형부가 언니에게 준 안개꽃 다발은 집을 치우면서 버렸다. 내가 그 집에 머문 2주일 동안 아무도 집에 들어오지 않았다.

주연아. 이런 게…… 어려운 일이 아니다?
뭐가.
너랑 함께 있으니까 힘이 나는 것 같아.
무슨 힘이 나.
왜. 니 얼굴 보니까 이제 다시 잘 살 수 있을 것 같은데.
뭘 어떻게 잘 살아.
지금의 나를 세 번째 나라고 생각하면 되지.
언니.
진짜 나는 어디선가 되게 잘 살고 있는 거야.
도대체 어디서.
어디로 할까?
나는 언니의 눈을 봤다.
아. 그리고 진짜 너도.

우리는 많은 밥을 먹고 담배를 나눠 피웠다. 언니는 담배를 피우자마자 이불 속으로 들어갔다. 먼저 잠든 언니를 나는 오래 바라보았다. 내가 언니, 하고 부르자 언니는 몸을 뒤척이며 부웅- 하고 길게 방귀를 뀌었고 하니가 고개를 들어 좌우를 살폈다. 나는 언니가 그동안 내게 보낸 메일들을 다시 읽으면서 앞으로는 절대 희망적인 글을 쓰지 않으리라 다짐했다.

이주란

2012년 〈세계의문학〉 신인상에 단편소설 〈선물〉이 당선되었다.

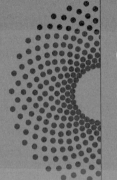

여행자들의
지침서

정지돈

톰 매카시(Tom McCarthy)가 옥스퍼드를 그만두지 않았다면, 그
가 옥스퍼드를 그만두고 베를린에 가지 않았다면, 베를린에서 스
트리퍼를 하지 않았다면, 암스테르담에서 몸을 팔며 바텐더를 하
지 않았다면 어떻게 되었을까.

　그러나 그런 일은 일어나지 않았다. 만약은 세상에서 가장 무의
미한 말이다. 만약에 당신에게 만약에, 라고 말하는 사람이 있다면
그 사람의 말은 믿지 마라. 만약이란 욕망을 비추는 거울이다.

⊙

　톰 매카시는 암스테르담에서 몸을 팔다 사이먼 크리츨리(Simon
Critchley)와 만났다. 사이먼은 대머리에 턱수염을 기른 대학원
생으로 철학을 전공했으며 죽음과 남자, WWE(World Wrestling

여행자들의 지침서

Entertainment)에 관심이 많았고 손톱에는 늘 때가 끼어 있었지만 구두는 비싼 것만 신었다. 톰과 사이먼은 처음 만난 날 이후 더 이상 섹스를 하지 않았다. 둘 다 서로의 취향이 아니었다. 사실 톰은 게이도 아니었다.

◉

사이먼은 톰에게 소설을 써보는 게 어떠냐고 제안했다. 톰이 그에게 고민 상담을 했기 때문이다. 톰은 당시 자신의 상태를 정확히 설명하지 못했지만 어쨌든 열심히 이야기했다. 그는 자신의 내부에 기이한 열정이 있어 아무것도 참지 못하거나 또는 참지 못하는 것을 참지 못한다고 했다. 사이먼은 알아듣지 못했다. 톰이 다시 말했다. 그러니까 저는 어떤 일을 꾸준히 하는 것을 원하지 않는데 사실 꾸준히 하지 않는 것도 원하지 않습니다.

◉

톰의 그런 성향은 인간관계에도 영향을 미쳤다. 그는 어떤 연인과도 두 달 이상 관계를 유지하지 못했고, 관계를 유지하지 못한다는 사실을 참지 못했다. 반면 어떤 상황에서도 발기는 오래갔다(사이먼이 직접 확인했다).

중요한 문제는 톰의 욕망이었다. 톰은 자신이 무엇을 욕망하는지 몰랐다. 그러나 중요한 건 무엇을 욕망하느냐가 아니었다. 욕망은 대상의 문제가 아니다. 진짜 문제는 대상이 아니라 너야. 사이먼이 말했다. 톰, 그러니까 너의 상태는 이렇게 요약돼. 너는 a를 하고 싶은 것도 아니지만 하고 싶지 않은 것도 아니야. 바꿔 말하면 너는 하고 싶지 않은 것도 아니지만 하고 싶지 않지 않은 것도 아니란 말이야. 너는 일종의 유빙(floating ice)이야. 깨어진 커다란 얼음 조각, 부서진 파편이자 찌꺼기, 녹아내리는 떠돌이 빙산. 욕망은 해류고 바다고 다른 빙산이며 심해고 북극곰이며 오로라야.

사이먼의 말에 톰은 뭔가 찌릿한 것을 느꼈다. 사이먼은 소설을 쓰는 것(또는 아무런 글이나)만이 톰이 할 수 있는 유일한 일이라는 결론을 내렸다. 왜? 톰이 물었다. 써보면 알게 돼. 사이먼이 말했다.

◉

사이먼은 당시 니스(Nice)에서 박사 과정을 밟고 있었다. 논문 주제는 레비나스와 데리다 사이에 드러난 죽음과 동성애의 역학 관계로, 그가 교수가 되고 난 뒤 좀 더 쉽게 다듬어진 형태로 출간됐다. 제목은 《레비나스는 데리다와 잤는가(The Eros of Deconstruction: Derrida and Levinas)》로 프랑스에서 먼저 출간되었으며 후에 미국에 번역됐는데, 학계가 사이먼에게 등을 돌린 계기 중 하나가 되었다. 사이먼은 톰에게 그걸 노린 거였다고 주장했지만 마음속으로는 섭섭하기 이를 데 없었다. 학계에선 연구의 핵심을 놓치고 있었다. 톰은 걸작의 최우선 조건은 아무런 관심도 받지 않는 거라네, 친구, 라며 사이먼을 위로했지만 전혀 위로가 되지 않았다.

시간이 지나 그 위로가 되지 않는 위로는 톰에게 고스란히 돌아왔다. 톰이 자신의 첫 소설 《찌꺼기(Remainder)》를 출간했기 때문이다. 사이먼이 톰에게 소설을 쓰라고 권한 뒤 5년 만의 일이며, 사이먼의 책이 나온 지 1년 만의 일이었다.

톰은 런던의 바비컨 센터(Barbican Centre)에서 이 소설을 썼으며 탈고하는 날 템스 강변을 거닐며 형용하기 힘든 기분에 휩싸였다. 때는 가을이었는데 어깨에 떨어진 낙엽을 털어내는 중년 남자가 지나갔고 계절에 맞지 않게 짧은 치마를 입은 적갈색 머리의 미국 여자가(분명 미국 여자였다) 톰에게 미소를 건넸다. 톰은 태어나서 처음으로 뭔가를 완수했으며 어쩌면 이 소설이 대단한 결과를 불러올지도 모른다고, 유수의 언론과 잡지에서 격찬을 받게 될지도 모르며 적갈색 머리의 미국 여자와 기이하고 낭만적인 페티시 섹스를 하게 될지도 모른다는 상상을 했다.

톰의 기대와 다르게 《찌꺼기》는 영국의 거의 모든 출판사에서 출간을 거절당했다. 톰은 자존심을 버리고 옥스퍼드 대학 출판부(Oxford University Press)에까지 원고를 보냈는데 거기선 답신도 없었다. 좌절한 톰을 구해준 건 이번에도 사이먼이었다. 사이먼은 파리에서 소규모 출판사를 하고 있는 친구에게 톰의 원고를 건네주었다. 메트로놈 프레스(Metronome Press)라는 이름의 출판사로 주로 예술 잡지를 출간했는데 종종 실험적이고 형편없는 소설이나 시도 내곤 했다. 얼마 후 알폰소(Alphonso)라는 이름의 나이 지긋한 편집자가 톰을 만나러 영국으로 왔다. 톰은 알폰소를 데리고 자주 가던 이스트엔드오브런던(East End of London)의 카페로 갔다. 알폰소는 외눈박이로 왼쪽 눈에 안대를 끼고 있었다. 톰은 어쩌다 그리됐냐고 물었다. 알폰소는 카푸치노를 시키며, 선천적으로 왼쪽 눈이 안 보인다고 했다. 태어남의 문제였지요. 대신 그는 남들이 못 보는 것을 본다고 말했다. 톰은 혹시 알폰소가 유령이라도 보는 것은 아닐까, 기대감에 가득 차 뭘 보느냐고 물었다. 알폰소는 거들먹거리는 미소와 함께, 당신의 작품 같은 숨겨진 걸작을 보지요, 라고 대답했다. 톰은 알폰소에게 자신이 들은 대답 중 가장 실망스러운 대답이라고 대답했다.

1. 펀처 A(Puncher A)

톰이 사이먼의 충고를 받아들여 소설을 쓰기 시작한 때로 돌아가자. 톰은 암스테르담 생활을 정리하고 런던으로 돌아왔지만 머물 곳이 없었다. 집으로 들어가는 건 용납할 수 없었다. 아버지의 끔찍한 코크니 사투리(Cockney Dialect)를 다시 듣느니 목을 매는 게 나았다. 톰은 일부러 웨일스 사투리를 썼는데 덜떨어져 보이는 덴 제격이었다. 사이먼은 그게 무슨 미친 짓이냐고 편잔을 줬지만 그러거나 말거나 톰은 늘 웨일스 사투리를 구사했다. 술에 취했을 때는 자신도 모르게 코크니 사투리가 나왔다.

처음 몇 달은 켄싱턴 가든(Kensington Garden)에서 노숙을 했다.

그 이후엔 우연히 만난 트랜스젠더들과 함께 페컴(Peckham) 지역의 공립 주택을 점거하고 살았다. 골 때리는 시간이었다. 같은 방에 살던 사라 월트맨(Sara Waltman)은 모로코 태생의 트랜스젠더로 뻑뻑한 수염이 가득한 턱을 들이밀며 키스를 해댔다. 입을 맞출 때마다 볼이 시뻘겋게 달아올랐다. 먹고사는 데 문제는 없었지만 글을 쓸 환경은 아니었다. 텔레비전이고 뭐고 아무것도 없었고 책 한 권 제대로 읽을 수 없었다. 톰은 결국 옥스퍼드 동창인 제임스에게 전화를 걸었고 제임스는 바비컨 센터에 입주해 있던 친구, 펀처 A를 소개시켜줬다.

펀처 A? 이름이 뭐 그래?

톰이 말했다.

펀처 A. 보통은 A 펀처라고 해.

그게 무슨 차이야?

몰라. 다들 그렇게 불러.

펀처 A는 골드스미스(Goldsmiths, University of London) 출신의 주목받는 화가였다. 바비컨 센터에 입주한 지는 6개월가량 됐는데 룸메이트를 구한다고 했다. 돈은 필요 없었다. 어차피 공짜로 입주해 있는 상태였기 때문이다. 그는 단지 외로움을 견디기 힘들어서 룸메이트를 구한다고 했다.

게이인가?

아니. 반대야. 여자라면 환장을 하지.

펀처 A의 집은 하수구 같았다. 톰은 평생 그렇게 냄새나는 집은 본 적이 없었다. 펀처 A는 아무 데나 침을 뱉고 오줌을 눴다. 톰은 바로 청소를 시작했고 집을 깨끗이 하는 데 한 달이 걸렸다.

펀처 A는 짧은 곱슬머리에 작달막한 키, 뺨에 난 긴 칼자국이 인상적인 청년으로 평소에는 잘 웃고 잘 울고 잘 먹었지만 해만 지면 사람이 돌변해 켄타우로스라도 되는 양 거리로 나가 시비를 걸고 다녔다. 동네 사람들은 펀처 A를 악마의 자식이라며 슬금슬금 피했다. 그럴만한 것이 밤만 되면 시뻘겋게 피칠갑을 한 펀처 A가 거리를 어슬렁거렸기 때문이다. 꼬리가 달려 있어도 이상할 거 없는 형상이었다. 주머니엔 늘 스미스 앤드 웨슨 38구경을 넣고 다녔는데 본인 말을 따르면 한 번도 쏜 적이 없다고 했다.

펀처 A의 그림은 근육질의 남성과 성기를 연상케 하는 조형물이 덕지덕지 붙은 자기과시적이고 글램록적이며 계시적이고 신화적인, 일종의 산업폐기물로 톰이 봤을 땐 폐기가 시급했다. 톰은 펀처 A가 왜 주목받는 신진 작가가 됐는지 알 수 없었다. 마이클 크레이그 마틴(Michael Craig Martin)을 패기라도 한 걸까.

그건 내가 외롭기 때문이야.

펀처 A가 말했다.

뭐라고?

외로움은 그림을 강하게 만들지. 스트롱.

톰은 뭐라 할 말이 없어, 아무튼 개성은 있다고 말했다.

개성 따위 엿이나 먹으라고.

펀처 A가 대답했다.

톰이 펀처 A의 집에 들어간 그해, 영국은 시끌벅적했다. 오아

시스와 라디오헤드의 앨범이 빅히트를 쳤고 《해리 포터》 시리즈의 첫 책이 나왔으며 찰스 사치(Charles Saatchi)의 〈센세이션(Sensation)〉전은 대성황을 이루었다. 토니 블레어는 문화부 장관 크리스 스미스를 앞세워 엄청난 돈을 문화예술계에 퍼부었다. 안타깝게도 펀처 A는 〈센세이션〉전에 포함되지 못했는데, 펀처 A는 그게 찰스 사치가 자신을 무서워하기 때문이라고 했다. 어쨌건 톰에겐 그 모든 난리 법석이 먼일처럼 느껴졌다. 톰은 바비컨 센터의 칙칙한 회랑을 유령처럼 떠돌아다니며 글을 쓰기 시작했다. 그가 처음 글을 쓸 때 떠올린 사람은 펀처 A였다.

펀처 A는 소위 yBa(young British artists)니 하는 골드스미스 동창들을 개똥으로 생각했는데, 사실 뒷구멍으로는 그들의 정보를 수집하고 있었다. 주목받는 신인 작가였던 그가 전시에 참가하지 못한 건 다른 이유가 아니었다. 그에겐 제대로 된 작품이 없었다. 쌈박질이 끝나면 그림을 그린다고 만날 밤을 새웠지만 완성은 못 했다. 스튜디오에 드러누워 갱영화나 그래픽 노블을 지칠 때까지 보며 자기혐오를 껌처럼 질겅질겅 씹어댔기 때문이다.

톰이 뭐 하냐고, 그림 안 그리느냐고 물으면 펀처 A는 이마로 흐르는 핏물을 닦으며 모르겠다고 대답했다. 자신이 정말 작가로 성공하고 싶은지, 그림을 그리고 싶은지 정말 잘 모르겠다고 했다. 그러고는 잠이 들었고 밤이 되면 손에 투명 글러브라도 낀 것처럼 벌떡 일어나 거리(streetring)로 입장했다.

톰의 소설은 피투성이가 된 A가 정신을 차리는 장면에서 시작한다. A가 정신을 차린 곳은 페컴 지역의 어느 뒷골목으로 부러진

이와 쥐똥, 구겨진 명함이 그의 곁에 나뒹굴고 있었다. A는 기억을 더듬었지만 왜 자신이 그곳에 누워 있는지 알 수 없었다. 명함에는 〈하운드앤드피시(Hound and Fish)〉 에디터 조제프 코신스키(Joseph Kosinski)라고 쓰여 있었다. 처음 보는 이름이었고 처음 보는 잡지였다. 〈하운드앤드피시〉라. 무슨 일이 있었던 걸까. A는 고민한다. A는 생각한다. 그러나 A는 자신의 이름조차 기억할 수 없고, 기억나는 거라곤 오직 자신의 아버지가 삼류 영화배우였다는 사실, 어머니는 약물 과다 복용으로 생을 마쳤다는 사실뿐이다.

톰이 여기까지 소설을 쓰는 데 석 달이 걸렸다. 마음에 들지 않았다. 마음이 끌리고, 거기에 따라 머리를 짜내 만들어낸 설정이었지만 쓰고 보니 얼기설기한 기억을 꿰매고 조잡한 지식을 덕지덕지 기워 만든 헛소리에 불과했다. 물론 아주 재미없는 건 아니었다. 사이먼은 그런대로 읽어줄 만하다고 했다. 그렇지만 더 이상 이야기를 풀어나갈 용기가 나지 않았다. 뭐가 문제인 걸까. 톰은 바비컨 센터 구석에 있는 자신의 전용 자리에 앉아 생각했다. 흰색 원형 테이블이 희뿌옇게 빛을 발했다. 피투성이가 되어 쓰러진 A는 마음에 들었다. 주인공은 처음부터 다시 시작해야 해. 톰은 생각했다. 왜냐하면 이전까지의 삶에서는 건져낼 수 없는 무언가를 건져내야 하기 때문이다. 그게 뭘까. 톰은 벌떡 일어나 머리를 쥐어뜯었다. 조금 전의 질문은 틀려먹었어. 그건 단지 질문을 위한 질문, 생각을 가장하기 위한 질문일 뿐이야. 갑자기 자신이 머리를 쥐어뜯는 모습이 영화나 소설에서 본 모습, 인위적인 흉내에 불과하다는 생각이 들었다. 모든 게 어색했고 가짜 같았다. 다시 시작하고 싶었지만, 어디서부터 어떻게 해야 할지 알 수 없었다. 이게 다 펀처 A 때문이야. 그를 모델로 삼은 게 결정적인 실수라는 생각이 들었다.

2. INS(International Necronautical Society)

1999년 12월 14일 자 〈타임스(The Times)〉 1면에 INS라는 단체의 선언문이 실렸다. INS는 인터내셔널 네크로노티컬 소사이어티의 약자로 국제죽음항해단체 정도로 번역할 수 있다. 선언문의 내용은 다음과 같다.

1. 우리는 죽음을 원하거나 원하지 않는다.
2. 죽음은 우리 곁에 있다. 사물에 사람에 바람에 에스프레소에 신문에 아스팔트에 클리토리스에.
3. 죽음 없이는 어떠한 아름다움도 없다.
4. 아름다움은 없다.
5. 그리고
6. 우리의 목표는 죽음을 실어 나르는 것이다. 죽음은 전쟁, 기아, 질병, 소행성 충돌과 같은 공포 속에서 인류를 구원할 것이다.

 Cras Ingens Iterabimus Aequor

INS의 선언문은 즉각적인 호응과 공포, 의문, 멸시, 비웃음, 환호를 이끌어냈다. 런던 경찰은 INS의 선언을 잠재적인 테러 위협으로 간주하고 블랙리스트에 INS를 추가했으며 단체의 정체와 구성원, 소재 파악에 들어갔다. 예술계는 선언문을 보는 즉시, 이것이 일종의 패러디, 초현실주의자나 미래주의자 들의 선언문을 20세기 말에 반복했다는 사실을 눈치챘으며, 이것이 신자유주의 체제 아래 순응적으로 변해가는 예술계에 가하는 일종의 훅이 될 거란 기대에 찼다. 〈옵서버(Observer)〉의 제임스 퍼던(James Purdon)과 〈아트 먼슬리(Art Monthly)〉의 마르쿠스 페어하겐(Marcus Verhagen)은 INS와 INS가 패러디한 20세기 초 선언들을 분석한 특집 기사를 썼다. 일군의 작가와 화가들은 INS의 선언문을 못 본 척하거나 실제로 못 봤으며 봤다 한들, 단순한 해프닝, 무가치하고 어리석으며 치기 어린 아마추어들의 잔치로 취급했다. 어쨌거나 INS의 존재에 대한 이야기는 구구하게 퍼져나갔고 이는 선언문 발표 이후 이어진 INS의 활동에 대한 관심을 증폭시키는 계기가 됐다.

INS는 선언문 발표 이후, BBC 라디오 망을 해킹해 해적 광고를 내보냈으며(News from Death), 터너상(Turner Prize)을 패러디한 터닙상(Turnip Prize)을 서머싯(Somerset) 지방의 촌구석 웨드모어(Wedmore)의 조지 호텔(George Hotel)에서 개최했다. 터닙상 후보에는 가장 노력이 적게 든, 완벽하게 무성의하고 무의미한 작품들이 선정되었으며 첫해에는 배관공 제프 콘돔(Jeff Condom)의 《구미 베어의 혼란(Confusion of Gummy Bear)》에 수상의 영광이 돌아갔다. INS는 상황주의 이후 가장 거센 파급력을 가진 예술, 정치 운동으로 거론되었으며 수많은 혐오자와 추종자를 양산했다.

여기까지가 사이먼 크리즐리가 톰 매카시에게 설명한 INS의 큰 그림이었는데, 톰 매카시는 사이먼의 망상에 어디까지 호응해야 할지 갈피를 잡을 수 없었다. 물론 INS는 사이먼 혼자 시작한 것이 아니었다. INS는 톰과 사이먼의 대화 중에 나온 것으로 죽음과 문학, 테러리즘을 결합한 진지하고 유머러스한 미래주의의 공포 버전에 대한 톰 매카시의 꿈과 사이먼의 목표가 결합된 것이었다. 그러나 대화 이후 톰은 소설을 쓰느라 INS의 존재에 대해 잊고 있었고, 사이먼은 정교수 자격을 따느라 여차여차한 것을 생각할 틈이 없었다. 그랬던 사이먼이 INS를 다시 떠올린 건 1999년의 어느 여름날이었다.

런던만큼 공중화장실 안내서가 발달한 곳도 없다. 서점에 가면 약 스무 종의 공중화장실에 관한 책을 찾을 수 있는데, 이들 모두 오직 런던의 공중화장실에 대한 내용을 담고 있다. 그중 하나인 폴 그루스키(Paul Grusky)의 1923년 작 《누구의 편의를 위한 것인가?(for whom it is beneficial?)》는 공중화장실 안내서계의 고전으로 꼽힌다. 사이먼 역시 그 책을 가지고 있었으며 10대 후반부터 책이 닳도록 반복해서 읽곤 했다. 사실 《누구의 편의를 위한 것인가?》는 공중화장실 안내서가 아니라 게이 섹스 헌팅 가이드북이었다. 공중화장실에 대한 내용이 상세히 나와 있긴 하지만 눈 밝은 게이라면 누구나 알 수 있듯, 폴 그루스키는 섹스하기에 적합한가

적합하지 않은가의 기준으로 화장실을 평가하며 섹스와 헌팅에 유용한 요소를 지속적으로 언급한다. 놀라운 사실은 100년 전이나 지금이나 런던의 공중화장실은 거의 같은 곳에 있으며 그곳에선 여전히 온갖 종류의 게이들이 침을 흘리고 있다는 사실이다.

사이먼은 《누구의 편의를 위한 것인가?》에 영향을 받은 철학책을 구상 중이었다. 섹스와 배변, 죽음이 얽힌 일종의 메타 철학서였는데, 책에는 화장실에서 죽었거나 화장실에서 섹스를 나누는 것을 즐긴 철학자의 목록이 전화번호부처럼 실려 있었다. 사이먼이 홀번(Holborn)의 공중화장실에 들른 그날도, 그는 책에 대한 생각으로 가득 차 있었다. 물론 헌팅에 대한 생각도 그 못지않았지만 말이다.

홀번의 공중화장실은 빅토리아 왕조 시절부터 있던 것으로, 이제는 더 이상 화장실로 기능을 하지 못했다. 런던에는 이런 폐기 처분 직전의 화장실이 수도 없이 많았는데, 어떤 것은 역사적 이유로 어떤 것은 미학적인 이유로 철거를 하지 않고 두었지만, 홀번의 화장실은 그중 어디에도 속하지 않았다. 사이먼이 추측하기에 시 당국의 담당자가 게이라서 철거를 미루고 있는 것 같았다.

안개가 짙은 밤이었고, 낮에 뿌린 비가 거리에 여전히 고여 있었다. 사이먼은 구두가 젖지 않게 주의하며 화장실 벽에 기대 주위를 둘러봤다. 아무도 없었다. 그는 담배를 피워 물고 안으로 들어갔다. 껌벅껌벅하는 형광등이 때에 찌든 타일을 음침하게 비췄다. 벽에 간 금 사이로 빗물이 스며 나왔다. 심장이 두근대고 귓가에 테크노 음악이 울렸다. 성기에 자연스레 피가 쏠렸다. 사이먼은 지저분한 거울 속의 자신을 바라보았다. 수도꼭지에서 석회물이 똑, 똑 떨어졌다.

그때 끼익하는 소리가 들렸다. 거울 속에서 어떤 물체가 움직였다. 거울이 너무 지저분해 정확히 보이지 않았는데 굉장히 큰 키의 사내 같았다. 사이먼은 고개를 돌리려 했지만 꿈쩍도 할 수 없었다. 사내는 서서히 사이먼의 뒤로 다가왔다. 사내는 중절모와 프록코트 차림에 손에는 지팡이를 들고 있었다. 또각또각. 사내의 걸음 소리가 화장실에 울렸다. 순간 소름이 쫙 돋았다. 빅토리아 왕조 시대의 유령이 분명해. 사이먼은 입을 벌렸지만 비명은 나오지 않았다. 유령은 사이먼의 뒤로 바짝 붙어 섰다. 얼굴을 보려 했지만, 유령의 키가 너무 커 거울에는 목까지만 비쳤다. 유령은 손을 뻗어 사이먼의 허리를 붙잡았다. 문득 사이먼의 머릿속에 이 유령이 게이라는 생각이 떠올랐다. 확신에 가까운 직감이었다. 아니나 다를까, 유령은 손을 뻗어 사이먼의 바지를 끄르고 이어 자신의 바지를 끌렀다. 형광등이 짧은 간격을 두고 깜박였다. 절정에 오른 게이 유령은 지팡이로 화장실 천장을 쿵쿵 찔렀다. 믿을 수 없군. 사이먼은 세면대에 상체를 기댄 채 생각했다. 믿을 수 없이 좋군.

뭐랄까, 그건 죽음의 맛이었어. 사이먼이 말했다. 톰은 물끄러미 사이먼을 바라보았다. 이 자식이 드디어 미쳤군. 하지만 그 말을 입 밖으로 내진 않았다. 사이먼은 INS에 대한 구상을 지체할 수 없다고 했다. 이건 일종의 계시야.

빅토리아 왕조의 게이 유령 이야기는 사이먼과 톰, 둘만의 비밀로 남겨두기로 했다. 그들은 선언문을 작성하고 단원을 모으고 홈페이지를 만들고 〈타임스〉에 광고를 냈다. BBC를 해킹했으며 터너상 전시장과 베니스 비엔날레에서 퍼포먼스를 펼쳤고 《Brief of INS》라는 책을 냈다. 호응은 미미했다. 사람들은 죽음에 무관심했고 아름다움에도 무관심했다. 바야흐로 때는 21세기였고, 런던은 명실상부 세계 제1의 금융도시가 되었다. 사이먼의 부모님은 본인이 죽기 전엔 죽음은 생각도 말라고 사이먼을 준엄히 꾸짖었다. 진보적인 분들이었는데도 말이다. 사이먼이 이 죽음은 삶을 가능케 하는 죽음이라고 항변했으나 부모와의 싸움에선 이길 수 없었다.

톰은 펀처 A에 관한 소설을 집어치우고 죽음에 관한 소설을 쓰기 시작했다. 정확히 말하면 죽음 충동이라고 할 만한 어떤 충동에 관한 것인데, 소설 속 주인공은 반복적인 행위에 집착한다. 이를테면 섹스와 폭력, 면도, 금식, 급정거, 악수 따위 말이다. 톰은 바비컨 센터의 전용 자리에 앉아 뭔가에 홀린 듯 글을 쓰고 지우고 책을 읽고 글을 썼다. 얼마 지나지 않아 꽤 두툼한 분량의 소설이 나왔는데, 내용은 하나도 연결되지 않았고 일차원적인 수준의 마조히즘과 사디즘의 나열, 바타유의 어설픈 모작 같은 졸작이 나왔다. 이러한 평가는 사이먼이 내린 거였다. 형편없군. 너도 유령을 만나는 게 좋겠어. 유령은 아직도 섹스를 반복하고 있을 테니까 말이야.

톰은 울화통이 터졌지만 사이먼의 말이 틀린 건 아니었다. 톰은 펀처 A에게 공중화장실의 게이 유령에 대해 말했다. 홀번에 가봐야겠어. 펀처 A는 스튜디오 바닥에 드러누워 톰의 이야기를 들었다.

혹시 모르니 이걸 가져가. 그의 주머니에서 스미스 앤드 웨슨 38구경이 나왔다. 톰이 화들짝 놀라 되물었다. 그건 왜? 그 자식이 유령이 아니면 이걸로 쏴버리라고.

3. 알폰소

알폰소가 첫 소설을 썼을 때 그는 열여덟 살이었다. 1954년이었으며 파리는 아직 전쟁 후유증에서 완전히 벗어나지 못한 상태였고 문학판은 여전히 나치 부역자와 레지스탕스 들, 전(前) 세대의 거장이 뒤섞인 진흙탕이었다. 알폰소는 모리스 르블랑과 심농을 읽었고 보리스 비앙과 포크너, 장 주네와 바타유를 읽었으며 무엇보다 사드를 읽었다. 알폰소가 그 어린 나이에 어찌 그런 작가들을 섭렵하게 됐는지는 묻지 말자. 글을 읽게 되면, 무엇보다 먼저 모험소설을 읽고 추리소설을 읽고 연애소설을 읽으며 아방가르드에 빠졌다가 결국엔 포르노 소설을 읽거나 쓰게 되는 법이니까. 알폰소 역시 그렇게 했다. 알폰소의 외눈은 학창 시절 내내 주목을 받았고 놀림을 받았으며 그를 고립되게 하고 치욕을 안겨줬는데, 뒤늦게 알게 된 사실이지만, 어떤 종류의 치욕은 알폰소에게 기쁨을 안겨줬다. 그는 그 사실을 부모에게도 친구에게도 연인에게도 비밀로 했지만 특정한 종류의 치욕을 찾아 일생을 떠돌게 되고, 그것이 그의 삶을 규정하게 된다.

알폰소의 첫 소설 제목은 〈황무지(Dust)〉였다. 〈황무지〉는 알제리의 사막을 떠도는 노예와 상류층 부인의 사랑 이야기로 난해하고 형편없으며 음란했다. 당연히 소설은 유수의 출판사에서 출간을 거절당했고 알폰소는 원고를 돌려받기 위해 출판사 대부분을 방문해야 했다. 규모가 작은 출판사의 한 편집자는 알폰소에게 차를 대접하며 작품에 대한 충고와 알폰소의 삶에 대해, 이제 겨우 성인이 된 알폰소의 앞날에 대해 사려 깊은 충고를 해줬다. 그러니까 소설을 쓰지 말고 사회에 도움이 되는 일, 엔지니어나 군인이 되라고, 정 글을 쓰길 원한다면 시를 쓰라고, 이제는 시를 쓰는 사람이 많지 않으니 어쩌면 주목을 받을지도 모른다는 충고를 했다.

알폰소는 크게 낙담했으나 포기하진 않았다. 서너 달 정도의 휴지기를 가진 뒤 두 번째 소설을 쓰기 시작했으며, 첫 작품보다 능수능란하고 현학적이며 미묘한 소설이 나왔다고 자평했다. 때는 1955년이었고 그는 두 번째 소설을 탈고한 뒤 기쁨에 취해 친구인 세실과 기로디, 니키 등과 함께 흥청망청 술을 마시고 밤을 새웠으며 아침에 서점을 찾아가 자신의 소설을 출간할 만한 출판사를 찾았다. 서점 주인은 며칠 전에 입고된 기이한 작품이 있다며 알폰소에게 한 소설을 건넸는데, 그건 포르노 소설로 이름난 올랭피아 프레스(Olympia Press)의 책이었으며 제목은 《롤리타》였다.

◉

톰과 알폰소는 첫 만남 이후 두 번의 만남을 더 가졌다. 알폰소가 파리로 돌아가고 한 달이 지난 뒤 톰이 파리를 방문했으며 톰은 그곳에서 알폰소와 함께 메트로놈 프레스의 대표인 클레망틴 (Clémentine)을 만났다. 클레망틴은 30대 중반의 여자로 큐레이터이자 미학자이며 작가였고 알폰소와는 가끔 잠을 자거나 요리를 해 먹고 출판에 대해, 과거의 책과 현재의 책, 유럽과 아프리카 주요 도시에서의 출판과 전시에 대해 의견을 나누는 사이라고 했다.

그들은 생 세브린 가(Rue Saint Severine)의 카페에서 대화를 나눴다. 알폰소는 이번에도 카푸치노를 마셨고 톰은 소다수를, 클레망틴은 맥주를 마셨다. 그녀는 톰의 소설 《찌꺼기》를 메트로놈의 보급판 픽션 시리즈의 첫 권으로 내고 싶다고 했다.

이건 21세기판 '여행자들의 지침서(traveller's companion)'가 될 거예요.

클레망틴이 말했다.

'여행자들의 지침서'요? 톰이 반문했다.

네. '여행자들의 지침서'죠. 클레망틴이 미소를 지으며 답했다.

제 책은 여행이랑 상관없는데요.

'여행자들의 지침서'는 올랭피아 출판사의 보급판 시리즈 이름이었어요. 모리스 지로디아스(Maurice Girodias)의 고육지책이었죠. 클레망틴이 설명했다.

아. 톰은 탄성을 지르며 고개를 끄덕였다. 그러나 실은 모리스 지로디아스가 누구인지 알 수 없었고, '여행자들의 지침서'가 왜 고육지책인지 알 수 없었으며 자신의 책이 왜 여행자들에게 지침서가 되는지 역시 알 수 없었다.

모리스 지로디아스는 훌륭한 사람이었지요. 알폰소가 톰의 생각을 읽은 듯 입을 열었다. 그는 손을 뻗어 클레망틴의 무릎에 얹었다. 클레망틴은 알폰소의 손 위에 자신의 손을 얹었다. 둘의 모습은 연인이나 부녀 관계처럼 보였는데, 다시 말하면 그 사이에서 어쩔 줄 모르거나 어쩌길 원하지 않는 사이처럼 보였다. 제가 처음으로 낸 책이 '여행자들의 지침서' 열네 번째 권이었습니다. 열세 번째 권이 크리스토퍼 로그(Christopher Logue)의 책이었고 열다섯 번째가 존 글라스코(John Glassco)의 책이었지요. 알폰소가 말했다.

아. 톰은 또 고개를 끄덕였지만 크리스토퍼 로그나 존 글라스코 역시 누군지 알 수 없었고 이제 알 수 없는 사람들 얘기는 그만했으면 싶었으며, 이들과 이야기할수록 자신이 여기서 책을 내려고 한 게 옳은 선택인지, 사이먼은 무슨 심보로 이들을 소개해준 것인지 알 수 없었다. 내 소설을 엉망진창으로 만들 게 틀림없어, 톰은 문득 불길한 예감이 들어 알폰소와 클레망틴을 쳐다봤다. 둘은 여전히 손을 잡고 있었는데 그들이 21세기에 도래한 위대한 출판인인지 부부 사기단인지, 그것도 아니면 그저 초라한 몽상가인지 알 수 없었다. 어쩌면 그 셋은 한 몸일지도 몰라. 톰은 생각했다.

알폰소가 어떤 인물인지는 몰라도(알폰소에 대한 평가는 그가 죽고 난 뒤로 미루자) 모리스 지로디아스는 위대한 출판인이자 사기꾼이었으며 범법자이자 몽상가였고 위대한 춤꾼이었으며 지칠 줄 모르는 술꾼이었다.

모리스의 아버지 잭 카한(Jack Kahane)은 헨리 밀러의 《북회귀선》을 출판한 존경받는 출판인이었다. 모리스는 아버지의 유지를 이어받아 출판업에 뛰어들었고 나치 점령하의 파리에서 살아남았으며 올랭피아 출판사를 설립했다. 그러나 모리스의 진짜 적은 나치가 아니라 프랑스 정부였다. 전후 파리는 고리타분해서 출판물에 사사건건 간섭했다. 특히 올랭피아 출판사에 더 그랬는데, 검열관들은 출판사의 이름부터 자신들에게 시비를 건다고 생각했다. 그리고 그 생각은 사실 맞았다.

모리스 지로디아스는 검열관을 약 올리고 교묘히 피해갔으며 끝없이 깐죽댔다. '여행자들의 지침서'는 그러니까 일종의 위장, 보호색이었다. 점잖은 초록색 커버의 이 단순한 시리즈는 막상 펼치면 온갖 음란한 내용으로 가득했다. 모리스는 이 시리즈를 위해 파리의 망명자 군단과 접촉했다. 당시 파리에는 영어를 쓰는 망명자 군단이 있었는데 그들은 〈멀린(Merlin)〉이라는 난해하기 짝이 없는, 그래서 아무도 보지 않고 봐도 이해할 수 없는 잡지를 내며 하루하루 굶주리고 있었다. 모리스는 이들에게 올랭피아에서 단행본으로 멀린 시리즈를 내자고 제안했고 그래서 나온 첫 책이 사뮈엘 베케트의 《와트(Watt)》였다.

망명자 군단은 올랭피아에서 책을 낸다는 사실에 신이 나서 자기들끼리 뭉쳐 공동으로 소설을 써내기 시작했다. 주축은 알렉산더 트로치(Alexander Trocchi)와 크리스토퍼 로그 등이었는데, 그들은 자신의 책에 'DB, Dirty Books'라는 이름을 붙이고, 말 그대로 더럽기 짝이 없는 소설을 썼다. 모리스는 무척 만족스러웠고 자신이 나서서 발문을 쓰고 홍보를 했다.

그때가 명실상부 모리스의 전성기였으며 올랭피아의 짧고 빛나는 활황기였지요.

알폰소가 말했다.

올랭피아에 대한 이야기는 여기까지만 하죠. 클레망틴이 말했다. 알폰소가 고개를 끄덕였다. 그는 아직 자신에겐 무한한 이야기가 남아 있지만 여기서 멈추지 않으면 우리는 아마 열흘 밤을 함께 지새우며 장을 보고 요리를 해 먹어야 할지도 모릅니다, 라고 했다. 톰은 고개를 저었다. 아니요, 충분히 무슨 이야기인지 알겠어요.

그러니까 올랭피아 출판사라는 곳에서 나보코프와 베케트의 작품을 냈다는 거군요.

긴즈버그와 J. P. 돈 레비와 장 주네와 아폴리네르와 사드의 책도 냈지요.

알폰소가 덧붙였다.

아무튼 많은 책을 냈다는 거군요. 톰이 말했다.

그렇죠. 많은 책을 냈습니다.

아직도 나오나요?

아니요. 끝장난 지 오래지요.

알폰소가 말했다.

이베이(ebay)에 가면 중고책을 구할 수 있어요.

클레망틴이 말했다. 알폰소가 웃으며 고개를 끄덕였다.

이베이엔 모든 게 다 있지요.

○

알폰소는 첫 소설을 출간하고 파리를 떠났다. 당시 모리스 지로디아스는 부업으로 나이트클럽을 경영하고 있었다. 셰 보드카(Chez Vodka)라는 이름의 나이트클럽으로 13세기풍의 화려한 극장에 사드의 작품을 공연으로 올리는 해괴한 콘셉트의 클럽이었다.

파리를 떠야 해, 알폰소.

모리스는 그렇게 말했다. 자신은 매일 밤 술을 마시고 춤을 추며 흥청망청 놀지만, 이건 아무것도 아니라고, 자신은 사실 밤만 되면 견딜 수 없는데 그건 어둠 속에서 파리의 검열관들이, 자신의 아버지인 잭 카한이, 마르키스 드 사드와 괴벨스가 쫓아오기 때문이라고 했다. 내 출판 경력은 끝장났어. 겨우 10년도 못 해먹었는데 말이야.

모리스는 보드카를 잔에 가득 채우며 말했다. 알폰소는 모리스처럼 성공한 작자가 왜 이러는지 이해할 수 없었지만, 모리스의 술주정과 우울증은 연식이 꽤 오래된 거였고, 이해할 수 없지만 이해가 되지 않는 건 아니었다.

파리는 가망이 없어, 알폰소.

알폰소는 고개를 끄덕였다. 그러나 어디로 가야 할지, 어디로 가서 무엇을 할지, 파리를 뜬다고 해서 더 좋은 소설을 쓸 수 있을지 알 수 없었다. 알폰소는 두렵고 불안했으며 흥분되기 시작했다.

이걸 받게.

모리스가 테이블 아래서 갈색 가죽 가방을 꺼냈다. 가방에는 지폐가 가득했다.

두 번째 소설의 선인세라고 생각해.

모리스가 말했다. 알폰소는 이렇게 큰돈은 받을 수 없다고 했다. 모리스는 고개를 흔들었다.

큰돈이 아니야, 알폰소. 돈은 클 수 없네. 내가 돈을 벌며 유일하게 깨달은 사실이라네.

알폰소는 갈색 가죽 가방을 들고 알제리로 갔다. 1961년이었고 알제리의 독립 투쟁은 최고조에 달해 있었다. 모리스는 알폰소가 떠나고 사드의《규방철학》을 과격하게 각색한 공연을 클럽에 올렸으며, 그로 인해 영업정지를 당하고 파산한다. 그는 1962년 파리를 떠나 뉴욕으로 가지만 이후의 삶은 실패의 연속이었다.

알폰소는 알제리가 독립하고 새 소설을 쓰기 시작했고 아직까지 그 소설을 쓰고 있다고 말했다.

톰과 알폰소는 파리에서의 만남 이후 석 달이 지나고 런던에서 다시 만났다. 잔잔히 비가 뿌리고 있었고 회색 구름이 카페 테이블 위로 쏟아질 듯 낮게 깔려 있었다. 알폰소는 톰의 소설《찌꺼기》를 건네주었다.《찌꺼기》의 표지는 '여행자들의 지침서'에서 거의 색만 바꿔놓은 것처럼 보였다. 다음 주 배본 예정입니다.

알폰소가 말했다.

톰은 표지가 마음에 들었다. 자신의 소설과 어울리지 않았기 때문이다. 사실 이런 표지는 어떤 소설과도 어울리지 않을 것이다. 마찬가지로 자신의 소설 역시 어떤 표지와도 어울리지 않을 것이다.

좋아요. 톰이 말했다.

제 책이 다음 권으로 나올 겁니다.

알폰소가 말했다. 알폰소는 웃고 있었고 처음 봤을 때보다 노쇠했으며 지쳐 보였다. 톰은 새 작품이 마음에 드느냐고 물었다. 알폰소는 미소를 머금은 채 잠시 뜸을 들였다. 런던의 궂은 날씨도 아랑곳하지 않는 편안한 표정이었다.

클레망틴이 말했지요. 선인세는 없다고.

알폰소가 대답했다.

정지돈

1983년 대구에서 태어났다. 2013년 〈문학과사회〉 신인상에 단편소설 〈눈먼 부엉이〉가 당선되었다. 후장사실주의자.

오아시스

조수경

1.

커다란 방울뱀이 귓속을 파고들었다. 나는 눈을 떴다. 잠에서 완전히 깨어난 뒤에야 귓가에 감겨든 것이 뱀이 아닌 뉴스 시그널뮤직이라는 사실을 깨달았다. 소리는 침실에서 흘러나왔다. 7시에 알람을 맞춰둔 라디오가 작동된 것이었다. 습관적으로 일어나려다 말고 나는 다시 몸을 늘어뜨렸다. 오늘은 쉬는 날이었다.

어젯밤, 나는 욕조에서 잠이 든 모양이었다. 어쩌면 침실에 누워 있다가 새벽녘에 빠져나온 건지도 몰랐다. 또 어쩌면 주방에 늘어져 있다가 이리로 옮겨온 건지도. 욕조에 웅크린 채로 파괴된 기억을 복구해보려 했지만 소용없는 일이라는 걸 이미 잘 알고 있었다. 나는 천천히 몸을 일으켰다. 바닥에 깔아둔 러그에 검붉은 얼룩이 선명하게 남아 있었다. 얼룩은 욕실 밖 거실에서부터 길게 이어지고 있었다. 두 팔을 들어 눈앞에 가져다 댔다. 팔등과 손목 여기저기에 자해의 흔적이 보였다. 허벅지에는 제법 큰 상처가 있었다. 살점이 깨끗하게 찢기지 않은 걸 보면 이번에 사용한 것은 면도칼이 아닌 듯했다. 스테이크용 나이프 혹은 작은 톱 같은 것으로 그야말로 살점을 썰어낸 상흔이었다. 기억은 전혀 없었다. 약에 취했을 때의 일을 기억할 수 없게 된 건 이미 오래전이었다. 손상된 시간 속의 나는 요즘 들어 자해하는 취미를 새로 붙인 모양이었다.

G는 알몸인 채로 침대에 엎드려 자고 있었다. 2년 전 네바다 주에 흘러든 뒤로 쭉 같이 살고 있는 멕시코 출신 여자였다. 구릿빛 피부 덕분에 G의 엉덩이는 더욱 탄력적으로 보였다. 육중하게 솟아난 둔부에 꽂혀 있던 시선을 거두고 등과 팔, 다리를 찬찬히 훑어보았다. 다행히 아무런 상처가 없었다. 나는 침대에 걸터앉아 G의 엉덩이를 어루만지면서 생각했다. 중독된 걸까. 아니었다. 아직은 스스로 충분히 조절이 가능했다. 차를 몰고 벌판까지 달려가도 갑갑증이 사라지지 않을 때에만 약에 의지하는 정도였다. 잠에서 깨어난 G가 내 쪽으로 고개를 돌렸다.

키스해줘.

G는 눈을 감은 채로 중얼거렸다. 나는 상체를 숙여 이마에 가볍게 입을 맞추었다. G가 내 목을 끌어안으며 모로 누웠다. 나는 한 손으로 여체의 아름다운 능선을 오르내리며 G의 입술을 맞받았다.

방 안에 공기처럼 떠다니던 낮은 목소리가 이제 막 밀착되려는 두 덩어리의 육체 사이로 끼어들었다. 나는 G에게서 몸을 뗐다. 뉴스 앵커는 인근의 사막에서 신원을 알 수 없는 여성의 시신이 발견됐다는 소식을 전하고 있었다. 도보 여행자들에 의해 발견된 시신은 이미 오래전에 사망한 것으로 추정된다고 했다. 이 부근에서는 간혹 있는 일이었다. 이곳뿐만 아니라 애리조나나 뉴멕시코, 텍사스 주에서도 이따금씩 일어나는 일이었다. 이곳의 기온은 사람을 죽이기에 충분할 만큼 뜨거웠다.

후안, 왜 그래?

G가 내 턱을 끌어당겼다. 헤이즐넛 빛깔 눈동자에 정염의 기운이 촉촉하게 감돌았다. G는 내 이름이 발음하기 어렵다며 끝 자인 '환'으로만 불렀는데, 그마저도 제대로 발음하지 못했다. 앵커는 다음 뉴스를 전했다. 연예계 소식이었다. 연인이 세상을 떠난 뒤로 노숙 생활을 시작해 화제가 됐던 배우가 거리에서의 삶을 청산하고 집으로 돌아갔다고 했다. G가 다시 한 번 내 턱을 세게 당겼다.

아냐, 아무것도.

고개를 저으며 웃어 보이자 G는 내 몸 위로 천천히 올라타며 길게 혀를 내밀었다. 혀끝에 달린 은색 피어싱이 반짝였다. G가 내 몸 구석구석을 정성껏 애무하는 동안 나는 천장에 매달려 빙글빙글 돌아가는 팬을 바라봤다. 쉼 없이 움직이는 물체 위로 그녀의 얼굴이 겹쳐졌다.

그녀는 아직도 사막을 여행 중일까.

2.

2년 전, 그녀는 한국에서 불쑥 이곳으로 날아왔다. 내가 네바다
주에 이사 오고 몇 달 지나지 않았을 때였다. 그녀를 다시 본 건
10년 만이었다. 그 10년 전에 그녀와 이별을 했고, 나는 곧바로 미
국으로 건너왔다. 그 후에도 종종 연락을 주고받기는 했지만 갑작
스러운 방문에 나는 반갑기에 앞서 조금 당황했다. 전화를 받고
그녀가 말한 곳으로 달려갔을 때, 그곳에 정말 그녀가 서 있었다.
라스베이거스 한복판에, 작은 가방 하나만 달랑 메고서.

짐은 그게 전부야?

가장 먼 곳을 여행할 때는 오히려 가방이 가벼운 법이지.

그녀는 눈썹과 어깨를 동시에 올렸다 내리며 수수께끼 같은 말
을 지껄였다.

그녀를 데리고 가까운 레스토랑에 들어갔다. 비행기에서 아무것
도 먹지 못했다는 그녀는 음식이 나오기가 무섭게 포크를 집어 들
었지만, 몇 술 뜨지 못하고 주먹으로 가슴을 쾅쾅 두드렸다.

며칠 여행할 거야.

알약과 물을 삼키고 나서 그녀가 말했다.

같이 가줄래?

그녀는 무릎에 펼쳐둔 냅킨으로 입가를 닦아내며 내 눈을 응시
했다. 나는 좋아, 하고 대답했다. 그때는 아직 일자리를 구하기 전
이었다. 먼저 스트립을 돌아보고 마음이 내키면 그랜드캐니언까지
다녀올 수도 있었다.

아니, 그런 데 말고. 아무것도 없는 곳에 가보고 싶어. 이를테면 사막의 한가운데 같은.

그녀는 샴페인 잔을 비웠다. 사막의 한가운데라고? 나는 속으로 되물었다가 이내 고개를 끄덕였다. 그건 지극히 그녀다운 선택이었다.

내일 당장 떠나자.

그렇게 말하고 그녀는 이제 막 생각났다는 듯이 덧붙였다.

참, 하룻밤 정도는 재워줄 수 있겠지?

나는 곧바로 대답할 수 없었다. G와 함께 살기 시작한 지 얼마 되지 않았을 무렵이었다. G와 내가 서로를 사랑하는 건 아니었다. 그저 같이 살고, 같이 잠을 자고, 역할을 분담하고, 서로에게 필요한 것을 채워주는 효율적인 관계일 뿐이었다. 설령 G가 나의 연인이었다고 해도 그녀를 예전에 사귀었던 여자 친구라고 소개하면 그만이었다. 생각은 그렇게 하면서도 쉽게 대답이 나오지 않았다. 머릿속에 뭔가 엉켜 있는 기분이었다.

사촌이라고 해. 같이 사는 여자한테는.

그렇게 말하고 그녀는 창가로 고개를 돌렸다. 그 뒤로 그녀는 별말이 없었다. 그녀를 데리고 집으로 가는 길에 나는 연거푸 담배를 피웠다. 내내 굳은 표정이었던 그녀는 현관문이 열리기 전까지 근육을 이리저리 움직이며 활짝 웃는 연습을 했다. 나는 G에게 그녀를 '프렌드'라고 소개했다. 그녀는 G와 가볍게 포옹하며 상냥한 미소를 지었다. G의 혀끝에 달린 피어싱을 보고 귀엽다는 칭찬까지 해주었고, 그녀의 말에 G는 한동안 혀를 내밀고 바보처럼 웃었다. 그녀와 G, 그리고 나는 소파에 둘러앉아 맥주를 마셨다. 주로 그녀와 G 두 사람이 떠들었고 둘은 하나의 이야기가 끝날 때마다 과장된 웃음을 터뜨렸다. 먼 곳에서 날아와 고단하다며 먼저 자리에서 일어나는 그녀를 G가 방으로 안내했다. 잘 자라는 인사를 건네고 그녀가 방문을 닫았을 때 G는 얼굴에 띄우고 있던 웃음을 곧바로 거두었다.

아직도 사랑해?

G의 물음에 나는 대답하지 않았다. 맥주 몇 캔을 더 마신 뒤 G에게 이끌려 침실로 들어갔고 몇 차례 섹스를 했다. 그날따라 G는 유난히 교성을 내질렀지만 내 신경은 온통 옆방에 쏠려 있었다. 벽 하나를 사이에 두고 그녀가 누워 있을 거라는 생각을 하자 몸은 수축되는 대신 한없이 팽창했다. 다음 날 아침 주방에서 그녀와 마주쳤을 때, 나는 그녀의 눈을 바로 볼 수 없었다. 그녀를 두고 밤새 외도를 하다 돌아온 기분이었다.

3.

10여 년 전, 그녀와 나는 서로에게 중독되어 있었다.

우리는 대학에 갓 입학한 신입생이었다. 그 나이 때는 흔히들 자신의 삶이 온통 비극으로 이루어져 있다고 믿었다. 그렇게 스스로를 특별한 존재로 만들고 자기감정에 빠져든 채 술을 마셨다. 그녀도 다르지 않았다.

나는 행복하면 불안해.

술에 취해 영화에나 나올 법한 대사를 중얼거리는 그녀에게 사랑을 느낀 것도 그 나이 때였기에 가능한 일이었다.

잠시도 떨어지기 싫었던 우리는 학교에서 가까운 연희동에 방을 얻었다. 지방 출신인 그녀는 부모님께 기숙사에서 생활한다고 거짓말을 했다. 서울에, 그것도 학교에서 그리 멀지 않은 곳에 살고 있던 나는 갖은 핑계를 대고 겨우 집을 나왔다.

그 작은 방에서 벌어지는 일들이 우리에겐 모두 처음이었다. 우리는 아침에 눈을 뜨자마자 서로에게 얽혀들었다. 현관 밖으로 한 발자국도 나가지 않는 날들이 많았다. 난생처음 맛보는 쾌락에 빠져 있기 때문이기도 했지만, 그보다 우리는 완전히 하나가 되었다는 사실 자체가 좋았다. 섹스 후에도 나는 그녀에게서 몸을 빼지 않았다. 살갗만 스쳐도 불쾌감이 치미는 계절에조차 우리는 서로의 손을 놓지 않았고, 겨울에는 기다란 목도리로 두 사람의 목을 함께 감고 다녔다.

해가 바뀌고 겨울방학이 끝나가던 어느 날이었다. 잠결에 서늘한 기운을 느끼고 눈을 떴을 때, 그것이 그저 느낌이 아니라는 것을 깨달았다. 어두컴컴한 방에서 그녀는 내 머리맡에 무릎을 꿇고 앉아 있었다. 희고 가느다란 두 팔을 치켜든 채로. 단단하게 모아 쥔 두 손에는 과도가 들려 있었고 칼끝은 나를 향해 있었다. 내가 잠에서 깨어났다는 것을 알아차리고 그녀는 흐느끼기 시작했다. 심장에 칼날 대신 눈물이 내리꽂혔다.

왜 울어?

나는 그녀가 나를 겨누고 있는 것보다 울고 있다는 사실에 더 당황했다.

이 행복도 결국은 끝나버리고 말 테니까.

그녀는 칼을 높이 든 자세 그대로 앉아 어깨를 들썩거렸다. 나는 아무 말 없이 그녀의 허리를 끌어안았다. 그리고 배꼽부터 천천히 핥기 시작했다. 그녀의 울음은 점차 가느다란 신음으로 변했고 곧 우리는 하나가 됐다. 그날, 잠이 들 때까지 그녀는 손에 쥔 칼을 놓지 않았다.

학년이 올라갈수록 동기들은 우울한 감상에서 탈피해 현실로 뛰어들었다. 오로지 그녀 혼자 아직도 젖을 떼지 못하고 우는 아이 같았다. 그녀는 우리의 사랑이 끝나버릴 것을 두려워하며 이별이란 단어를 자주 입에 올렸다. 하지만 이별을 선언하고 며칠이 지나면 나에게 전화를 걸었다.

나 지금 죽어버릴 거야. 죽어버릴 거라고.

그때마다 나는 그녀가 있는 곳으로 달려갔다. 때론 모텔 방에서, 때론 낯선 동네의 놀이터에서, 때론 고층 빌딩 계단에서 그녀는 손목을 긋거나, 수면제를 삼키거나, 허리띠로 목을 졸랐다. 그것이 단순히 사랑을 확인하는 방식이라는 걸 알면서도 나는 망설임 끝에 결국 그녀에게 달려갔다. 아니, 어쩌면 그녀는 정말 죽을지도 몰랐다. 사랑하는 사람에게 영원토록 잊히지 않는 방법은 스스로 목숨을 끊는 일뿐이라고 말하는 그녀였다. 그녀는 기꺼이 불행을 선택하는 사람이었다. 오직 나만이 그녀를 구원해줄 수 있다는 어리석은 믿음. 그렇게 몇 년을 더 보내고 난 뒤에야 나는 그녀가 불행 안에 머물러야 하는 사람이라는 걸 인정하게 되었다. 그녀가 또다시 이별을 이야기했을 때 나는 미국으로 떠났다. 아니, 도망쳤다.

제일 먼저 자리를 잡은 곳은 로스앤젤레스였다. 그곳에서 학교에 다녔고 졸업할 때까지 살았으니 미국 땅에서 가장 오래 머문 곳이었다. 로스앤젤레스에서는 J와 함께 살았다. 섹스 파티에서 만난 알코올에 중독된 여자였는데, 언젠가 내가 술병을 빼앗자 끓는 물에 손을 집어넣으며 울부짖었다. J로부터 달아나 샌프란시스코로 떠났고, 또다시 뉴욕으로, 마이애미로 옮겨 다니다 이곳 네바다주까지 오게 된 것이었다. 집에서 차를 몰고 30분만 달려가도 메마른 벌판이 나오는 곳. 그녀로부터 벗어나 미국까지 날아왔지만 늘 어둡고 축축한 무언가가 내 발목을 잡고 있는 기분이었다. 그녀가 뿜어내는 불행의 기운이 이곳까지 뻗칠 때면 나는 한없이 우울해져 광야로 나갔다. 세상에서 가장 황량한 곳에 가면 알 수 있을 것 같았다. 나는 죽고 싶은가 아닌가. 텅 빈 땅의 한가운데에 서 있으면 살고 싶다는 욕망이 아지랑이처럼 피어올랐고 그 사실에 안도했다.

4.

그녀와 나는 사막으로 떠났다. 정해놓은 코스도 목적지도 없이 남동쪽으로 차를 몰았다. 그녀는 조수석에 깊숙이 몸을 기대고 앉아 창밖으로 보이는 돌산을 가리키며 저쪽으로, 저쪽으로, 하고 외쳐댔다. 그녀는 꽤 들떠 보였고 나는 덩달아 기분이 좋아졌다. 운전을 하는 동안 나는 이따금씩 그녀의 옆모습을 훔쳐봤다. 그녀가 웃을 때마다 눈가에 가느다란 주름이 파였다. 10년 전에는 없던 것이었다. 그 미세한 주름이 그녀가 걸어온 아득한 길처럼 느껴져 나는 담배를 꺼내 물었다.

미르는?

문득 그녀가 기르고 있다는 고양이가 떠올랐다. 가끔 통화를 할 때면 그녀는 미르 얘기를 빼놓지 않았다. 어떤 날은 수화기 너머로 가냘픈 울음소리가 들리기도 했다. 5년 전에 미르와 가족이 된 그녀는 미르가 창밖으로 달아나거나 어느 날 돌연하게 죽어버리지는 않을까 불안해했다. 나에게도 미르 사진을 몇 장 전송해주었는데, 옅은 회색 털에 호숫빛 눈동자를 가진 고양이였다. 사진을 볼 때면 미르를 감싸고 있는 가느다란 팔이나 미르가 베고 있는 하얀 맨다리 쪽에 눈길이 더 오래 머물렀다. 그녀는 돌봐야 할 대상 때문에 집에 일찍 들어가게 된다고 말했는데, 그 애틋한 가족을 두고 어떻게 이 먼 곳까지 여행을 왔나 싶었다.

미르도 데려왔지.

응?

그녀는 아무 말 없이 가방을 뒤적거렸다. 가죽으로 만든 작은 주머니를 꺼내 끈을 풀고 안에 있는 것들을 털어냈다. 그녀의 손바닥에 작은 돌멩이가 수북이 쌓였다. 대부분은 회색이었고 옥색이나 옅은 분홍색 돌도 섞여 있었다.

미르야.

그녀가 손을 내 쪽으로 뻗었다. 털이 북슬북슬하던 고양이가 반짝거리는 메모리얼 스톤으로 변해 있었다.

미르가? 갑자기 왜?

그녀는 입술을 굳게 닫아버리고 손바닥에서 빛나는 작은 돌멩이들을 가만히 쓰다듬었다.

죽기 전에 다 삼켜버릴 거야. 그럼 영원히 함께할 수 있겠지.

미르를 도로 주머니 안에 집어넣으며 그녀가 중얼거렸다.

같은 필름을 반복해서 돌리는 것처럼 창밖으로 비슷한 풍경이 이어졌다. 바싹 마른 흙과 자갈, 빛바랜 풀, 그리고 간간이 보이는 돌산이 전부였다. 도로 위에 달리는 차라고는 그녀와 내가 탄 차가 전부였다. 창밖으로 다리를 내밀고 있던 그녀가 갑자기 자세를 바꾸며 차를 세우라고 소리쳤다.

이제부터는 내가 운전할 거야.

나를 끌어 내리고 그녀는 어깨를 한 바퀴 크게 돌렸다. 내가 아는 그녀는 운전에 영 재능이 없었다. 그녀가 국제운전면허증을 소지하고 있는지조차 알 수 없었지만 나는 순순히 조수석에 올라탔다.

길이 하나야! 이 넓은 곳에 길이 이거 하나뿐이라고!

그녀는 비명 같은 웃음을 내지르며 속도를 올렸다. 중앙선을 마음대로 넘나들며 클랙슨을 길게 울려댔다. 창문을 열자 뜨거운 바람이 몸을 밀치고 들어왔다. 그녀에게 세상 모든 길은 미로였다. 몇 년을 살면서도 그녀는 서울에서 종종 길을 잃곤 했다. 학교 앞에서 헤맬 때도 있었고 부모님이 계신 고향 집에서도 마찬가지였다. 내가 미국으로 떠나온 뒤에도 그녀는 쭉 연희동 부근을 벗어나지 않았다고 했다.

적어도 여기서 길 잃을 일은 없겠다. 어디로 가야 할지 고민할 필요도 없고.

그녀는 혼잣말처럼 말했다. 한 손으로는 바람에 흩날리는 머리칼을 쉴 새 없이 귀 뒤로 넘기면서.

5.

그녀와 나는 시간에 상관없이 길을 따라 달렸다. 배가 고프면 레스토랑이 나올 때까지 차를 몰고 가 끼니를 때웠고 화장실이 급할 땐 도롯가에 차를 세우고 바싹 마른 흙바닥에 작은 웅덩이를 만들었다. 도로에는 여전히 그녀와 내가 탄 차가 유일했고 이따금씩 화물을 싣고 달리는 대형 트럭과 마주칠 뿐이었다.

해가 떨어지자 사방에 빛이라곤 자동차 헤드라이트 불빛이 전부였다. 유령처럼 떠 있는 빛을 따라 얼마간 달리자 낡은 모텔이 나왔다. 그녀는 아무렇게나 주차한 뒤에 차에서 내렸다. 나는 차를 다시 반듯하게 세워놓고 시동을 껐다. 모텔 입구로 걸음을 옮기자 사방을 찬찬히 둘러보며 서 있던 그녀가 내 옆에 바싹 붙어 섰다.

으스스해. 영화에서 보면 꼭 이런 데서 살인 사건이 일어나곤 하잖아.

그렇게 말하고 그녀는 칼을 쥐고 나를 찌르는 시늉을 했다. 바닥에 누워 있는 두 개의 그림자가 히치콕 감독의 영화 속 한 장면에나 나올 법한 기괴한 이미지를 만들었다.

먼저 모텔 문을 열고 들어가던 그녀가 하악, 하고 숨을 내뱉으며 뒷걸음질 쳤다. 이 일대에 서식하는 방울뱀이 그녀와 나를 향해 입을 크게 벌리고 있었다. 털이 붉은 여우는 며칠을 굶주린 듯 기가 죽은 모습으로 서 있었고, 칠면조는 암컷을 유혹하는 듯 꼬리 깃털을 부채처럼 펼치고 아름다움을 과시하는 중이었다. 벽에는 버펄로 머리가 모자처럼 단정하게 걸려 있었다. 곧 조악하게 만든 박제품이라는 걸 깨달은 그녀가 나를 돌아보며 피식 웃었다.

여기 지하실 어딘가에 20년쯤 갇혀 지낸 여자가 있을 거야. 어쩌면 이미 박제됐는지도 모르지.

체크인을 하는 동안 그녀가 내 귀에 대고 속삭였다. 내내 끔찍한 말들을 농담처럼 던지던 그녀는, 그러나 잠자리에 들기 전 문과 창문이 잘 닫혔는지 거듭 확인했다. 그것만으로는 마음이 놓이지 않는지 침대 옆에 놓인 의자를 끌어다 문에 기대놓았다.

이곳에선 물을 자주 마셔야 해. 의식적으로.

나는 침대로 기어들려는 그녀에게 물병을 건넸다.

알아. 이미 여러 번 말했잖아.

그녀는 귀찮다는 듯 중얼거리고 물병 주둥이에 그대로 입을 대고 물을 마셨다. 이곳 사람들은 그 사실을 잘 알고 있으면서도 여전히 탈수증으로 죽었다. 기온이 높아 땀을 많이 흘리지만, 워낙에 건조한 지역이라 땀이 배출되는 즉시 증발돼버리는 바람에 수분을 빼앗기고 있다는 사실조차 인지하지 못하는 것이었다.

그런데 말이야.

그녀가 다시 물병을 내게 건네며 말했다.

물을 안 마시는 거, 꽤 괜찮은 방법이겠다.

무슨?

자살 방법으로.

넌 여전하구나.

나는 한숨을 길게 쉬며 침대에 누웠다. 그녀가 아이처럼 웃으며 내 옆에 자리를 잡았다. 팔을 반으로 접어 베개처럼 베고 나를 빤히 들여다보던 그녀가 눈을 슬쩍 피하며 말문을 열었다.

아, 그 여잔 어때? G라고 했던가?

무심한 표정이었지만 그녀는 평소보다 높은 톤으로 말하고 있었다.

네바다 주에 온 지 얼마 되지 않았을 때였다. 스트립 근처에서 저녁을 먹고 나오는 길에 싸움을 목격했다. 레스토랑 주차장 구석에서 남자 둘이 바닥에 쓰러진 누군가를 폭행하고 있었다. 그냥 지나치려다가 걸음을 멈췄다. 맞고 있는 쪽은 여자였다. 나는 차에서 총을 꺼내왔다. 만일 그들도 총을 가지고 있다면. 불길한 생각이 머릿속을 스쳤지만 발길은 이미 그들에게 향하고 있었다.

여자에게서 물러나.

총을 겨누자 그들이 양손을 높이 들며 저항할 의사가 없음을 표시했다.

꺼져버려.

그들은 한 발 한 발 뒷걸음질 치다 반대쪽으로 달렸다. 달아나면서도 여자에게 욕설을 퍼부었다. 그들이 시야에서 사라진 뒤에 쓰러져 있는 여자에게 다가갔다. 바닥에 짙은 갈색 머리칼이 오염된 강물처럼 흘러내리고 있었다.

　괜찮아?

　여자는 피에 엉겨 붙은 머리카락 사이로 희미하게 웃어 보였다. 병원에 데려다주겠다고 하자 여자는 상처를 소독하는데 보드카 한 병이면 충분하다고 말했다. 나는 여자를 차에 태우고 가까운 바에 갔다. 함께 술을 마셨고, 여자를 데리고 집에 갔고, 자연스럽게 침실로 들어갔다. 비치. 후커. 에이치, 아이, 브이. 여자를 품에 안았을 때 토막 난 말들이 귓가를 떠돌았다. 여자를 폭행하던 치들이 퍼붓던 말이었다. 그들이 했던 말을 되뇌며 나는 여자의 몸 안으로 천천히 들어갔다. 그 여자가 G였다. G에 대해 어떻게 설명해야 할지 몰라 적당한 말을 고르고 있을 때, 그녀는 미간을 좁히고 나를 바라봤다.

　너랑은 이제 안 해.

　그렇게 말하고 그녀는 내 품을 파고들며 눈을 감았다.

6.

　대답 금지 게임.

　스테이크 하우스에서 주문한 음식이 나오길 기다리고 있을 때 그녀가 말했다. 창 너머로 메마른 땅 위에 석양이 뒤덮이는 풍경을 바라보다가 그녀 쪽으로 고개를 돌렸다. 그녀의 한쪽 얼굴에도 태양 빛이 내려앉고 있었다. 도시에서 보는 것보다 훨씬 검붉은 빛이었다. 이곳의 모든 생물과 무생물이 지니고 있는 빛을 태양이 모조리 빨아들인 것만 같았다.

내가 먼저 시작할게. 첫 번째 질문. 솔직히, 나 여기 왔다는 전화 받고 귀찮았지?

당황하긴 했지만 귀찮은 건 아니었다. 순간적으로 억울한 마음이 들어 물음에 답하려는데 그녀가 검지를 길게 뻗어 내 입을 막는 시늉을 했다.

기억 안 나? 어떤 질문에도 대답할 수 없다는 거.

룰은 잘 알고 있었다. 대답 금지 게임은 10여 년 전 우리가 즐겨 하던 놀이였다. 물론 그녀가 고안한 것이었다. 그녀의 질문은 그녀답게도 늘 자학적인 면이 있었다. 질문을 해놓고 대답을 듣지 않겠다는 태도 역시 그랬다. 그 질문이란 것에는 이미 스스로 만들어놓은 해답지가 첨부되어 있었고, 대답을 하지 못하는 상대방을 보면서 자신의 해답지에 오류가 없음을 확인하는 것과 같았다. 그렇게 함으로써 스스로를 비극에 몰아넣는 것이 그녀가 이 게임을 통해 얻고자 하는 것이었다.

네 차례야.

그녀가 턱 끝으로 나를 가리켰다.

집에서 재워달라고 한 거, 일부러 그런 거지? 내가 다른 여자랑 사는 거 보면서 괴로워하려고.

아직도 이런 놀이를 하고 있는 그녀에게 화가 나 나도 모르게 공격적으로 말했다. 그녀는 아주 짧은 순간 미세하게 미간을 찌푸리며 입술을 깨물었다. 이내 만면에 미소를 띠며 그녀가 물었다.

고등학교 동창들이랑 경포대로 여행 갔을 때, 다른 여자랑 잤지?

너야말로 그때 하루 종일 연락 안 되던 날, 그 강사 새끼랑 잤지?

야, 그건…….

대답은 금지돼 있다며.

그녀가 내 말을 무시하고 다시 뭔가 설명을 덧붙이려고 할 때, 주문한 음식이 나왔다. 그녀는 말없이 고기를 썰었다. 칼질을 할 때마다 반쯤 익힌 고기에서 핏물이 흘렀다. 나는 눈동자만 위로 굴려 그녀를 훔쳐봤다. 눈 밑이 푹 꺼졌고 피부는 푸석푸석했다. 그녀는 매일 밤 악몽을 꾸는 듯했다. 잠결에 그녀는 매일 같은 사람의 이름을 불렀다. 고함을 지를 때도 있었고 흐느껴 울기도 했다. 그렇게 잠에서 깨어나면 가방에서 알약을 꺼내 물도 없이 삼키거나 어두운 방 한쪽에 놓인 의자에 정물처럼 앉아 있었다. 그녀의 어깨에 손이라도 얹으면 바싹 말라버린 흙더미처럼 온몸이 단숨에 바스러질 것만 같았다. 내가 할 수 있는 거라곤 그녀의 마른 등을 바라보면서 그녀가 애타게 부른 그 사람에 대해 생각해보는 것뿐이었다. 나는 손을 뻗어 그녀의 고기를 썰어주었다.

그런데 말이야.

기분이 조금 나아졌는지 그녀가 입을 열었다.

방금 서빙한 사람, 아까 낮에도 본 사람 아냐?

응?

아까 우리 낮에 맥도널드 들렀을 때. 그때 본 사람들 기억나? 빨간 머리에 얼굴엔 주근깨투성이고 뻐드렁니를 한 사람들. 저길 봐.

나는 그녀가 가리킨 쪽을 슬쩍 돌아봤다. 과연 그녀가 말한 것처럼 빨간 머리에 주근깨가 잔뜩 박힌 사람들이 일하고 있었다.

저 사람, 분명 맥도널드에서 본 사람이야. 저기 저 사람도. 다른 레스토랑에 가도 저 사람들이 일하고 있을 것만 같아. 내가 미쳐가는 걸까?

그녀는 두려운 얼굴이었다. 그녀를 안심시킬 수 있는 말을 찾으려고 나는 마음이 조급해졌다.

아! 왜 그런지 알 것 같아.

감탄하듯 내지르는 말을 듣고 그녀는 불안한 눈동자를 나에게로 옮겼다.

지금까지 미국 인구의 70퍼센트가 백인이라는 말을 믿지 않았거든. 어딜 가든 멕시칸, 흑인, 아시아인이 넘쳐나니까. 이제 보니 그 70퍼센트는 모조리 사막에 살고 있었군. 저희들끼리 이곳에서 결혼하고 애를 낳고, 그 애가 또 이곳에서 난 아이와 결혼하고, 다시 아이가 태어나고⋯⋯. 닮을 수밖에. 그냥 그런 것뿐이야.

나의 설명을 듣고도 그녀는 두려운 눈빛을 풀지 않았다. 주방에서, 카운터에서 지루한 표정으로 일하고 있는 비슷한 생김새의 사람들을 바라보며 그녀가 중얼거렸다.

미쳐가고 있는 거야, 내가.

7.

사막의 한가운데에서 그녀는 점점 우울에 빠져들었다. 머리 위에 떠 있는 태양보다 더 뜨거운 것이 그녀 내부에 자리 잡고 있어 정신과 육체 모두를 바싹 말려버리는 것만 같았다.

화석이 되어버린 관계.

오래전 그녀와 헤어지고 시간이 흐르면서 나는 그런 생각을 했다. 한때는 분명 가슴속에서 살아 움직이던 대상이었으나 이제는 그저 화석으로 남아버린 존재. 흔적은 또렷이 남아 있으나 과거의 시간 속에 존재할 뿐 더 이상 현재의 삶에 아무런 영향을 줄 수 없는 사람. 하지만 그녀와 여행을 하는 동안 나는 다시 그녀를 구원해줄 사람은 오로지 나뿐이라는 확신에 사로잡혔다. 그녀를 설득해 플로리다 주까지 가보기로 했다. 수분이 가득한 공기와 파란 바다, 신선한 해산물 같은 것들이 그녀에게 도움이 될 거라고 믿었다.

창밖으로 끝도 없이 펼쳐지던 사막은 이제 옥수수 밭으로 변해 있었다. 달려도 달려도 온통 옥수수 밭뿐이었다. 조수석에 앉은 그녀는 따분한 듯 선글라스를 코 밑까지 끌어 내렸다 다시 올려 쓰기를 반복하더니 발을 올려 발가락으로 글러브 박스를 열었다.

와, 이거!

그녀가 감탄하며 상체를 글러브 박스에 바짝 붙였다.

이거, 진짜야?

총을 들고 이리저리 살펴보면서 오랜만에 그녀 얼굴에 생기가 돌았다.

누굴 쐈본 적 있어?

아직은.

그녀는 총부리를 내 머리에 대고는 입으로 빵, 하는 소리를 냈다. 그러고는 방향을 틀어 총을 제 관자놀이에 대고 한동안 생각에 잠겨 있더니 고개를 절레절레 흔들며 다시 글러브 박스 안에 집어넣었다.

마약은 해봤어?

그녀는 호기심 많은 어린아이 같은 얼굴로 나를 바라봤다.

대마초, 코카인, 매직 머시룸 조금씩. 왜, 뭐가 궁금한데?

어떤 기분이야?

글쎄……. 예전에 뉴욕에 살 때, 친구 중에 제시란 녀석이 있었거든. 제시가 자기 사촌 중에 매직 머시룸을 재배하는 놈이 있다면서 한번 가자는 거야. 그래서 갔지. 제시랑 제시 사촌, 그리고 나까지 셋이서 그걸 먹고는 뒷마당에 있는 수영장으로 뛰어나갔어. 누가 먼저랄 것도 없이. 해가 쨍쨍 내리쬐는 환한 대낮이었는데, 셋 다 뭘 봤는지 알아?

뭔데?

불꽃놀이. 펑. 펑. 펑.

그녀는 그게 어떤 기분일지 상상해보는 듯 눈을 가늘게 뜨고 먼 곳을 바라봤다. 그러다 긴 한숨을 내쉬며 말했다.

그나저나 넌 이제 미국 사람 다 됐구나.

그녀가 탄식하고 있을 때, 멀리에서부터 비행기 한 대가 낮게 날아왔다. 옥수수 밭에 약을 뿌리는 비행기였다. 비행기가 지나가고 얼마 뒤에 검은 먹구름이 몰려왔다. 먹구름이라고 하기엔 너무 낮게 떠 있었고 게다가 아주 빠른 속도로 움직였다. 그것은 순식간에 차 앞 유리를 뒤덮었다. 딱. 딱. 따닥. 따다닥. 따다다닥. 우박이 떨어지는 것처럼, 혹은 누군가 돌멩이를 던지는 것처럼 뭔가 차 유리에 부딪혔다. 그건, 메뚜기 떼였다. 나는 차를 세웠다. 앞 유리는 시야가 막힐 만큼 금세 까만 메뚜기 떼로 뒤덮였고, 옆 유리에도 저희들끼리 엉겨 붙은 작은 곤충이 버글거렸다. 메뚜기들은 유리에 달라붙어 다리를 느리게 움직였다.

차 돌려.

응?

차 돌리라고! 돌아가자고!

그녀는 거의 비명을 질러댔다. 나는 와이퍼를 작동시켰다. 와이퍼가 밀어낸 자리에 끊임없이 메뚜기 떼가 날아들었다. 차를 돌리고 속도를 올렸다. 제법 많은 메뚜기 떼가 떨어져나갔지만 일부는 와이퍼에 긴 채로 유리창에 누렇고 끈끈한 액체를 남겼다. 그녀는 눈을 질끈 감았다.

재앙 같아.

그녀는 메뚜기 떼가 살갗에 들러붙기라도 한 것처럼 자꾸만 손으로 몸을 털어냈다.

8.

함께한 여행의 마지막 날, 우리는 사막의 한가운데에 있는 '오아시스'에서 묵었다. 입구에 야자수 모양의 네온 등을 켜놓은 모래 먼지로 뒤덮인 모텔이었는데, 이름과는 달리 급수 상태가 썩 좋지는 않았다.

태양이 아직 머리 위에 떠 있었지만 그녀는 내 손을 끌고 주차장으로 나갔다. 당장 메뚜기 사체를 닦아내라는 것이었다. 양동이에 물을 떠 와 죽은 메뚜기들을 닦아내는 동안, 그녀는 의자를 가져다 주차장 한가운데에 놓고 멍하니 앉아 있었다. 땡볕 아래에서 몸을 움직이니 금세 현기증이 일었다. 차 안에 있던 생수병을 꺼내 물을 들이켰다. 미지근하게 데워진 물이 식도를 타고 넘어간 자리마다 갈증이 거친 풀처럼 새로 돋아났다.

물을 마셔. 의식적으로.

앞 유리에 물을 끼얹으며 그녀에게 말했다. 그녀는 내 말을 듣는 둥 마는 둥 한곳에 시선을 고정한 채로 무릎을 끌어안았다. 그녀는 바위를 바라보고 있었다. 볕도 공기도 뜨거워 주변의 모든 사물이 하나둘씩 가볍게 떠올랐다가 증발되는 듯한 착각이 일었다.

뭘 보는 거야?

저기, 뱀이 있어.

그녀가 가리키는 곳에 바위가 보였다. 불길처럼 피어오르는 아지랑이 사이로 바위 옆에 비슷한 색깔의 외피를 가진 방울뱀이 똬리를 틀고 있었다.

숫. 숫.

그녀는 입술을 뒤틀며 기분 나쁜 소리를 냈다.

그만해.

숫. 스웃.

그만하라니까!

그녀가 뭔가 불길한 것들을 불러들이고 있는 것만 같아 나는 소리를 질렀다. 아랑곳하지 않고 그녀는 더 크고 더 소름 돋는 소리를 냈다.

숫. 숫. 스으웃.

뱀이 세모꼴의 머리를 그녀 쪽으로 치세웠다. 그리고 꼬리를 미세하게 떨며 방울 소리를 냈다. 그녀와 뱀이 마주 보고 있는 기괴한 장면을 바라보다가 나는 허벅지를 긁었다. 언제인지 모르게 벌레에 물린 자리였는데, 가만 보니 그것이 꼭 뱀의 독니에 물린 자국 같다는 생각이 들었다. 다시 고개를 들었을 때, 아지랑이 사이로 뱀처럼 혀를 날름거리는 그녀와 그녀 발밑에서 일제히 꼬리를 파르르 떨고 있는 수십 마리의 방울뱀을 보았다. 누군가 등에 찬물을 끼얹은 것처럼 척추를 타고 서늘한 기운이 올라왔다. 나는 눈을 비볐다. 눈앞에 떠다니는 것이 아지랑이인지, 뱀인지, 그녀인지 분간할 수 없었다.

그날 밤, 그녀는 잠결에 몸을 심하게 뒤척였다. 예의 그 이름을 부르며 입술을 달싹거리기도 했다. 나는 자리에서 일어나 그녀를 바라봤다. 달빛에 물들어 파리해진 피부 밑으로 푸른 혈관이 길게 뻗어 있었다. 웅크리고 누운 그녀의 몸이 바르르 떨렸다. 마치 단단한 밧줄에 포박돼 자유롭게 움직일 수 없는 것처럼. 나는 그녀의 이름을 불렀다. 그녀는 여전히 꿈속에 머무르며 주먹을 꼭 쥐었다.

죽여버릴 거야.

그녀가 소리쳤다. 동시에 그녀가 눈을 떴다. 그녀는 웅크린 자세 그대로 텅 빈 눈을 뜨고 방 안을 둘러봤다.

비겁한 새끼.

꿈이라는 것을 깨닫고 그녀가 낮게 중얼거렸다. 그러고도 한동안 거친 숨을 몰아쉬며 울었다. 손톱을 세워 제 젖가슴을 후벼 팠다. 그녀는 입술을 씹으며 후회하게 만들 거야, 라고 말했다. 평생 잊지 못하게 해줄 거야, 라고 한 것도 같았다. 나는 작은 돌멩이처럼 도드라진 그녀의 굽은 등뼈만 내려다봤다. 끝내 나는 그녀에게 왜 우느냐고 묻지 못했다. 지난 10년이라는 세월 동안 그녀가 어떻게 살아왔는지도 묻지 못했다. 묻는다고 해서, 또 그녀가 말해준다고 해서 알 수 있는 일도 아니었다. 너무 먼 곳에서부터 멀어진 느낌이었다. 다시 그녀의 삶과 내 삶의 톱니를 맞물릴 용기가 생기지 않을 만큼.

다음 날, 아침을 먹으면서 그녀는 혼자 여행하겠다고 말했다. 딱딱하게 구워진 토스트와 식어버린 커피를 마시면서 그녀는 유쾌한 듯 떠들었다.

좀 걷다가 지치면 히치하이크를 할 거야. 영화에서 본 것처럼.

그녀는 엄지를 세우고 팔을 위아래로 흔들면서 웃었다. 나는 깊숙이 파인 티셔츠 안으로 드러난 그녀의 하얀 젖가슴을 바라봤다. 손톱에 뜯긴 상처마다 선홍빛 진물이 흐르고 있었다.

나는 그녀를 남겨두고 차에 짐을 실었다.

차에 오르기 전 그녀가 내 이름을 불렀다. 돌아보니 그녀가 말없이 손을 흔들었다. 누군가 내 이름을 제대로 발음해준 것은 실로 오랜만이었다.

라스베이거스로 돌아오는 길에 나는 혼자였다. 숨 막힐 듯 뜨거운 공기와 끝없이 이어지는 비슷한 풍경 때문에 같은 구간을 반복해서 달리고 있다는 착각이 일었다. 나는 의식적으로 물을 마셨다. 사막 한가운데에 남아 있을 그녀를 생각하며 도시를 향해 빠르게 차를 몰았다.

그날 이후로 지금까지 그녀에게선 아무런 연락이 없었다.

9.

내 아랫도리에 얼굴을 처박고 있던 G가 나무를 타고 오르듯 배와 가슴을 짚으며 다가와 입을 맞추었다. 팬은 쉬지 않고 돌았다. 나는 G를 바라봤다. G는 뱀처럼 길게 혀를 내밀고 내 입술을 핥았다. 혀끝에 달린 은색 피어싱에서 방울 소리가 날 것만 같았다. 축축한 혀가 닿을 때마다 G의 피에 흐르고 있는 뜨거운 독이 내 몸 안으로 스며드는 기분이었다. G의 얼굴 위로 그녀의 얼굴이 겹쳐졌다. 사막의 한가운데에서 뱀을 마주 보고 있던 그녀의 모습이.

어쩌면 나는 G를 처음 만난 그날부터 G에게서 그녀를 본 건지도 몰랐다. 그녀로부터 도망친 나는 또 다른 그녀를 찾았다. 로스앤젤레스에서 함께 살았던 J도, 샌프란시스코의 X도, 뉴욕의 B도, 모두 그녀가 벗어놓은 허물들이었다.

라디오에서는 아직도 노숙 생활을 끝낸 배우와 그의 죽은 연인에 대해 이야기하는 중이었다.

그는 결국 돌아갈 거야. 그의 거리로.

나는 모국어로 중얼거렸다. G는 잠시 멈칫하다가 고개를 갸웃하며 웃었다.

후안, 방금 뭐라고 한 거야? 달콤한 말? 아니면 더러운 말?

재미있다는 듯 깔깔거리며 G는 내 입술을 물었다.

그녀는, 아직도 여행 중일까.

천장에서 빙글빙글 돌아가는 팬을 바라보며 중얼거리다 나는 눈을 감았다.

조수경

1980년에 태어났다. 2013년 〈서울신문〉 신춘문예에 단편소설 〈젤리피시〉가 당선되었다.

홍로

최정화

그가 대학 동창들과 함께 홍로를 따러 가자고 했을 때 그녀는 식탁과 냉장고 사이에서 멈춰 섰다. 그녀는 마늘장아찌가 담긴 반찬 통을 들고 있었는데 반찬을 꺼내려고 했던 것인지 아니면 냉장고에 집어넣으려고 했던 것인지 순간 헛갈렸다. 동창이라는 단어가 그녀를 놀라게 했다. 그가 친구들의 모임에 그녀를 데려가겠다고 한 것은 처음이었으니까. 그녀는 식탁을 흘끗 쳐다보고 식사가 다 끝나가는 시점이라는 것을 확인한 후에 냉장고 문을 열었다.

　그녀는 그가 친구들에게 자기를 보여주는 것을 부끄러워한다고 생각했었다. 그건 사실이기도 했다. 하지만 더 큰 이유는 그녀를 어떻게 소개해야 하는지 곤란했기 때문이었다. 그녀는 그와 함께 그의 집에 살고 있고 아내가 하는 모든 역할을 다 하고 있다. 하지만 그녀는 그의 아내가 아니었다. 아내가 아니라는 것은 법적으로 그렇다는 뜻이다. 그녀는 아내의 역할을 하고 그는 그 대가로 그녀에게 돈을 주고 있다. 함께 사는 조건으로 한 달에 200만 원씩을 준다. 물론 생활비를 제외한 금액이다. 그의 재산에 비하면 200만 원은 그리 큰돈이 아니었지만 그녀에게는 제법 많은 액수였다. 그녀에게도 자신에게도 나쁘지 않은 거래라고 그는 생각했다.

그들이 만난 곳은 백화점이었다. 그는 머플러를 교환하려고 백화점에 갔다가 행사장에서 그녀와 마주쳤다. 머플러를 팔고 있던 그녀가 이번에는 똑같은 곳에서 양말을 팔고 있었다. 사정을 설명하자 그녀는 행사 기간이 끝났으니 본 매장으로 가라고 했다. 다음 달에 그녀는 역시 같은 곳에서 액세서리를 팔고 있었다. 그는 선물용으로 브로치를 하나 골라달라고 한 뒤 포장을 부탁했다. 그리고 직원용 출입구에서 그녀가 나올 때까지 기다렸다가 브로치를 내밀었다. 그로부터 두 달쯤 지났을 때, 그러니까 그들이 여섯 번째 데이트를 하던 날 그는 그녀에게 자신의 '아내 역할'을 하는 것이 어떻겠냐고 제안했다. 결혼을 생각하지 않은 이유는 단순했다. 그녀가 자신의 아내감은 되지 못한다는 생각 때문이었다.

그녀는 중학교밖에 졸업하지 못했고 휴대전화를 팔아서 밥벌이를 근근이 이어나가는 외동아들을 두고 있었다. 젊었을 때 작은 건축 사무소에서 잠시 경리 일을 하다가 스무 살에 결혼을 했는데 이후로는 직업을 가진 적이 없었다. 5년 전 남편과 사별한 뒤 백화점에서 일용직으로 일하기 시작했고 월세를 제하고 보험료를 붓고 남은 돈으로 생계를 꾸려갔다. 아들이 가끔 목돈을 요구했기 때문에 저축한 돈은 따로 없었다. 처녀 시절이 지난 뒤에는 극장에서 영화를 본 적이 없었고 치마를 입어도 스타킹 대신 하얀 면양말을 신었다. 그녀는 자신의 삶에 대해 불만스러워하지 않으며 닥치는 일을 불평 없이 처리해나갔다. 일을 쉬는 날에는 집에서 텔레비전을 봤다. 휴먼 다큐멘터리나 옛날 가수들이 나오는 콘서트를 좋아했고 옷을 잘 차려입고 나오는 여당의 의원들을 훌륭하다고 생각했다. 점심 식사를 마치면 주방 식탁에서 믹스 커피를 마시며 〈좋은생각〉 같은 잡지를 읽었다.

반찬 솜씨가 훌륭하다는 것은 최고의 장점이었다. 말이 없고 순종적이어서 조금 지루할지언정 남을 귀찮게 하지 않았다. 백화점에서 고객을 응대했기 때문일까, 싹싹함이 몸에 배어 있었는데 그건 후천적으로 습득한 것으로 보였다. 그녀는 자기가 나서야 할 때와 끼어들어야 할 때를 정확히 구분하고 있었고 살짝 주눅이 든 태도는 자기 인생에서 황금기는 전혀 없었다고 말하는 것 같았다. 쉰 살이 되었을 때 그녀는 자신의 삶이 완벽하게 실용적인 것으로 둘러싸여 있다는 걸 깨달았다. 그녀는 마치 태어날 때부터 50대였을 것 같은 표정을 짓고 있었다. 50대처럼 걸었고 50대처럼 웃었고 50대처럼 잠자리를 했다. 그녀의 그런 면 때문에 그가 그녀를 선택했는지도 몰랐다. 그리고 그녀의 그런 면 때문에 그가 그녀와 결혼까지는 할 생각이 없었는지도 몰랐다. 같이 사는 데는 나쁠 것이 없었으니까, 같이 살기만 하는 것이 좋다고 그는 생각했다.

그녀를 집으로 들인 뒤 그는 더 이상 데이트를 하지 않았고 선물을 하는 일도 없었다. 200만 원이 모든 것을 해결해주었으니까. 생일이나 명절이 낀 달에는 20만 원씩을 더 쥐여주면 그만이었다. 그러니까 이번 무주행은 그야말로 2년 만의 선물이요, 외출인 셈이었다. 하지만 그건 그녀에 대한 동정심이나 배려에서 나온 게 아니었다. 순전히 그의 자존심 문제였다. 애초에 그녀를 무주에 데려가겠다고 한 것은 대진을 의식했기 때문이었다. 모든 면에서 아쉬울 게 없는 그였지만 결혼한 지 2년 만에 아내가 죽고, 이후로 내내 혼자 지내는 것을 친구들이 안타까워한다는 사실을 잘 알고 있었다. 그중 대진은 유독 그의 독신 생활에 대한 관심과 염려가 컸다. 더 이상 그런 시선을 받고 싶지 않았다. 그는 이번 모임에 그녀를 데려간다면 자신이 평범하게 보일 수 있으리라고 생각했다.

그런데 막상 그녀를 모임에 데려가기로 결정하자 그녀가 죽은 아내에 비해 부족한 점이 많은 것 같아서 찜찜했다. 30년 전에 사고사한 아내는 그의 머릿속에서 여전히 젊음을 유지하고 있었으므로 이제 쉰 살이 된 그녀와 비교하는 것은 공정하지 못한 처사였지만, 그는 그녀의 어딘가가 분명 거슬렸다. 화분에 물을 줄 때 허리를 굽히는 각도며 치매를 방지하기 위해서라며 눈을 감은 채 설거지를 하는 모습도 마음에 들지 않았다. 바닥에 떨어진 휴지를 주울 때 무릎을 벌리고 앉는 걸 보고 그는 대단한 것을 발견했다는 듯 안경을 고쳐 썼다. 유심히 관찰한 결과, 그는 마침내 그녀를 그림자처럼 따라다니는 촌스러움이라는 악덕을 발견해낼 수 있었다.

이 문제를 해결하기 위해 그는 백화점에서 그녀에게 선물할 옷한 벌을 샀다. 주황색 꽃무늬가 프린트된 갈색 등산복이었다. 등산복과 어울리는 색의 운동화도 한 켤레 골랐다. 쇼핑백을 식탁에 내려놓으며 그는 목소리를 낮추었다. 친구들에게는 최근에 만난 여자라고 해뒀다, 그 애들은 우리가 같이 살고 있는 줄은 모르니 그렇게 알아두라고 말했다. 그는 노파심에 몇 마디 덧붙였다.

"실수가 없으려면 말수를 줄이는 것이 좋지."

"네."

"그냥 묻는 데만 대답하라는 거야. 평소 당신이 하던 대로."

"알아들었어요."

그녀의 짤막짤막한 대답이 그는 마음에 들었다. 차분하고 건조한 낮은 톤의 목소리도. 그는 목소리로 성격을 점칠 수 있다고 믿었다. 그녀의 목소리는 그가 들어본 여자의 목소리 중 가장 낮은 톤이었는데, 그에게 저음의 목소리는 쾌락에 무디다는 것을 뜻했다. 그의 연애 경험으로 미루어보건대 목소리 톤이 높은 여자들은 즐거워지기 위해 끊임없이 뭔가를 했다. 전화로 1시간도 넘게 수다를 떨거나, 필요하지도 않은 물건을 이것저것 사들이거나, 머릿결이 상할 때까지 머리카락 색깔을 바꾸거나. 그렇게 애써 기분을 들뜨게 만들어놓은 뒤에 그녀들이 하는 일이라고는 고작해야 다시 기분이 가라앉는 것을 막기 위해 또 다른 친구에게 전화를 거는 것. 방금 했던 이야기의 전개 부분을 조금 변형하여 되풀이하고, 쇼핑한 물건을 교환하거나 환불하고, 머리카락 색깔 대신 이번에는 미용실을 바꾸는 일뿐이었다.

그녀는 자신의 기분에 별로 관심이 없었다. 혹은 그녀의 기분이 그녀에게 관심이 없었거나. 쇼핑백을 열어 안에 든 것을 확인한 그녀는 등산복을 입어볼 생각도 하지 않고 그대로 장롱에 넣었다. 고작 나일론으로 만든 바지 한 벌에 몇십만 원이나 한다는 사실에 혀를 내둘렀을 뿐이었다. 나일론이 아니라 고어텍스라고 그가 정정해주었을 때, 그녀는 다시 낮은 톤의—그에게 평온을 가져다주는—무덤덤한 목소리로 대답했다. "정말 고마워요." 대화는 언제나 외국인을 위한 한국어 교재의 예문처럼 끝이 났다. 그녀는 장롱 서랍을 닫은 뒤 베란다로 가서 구부정하게 등을 구부리고 유칼립투스 나무에 물을 주었다. 그는 안경 너머로 그 모습을 바라보며 콧등을 살짝 찡그렸다.

그들이 터미널 건너편에 대기 중인 코발트색 승합차에 사이좋게 올라타자 대진이 작은 탄성을 내질렀다. 대진은 30년 만에 소개받은 친구의 연인에게 악수를 청하고 다소 호들갑스럽게 옆자리로 안내했다. 친구의 새 연인이 과연 그들 그룹에 어울릴 만큼 충분히 우아하고 세련되고 지적인 여성인지 평가하는 절차가 이제 곧 시작되려고 했다.

그는 딱히 뭐라고 설명할 수 없는 이유로 서서히 기분이 언짢아지기 시작했다. 그녀가 허리를 세우며 자세를 고쳐 앉으면서 운동화와 등산복 사이로 하얀 면양말이 드러난 순간 그 언짢은 기분이 정체를 드러냈다. 그는 친구가 그녀를 어떻게 평가할지 몰라 초조했다. 그의 눈에는 그녀의 하얀 면양말이 깨진 거울이나 검은 고양이처럼 불길한 징조로 보였다.

"그러고 보니 이름을 안 여쭤봤네. 성함이 어떻게 되시나?"

"이용순이라고 합니다."

그는 기분이 확 상했다. 그녀는 그가 하라는 대로 묻는 말에 대답을 한 것뿐이었는데 순간 부끄러웠다. 우습게도 그녀의 이름이 너무 촌스럽다는 생각이 들었다. 물론 그녀의 이름이 이용순이라는 것은 분명히 전부터 알고 있던 사실이었다. 그러나 그 이름을 친구 앞에서 발음하는 것은 다른 문제였다. 그녀가 '이용순'이라고 말하는 순간 코 밑의 검은 점이 도드라져 보였다. 짧은 파마머리도 마음에 들지 않았고 얼굴의 주름도 더 깊어 보였다. 그녀는 어색한 분위기 때문인지 손가락으로 연신 머리칼을 쓸어 올렸는데, 손가락이 짧고 뭉툭한 것까지 신경이 쓰였다. 그는 대진과 그녀가 더 이상 대화를 나누는 것을 원치 않았다.

"제수씨는 오늘 안 나오셨냐?"

"인마. 우리 와이프가 어떻게 네 제수씨냐, 형수님이지."

대진은 그의 질문에는 관심도 없다는 듯 쳐다보지도 않고 대꾸했다. 대진은 그녀의 나이를 궁금해했다. 그녀가 돼지띠라고 답하자 대진이 그를 흘겨보며 괜한 수선을 떨었다. "그럼 59년생? 한창이네, 아직 한창이야."

그는 그녀가 돼지띠라고 대답한 것도 마음에 들지 않았다. 59년생이라고 해도 되었고 쉰 살이라고 답할 수도 있었는데 왜 돼지띠라고 말했을까? 그녀의 입에서 무슨 말이 나오든 심기는 점점 불편해지고 있었다. 돼지띠에 용순이. 그게 뭐 어쨌다고? 자신을 이해할 수 없었지만 불쾌한 건 사실이었다.

그의 기분과 상관없이 대진의 질문 퍼레이드는 계속되었다.

"자제분은 어떻게 두셨나?"

"아들이 하나 있어요."

"그 아드님은 무얼 하시고?"

그녀는 입술을 우물거릴 뿐 뭐라고 답하지 못하고 있었다. 그녀의 아들은 20대 초반에는 집에서 빈둥거리며 저녁에는 술이나 마시는 게 일이었고 작년부터는 친구가 운영하는 휴대전화 판매점에서 일을 거들고 있다고 했었다. 그는 그녀가 사실대로 대답하는 것을 원치 않았다. 휴대전화를 판매한다는 것은 그의 친구들 사이에서 전혀 평범한 일이 아니었다. 차라리 무직이 나았다. 사업을 구상하고 있다고 여길 수도 있을 테니까. 그는 더 이상 지켜보지 못하고 대화에 끼어들고 말았다.

"선생님이야."

그가 퉁명스럽게 내뱉었다.

"어디 학교?"

"중학교."

그는 아무렇게나 둘러댔다. 그리고 대진이 더 묻기 전에 덧붙였다.

"과학을 가르치고 있어."

순간 실수했다는 사실을 깨달았다. 대진은 가구점을 운영하기 전에 고등학교에서 한문을 가르쳤었다. 많고 많은 직업군 중에서 하필이면 선생님을 떠올린 게 원망스러웠다.

대진이 자기도 예전에 선생님이었다고 대꾸하며 그녀 쪽으로 몸을 기울였다.

"여고에서 한문을 가르쳤수다. 뭐, 내 수업을 제대로 듣는 학생은 거의 없었지만. 인문계였는데도 대학 진학률이 형편없었거든요. 반 이상이 엎드려서 자고. 또 깨어 있는 애들 중 반은 거울을 들여다보고 있고……."

그녀의 얼굴이 붉게 달아올랐다. 그는 심장이 뛰기 시작했다. 대화를 길게 나누다 보면 거짓말이 들통 날 것이 뻔했다. 그녀에게 미안한 생각이 들었다. 하지만 이제 바통을 쥐고 있는 건 그녀였다. 대진은 이제 막 아련한 추억의 바닷속으로 뛰어든 참이라 그곳에서 빠져나오고 싶은 생각이 전혀 없어 보였다.

"그럼 요새 한창 정신없겠네요?"

그녀가 어리둥절한 얼굴로 그를 흘끗 쳐다보았다. 도움을 요청하고 있다는 것을 알았지만 그는 그녀의 시선을 피했다. 그녀가 고개를 푹 숙이고 무릎을 만지작거렸다. 대답이 돌아오지 않자 대진은 의아한 표정이었다. 그는 시간이 상대적으로 흐른다는 것이 어떤 건지 확실히 알 것 같았다.

어색한 침묵의 시간을 끊으며 마침내 그녀가 고개를 들었다. 그녀는 허옇게 질린 얼굴로 단어 하나마다 힘을 주어 답했다.

"시험 기간이니까요. 그 애가 그랬어요. 그 애는 어젯밤에 시험 문제를 내던 중이라고 나한테 그랬답니다."

그녀는 적절한 대답을 찾았다는 것에 스스로 놀란 것 같았다. 호흡이 빨라지더니 마른침을 꿀꺽 삼켰다. 그녀는 두 눈을 껌뻑거리다가 배낭에서 물통을 꺼냈다. 급하게 물을 들이켜고 가슴을 두어 번 쓸어내렸다. 대진이 그래도 아직까진 교사만 한 직업을 찾기는 힘들다고 말한 뒤 허허 웃으면서 대화를 마무리했다. 대진이 자리를 옮긴 후에도 그녀의 어깨는 딱딱하게 굳어 있었다. 아무도 말을 걸지 않았는데도 혼자서 여러 번 고개를 끄덕이는 모습은 마치 조금 전에 내뱉은 문장을 스스로에게 이해시키려는 것처럼 보였다. 그녀가 갑자기 딸꾹질을 하기 시작하자 그는 그게 자신이 그녀의 자존심을 분질러놓았기 때문이라고 생각했다. 그가 그녀의 손을 쥐었다. 손은 차가웠고 축축하게 젖어 있었다. 그가 그녀의 손바닥을 펴서 허벅지에 문질렀다. 그녀가 슬그머니 손을 빼 자기 무릎 위에 올려놓았다.

창밖으로 개발이 덜 된 시가지가 지나갔다. 대부분의 건물이 1층짜리였고 간판에는 뽀얗게 먼지가 앉아 있었다. 길가에는 코스모스가 분홍색, 자주색, 하얀색의 꽃잎을 단 채 줄기를 휘청거리고 있었다. 그는 팔꿈치로 그녀의 옆구리를 슬쩍 건드렸다. 그녀가 그의 얼굴을 바라봤다. 그는 창밖을 가리켰고 그녀가 고개를 돌렸다. 그녀의 시선은 꽃을 향해 있었지만 눈빛의 끝 간 데는 허공에 닿아 있었다. 차가 산길을 오르기 시작했다. 그녀는 그의 어깨에 한 번 부딪혔다가 다시 창문에 한 번 부딪히며 몸을 흔들어댔다. 그런 그녀의 모습이 그의 눈에는 가련한 코스모스처럼 보였다.

사과 농장에 도착한 것은 정오가 훌쩍 지난 시각이었다. 산 중턱이라 날씨가 쌀쌀했다. 안개가 낮게 깔려 있었다. 고랭지 특유의 습기인지도 몰랐다. 축축한 공기가 얼굴에 머리칼에 옷에 달라붙었다. 그는 허리춤에 묶었던 점퍼를 입고 주위를 둘러보았다. 하얀 석회 가루를 뒤집어쓴 붉은 열매가 가지마다 탐스럽게 달려 있었다.

그녀는 깊은 생각에 빠져 있는 것 같았다. 그가 말을 붙여도 심드렁하게 대꾸했고 끝없이 펼쳐진 사과나무 밭 앞에서도 감탄하지 않았다. 나란히 걷다가도 뒤처지기 일쑤였다. 그가 옆에 있다는 사실에 전혀 신경 쓰지 않고 있었다.

고개를 살짝 숙이고 생각에 잠긴 채 묵묵히 걷기만 하던 그녀가 대단한 결심이라도 한 듯 크게 숨을 들이쉬었다. 그녀는 정면으로 고개를 들고 그를 앞질러 걷기 시작했다. 그녀가 발걸음을 멈춘 곳은 대진의 옆이었다. 그는 그녀의 뒤에 바싹 붙어 섰다. 그녀가 대진의 어깨를 손가락 끝으로 두드렸다. 대진이 고개를 돌리고 눈을 크게 뜨며 무슨 일인지 얘기해보라는 표정을 지었다. 그녀의 얼굴에 홍조가 돌았다.

"저희 아들 말이에요."

"아, 그 과학 선생님이시라던?"

"스승의 날이 되면 그 애는 엄청난 것들을 가져온답니다. 인기가 아주 좋거든요."

"엄청난 것들이란 게 뭐죠?"

대진이 입가에 미소를 지으며 물었다. 그녀는 잠시 머뭇거리다 입을 열었다.

"그러니까, 어떤 학생은 아들에게."

그녀는 주위를 두리번거렸다.

"음, 그러니까, 인형 같은 걸 줘요. 인형이라고 할 수 없을 만큼 큰 인형이에요. 사람이랑 크기가 거의 비슷한 것도 있어요."

대진은 어리둥절한 표정이었으나 그녀는 그의 얼굴까지 살필 여유가 없었다. 그녀는 만족스러운 얼굴로 돌아왔다. 평소 그녀의 시선은 대개 바닥을 향하고 있어서 눈을 반쯤 감고 있는 것처럼 보였는데, 지금 그의 앞에서는 동그랗게 눈을 뜬 그녀가 눈동자를 반짝거리고 있었다. 그녀의 몸이 떨렸다. 단언컨대 그건 불안감이 아니라 흥분 때문이었다. 그녀는 누가 묻지도 않는 것들에 대해서 떠들 준비가 다 된 얼굴을 하고 있었다.

그녀의 상기된 얼굴은 그녀가 쉰 해를 살아오는 동안 거짓말을 해본 적이 없었다는 증거였다. 오늘은 그 기록이 깨진 날이었다. 첫 경험이 그녀에게 강렬한 쾌감을 준 것은 거의 확실했다. 그녀는 수줍으면서도 어딘가 교태 어린 미소를 띠고 그의 팔짱을 꼈다. 몸을 살짝 기울여 그의 어깨에 머리를 기대었고, 전에는 자기가 먼저 그런 행동을 한 적이 없었다는 것을 깨닫지 못한 채 걷기 시작했다.

"와, 꽃사과나무예요. 사진으로만 봤었는데."

그녀가 걸음을 멈췄다. 그가 멈춰 선 건 그녀와 보조를 맞추기 위해서가 아니었다. 꽃사과나무에 감탄해서도 아니었다. 다리가 딱딱하게 굳어버린 것 같았다. 분명히, 그녀의 목소리가 평소보다 다섯 음 정도 높았다. 평상시 그녀의 목소리가 '도' 음이었다면 지금 그녀의 목소리는 '솔'이었다. 그리고 '솔'은 그녀의 목소리로는 한 번도 들어본 적이 없었던 음이었다. 그는 나무의 이름이 무엇인지, 그녀가 전에 그 나무를 본 적이 있었는지에 대해서는 관심이 없었다. 오로지 그녀가 평소와는 다른 톤으로 얘기하고 있다는 것만이 마음에 걸렸다.

이제 그녀는 다른 사람이 된 것 같았다. 사과를 따면서도 쉴 새 없이 떠들어대었다. 그는 관자놀이에 통증을 느꼈으나 분위기를

302

맞추기로 했다. 말을 줄이는 게 좋겠다는 충고로 그녀를 제지할 수 없었다. "이거 어때요? 겉은 울퉁불퉁하지만 분명 단맛 하나는 끝내줄 것처럼 보이지 않아요?" 그의 눈앞에 불쑥 홍로 한 알을 들이밀고 그녀는 깔깔댔다. 그는 하이 톤의 웃음소리가 낯설었지만 그녀를 따라 웃는 척해야 했다.

그녀는 한껏 들떠 있었고 오늘 처음 만난 그의 친구들이 마음에 드는 것 같았다. 그녀는 여자들과도 잘 어울렸다. 쉽게 웃음을 터뜨렸고, 한번 웃음을 터뜨리면 눈물이 날 때까지 멈추지 않았다. 그녀의 웃음소리는 높은 '레'였다. 그는 귀를 곤두세우지 않아도 앞쪽에서, 뒤쪽에서, 오른쪽에서 들려오는 웃음소리의 주인을 정확하게 찾아낼 수 있었다.

학찬의 부인이 눈썹을 추켜올린 채 그의 귀에 대고 소곤거렸다.

"자기, 저 여자한테 술을 먹인 거야?"

"뭐?"

"대낮부터 술을 마시게 하다니."

학찬의 부인은 고개를 절레절레 흔들었다. 그가 변명을 하기도 전에 학찬의 부인은 뒤돌아 가버렸고 어느새 홍로가 가득 담긴 광주리를 끌고 그녀가 나타났다. 뒤쪽에서는 대진이 돗자리에 앉아 농장 주인이 내놓은 사과즙을 마시고 있었다. 그녀는 대진을 발견하자 흡족한 미소를 띠며 돌아섰다.

"아들한테 한 상자 보내려고요. 시험 감독을 하느라고 지쳤을 테니까."

그녀가 대진의 옆에 쪼그리고 앉았다.

"여자 친구 것도 보낼까 생각했는데 괜한 오지랖이지 싶어요. 아직 둘 다 나이가 어리니까 나중에 어떻게 될지 모르는 일이기도 하고요."

"여자 친구도 선생님?"

"학교에서 만났으니까요."

이제 막 알에서 부화된 올챙이가 삽시간에 뒷다리와 앞다리가 차례대로 나고 그 즉시 꼬리가 줄어들어, 한 마리의 개구리가 되어 울음주머니를 부풀리며 개굴개굴하는 모습을 보는 것 같았다. 그는 관자놀이가 죄어오는 듯 아팠다.

"우리 때야 그렇지 않았지만 요새는 교사 되는 게 고시 보는 거랑 맞먹는다는데. 시험은 몇 번째에 붙었어요?"

교사가 되려면 임용 고시를 치러야 한다는 사실을 그녀가 모를 거라는 생각이 들어 그는 목소리를 높였다.

"저기 저건 어때 보여?"

그는 나뭇가지 안쪽에 달린 큼지막한 사과를 가리켰다. 그녀는 그가 가리키는 쪽으로 움직였다. 그는 자신이 적절한 시기에 끼어들었다고 안도하며 가지를 향해 손을 뻗었다. 사과는 가지에서 쉽게 떨어졌다.

광주리에 담은 사과를 박스에 옮기고 택배 송장에 주소를 적었다. 그들의 몫이 한 박스, 그녀의 아들 몫이 한 박스였다. 송장에는 삐뚤빼뚤한 글씨체로 박형수라는 이름이 적혀 있었다. 그 이름 앞에서 그는 잠시 멍해졌다. 박형수. 전남편의 성씨가 박가였구나. 그녀는 그 앞에서 남편의 이야기를 한 적이 없었다. 아들과 통화

하는 것도 본 적이 없었다. 결혼은 했나? 아니요. 뭘 해 먹고살아? 휴대전화를 판다고 그랬어요. 몇 살이라고 그랬지? 스물일곱이에요. 묻는 것에 대한 답이 전부였다.

대진이 식당 제일 구석 자리에 앉는 것을 보고 그는 정반대 쪽으로 자리를 잡았다. 안주인이 커다란 양푼에 담긴 보리밥과 갖은 종류의 산나물을 내왔지만 그는 거들떠보지도 않았다. 밥맛이 없었다. 그녀의 거짓말이 계속될수록 그는 위태로움을 느꼈다. 그는 학찬의 부인이 그녀를 오해하고 있다고 생각하지 않았다. 그녀는 취해 있었다. 알코올이 아니라 거짓말 때문에 그녀는 완전히 취했다. 알코올이 뇌에서 엔도르핀과 도파민을 자극하는 것과 똑같은 원리로 거짓말이 그녀를 즐겁고, 들뜨고, 용감하게 만들었다. 그는 그녀의 손에서 술병을 빼앗아야 한다는 의무감을 느꼈다.

그녀와 눈이 마주치기를 기다리다가 잠깐 나오라는 눈빛을 보냈다. 그가 화장실에 다녀오겠다고 말하고 자리에서 일어선 다음 그녀가 쭈뼛대며 뒤따라 나갔다.

"저 어땠어요?"

그녀가 쑥스러운 듯 물었다. 그는 아이를 길러본 적이 없었지만 만약 초등학생인 아들이 있고 그 애가 입학한 첫해에 체육대회 100미터 달리기에서 우승을 했다면 그녀와 같은 표정을 짓고 있을 거라는 생각이 들었다. 그녀의 얼굴에는 부모가 보는 앞에서 1등으로 운동장을 가로지르고 흰 테이프를 끊으며 결승선을 통과하고 난 아이의 설렘이 담겨 있었다. 목에는 오로지 그를 위한 금메

달이 걸려 있었다. 이제 그가 자랑스러움으로 가득 찬 학부모 역할을 할 차례였다. 그는 다른 대본을 달라고 요청할 처지가 못 되었다. 억지로 바통을 쥐여주고 트랙으로 그녀를 떠민 것은 다른 사람이 아니라 자기 자신이었다. 그는 그녀의 어깨를 두드리며 고개를 끄덕였다.

"아주 잘했어."

그는 일단 그렇게 대답하고 나서 좀 뜸을 들였다.

"그런데 말이야. 이젠 그만했으면 좋겠는데."

"뭘요?"

"거짓말 말이야. 내가 먼저 꾸며댄 게 사실이지만, 이제 와서 보니까 자네한테 영 미안한 생각이 들어서 그래. 그래, 자네한테 내가 못할 짓을 시켰다는 생각이 들어서."

그녀가 그에게 한 걸음 가까이 다가왔다. 그리고 그가 괜한 걱정을 하고 있으며 자기는 아무렇지도 않다고 강조했다. 그녀가 떨리는 '솔' 음으로 그에게 속삭였다.

"전 정말 괜찮아요. 하라고 하면 더 지어낼 수도 있어요. 아깐 좀 긴장해서 떨었지만 이젠 정말 잘할 수 있을 것 같아요."

그는 손사래를 쳤다.

"아니, 아니야. 그만해. 그만하는 게 좋겠어."

"누구나 처음부터 완벽하게 할 수는 없다고요."

"탓을 하려는 게 아니야. 지금 자네는 정말 잘하고 있어."

"그럼 왜 그만하라는 거예요?"

"됐다면 그냥 된 줄 알아. 끝이라고. 이제 제발 그만둬."

그는 단호하게 그녀의 말을 잘랐다. 그녀는 영문을 몰랐지만 그의 말에 수긍하는 수밖에 없었다. 그들은 나란히 식당으로 들어갔다.

　그는 마음이 한결 가벼워졌다. 그제야 반찬들이 맛깔나게 보였다. 그는 여유를 되찾고 식사를 즐기기 시작했다. 나물을 적당히 덜어 그릇에 넣고 밥알을 고추장에 살살 비볐다. 그녀도 조용히 그릇을 비우고 있었다. 거짓말의 임무에서 벗어난 그녀는 한결 느긋하고 자연스러워 보였다.

　그가 그릇을 반쯤 비웠을 때, 마주 앉은 영식이 그녀의 얼굴을 찬찬히 뜯어보더니 입을 열었다.

　"두 분은 어떻게 만나셨는가?"

　그는 지금 막 삼킨 밥 한 숟갈이 그대로 목구멍에 걸린 기분이었다. 그녀의 입장에서는 백화점의 행사 판매원으로 일했던 것이 어떤 일인지 모르겠으나 그에게는 그녀의 이름인 이용순이나 아들이 휴대전화 판매원으로 일하는 것과 다를 바 없는 부끄러운 일이었다. 그는 그녀의 눈치를 보다가 눈이 마주쳤을 때 재빨리 눈을 찡긋했다. 거짓말을 해도 좋다는 신호였다.

　"평소에는 늘 아들과 함께 쇼핑을 하는데 그날따라 혼자 나들이를 했지요. 가을이 다가오고 있어서 머플러가 하나 필요했던 거예요."

　그녀가 이야기를 꾸며대기 시작했다. 그녀의 말이 맞았다. 그녀는 이제 더 잘할 수 있었다. 힘을 들이지 않고도 말을 술술 풀어냈다. 그녀는 수저질을 멈추지 않으면서 방금 있었던 일을 얘기하듯 자연스럽게 이야기를 이어나갔다.

　"난 점원이 권한 베이지색 머플러를 살피는 중이었는데 이이가 그 색깔보다는 자줏빛이 좋겠다고 조언했답니다. 우습지 않아요? 생판 모르는 사람에게 머플러를 추천하다니요. 당연히 난 그때 이이가 나한테 관심이 있다는 걸 눈치챘고요.” 그녀는 거기까지 말하고 수저를 내려놓았다. 그리고 그가 자줏빛 머플러를 권했던 시절을 회상하는 듯 살짝 고개를 숙이고 미소 지었다. 그녀는 행복해 보였다.

그는 그녀가 왜 행복한지 알 것 같았다. 그녀는 자기가 한 말을 믿고 있었다. 그게 그녀가 다섯 음이나 높은 톤으로 말을 하고, 그토록 웃음이 많아지고, 그리고 거짓말을 계속하고 싶어 하는 이유였다. 그녀는 지금 어엿하게 제 앞길을 닦아나가는 장성한 아들을 두고 있었고 우연히 마주친 남자의 관심을 받을 만한 요조숙녀였다. 게다가 생전 처음으로 남에게 주목을 받고 있었다. 처음 만난 사람들이 그녀를 궁금해했고 그녀는 그들을 만족시키는 대답을 할 수 있었다. 그는 그녀에게 더 이상 미안해할 필요가 없었다. 그녀는 즐거워 보이는 게 아니라, 즐거웠다.

“이이가 색감 하나는 정말 뛰어나긴 해요.”

그녀는 컵에 물을 따랐다. 입안을 물로 헹구고 나서 사람들을 둘러보았다. 아무도 그녀가 그의 연인이 되기에 부족하다고 생각하지 않았다. 아무도 그가 불쌍하게 혼자 늙어가고 있다고 동정하지 않았다. 그의 계획은 완전히 성공했다.

“아들내미 다 키워 선생 만들어놓았겠다, 이제 더 신경 쓸 것도 없을 텐데 뭐가 걱정이야? 제2의 인생을 시작하라고. 타이밍이 딱이야, 딱!”

형식이 밥알을 문 입을 우물거리며 그의 어깨를 두드렸다. 그는 어색하게 웃었다. 누군가가 소주를 시켰다. 누군가가 대낮부터 무슨 술이냐고 핀잔을 주었고 이렇게 모여 나들이를 온 게 몇 년 만인데 그냥 넘어갈 수는 없는 일이라고 또 누군가가 대답했다.

　고속버스 터미널에서 친구들과 뿔뿔이 흩어지고 난 뒤 그들은 택시 승강장을 향해 걷기 시작했다. 그는 그들 사이의 무언가가 변했다고 느꼈다. 그녀와의 거리가 자신이 원치 않을 만큼 가까워졌다는 느낌이었다. 그가 머플러의 자줏빛 색깔 운운하며 그녀에게 진짜로 추근댔고, 그들이 동등한 관계로 교제해왔고, 어쩌면 결혼을 앞두고 있을지도 모른다는 생각이 들었다.

　그는 그 생각에서 빨리 벗어나고 싶었다. 이제 아무도 없으니까 편하게 행동하자며 그녀의 팔짱을 풀었다. 그녀는 좀 서운해하는 것 같았지만 뭐라고 대꾸하지는 않았다. 친구들과 헤어지자 그녀는 다시 예전으로, 특색이 없다는 것이 오히려 특색이었던 시절로 돌아간 것 같았다. 그래도 꺼림칙한 기분에서 쉽게 벗어날 수는 없었다. 그는 괜히 두세 걸음쯤 앞서 걸었다.

　불안한 마음이 사그라지자 심술이 났다. 어쩌면 여전히 불안했기 때문에 정확히 선을 긋고 싶었는지도 모르겠다. 그는 돈 얘기를 꺼낼 생각이었다. 그들 사이를 확인해주는 것은 언제나 돈이었고, 이번에도 다르지 않을 것이다. 얼마가 좋을까? 생일이나 명절 때처럼 20만 원이 적당할까? 기분도 찜찜한데 10만 원쯤 더 얹어주는 것은 어떨까?

"30만 원 정도면 괜찮겠지. 오늘 자네 수고비 말이야."

그는 그로써 자신을 옭아매고 있는 밧줄에서 완전히 풀려난 기분이었다. 속이 다 시원했다. 그녀가 자신에게 무슨 잘못을 저질렀는지는 모르지만 그녀에게 복수를 한 것 같이 유쾌한 기분이 들었다. 그는 소리 내어 크게 웃고 싶을 지경이었다.

"저도 좋은 구경한걸요, 뭘."

그는 그녀의 대답을 듣는 둥 마는 둥 보도블록 끝에 서서 손을 들었다. 택시가 멈춰 섰고 그녀가 먼저 올라탔다.

"멀리 다녀오시는 길인가 봅니다."

사과 박스를 보고 택시 기사가 말을 걸었을 때 그는 무주에 갔다 왔다고 짧게 대답했다. 기사는 잘 봐줘야 서른 살 정도로 보였고 택시 일을 시작한 지 얼마 안 된 것 같았다. 손님들이 자기와 얘기를 나누고 싶어 할 거라고 생각했는지 자꾸만 뒤쪽을 흘끗거렸다. 그는 택시 기사의 눈에 그들이 부부로 보일 거라는 생각 때문에 기분이 나빴다. 30만 원으로 상황을 겨우 정리한 참인데 지금까지 그의 인생에서 아무런 상관도 없던 젊은 녀석이 하필이면 이 순간에 끼어든다는 게 짜증 났다.

"부인이 미인이시네요. 젊었을 때 남자들이 꽤나 따라다녔을 것 같은데요."

기사가 그녀에게 말을 걸었고 그녀는 대답 대신 미소를 지으며 배낭에서 작은 거울을 꺼내 얼굴을 들여다봤다. 그리고 파우더 뚜껑을 열고 땀으로 지워진 부분에 하얀 분을 덧발랐다. 그는 기사가 뒷좌석에 앉아 있는 중년 여자의 젊었던 시절로 거슬러 올라가 쓸데없는 상상을 하는 대신 차선을 지키고 신호등을 살피고 앞차와의 간격을 유지하는 데나 신경 쓰기를 간절히 바랐다. 그는 창문 쪽으로 좀 더 붙으며 그녀와 떨어져 앉았고 양손을 겨드랑이에 끼워 넣고 어깨를 움츠렸다.

다행히도 기사는 그녀에게 그 이상의 관심을 보이지 않았다. 사거리를 지날 때쯤 기사의 아내가 전화를 걸었기 때문이었다. 기사는 스피커폰으로 통화를 했는데, 아내는 어젯밤에 상갓집에서 밤을 새웠다는 것이 거짓말이 아니냐고 운전 중인 남편을 들볶았다. 기사는 손님이 있든 말든 신경도 쓰지 않고 아내와 말다툼을 벌였다. 아내가 욕설을 내뱉은 순간 기사는 신호를 놓쳤고 결국 급브레이크를 밟았다. 그가 앞좌석의 시트에 얼굴을 세게 부딪쳤다. "그러니까 안전벨트를 맸어야지요." 그녀가 웃는 것도 우는 것도 아닌 애매한 표정으로—사실을 얘기하자면 그녀는 웃음을 참고 있었다—나지막하게 말했다. 기사는 얼굴이 시뻘게진 뒷좌석의 그에게 정중히 사과해야 했고 전화를 끊은 뒤에는 조용히 운전에만 몰두했다.

집 앞에 도착했을 때 그가 먼저 택시에서 내렸고 그녀는 카드 승인을 기다리느라고 차에 좀 더 머물렀다. 카드를 돌려받은 그녀는 차 문을 열려다가 잠시 망설였다. 그녀는 문고리를 잡았던 손을 놓고 기사가 앉은 좌석 뒤쪽으로 옮겨 앉았다. 그리고 몸을 앞으로 기울여 택시 기사의 귀 가까이에 대고 입술을 달싹였다.

"젊었을 때는 저 양반이 훨씬 신수가 훤했지요. 같이 다니면 내 얼굴은 보이지도 않았으니까. 그런데 집 장만한다고 고생을 많이 했어. 지금 저이 얼굴을 보면 그때 내가 너무 빡빡하게 군 건 아닌지 후회스러울 때가 있다우."

물론 먼저 내린 그에게는 그녀가 무슨 소리를 하는지 들리지 않았다. 그녀가 택시에서 내렸을 때 그는 길 건너편 주차장에서 길고양이 한 마리가 트럭 밑으로 기어드는 모습을 지켜보고 있었다. 시트에 부딪친 이마가 아직까지 얼얼한지 그는 인상을 찌푸리고 있었다.

그들은 밤거리를 나란히 걷기 시작했다. 둘은 영락없는 부부로 보였다. 혈기왕성한 아내와 어딘가 주눅이 들어 있는 남편으로. 그녀의 걸음걸이가 달라졌다는 걸 그는 눈치채지 못했다. 그녀는 평상시에는 구부정했던 등을 곧게 펴고 있었고 목을 어깨에 파묻듯 움츠린 모습은 간데없이 턱을 치켜든 채였다. 느릿한 걸음 대신 보폭은 좁고 빨라졌다. 그녀는 무겁고 거추장스러운 50대의 허물을 마침내 벗어던진 것 같았다.

최정화
1979년 인천에서 태어났다. 2012년 〈창작과비평〉 신인상에 단편소설 〈팜비치〉가 당선되었다.

人

최진영

1.

흩뿌린 사금파리처럼 빛나는 정오의 갯벌. 많은 것이 빠져나간 곳, 바다도 대지도 아닌 곳을 따사로운 햇살이 가득 채우고 있다. 이편의 지평선과 저편의 수평선에서 너그러이 일렁이는 아지랑이. 푸른 내가 감색이 되도록 이 너른 공간에 주인 없는 햇살과 나뿐이다. 환하고 외롭고 행복하다.

2.

눈을 떠 어둠을 대면하는 순간 깨달았다.
나는 갇혔다.

일어나 문으로 다가간다. 어둡지만 내 방이니 아무 방해 없이 걸을 수 있다. 문고리를 비틀며 밀고 당겨본다. 열리지 않는다. 부술까? 하지만 안다. 문을 열면 벽이다. 거대한, 바투 놓인 벽. 본 적도 없고 누가 말해주지도 않았지만 그저 안다. 그래, 직감이라고 해두자. 문을 열어봤자 지금과 같거나 더 큰 불행이 있을 뿐이다. 나갈 수 없고 나가고 싶지 않다. 그렇다면 과연 '갇혔다'는 표현이 타당한가? 눈을 깜빡이며 단어를 고른다. ……감금? 유폐? 칩거? 폐쇄? 흡족한 단어를 찾을 수 없다. 별안간 '이별'이 떠오른다. 생각하고 싶지 않다. 꿈의 갯벌로 돌아가고 싶다.

3.

눈을 뜬다.

문을 본다. 여전하다. 이불에서 빠져나와 커피를 끓인다. 매일 아침 진한 커피와 식빵 한 장을 먹고 담배를 피운다. 바쁘거나 아파서 먹지 못할 때도 있다. 그렇다고 불안하거나 초조하지는 않다. 매일 밤 소주 두 병을 마시고 잠들지만 마시지 못한다고 괴롭진 않다. 늘 FM 93.1메가헤르츠를 틀어놓지만 적막을 못 견디는 것은 아니다. 마트에 갈 때마다 소주, 생수, 라면, 휴지 따위를 박스째 사서 방 한구석에 쌓아둔다. 매번 사는 품목이 비슷하니 영수증에 찍힌 금액도 얼추 같다. 재난 대비라도 하는 거야? 천장까지 쌓인

박스를 보고 놀리듯 묻던 여자가 있었다. 그 여자에게 제발 그만 찾아오라는 말을 들었다. 기억하고 싶지 않다.

4.

팀장에게 전화가 온다.

자네 왜 이러나. 어디 아픈가?

그렇게 물으니, 아프다. 너무 오래 아파서 아픈 상태가 오히려 정상에 가깝다고, 아프지 않은 감각이 기억나지 않는다고 대꾸하고 싶다. 팀장님은 건강한 상태가 어떤 건지 아십니까? 물어보고 싶다. 관념을 참고, 사실을 말한다.

문이 열리지 않습니다. 문을 열어봤자 벽입니다. 나갈 수가 없습니다.

정갈한 침묵이 팀장과 나 사이를 서성인다.

수리공을 불러.

침묵을 밀어내며 팀장이 말한다. 바깥에서 문을 열려면 일단 벽을 깨야 한다.

이건 수리공 문제가 아닙니다.

건조한 목소리로 대꾸한다. 불현듯 '기권'이란 단어가 떠오른다. 기권하고 싶다.

무슨 뜻인가?

팀장이 묻는다. 그렇다. 수리공 문제가 아니다. 포클레인 문제도 아니다. 문을 열기 위해서는 우선 나를 설득해야 한다. 나가자고. 여기서 나가야 한다고. 설득은 쉽다. 한 문장이면 충분하다.

돈을 벌어야 한다.

되도록 많이 벌어야 한다. 문을 열고 나가서 일을 해야 한다. 야근도 하고 주말 근무도 해야 한다. 돈 때문에 싫은 소리 하기도 우는소리 듣기도 싫다. 많이 벌어 풍족하게 살고 싶어서는 아니다. 입만 열면 돈이 없어 죽겠다고 말하는, 돈 때문에 다투고 마음 상하는, 돈이 원수라면서 돈을 신처럼 떠받드는, 돈이면 다 되고 결국 돈으로 외로워지는 사람들의 손과 입과 주머니를 돈으로 가득 채우고 싶어서다. 그래야 내 마음이 고요해지기 때문이다. 불화도 평화도 돈으로 이룩된다. 그렇지 않은 이들도 있을 것이다. 가난하더라도 돈에 휘둘리지 않고 평온한 마음과 관계를 이루는 거룩한 사람들. 그들이 부럽다. 그들의 부모와 자식이 부럽다. 나는 언제나 돈 걱정을 하며 살았다. 아니, 돈 걱정을 하는 사람들 틈에서 살았다. 모두가 앞장서서 돈을 걱정하니 내 몫으로 남겨진 걱정은 없었다. 나는 기생충처럼 그들의 걱정을 걱정할 뿐이었다. 착한 그들은 강요와 폭력이 아닌 걱정과 불행으로 나를 지배했다. 그것은 사라지지 않는 안개처럼 나를 에워싸고 축축하게 적셨다. 그 속에서, 나는 필요 이상으로 춥고 무거워졌다. 매일 빛을 꿈꾸었다. 입자이고 파동인 빛. 자유롭고 가벼운 빛. 따뜻하고 찬란한 빛.

돈을 벌어야 한다.

자, 나는 충분히 설득당했다. 문을 열고 벽을 부수고 밖으로 나가야 한다. 돈이 불러오는 비명 같은 위기감과 불안, 모멸감과 비참함은 차고 넘친다. 넘쳐 나를 뒤덮는 이 더러운 과잉…… 을 털어내려면 나가서 뭐라도 해야 하는데, 그런데, 나가고 싶지 않다.

5.

왜 그러나. 자네처럼 성실한 사람이.

이건, 질문인가? 질책인가? 염려인가? 성실이 뭐지? 일을 잘한다는 뜻인가? 열심히 한다? 부지런하다? 아닌데. 아닌 것 같은데.

이제 그만 나오게. 나와서 자네 일을 해야지.

팀장은 같은 말을 반복하는 것을 싫어한다. 자네는 왜 말을 한 번에 못 알아듣나? 내가 지금 똑같은 얘길 몇 번째 하고 있는지 알아?라는 말을 하루에도 수차례 반복한다. 나 역시 같은 말을 또 하고 싶지 않다. 입을 다문다.

자네 요새 무슨 문제 있나?

팀장은 크게 화내지 않고 자잘한 짜증을 자주 낸다. 아니다. 화를 내지 않는 게 아니라 내지 못하는 것일까? 보풀로 뒤덮였지만 구멍은 나지 않은 100년 입은 스웨터 같은 이 사람. 전쟁이 난다면 총 한 번 쏘지 않고도 틈과 틈에 숨어 끝까지 살아남을 이 사람.

이 사람의 웃음을 본 적 있던가? 기억나지 않는다. 나는 팀장의 인내가 무섭다. 쏟아지지 않고 방울방울 떨어지는 짜증에 지쳤다. 오늘 팀장이 내게 화를 낸다면, 이 씹새끼 당장 안 튀어나와?라고 소리 지른다면, 어쩌면 나는 사력을 다해 문을 부수고 나가리라. 웃으며 나가 팀장의 목을 졸라 웃음이든 눈물이든 뽑아내고 말리라.

자네가 없으면 이 대리가 자네 일을 대신해야 해. 알지 않나?

안다.

이 대리는 자네보다 사정이 더 딱하지. 가장이잖나.

이 대리는 두 아이의 아버지다. 아이들 이름이 봄이고 가을이다. 피어나고 열매 맺느라 사시사철 감기에 걸리는 아이들이다. 지난 크리스마스에는 봄과 가을에게 빨간색, 초록색 털장갑을 사주었다. 이 대리의 아내는 죽었다. 간단한 수술을 받다가 죽었다. 팀장은 이 대리와 나의 무엇을 비교하여 이 대리를 나보다 더 딱한 사람으로 만드는 걸까. 이 대리와 나는 다르다. 누가 누구보다 더 딱할 수 없다. 내가 만약 이 대리이고 지금 이 사람의 말을 들었다면, 이 사람을 가만두지 않았을 것이다. 아니다. 그런 가정 없이도 나는 이 사람을 가만둘 수 없다. 왜냐, 가장이 아닌데도 나는 딱하니까. 이 사람은 졸지에 이 대리와 나를 딱한 사람으로 만들었다. 문을 부수고 나갈까? 나가서 두들겨 팰까?

어서 나오게.

팀장이 말한다. 나가고 싶지 않다.

6.

이 대리의 아내가 죽었을 때 나는 이틀 동안 장례식장으로 퇴근하고 그곳에서 출근했다. 무표정한 바람이 거세게 휘몰아치는 겨울이었다. 무서웠다. 사람이 갑자기…… 사라진다는 것이. 죽음 자체가 무척 터무니없이 느껴졌다. 아무나 붙잡고 묻고 싶었다. 왜 죽어야 하지? 계속 살면 안 되나? 어째서 태어나면 반드시 죽어야 하지? 질문을 삼키며 나는 봄과 가을 곁을 맴돌았다. 먹이고 씻기고 재우고 때로 웃겨줬다. 그리고 우는 이 대리를 멍청히 바라봤다. 장례가 끝나고 며칠 후 이 대리와 밤새 술을 마셨다. 빈 소주병이 아홉이 되자 이 대리가 울었다. 울면서도 아내 이야기는 하지 않았다. 나는 하고 싶었다. 만나자고 해서 만났고 술 마시자고 해서 마셨고 자자고 해서 잤고 좋아한다고 해서 좋아했다고. 그렇게 1년 넘게 좋아하다가 내게 마지막으로 한 말이 제발 그만 찾아오라는 말이었다고. 나는 네 아내가 하라는 대로 하고 혼자 울었다고. 이 모든 것은 세상에서 단 두 사람만 아는 비밀이었는데 이제 네 아내도 사라져버렸으니 완벽하게 나만 아는 비밀이 되었다고. 말하고 싶었다. 그만 울어 이 새끼야. 네 아내는 나쁜 년이야. 나쁜데 좋은 년이지. 나도 네 아내를 사랑해.

7.

돌아보니 그런 식으로 다가오고 떠난 여자만 다섯 명이었다. 그들 모두 마지막 표정과 말투가 너무나 흡사했다. 무언가에 상당히 질린 표정들이었다. 화장실 거울 앞에 서서 나를 가만히 쳐다봤다. 저절로 그 표정이 지어졌다. 마침내 나도 내게 질려버렸다. 살면서, 무언가에 질린다는 느낌을 받기는 처음이었다. 그 처음이 나였다. 나는 금방 사랑하고 말 잘 듣다가 결국에는 질리는 인간이었다. 질린다는 느낌은 싫증이나 미움이나 못마땅함과는 확연히 달랐다. 최악이었다. 나에게 질려버리자 나는 꼼짝할 수 없었다. 내 몸, 내 목소리, 나의 일, 나의 습관, 나의 생활, 그 모든 것에서 손을 떼고 싶었다. 제발 그만 찾아오라고 말하고 싶었다. 내게서 무관해지고 싶었다.

8.

기다리겠네.

팀장이 말한다. 휴대전화를 귀에 댄 채 문을 쳐다본다. 오늘, 며칠이더라. 집에는 달력도 시계도 없다. 깜깜할 때 들어와 소주를 병째 들이켜다 잠들고, 네댓 시간 후 일어나 식빵을 입에 물고 출근하고, 아주 가끔 빨래를 하고 먼지를 털고, 빈틈이 생기자마자 장을 봐서 틈을 채워 넣는 이곳에서 시간관념은 불필요하다. 하루

하루가 다르지 않다. 오래도록 그렇게 살았다. 그리 사는 게 너무나 당연해서, 태어나고 죽는 것을 당연하다 여기는 것처럼 당연해서, 사랑하면 으레 떠나나 보다 생각하고, 패인 자존심이나 회복이나 다른 인생을 생각하지 않는 것은 아니지만, 그런 생각은 나를 더 괴롭게 할 뿐, 어디로 새는지 모르는 시간은 통장에라도 쌓여 때가 되면 되찾아 맘껏 쓸 수 있으리라 생각한 적도 없지 않지만, 지방간이나 혈중 콜레스테롤로 쌓인다는 것을 이젠 모르지 않고…… 사실 내가 기다리던 '때'라는 것이 대체 어떤 때인지도 잘 모르겠다. 이대로 늙으면 요양원에나 들어가야 할 텐데 그렇다면 나는 청춘을 팔아 요양원에 들어갈 돈을 모으고 있는 셈이다. 하지만 요양원에도 못 들어가고 집도 가족도 없이 부랑자로 살게 될 가능성도 적지 않다. 시간은 질병과 피로로 쌓이고 돈은 아무리 벌어도 삽시간에 사라지는데…… 어째서지? 월세가 자꾸 오른다. 대체 왜? 무리해서라도 은행 빚을 져야 하나? 다들 그런다고 하니 그래야 하나? 내 돈으로 집 얻나, 은행이 얻어주지. 은행 돈이 내 돈이지. 그렇게들 말한다. 은행이 무슨 구세군인가? 우리 모두 불우이웃인가? 이자와 월세가 뭐가 다르지? 빚을 져서 살 곳을 마련하는 게 언제부터 당연해졌지? 세상은 왜 이런 식으로 굴러가지? 요양원에는 나보다 부모님이 먼저 간다. 우선 그 돈을 마련해야 한다. 청춘을 팔아 부모님의 요양원비를, 중년을 팔아 코앞에 닥친 내 노년의 요양원비를 벌어야 한다. 황혼은 어떨까. 멋질까? 가장 멋진 때니까 젊을 때 개고생해서 준비하는 게 당연한가? 그만한 가치가 있는 때일까? 어제도 뉴스를 봤다. 일흔 넘어 자살한 노인에 대한 뉴스였다. 그와 비슷한 뉴스를 일주일 전에도 봤고 보름 전에도 봤다. 이상하다. 다들 오르기에 무언가 끝내주는 게 있을 줄 알고 평생을 바쳐 오르고 보니 그 끝은 텅 빈 허공이더라는 이야기가 생각난다. 정말 이상하다. 다들 이렇게 사나? 아닐 텐데. 그럴 리 없는데. 모두들 한결같이 멍청할 리는 없지 않나. 춥다. 따뜻한 물을 맘껏 쓰고 싶다. 집도 차도 없고 방은 차서 다들 내게 질렸나? 시간은, 겨울 외투 안주머니 한구석에서 납작 뭉치는 먼지 같은 것이다. 대체 쓸모가 없다. 아니다. 시간은 없다. 사람들은 말한다. 시간도 없고 돈도 없고 바빠 죽겠고 짜증 나 죽겠고 내가 너 땜에 못 살겠다고. 그럼 우리에겐 뭐가 있지? 스트레스와 빚이 있지. 우린 무엇으로 살지? 마이너스 통장과 각종 암 보험 가입자로 살지. 나가지 않는다면, 나는 이곳에서 끝나지 않는 하루를 살 수도 있다. 그런데 팀장은 어째서 내게 기다린다고 말할까? 기다린다면, 얼마나 기다릴까? 아니, 얼마나 기다렸을까? 물어볼까? 제가 저 문을 열지 않은 지 얼마나 되었습니까? 그토록 기나긴 꿈을 꾸는 동안 지구가 제자리를 몇 바퀴나 돌았습니까? 저를 마지막으로 본 날이 언제입니까? 그땐 추웠나요? 지금은 춥지 않습니까? ……알고 싶지 않다. 나와 상관없다. 이곳에서 나가야 한다면, 저곳 역시 나가야 할 곳이다.

9.

더 늦기 전에 나와야 해.

팀장이 말한다.

그러다 건강까지 버리면 정말 끝이야.

이 대리의 아내는 건강했다. 몸이 가볍고 재빨라 잘 달렸다. 기분이 좋으면 혼자서 방방 뛰는 여자였다. 종종 이렇게 말했다.

기분이 좋아 가만있질 못하겠어. 나는 오늘 지구 끝까지 뛰어갈수도 있어.

그 여자가 말하는 지구 끝에 대해 생각했었다. 어느 곳이나 지구 끝이었다. 너와 내가 서 있는 모든 곳이 지구 끝. 저마다 이 세계의 끄트머리에 있어 우리는 각자 손을 뻗어 서로를 만질 때도 어김없이 세상에서 가장 먼 사이였지.

자네도 잘 알지 않나. 거기 그렇게 있어서는 안 돼. 위험해.

잘 안다. 그런데, 여기만 위험한가? 그곳은 안전한가?

일탈은 잠시여야 일탈 아닌가.

일탈이라면, 지금까지의 삶을 일탈로 돌릴 수도 있다. 나는 잘못 살았다. 안다. 이곳에서 나가지 않는 지금 역시 바람직하지 않다. 하지만 나간다고 뭐가 다른가? 이러나저러나 나는 요양원에도 가지 못하고 가난하고 외롭게 살다 홀로 죽을 것이다.

박 차장도 정 과장도 다들 자네를 걱정하네. 그러다 몸 다 망가지고 인생 종 치는 거 시간문제라고 말들이 많아. 자네도 잘 알지 않나. 사람은 그렇게 살면 안 돼. 당장의 쾌락만 좇다가는 남은 생을 모조리 망치게 돼. 미래를 생각하며 살아야지. 자네는 아직 젊잖나. 결혼도 하고 자식도 낳아야지. 그렇게 하나하나 이뤄가며 사는 거야. 그게 바로 사는 재미 아니겠나.

그런데 일흔 넘은 그 노인은 왜 자살했을까? 팀장은 알까?

옳은 말씀입니다. 팀장님. 기억나시죠?

무엇 말인가?

지난번에 설렁탕 먹으며 우리 다 함께 보지 않았습니까. 그게 9시 뉴스였습니다. 30대 주부가 두 아이를 먼저 죽이고 자기도 목을 매지 않았습니까.

……그래. 자세히 기억은 안 난다만 그런 일이 종종 일어나지.

아닙니다. 종종 일어나는 일이 아닙니다. 우리는 대부분 그럽니다. 같이 밥을 먹으며 9시 뉴스를 봅니다. 밤 9시 뉴스 말입니다.

…….

우리가 어째서 매일 밤 9시 뉴스를 같이 보면서 밥을 먹습니까? 우리가 군인입니까?

……사람이 살다 보면 그런 때도 있는 거지. 나태하게 사는 것보다 낫지 않은가.

저도 그런 때이고 팀장님도 그런 때이고 차 부장님도 그런 땝니다. 모두의 그런 때가 5년 넘게 계속되고 있습니다. 그러니 그런 때가 따로 있는 게 아니라 전부 그런 때 아닙니까? 좋습니다. 이곳에서 나가면 저는 부지런히 돈 벌어 결혼하고 자식 낳으면서도 팀장님과 매일 아침 9시에 만나 밤 9시 뉴스를 같이 보면서 순댓국을 먹고 자정 가까이 퇴근할 겁니다. 저는 돈도 쥐꼬리만큼 벌면서 가정도 못 챙기고 음식물 쓰레기도 안 버리고 애들이랑도 안 놀아주니까 무능력하거나 무관심한 남편이 될 겁니다. 저나 아내 둘 다 돈을 벌면 애를 키울 수가 없고 둘 중 하나만 돈을 벌면 애를 키울 수가 없습니다. 아닙니까?

이봐, 이 대리를 봐. 이 대리는 잘해내고 있지 않나.

저는 이 대리가 아닙니다. 이 대리가 한다고 저도 할 수 있는 게 아니고 이 대리는 하는데 저는 못 한다고 제가 덜떨어진 놈도 아니란 말입니다. 팀장님은 어떻게 확신합니까? 이 대리가 잘해내고 있다고? 잘한다는 게 대체 뭡니까? 이 대리의 두 아이가 지금 누구와 있는지 아십니까? 보모랑 있습니다. 이 대리는 보모를 고용하기 위해 월급을 반 넘게 씁니다. 애들이 클수록 돈은 더 들 테고 그 돈을 감당하려면 일을 더 해야 하고 그럼 그만큼 애들을 어딘가에 맡겨야 하니 돈은 더 나갑니다. 팀장님, 어린이집 유치원 학교 학원 학교 학원 학원 학교 학원 학원 학원 학교, 그렇게 갓난 애가 어른이 되잖습니까. 저는 말입니다. 이상합니다. 그럴 바에야 가정이란 게 왜 필요한지 모르겠습니다. 그런데 또 애들이 잘 못되면 가정교육 운운하지 않습니까. 저는 제 아이가 절 보고 '저 아저씨는 누군데 가끔 우리 집에 들어와 자기 맘대로 담배를 피우고 똥을 싸고 내게 잔소리를 하지?' 하고 생각할까 봐 무섭습니다. '내가 네 아빠다'라고 가르쳐주면 '아, 아저씨는 아빠군요. 그런데 아빠가 뭐예요?'라고 물어볼까 봐 정말 걱정입니다. 뭐라고 대답해야 합니까, 그 질문에? 저는 분명 제 아이에게 동네 슈퍼 아저씨보다도 낯설고 어색한 사람이 될 겁니다. 그러다 자식을 죽이고 목을 매고, 늙은 남편이 병든 아내를 죽이고 밀폐된 방에서 연탄불을 피우고, 엄마가 게임 좀 그만하라고 하면 아들은 칼을 휘두를 겁니다. 우리는 매일 밤 한 식탁에 앉아 돼지 국밥을 먹으며 누가 누굴 죽이고 스스로 죽었다는 9시 뉴스를 보다가 다시 사무실로 돌아가 일을 할 겁니다. 그런 것은 이상하지 않고 여기 처박혀 밖으로 나가지 않으려는 저는 이상합니까? 건강하지 않은 겁니까? 나태한 겁니까? 위험합니까?

……그러지 말게.

여기도 이상하고 거기도 이상합니다.

그건 핑계야.

목소리가 문득 엄격하다.

그런 말은 비겁해. 나약해 빠진 거라고. 이봐, 다들 그렇게 살지 않나? 자네 말처럼 죽고 죽이는 사람들은 몇 안 돼. 예외지. 그러니 뉴스에도 나오는 거 아닌가? 죽거나 죽이지 않으면서도 주어진 조건 따라 충실하고 꿋꿋하게 살아가는 사람들이 대부분이야. 조건이 마음에 안 들면 노력해서 스스로를 바꿔야지. 스스로를 바꾸면 조건도 저절로 바뀌네. 앓는 소리야 누구나 하지. 하지만 자네처럼 그런 곳에 처박혀 현실을 회피하는 사람은 소수야. 소수는 돌연변이지. 예외는 오류야. 알지 않나. 하나의 시스템에서 돌아가는 열 개의 프로그램 중 여덟 개는 멀쩡하고 두 개가 돌아가지 않으면 우리는 그 두 개를 비정상으로 분류하고 손을 대지, 두 개를 고치자고 시스템 자체를 바꾸지는 않아. 그렇지 않나? 우리가 하는 일이 그런 일 아닌가.

나는 비겁하다. 나는 오류다. 이 말은 전혀 기분 나쁘지 않다. 그렇다. 나는 지금 스스로를 바꾸고 있다. 팀장이 추구하는 변화와 다를 뿐이다. 내게 동의를 요구하는 팀장의 말투가 거슬린다. 생각해보면 '자네는 참 성실한 사람이야'라는 말을 들었을 때도 기분이 좋지는 않았다. 기분이 희박하다. 희박해 토하지 못하고 꺽꺽거리면서도 그게 바로 정상인 줄 알고 살았다.

나는 자네를 뉴스에서 보고 싶지는 않아. 나오게. 나와서 사람들과 어울리고 일을 하게. 좀 더 의미 있고 생산적인 일에 시간과 정성을 쏟게. 인생을 낭비하지 마.

하루의 절반 이상을 의자에 앉아 스스로 별 보람도 의미도 없다고 생각되는 일을 반복하며 보낸 지난 10년은 낭비가 아닌…… 절약이었나? 나는 꼭 필요한 것에만 나의 인생을 썼던가? 뭉텅뭉텅 잘려나간 듯한, 돌아보면 단 몇 문장으로 요약되는 지난날이 내게 반드시 필요한 날들이었나? 아니, 낭비 아니면 절약인가? 이 세계에 적당함이란 없나? 모르겠다. 무섭다. 질렸다. 지긋지긋한 물음표. 말없이 휴대전화의 종료 버튼을 누른다.

10.

환하다.
환한 갯벌 저 끝에서 일렁이는 투명한 물빛.
빠져나가는 중일까, 들어오는 중일까.

작고 마른 내 몸을 쓰다듬는 따스한 햇볕.

저쪽으로 걸어갈까, 이쪽으로 돌아설까.

은은한 향기처럼 바람이 분다.

신기하지, 참 신기해.

이토록 멋진 곳에 오직 나뿐이라니.

11.

눈을 뜬다.

문을 본다. 여전하다. 마음을 놓는다. 이불 위에 드러누워 천장
만 쳐다보고 있기를 한참. 극단으로 가닿는 생각들. 팀장의 옳은
말들. 옳아서 화가 나는 말들. 미래는 중요하다. 일을 해야 한다.
여기 갇혀 있으면 안 된다. 어떻게든 벗어나려고 애써야 한다. 문
밖에 버티고 선 벽이 다이아몬드처럼 단단하더라도 깨부수고 나
가야 한다. 대결하고 극복해야 한다. 그러면 모두들 박수 쳐줄 것
이다. 나는 훌륭한 사례가 될 것이다. 누군가는 인간 승리라는 표
현을 쓸지도 모른다. 내게 독한 사람이라고 할 수도 있다. 자기와
의 싸움에서 이겼다고도 하겠지. 나는 그것을 바라나? 인간 승리
를? 자기와의 싸움을? 나가고 싶은가? 남들처럼 살고 싶은가? 지
금 이곳을 견딜 수 없는가? 견딜 수 없기는 바깥도 마찬가지다. 이
곳에서나 바깥에서나 망가지고 망한다. 이곳은 끝내 나를 파멸시

킬 수도 있지만, 당장은 나를 살게 한다. 이러다 죽어도 상관없다. 죽어도 '좋다'가 아니다. 이것은 선택인가? 문자 수신음이 울린다.

　수리공을 보냈어. 그의 도움을 받아.

　액정에 찍힌 두 문장을 읽고 또 읽다가 통화 버튼을 눌렀다. 통화 연결음만 울리다가 끊긴다. 문으로 다가가 문고리를 돌려본다. 열리지 않는다. 수리공이 와봤자 소용없다. 문을 가로막은 거대한 벽 때문에 문을 찾지 못할 테니까. 한참을 서성이고 헤매다가, 문을 열려면 먼저 벽을 부숴야 한다는 것을 알아차릴 수도 있다. 수리공은 포기하고 돌아갈 것이다. 팀장이 항의하면 그것은 자기 일이 아니라고 대꾸하겠지. 팀장은 고민할 것이다. 포클레인 기사를 불러야 할 만큼 이 자식이 꼭 필요한 사람인가? 장담컨대 결론은 금방 내려질 것이다. 나는 그 정도로 유능한 직원이 아니다. 내가 하는 일은 나 아닌 다른 사람이라도 충분히 할 수 있다. 사실 그렇지 않은 일이 없다. 꼭 나여야만 하는 일은 아무것도 없다. 수리공을 보낸 것만으로도 팀장은 할 만큼 했다. 그 정도로도 충분히 감동적이다. 하지만 팀장은 집요하다. 짜증 수백만 방울을 흩뿌리면서도 주어진 일은 반드시 해내는 사람이다. 그런 모습이 존경스러울 때도 있지만 무서울 때가 더 많다. 팀장이 포기하지 않으면 나도 포기할 수 없으므로, 원치 않더라도 나 역시 집요해져야 했다. 그러니 내가 반드시 필요한 직원이라서가 아니라, 나를 연민하거나 걱정해서가 아니라, 팀장이 포기할 줄 모르는 사람이어서 결국 포클레인 기사에게 연락을 할지도 모른다. 그렇게 나를 안에서 꺼내고 팀장은 만족할 것이다. 보람과 성취감을 느끼겠지. 나를 이대로 내버려두라 아무리 애원하고 소리 질러도 인간답게 살아야 한다며 기어코 나를 끌어내겠지. 인간다운 게 뭐지? 성실한 거? 끌어내 뭐라도 시키겠지. 수천 억 방울의 짜증을 견뎌야 하는, 견디다보면 어느새 노인이 되어버리고 말 그런 과업을. 나, 정말 요양원에는 갈 수 있을까? 무섭다. 수리공이 이곳을 발견하면 어쩌지? 아주 유능한 수리공이어서 포클레인 기사를 부르지 않고도 문을 열어젖히면 어쩌지? 불안하다. 갇혔다는 것을 깨달았을 때는 느끼지못한 불안과 두려움. 저 문이 열릴지도 모른다고 생각하니 확연히알겠다. 정말, 나가고 싶지 않다.

12.

계십니까.

맙소사. 무척 가까이 들린다. 벽이 그토록 얇은가?

도와드리러 왔습니다. 거기 계십니까.

없다. 나는 여기 없다.

잘 들으세요. 제가 문을 열 겁니다. 저 혼자서는 열 수 없으니 그쪽에서도 애써주셔야 합니다. 아시겠어요?

이불 속에 기어들어 숨을 참는다.

힘드신 거 압니다. 고객님 같은 분 많이 봤어요. 고객님, 마음먹기가 힘든 거예요. 나오지 않겠다고 버티던 분들도 일단 나오면 대만족하십니다. 지금은 그곳이 좋으시죠. 그런데 그러다가 돌아가십니다. 정신 차리세요. 한창나이에 왜 그러고 계십니까, 대체.

저자는 문을 어떻게 열 작정일까. 부술까? 그건 부당하다. 저 문은 내 허락 없이, 아니, 집주인 허락 없이 부술 수 없다. 설마 집주인에게도 연락을 했나? 문을 부숴도 된다고 호락호락 허락할 아줌마가 아닌데. 아줌마는 좋겠다. 집도 많고. 내 방 내 문을 부수라고 내 허락 없이 허락할 수도 있고. 아줌마는 햇빛 속에 살겠지? 바보들. 수리공이 아니라 아줌마를 데려오면 나를 당장 꺼낼 수 있을 텐데. 아니다. 아줌마도 못한다. 나를 쫓아낼 수는 있어도 꺼내지는 못한다. 그건 아무도 못한다.

자, 고객님, 부모님 생각부터 해봅시다.

부모님?

자제분이 이런 상태라는 걸 아시면 부모님께서 얼마나 슬퍼하시겠습니까. 이건 정말 엄청난 불효예요.

부모님 얘기를 들으니 절로 돈 생각이 난다. 돈을 벌어야 하는데. 남의 자식들처럼 여행도 보내드리고 용돈도 드려야 하는데, 그러지 못하면 불효자식이다. 여기서 나가지 않으면 부모님 보험료도 낼 수 없고 다달이 드리는 용돈도…… 싫다. 나가기 싫다. 없는 사람처럼 살고 싶다.

고객님, 아직 앞길이 구만리 아닙니까. 벌써부터 이러시면 안 됩니다.

구만리 앞길이라니…… 토할 것 같다. 바쁜 것이 오히려 권태로운 나날을 얼마나 더 견뎌야 한단 말인가. 그런데 저 사람은 바로 벽을 부수지 않고 어째서 저런 말을 늘어놓는 거지?

고객님. 진짭니다. 당장은 아니더라도 늙어서 고생하신다니까요. 그런 경우가 한둘이 아니에요. 보고된 자료만 정리해서 읊어도 평생 걸린다니까요. 잘 아시지 않습니까?

보고도 싫고 자료도 싫고 정리도 싫다. 다 필요 없고, 우리 부모님은 나처럼 어디 갇힌 적도 없는데 늙어서도 충분히 고생하고 있다고 대꾸하고 싶다. 젊어 고생하는 것처럼 늙어 고생하는 것 역시 이제 더는 특이한 일이 아니라고. 하지만 참는다. 나는 없다. 없는 사람이다.

13.

어, 갯벌.
찬란하고 고요한 정오의 갯벌.
물이 서서히 들어온다.
바다가 점점 넓어진다.
먼 곳에서 차륵차륵 바닷물의 발걸음 소리가 들린다.
다정하고 따뜻한 바다가, 내게 오고 있다.

14.

눈을 뜬다.

문을 본다. 맙소사. 잠들었던가? 내가? 이런 상황에? 저편에 귀를 기울인다. 잠잠하다. 문으로 살살 다가가 소리를 찾는다. ……아니, 이분은 뭐 자식이 없으니까. 자식 얘기면 한 방에 해결되는 사람도 있거든요. 가장으로서의 책임감이나 뭐 그런 걸 건드리는 게 최곤데……. 애인 없는 거 확실해요? 회사 사람들이 모르는 뭐가 있을 수도 있잖아요. 아, 저 나이 되도록 결혼도 못하고 여자 친구도 없이 대체 뭐 하고 살았대. ……딱 견적 나오네. 사람 성실하면 뭐합니까. 지금 저러고 있는데. 그러니까요, 일밖에 모르는 사람들이 더 위험하다니까. 아, 그놈의 성실…… 어떤 성실한 사람은 말입니다. 일이 좋아 성실한 게 아니고요. 달리 할 게 없어 성실한 거고요. 일 말고 다른 거에 꽂히면 일이고 뭐고 다 내팽개치고 꽂힌 그거에만 성실해진다니까요. 지금 못 빼내면 저 사람 인생 완전 끝이에요. 저러다 죽어. 아니, 대답 자체를 안 한다니까. 의사? 이보세요. 일단 저 사람이 저기서 나와야 의사든 장의사든 만날 거 아닙니까. 저 사람한테는 그럴 의지가 전혀 없다니까요. 이건 하느님이 나서도 안 될…… 강제로요? 벌써? 그건 부작용도 크고 비용도 더 청구……. 이상하다. 왜 다들 나를 빼내지 못해 안달이지? 문 앞에 선 채로 방을 둘러본다. 낡고 춥고 좁고 어둡다. 하지만 세상에서 가장 안락하고 평온한 곳. 나는 이곳에서 벌거벗고 춤추고 노래하고 맘껏 웃고 울고 취할 수 있다. 괴성을 지를 수도 침묵에 묻힐 수도 있다. 혹은 아무것도 하지 않을 수도 있다. 오직 이곳에서만 그럴 수 있다. 이곳에서 내가 괴로운 이유는 바깥을 신경 쓰기 때문이지. 바깥을 궁금해하고 바깥에 미련을 두고, 바깥 사람들이 나를 어떻게 볼까 노심초사하고, 그들의 기대에 귀를 열기 때문이지. 바깥에서 해야 할 일들에 마음을 쓰고 바깥의 기준에 나를 끼워 맞추기 때문이지. 바깥을 몽땅 잊는다면 이곳에서 나는 한없이 자유로울 수 있다. 세상 누구보다 행복해질 수 있다. 그런 순간은 분명 올 것이다. 속지 말자. 들키면 안 된다. 나가면 안 된다. 문자 수신음이 울린다.

문을 부수라고 했네. 다 자네를 위해서야. 거기서 나와야 해. 지금은 그 이유를 몰라도 나오면 알게 될 거야.

문자를 다 읽기를 기다렸다는 듯, 먼 곳에서부터 쿵. 쿵. 쿵. 굉음이 터진다. 포클레인이나 트럭 소리라기엔 부족하다. 대포 소리에 가깝다. 탱크, 아니, 어마어마한 덩치의 공룡이다. 공룡의 발소리다. 팀장에게 전화를 건다. 받지 않는다. 문자를 쓴다. 손이 벌벌 떨려 글자를 제대로 찍을 수 없다.

나가고 싶지

점점 가까워지는 소리. 문이 흔들린다. 부들부들 떨다 휴대전화를 떨어뜨린다. 급히 주위 문장을 마저 쓴다.

　않습니다. 제발

잠시 정적.
안다. 알 수 있다.
일격을 가하기 전 일시적 적막이다.
이 공포를 견딜 수 없다.

　저를 가만히

무너진다. 벽이다. 벽이 깨졌다.

　두세요.

깨진 벽을 잘게 으깨는 소리. 거대한 짐승이 동료의 뼈를 와작
와작 씹어 먹는 듯 끔찍한 소리. 휴대전화 액정에 땀이 맺힌다. 온
몸이 흠뻑 젖도록 땀이 흘러 춥다. 바들바들 떤다. 어지럽다. 기관
총 쏘듯 기침이 터진다. 구역질이 난다. 겨우 전송 버튼을 누르고
다시 전화를 건다. 통화 연결음만 들린다. 제발 받으라. 받아서 내
얘기를 들으라. 당신은 나를 더 큰 불행 속에 처넣고 있다. 전화가
끊긴다. 다시 적막. 다음은 무엇일까. 이 적막은 무엇을 예고하는
가. 전화벨이 울린다.

15.

나야.

이 대리?

사실 나 들었다. 네 얘기.

나는 여기 있다. 여기 있는데 바깥에선 어째서 거기 없는 내 얘기들을 나누고 지랄이지?

근데 나 진작 알고 있었어. 애들 엄마한테 먼저 들었거든. 사람 사는 게 불쌍해 보여 좀 친절하게 대해줬더니 네가 뭔가 오해했는지 자꾸 치근덕거린다더군. 그래서 내가 처신 똑바로 하고 다니라고 화를 많이 냈는데…… 그때 애들 엄마를 믿어줄 걸 그랬나? 하지만 어쩌겠어. 이미 세상 뜬 사람……. 애들 엄마가 꼬리를 쳤든 네가 먼저 치근댔든 그게 뭐 중요한가. 어쨌든 너희 둘, 하긴 한 거 잖아? 누구 말이 진짜든 불행하긴 마찬가지지. 이봐, 나도 말 못할 비밀 많아. 나이 들수록 점점 많아져 마음이 이만저만 무거운 게 아니야. 근데 말이지. 그런 게 쌓이고 또 쌓여 마음이 터질 것 같대도, 그런 거는 철저히 혼자 감당해야 하는 문제 아닌가? 인간적으로 그래야 하는 거 아닌가?

무슨 말인가. 나는 이 대리에게 아무 말 하지 않았다. 마음으로만 지껄였다. 미치지 않고서야 내가 이 대리에게, 설마, 그럴 리가 없지 않은가.

그건 그렇고. 팀장이 문을 부수라고 했다며?

잠깐. 오늘 며칠이지? 지금 몇 시지? 아침인가 밤인가 새벽인가.

다들 나오라고 난리지?

모르겠다. 나는 팀장의 독촉만 받았다. 팀장이 전해준 말만 들었다. 그런데 팀장은 왜 나를 꺼내지 못해 안달이지? 정말 걱정되어 그러는 걸까? 왜 나를 걱정하지? 이 대리는 내가 해야 할 일을 대신 잘하고 있을까? 오늘도 팀장과 밥을 먹으며 9시 뉴스를 같이 봤을까? 오늘도 누가 누굴 죽이고 스스로 죽었다는 뉴스가 나왔을까?

네 생각은 어때? 나오고 싶어?

고개를 젓는다.

내 생각도 마찬가지야.

내 고갯짓을 본 사람처럼 이 대리가 말을 잇는다.

나오기 싫으면 나오지 마.

깊은 한숨을 내쉰 후 말을 잇는다.

나와 봤자 다를 것 없어. 여긴 그대로니까. 거기 들어가기 전과 똑같이 살아야 할 거야. 그러고 싶은가? 거기 처박혀 있으면 잠시라도 말이야, 이곳의 불행과 고통을 잊을 수 있지 않나? 애들 엄마 떠났을 때 나도 한동안 그랬지. 애들 생각해서 가까스로 나오긴 나왔는데…… 모르겠어. 뭐가 더 좋은지. 여긴 정말 숨 쉴 구멍이 없다는 거, 갇혀 있다 나오니 더 실감 나더라. 애들만 아니었음 나도 나오지 않고 버텼을 거야. 넌 뭘 원하지? 사람들 말 듣지 말고 너 원하는 대로 해.

진중한 목소리다.

너도 알겠지만 벽은 이미 깨졌어. 문 부수는 거야 시간문제고.

그런데 말이야.

　알 수 있다. 이 대리의 충고는 진심이다.

　부서진대도 네가 나오지 않으면 그만이지. 안 그래? 문 따위가 무슨 대순가.

16.

　전화가 끊기자마자 조용히, 문이 부서진다. 아니, 스러진다. 모래처럼. 신기루처럼. 뻥 뚫린 밖에는 무거운 어둠이 버티고 있다. 밤이었구나. 새벽인가? 기다리면 알게 되겠지. 안다. 이곳에서는 사람답게 살 수 없다. 모르겠다. 사람다운 삶이 대체 무엇인지. 나는 나의 행복과 안락을 원한다. 그것을 얻으려면 사람답게 살아야 하나? 아닌데. 아닌 것 같은데. 사람답게 살 때, 나는 평안이나 위로를 얻을 수 없었다. 걱정과 불안에 휩싸여 살았다. 그렇다면 사람다운 삶이란 걱정과 불안에 잠식된 삶인가? 아니, 사람답게 살아본 적이 있긴 있나? 모르겠다. 나갈 수 없고 나가고 싶지 않다. 아직은 아니다. 가만히 앉아 골똘히 쳐다본다. 문이 있던 자리를. 그곳의 어둠을. 더 어두워질 것인가. 차차 밝아질 것인가. 다음을 기다린다.

17.

세 개의 시곗바늘은 하늘 꼭대기를 가리킨 채 더는 움직이지 않고,

고요하고 외롭고 아름다운 이곳에 주인 없는 햇살과 나뿐인 줄 알았다. 그런데,

발아래서 아주 작은 기척이 느껴진다.

천천히 앉아 가만히 들여다본다.

까만 똥처럼 볼품없지만 그 어느 때보다 내게 가장 가까운 정오의 그림자.

여기 있었구나.

ㅅ ㅏ ㄹ ㅁ.

…이다.

18.

눈을 뜬다.

최진영

2006년 〈실천문학〉 신인상에 단편소설 〈팽이〉가 당선되었다. 2010년 장편소설 《당신 옆을 스쳐간 그 소녀의 이름은》으로 제15회 한겨레문학상을 수상했다. 소설집 《팽이》, 장편소설 《끝나지 않는 노래》, 《나는 왜 죽지 않았는가》가 있다. 신동엽문학상을 수상했다.

보다 그럼직한
자세

황현진

재하는 강에서 제일 가까운 동네에 살았다. 시(市)를 세로로 관통하는 강의 오른쪽 동네였다. 그곳은 인근에서 가장 가난한 사람들이 모여 사는 곳이기도 했다. 덕분에 재하에겐 친구가 별로 없었다. 바로 그 점이 내가 재하를 친구로 삼은 가장 큰 이유였다. 나는 주로 재하네 집에서 놀았다. 우리 집은 강의 왼쪽 동네였다. 재하를 우리 집에 초대한 적은 단 한 번도 없었다. 우리 집은 5층짜리 아파트였는데 한 층에 스무 가구가 살았다. 스무 가구 중 절반의 자식들이 나와 같은 학교에 다녔고, 그중 절반은 나와 같은 학년이었으며, 그중 절반은 나와 같은 반이었다. 나는 그들과 친하게 지내지 않았다. 그들과는 무슨 놀이를 하건 무슨 짓을 하건, 내가 반추할 새도 없이 빠른 속도로 부모의 귀에 들어갔다. 나는 그게 싫었다. 집을 비우는 사람은 부모이면서 한나절 동안 무얼 하며 시간을 보냈는지 꼬박꼬박 고해바쳐야 하는 쪽은 늘 나였다. 그건 무척 화가 나는 일이었다. 화를 내지 않기 위해선 거짓말이라도 늘어놓아야 했다.

혼자 집에서 책을 읽었어요.

나는 그렇게만 말했다. 그 말은 맞벌이를 하느라 자식 곁에 있어주지 못하는 부모의 양심을 찌르기엔 꽤 적합한 문구였다. 동시에 부모를 안심시키기에도 가장 적당한 말이었다. 내 부모가 나를 두고 걱정할 것은 딱 두 가지뿐이었다. 외아들인 내가 여느 아이보다 내성적이라는 것과 지나치게 똑똑하다는 것. 그것은 차라리 자랑과 안도에 가까웠다. 심지어 그들은 내게 친구가 없다는 사실조차 크게 괘념치 않았다. 내 부모는 정기적으로 내게 책 사주는 일 외에 달리 신경 쓸 일이 없었다. 각자의 업무에만 충실한 삶을 살아도 전혀 문제 될 게 없었다는 소리다. 나는 정반대였다. 내 방엔 나날이 책이 쌓여갔고 내겐 그것들을 읽어낼 시간이 부족했다. 게다가 나에겐 책의 내용을 간추려 부모에게 전해야 할 의무가 있었다. 도저히 내 힘으로는 어찌할 도리가 없는 그 의무를 나는 재하의 누나를 통해서 해결했다.

재하에겐 누나가 있었다. 그녀는 우리보다 세 살이 많았다. 그녀의 방에도 책은 많았다. 가난한 재하의 부모는 맏딸에게 여러 종류의 문학 전집을 사주곤 했다. 재하의 외숙모가 출판사 외판원이라고 들었다. 아마 재하 부모의 입장에서는 외숙모와 딸, 둘 모두의 청을 거절하기가 힘들었을 것이다. 얼마 후 내 방에도 누나의 책과 똑같은 것들이 가지런하게 진열되기 시작했다. 재하 외숙모의 수입도 점점 늘어났다. 날이 갈수록 재하의 부모는 더욱 가난해졌고, 내 부모의 퇴근 시각은 보란 듯이 늦어졌으며, 나는 더욱 뻔질나게 재하네 집을 들락거리다가 중학생이 되었다.

누나는 고등학생이 되었다. 누나가 책을 읽는 속도도 더욱 빨라졌다. 하지만 누나에게 더 이상 새 책은 주어지지 않았다. 그즈음 재하의 외숙모가 출판사 외판을 그만두고 보험사에 취직한 탓이었다. 재하의 부모는 아직 책의 할부금을 다 갚지 못했다는 이유를 들어 보험 가입 권유를 모두 거절했다. 외숙모는 가난한 부모일수록 사망보험 가입이 필수라고 핏대를 세웠지만 재하의 아버지는 향후 30년간 우리 집에 장례식 치를 일 따위는 없을 거라고 단단히 못 박았다.

30년이 아니라 40년이야.

재하의 엄마가 꾸짖듯 말했다. 누구를 꾸짖는 말인지는 알 수 없었다. 얼굴이 벌게지는 쪽은 언제나 재하의 아버지였다.

언니는 돈 욕심은 없으면서 명줄 욕심은 있나 봐.

비아냥거리는 쪽은 당연히 재하의 외숙모였다.

재하와 나는 서로 다른 중학교에 입학했다. 더 이상 재하와 친하게 지내는 모습을 누군가에게 들킬까 염려하지 않아도 되었다. 내가 제일 두려워하는 것은 내게도 친구가 있다는 사실, 그 자체였을지도 모른다. 재하는 시의 오른쪽 끄트머리에 있는 중학교에 입학했다. 그 학교는 공업고등학교와 붙어 있는 학교였다. 시에서 제일 역사가 오래된 학교이긴 했지만 해가 갈수록 평판이 나빠져 사람들이 꺼리는 학교가 된 지 한참 전이었다. 나는 강의 왼쪽 동네에 신설된 중학교에 입학했다. 동네의 인구가 갑자기 증가하면서 새로 생겨난 중학교는 최신식 냉난방 시설이 갖춰진데다 최초의 남녀공학이라는 이유로 인근에서 가장 유명한 중학교가 되었다. 여전히 재하가 강을 가로지르는 다리를 건널 일 따위는 전혀 없었다.

나는 꾸준히 재하네를 찾아갔다. 일주일에 서너 번 난간 없는 다리를 오갔다. 가끔 다리를 건너다 말고 멈춰 서서 물 위를 떠가는 것들을 한참 동안 내려다보았다. 바위틈에서 하얀 거품이 부글부글 끓어올랐다. 종종 죽은 물고기들이 강가로 쓸려 나오기도 했지만 그리 많은 수도 아니었고 자주 있는 일도 아니었다. 죽은 물고기는 부리가 긴 흰 새들의 몫이었다. 누나에게 그 새의 이름을 물어본 적 있었다.

나도 몰라.

누나는 2층 침대의 아래 칸에 누워 대답했다. 재하와 누나는 한 방을 썼다. 벽 하나를 사이에 두고 안방과 작은 방이 붙어 있는 좁고 단순한 구조의 집이었다. 재하와 누나가 함께 쓰는 방은 2층 침대 하나와 책상 하나뿐, 다른 가구가 놓일 여유조차 없었다. 하나뿐인 책상은 주로 누나가 사용했으나 거의 비어 있었다. 누나는 2층 침대의 아래 칸에서 방 안의 고요하고 답답한 시간들을 애써 견뎌냈다. 누나의 머리맡엔 두꺼운 양장본들이 어지럽게 흩어져 있었다. 이미 다 읽은 책들이었다. 누나는 어떤 책이든 두 번 읽기를 싫어했다. 누나 주위에 아무렇게 내던져진 책들은 버려진 거나 다름

없었다.

학인가? 그럴 리는 없겠지.

누나가 뒤이어 중얼거렸다. 냉장고를 뒤지던 재하가 두루미라고 소리를 질렀다. 누나가 피식 코웃음을 쳤다. 그러곤 아예 입을 다물더니 눈을 감았다. 잠시 후 침대 아래로 가느다란 팔이 툭 떨어졌다. 그런 누나를 바라보고 있자니 슬슬 화가 났다. 내가 재하네 집을 들락거린 지 몇 년이나 지났지만 누나는 내게 좀처럼 곁을 주지 않았다. 내가 책의 줄거리를 꼬치꼬치 캐물을 때만 눈을 빛내며 길게 이야기할 뿐, 나에 대해선 전혀 궁금한 게 없다는 투였다. 누나가 내 이름을 알기나 하는지 캐묻고 싶던 적도 한두 번이 아니었다. 누나는 내 이름을 부른 적이 없었고, 설령 내게 무슨 말을 건네더라도 항상 재하를 불러서는 재하와 나 둘 모두에게 들으라는 듯 말을 이어나갔다. 재하와 전혀 상관없는 이야기를 던질 때도 누나가 부르는 이름은 언제나 재하였다.

재하야.

누나가 재하를 부르면 나도 모르게 재하와 함께 쪼르르 달려갔다. 누나가 속삭이듯 말했다. 햄릿은 칼에 찔려 죽어. 내가 미간을 찌푸리며 고개를 끄덕이면 누나가 물었다. 재밌겠지? 베르테르는 권총으로 자살해. 진짜 재밌겠지? 나는 기어들어가는 목소리로 그렇다고 대답했다. 누나가 나를 보고 배시시 웃어주었다. 재하는 황당한 기색을 숨김없이 드러냈다. 도대체 무슨 소리를 하는 거야. 이죽대며 누나 앞을 도망치듯 떠났다. 나는 미적거리며 누나가 다른 말을 하지 않을까, 곁으로 오라는 손짓을 하지나 않을까, 눈치를 살폈지만 누나는 금세 입을 다물고 눈을 감았다. 고개를 툭 떨구고 침대 아래로 희고 가느다란 팔을 떨어뜨렸다.

우리 누나는 미쳤어.

재하는 툭하면 누나를 미친년이라고 했다. 아주 넌더리가 난다는 듯 굴었다. 한창 누나와 침대 문제로 신경전을 벌이는 중이었다. 재하는 2층 침대의 위 칸에서 내려오기를 원했다. 부쩍 키가 자라기 시작하면서 몸무게도 하루가 다르게 늘어났다. 이미 낡을 대로 낡아버린 침대가 70킬로그램의 하중을 언제까지 버텨낼지 위험천만할 지경이라고, 누나를 설득했다. 누나는 재하의 말에 도리어 즐거워했다. 재하에 따르면 누나는 아주 어릴 때부터 시체놀이를 즐겼다고 한다.

옛날엔 입가에 케첩을 바르고 아무 데나 누워 있었다니까. 내가 아무리 엉덩이를 걷어차도 소용없어. 데굴데굴 구르면서 한참을 웃어대. 그나마 요즘은 매우 어른답게 죽는 편이지.

한번은 이런 일도 있었다고 한다. 누나는 빨간 포스터물감을 뜨거운 물에 풀어서는 이불에 뿌렸다. 목화솜으로 만든 아주 무거운 이불이었다. 재하의 엄마는 그 이불을 매우 아껴서 1년 내내 요 대신 안방에 깔아두고 그 위에서만 잠을 잤다. 한여름엔 이불에 대자리를 깔았다. 긴 시간 녹록치 않은 노동에도 허리가 아프지 않은 이유는 오로지 그 이불 때문이라고 입버릇처럼 말했다. 누나는 바로 그 이불에 무럭무럭 김이 나는 빨간 물을 뿌리고 사지를 기이하게 뒤튼 자세로 엎어져 식구들이 돌아오기만을 기다렸다. 부억칼을 안방 문 입구에 삐뚜름하게 던져놓은 채로.

누나는 죽을 만큼 맞았다. 등짝에 수십 개의 벌건 줄이 그어졌다. 그 주에 열린 백일장에서 누나는 장원을 했다. 그날부터 재하의 엄마는 딸이 들고 온 상장을 부끄럽게 여기기 시작했다. 누나의 상장들은 화장대 서랍 안에 차곡차곡 쌓였다. 재하의 엄마는 가끔씩 그것들을 꺼내보긴 했지만 코팅을 한다거나 액자에 넣어두는 일 따위는 두 번 다시 하지 않았다. 누나 역시 시체놀이를 그만두지 않았다. 아무도 시시때때로 죽은 체하느라 바쁜 그녀를 아는 체하지 않았다. 그녀가 되살아나기를 기다리지도 않았다. 돌아서면 어느새 그녀는 책을 펴고 책상 앞에 앉아 있었다. 누나가 책상 앞에 앉는 유일한 순간이었다. 그런 그녀의 모습은 보다 그럼직한 시체의 자세를 골똘히 연구하는 사람처럼 보였다. 이불 홑청을 벗기면 아직도 그 빨간 물감이 그대로 남아 있다고 했다.

중학생이 된 후, 처음 맞는 여름방학이었다. 우리는 낚시를 다니기 시작했다. 재하의 아버지가 쓰던 낡은 낚싯대를 내가 집 뒤꼍에서 우연히 발견한 뒤부터였다. 재하와 내가 낚싯대의 줄을 손보는 동안 누나는 어깨에 담요를 두르고 나와서 그 모습을 한참 동안 구경했다. 매우 무더운 날이었다. 누나는 금세 질렸는지 몇 분 지나지 않아 담요를 질질 끌며 집으로 들어갔다.

재하야.

누나의 목소리가 들렸다. 재하는 못 들은 체했다. 낚싯대를 손에서 놓고 싶지 않아서였다.

재하야.

다시 한 번 재하를 부르는 목소리가 들렸다. 내가 먼저 일어섰다. 재하가 마지못해 뒤따라 일어섰다.

보나 마나야.

재하가 툴툴거리며 앞장섰다. 누나는 침대에 누워 있었다. 재하와 나는 벽에 등을 붙이고 앉아 누나가 입을 열기를 기다렸다. 누나의 숨소리가 거칠었다.

햄릿은 죽기 전에 자기 삼촌을 죽여.

한 단어 한 단어를 말할 때마다 누나는 심호흡했다.

누나가 힘겹게 침을 삼키곤 마른 입술을 달싹거렸다. 누나는 확실히 죽어가고 있는 게 분명해 보였다. 적어도 그 순간만큼은 그랬다.

누나, 죽어요?

내가 울먹거리며 묻자 누나가 더듬더듬 대답했다.

재밌지?

아니요.

나는 얼굴을 세게 흔들었다. 조금도 재미가 없었다.

숨이 곧장 끊어질 것처럼 가슴 언저리가 갑갑할 뿐이었다. 그날 이후, 누나를 떠올릴 때마다 가슴께로 번져나가는 둔통이 수시로 나를 찾아와 괴롭혔다. 솔직히 나는 책 속 이야기에는 아무 관심이 없었다. 자꾸 눈앞에 누나의 얼굴이 어른거렸다. 내가 없는 사이, 누나가 죽어버릴지도 모른다고 생각하면 온몸이 욱신욱신 아파왔다.

여름방학이 시작되고 한 달 남짓 지나는 동안 서너 차례 폭우가 쏟아졌다. 강물이 크게 불어나 있었다. 재하와 나는 강에서 멀리 떨어진 곳에 자리를 잡고 앉았다. 모래밭 깊숙이 낚싯대를 꽂아놓고 수다를 떨었다. 고기를 잡는 일 따위엔 애초부터 관심 없었다. 낚싯대를 드리우고 강변에 궁둥이를 붙이고 앉아 지는 해의 그림자를 바라보는 것, 우리는 그 자체를 즐겼다. 그 풍경에선 어쩐지 어른의 냄새가 났다. 우리의 부모를 닮지 않은, 우리가 꿈꾸는 어른의 냄새. 게다가 재하의 아버지도, 나의 아버지도 그런 삶이 꿈이라고 한두 번쯤 지나가듯 말한 적이 있음을 우리는 기억했다. 재하와 나는 서로의 부모를 비교했다. 비교할 만한 게 딱히 없었다. 우리는 각자의 부모에 대해 아는 바가 적었다. 둘 중 어느 부모도 더 낫다고 말할 수 없다는 결론을 내곤 서로의 어깨를 치며 웃었다.

아들들이란.

재하는 마치 둘의 대화를 엿들은 아버지처럼 장난스럽게 속삭였다.

부모들이란 늘 우리 기대 이하지.

내가 맞받아쳤고 재하가 허리를 뒤로 꺾으며 큰 소리로 웃었다. 그 순간 나에겐 아주 오랫동안 재하와 좋은 친구로 지낼 수 있을 것 같다는 믿음이 생겨났다. 적어도 하릴없는 오후에 강가에 낚싯대를 드리울 수 있다는 사실 하나만으로 우리는 각자의 아버지보다 나은 삶을 살고 있다고 자신 있게 말할 수 있었다. 그렇다고 해서 내가 재하를 질투하거나 시기할 만한 점이 하나도 없었다면 거짓말이다.

우리 누나 미친년 맞는 것 같지?

재하가 낚싯대를 발로 툭툭 건드리며 내게 물어왔다. 나는 아니
라고 말하고 싶었는데 그러지를 못했다. 그저 고개를 두어 번 끄
덕이고 말았다. 나는 헷갈렸다. 내가 누나를 좋아하는 것인지, 아
니면 재하에게 누나가 있다는 사실을 부러워하고 있는 것인지 구
분하기가 힘들었다. 그 둘을 구분해내지 않으면 어떤 대답도 진심
일 리가 없었다. 하지만 고개를 한 번, 그리고 다시 한 번 끄덕이
는 동안 나는 깨달았다. 내가 누나를 좋아하고 있다는 것을. 그러
자 나도 누나처럼 죽은 체 모래사장에 얼굴을 처박고 자빠지고 싶
었다.

때마침 재하의 낚싯대가 흔들렸다. 재하가 벌떡 일어나 낚싯대
를 빼 들었다. 바늘에 미끼를 끼우지 않았다는 걸, 빈 바늘에 대고
아가미를 벌리는 물고기는 없다는 걸 재하는 영 모르는 듯했다.
저만치 강 한가운데에서, 부리가 길고 다리가 가느다란, 우리가 전
혀 이름을 알지 못하는, 학이거나 두루미일 리는 없는 그 새가 나
와 재하 쪽을 쳐다보고 있었다. 재하가 그 새를 쳐다보며 말했다.

차라리 저 새나 잡아볼까? 총으로 말이야.

그게 얼마나 어려운 일인지, 노고에 비해 얼마나 쓸데없는 포획
물인지 재하는 또 모르는 모양이었다. 나는 재하의 관자놀이를 가
볍게 때리며 소리 내어 웃었다. 문득 재하가 날 웃게 만들기 위해
서 일부러 바보 같은 소리를 늘어놓는 건지도 모르겠다는 생각이
들었다. 나는 아주 조금 더 오래 웃어주었고 재하가 뒤늦게 따라
웃다가 슬며시 일어나 낚싯대를 매만졌다.

누나는 그저 책 읽는 걸 좋아하는 사람일 뿐이야.

재하는 내 말에 대꾸하지 않았다.

처음 재하네 집에 놀러 갔을 때가 떠올랐다. 다리 끝에서 재하가 나를 기다리고 있었다. 회사원들을 태운 버스가 다리 위를 빠른 속도로 달렸다. 내내 바람이 불었다. 머리칼이 헝클어져 내 몰골은 볼품없었다. 재하가 나를 향해 손을 흔들었다. 나는 걸음을 빨리하려 노력했다. 바람도 점점 거세졌다. 다리 위를 벗어나기가 힘들 정도였다. 나는 고작 열두 살이었고 성장이 늦은 편이었다. 재하도 크게 다르지 않아서 우리 둘이 함께 다니면 애티가 더욱 두드러졌다.

나는 좀처럼 바람에 맞서지 못하는 더딘 걸음을 자꾸 의식하는 바람에 표정 또한 굳어갔다. 재하 역시 안절부절못한 얼굴로 나를 반겼다. 나는 재하가 내 표정을 따라 짓고 있다고 여겼다. 보다 간절하게 친구를 필요로 하는 쪽은 내가 아니라 재하라고 치부하던 때였으니까.

우리는 좁은 강둑 위를 30여 분 걸었다. 강 반대쪽에 비닐하우스들이 즐비했다. 사람이라곤 전혀 보이지 않았다. 동네 사람들은 전부 비닐하우스에서 일을 한다고 재하가 설명했다. 재하의 부모도 그 많은 비닐하우스 중 한 곳에서 온종일 품을 팔았다. 태풍 예보가 있는 날에는 그들의 일손도 더더욱 바빠졌다. 길 끝에서 낮은 구옥들이 옹기종기 모여 있는 좁은 동네가 보이기 시작했을 때, 재하가 우물쭈물하더니 입을 열었다.

근데 집에 누나가 있어.

이미 알고 있던 사실이라 새삼스러울 게 없었다.

누나가 좀 아파.

그제야 나의 방문이 실례일지도 모르겠다는 생각이 들었다. 왔던 길을 되돌아갈 수도 없었다. 그럼 우리 집에 갈래?라는 물음은 죽어도 던지고 싶지 않았다.

난 괜찮아.

내가 할 수 있는 말은 기껏 그뿐이었다. 상황에 어울리지 않는 말이라는 것을 뻔히 알면서도 다른 대답은 아예 생각조차 못했다.

아니, 네가 놀랄까 봐.

순간 이상했다. 그게 누군가를 놀라게 할 일인가, 의아해서였다.

재하는 나를 텔레비전이 있는 방으로 안내했다. 재하의 부모가 쓰는 방이었다. 나는 대자리가 깔린 요에 앉아 텔레비전을 멀뚱멀뚱 바라보고 있었다. 남의 집에 가본 게 처음이나 마찬가지여서 나는 방 안의 살림살이들을 신기한 눈으로 살펴보았다. 우리 집 안방과 달리 재하네 안방을 채운 가구들은 모두 키가 작았다. 좌식 화장대 앞에 놓인 방석은 난생처음 보는 거였다. 우리 집엔 방석이 없었다. 대신 쿠션 높은 의자들이 여러 개 있었다. 재하의 목소리가 옆방에서 들렸다. 바로 옆방에 누나가 있었지만 누나는 코빼기도 비치지 않았다.

좀 이따가 재하가 능글능글 웃으며 안방으로 들어왔다. 누나에 대해선 일언반구도 없었다. 곧장 비디오테이프 서너 개를 텔레비전 장식장에서 꺼냈다. 학교 앞 대여점에서 빌려온 것들이었다. 재하가 뭘 보면 좋겠냐고 거듭 물어왔다. 나는 뭐든 좋다는 식으로 말했다. 자꾸 쑥스러운 기분이 들어서였다. 재하가 뱀파이어가 나오는 영화를 보자고 했다. 가장 최근에 개봉한 영화라는 말도 덧붙였다. 비디오테이프를 투입구에 넣었지만 바라던 영상은 재생되지 않았다. 오히려 철컥, 소리와 함께 테이프가 투입구 밖으로 나와버렸다. 재하가 테이프를 살펴보더니 어깨를 으쓱했다. 미리 되감기를 안 한 탓이었다. 테이프가 모두 되감아지길 기다리기가 지루했는지 재하가 영화의 줄거리를 두서없이 이야기하기 시작했다.

뱀파이어가 여자들을 막 죽여. 하지만 실제로는 아무도 죽지 않아.

갑자기 방문이 벌컥 열렸다. 누나였다. 누나는 흰색 잠옷을 입고 문턱에 서서 나와 재하를 초점 없는 눈으로 바라보고 있었다. 오른손으로 목덜미를 감싸 쥔 채 미동 없이 서 있기만 했다. 재하가 벌떡 일어섰다. 나도 쭈뼛거리며 일어섰다. 누나가 고개를 왼쪽으로 기울였다. 목덜미를 쥐고 있던 손을 뗐다. 검붉은 피가 손바닥에 묻어 있었다. 목덜미에도 핏자국이 선연했다. 누나가 피 묻은 손바닥을 앞으로 뻗었다. 나는 너무 놀라 두 손으로 입을 틀어막았다. 곧이어 누나가 앞으로 고꾸라졌다. 재하가 씨발, 욕을 했다. 나는 여전히 경련을 일으키고 있는 누나의 손에 시선을 빼앗긴 채 파들파들 몸을 떨었다. 재하가 다시 한번 욕을 뱉었다. 엎어져 있던 누나가 킥킥거리며 웃기 시작했다. 그러곤 아무 일 없었다는 듯 벌떡 일어나 옆방으로 돌아갔다. 재하는 방바닥에 묻은 핏자국을 휴지로 훔쳐내더니 그 자리에 주저앉아 영화를 보았다.

영화를 보는 내내 재하는 툭하면 욕을 뱉었고, 나는 영화 속 뱀파이어가 여자들의 목덜미를 물어버릴 때마다 누나의 웃음이 다시 들리는 듯했다. 금방이라도 여주인공이 다시 일어서서 누나처럼 킥킥 웃을 것만 같았다. 도무지 영화를 즐길 수가 없었다. 게다가 재하는 욕하는 것 말고 달리 분을 참을 만한 방법을 찾지 못했다. 씨발, 씨발. 재하가 아는 욕은 그뿐인 모양이었다. 영화를 다 보고 난 뒤 재하가 물었다.

너 혹시 총 있냐?

그러면서 작은 방과 맞붙어 있는 벽에 대고 총 쏘는 모습을 흉내 냈다. 그해 우리 또래 사이에선 비비총이 크게 유행했다. 문구점 주인아저씨들은 날마다 더 큰 총을 꺼내 남자아이들에게 보여주었다. 재하와 나는 비비총 따위엔 전혀 관심을 두지 않는 부류였다. 만약 우리가 비비총을 가졌더라면 보다 많은 친구를 사귀었을지는 모르겠다.

지금은 그때와 영 달라졌다. 이제 비비총은 어딘가 좀스러운 데가 있는 물건이 되어버렸다. 새를 잡고 싶거나 누군가를 해치고 싶다면 총을 겨눌 일이 아니라 주먹을 휘두르거나 차라리 돌멩이를 던지는 게 훨씬 나았다. 옛 생각을 하다 말고 나는 문득 재하에게 요즘 학교생활이 어떤지 물어봐야 하는 건 아닐까, 싶었다. 하지만 지난겨울 동안, 나보다 한 뼘 가까이 크게 자란 재하를 보니 어쩐지 그 질문은 내가 받아야 할 것 같았다.

강둑을 따라 늘어선 비닐하우스에서 차례차례 불이 밝혀졌다.

돌아가야 할 시각이었다. 재하가 낚싯대를 허공에 높이 치켜들고 빙빙 돌렸다. 낚싯대를 거두면서, 내게 내기를 하자고 말했다. 누나가 시체놀이에 빠져 우리의 귀가를 기다리고 있을지, 아니면 짐짓 멀쩡한 체하며 책이나 읽고 있을지. 재하가 재빨리 누나는 분명 죽어 있을 거라고 선수를 쳤다. 나도 같은 생각이었지만 내가 선택할 수 있는 다른 예외란 없었다.

나는 누나가 침대에 엎드려 한 손으로 턱을 괴고 다른 한 손으로 책의 오른쪽 페이지를 만지작거리다가 종종 입술을 침으로 적시며 책을 읽어나가는 모습을 상상했다. 그러자 정말로 누나가 그러고 있을 것만 같았다. 누나의 머리맡에, 누나의 발치에, 누나가 팔을 뻗어 만질 수 있는 사정권 안에는 항상 책들이 난장판으로 뒤섞여 있었으니까, 내기의 승자는 내가 될 게 틀림없었다. 무엇을 내기의 담보로 걸어야 할지만이 중요했다. 나는 나의 승리를 확신하고 있었던 탓에 재하에게서 무엇을 뺏어야 할지 골똘할 수밖에 없었다. 재하 역시 마찬가지였다. 우리는 잠시 아무 말 없이 각자의 생각에만 집중한 채 걸었다.

생각하면 생각할수록 내 머릿속에선 재하의 가난만이 더욱 두드러졌다. 재하 부모의 가난과 그들이 사는 동네의 쇠락함, 낡고 허름한 집과 후지다는 말 밖에는 달리 표현할 길 없는 가구들. 그 집에서 유일하게 새것인 책들은 이미 내 방에도 넘쳐났다. 누나를 달라고 해도 될까? 누나에게 키스해도 될까? 내가 너의 누나를 꼬드겨도 될까? 과연 그런 말을 입 밖으로 꺼내도 될까? 재하야, 세상에 정말로 해선 안 되는 일이 몇 가지나 될까? 나는 앞으로 내가 무슨 일을 저지르든 묵인하고 침묵하겠다는 약속을 재하로부터 받아내고 싶었다. 그것만이 내가 재하에게 원하는 단 한 가지였다.

내가 이기면 넌 우리 누나랑 사귀는 거야.

잘못 들은 줄 알았다.

뭐? 뭐라고 했어?

재하는 바로 대답하지 않고 머뭇거렸다. 아랫입술을 씹으며 침을 삼켰다. 뭔가 대단한 결심을 스스로에게 강요하는 사람처럼 재하의 입이 점점 한일자로 굳어갔다.

너 우리 누나 좋아하잖아.

과연 재하의 진심인가, 의심스러웠다. 쉽게 그러자고 할 수 있는 말이었는데 쉽게 그러자고 말할 수 없었던 건 그 때문이었다. 내가 망설이고 있다는 것을 재하는 곧장 알아챘다. 미안할 수밖에 없는 순간이었지만 미안하다는 말을 해선 안 된다는 것도 알고 있었다.

미안해.

재하가 먼저 미안하다고 말했다. 이제 진짜로 미안해서 어쩔 줄 몰라 하는 사람은 나였다.

누나가 너무 싫어서 그랬어. 네가 싫어서가 아니야.

재하는 다시 걷기 시작했다. 다른 이유 따윈 있을 리가 없잖아, 그런 투였다. 나는 재하가 하는 말의 뜻을 잘 이해하지 못했다. 내가 듣기엔 누나와 나 둘 중 하나는 싫다는 말처럼 들렸다. 한 가지 확실한 건 재하가 이미 알고 있었다는 거였다. 내가 누나를 좋아하고 있다는 사실 말이다.

재하는 갑자기 말이 많아지고 길어졌다. 얼마 전엔 이런 일이 있었다고 한다. 누나는 아버지의 소주를 다 마셔버리곤 머리에 검은 봉지를 뒤집어쓰고 침대에 처박혔다. 사실 소주를 마셨는지 안 마셨는지는 정확하게 알 수 없어. 빈 소주병이 침대 아래 놓여 있긴 했지만 누나는 원래 그런 연출에 도가 텄으니까. 잠결에 누나는 2층 침대의 위 칸 바닥을 걷어찼다. 구부정한 자세 때문에 불편한 잠을 자고 있던 재하가 그 기척에 놀라 깼다. 일부러 찬 건지, 모르고 찬 건지도 알 수가 없어. 누나가 정말 죽으려고 그랬는지, 새로 떠올린 기발한 시체놀이의 하나인 건지 나는 이제 그 둘을 구분할 수가 없어. 재하는 상반신을 내밀어 아래 칸을 들여다보았다. 누나의 얼굴이 사라졌다고 생각했어. 목 아래만 있는 것 같았어. 밤이었으니까 말이야. 낮이었다면 검은 얼굴만 남아 있었다고 생각했을 거야. 뭐가 더 끔찍했을까? 누나, 누나. 재하는 누나를 연거푸 불렀다. 사라진 얼굴에서 바스락바스락 소리가 났다. 봉지가 콧구멍에 들러붙었다가 겨우 떨어지면서 나는 소리였다. 놀란 재하가 거의 고꾸라지다시피 침대 아래로 풀쩍 뛰어내렸다. 검은 봉지를 잡아 뜯었을 때, 누나가 웃고 있었어. 헉헉 숨을 마시기 바빠 죽으면서도 웃느라 바쁘더라고. 누나는 킥킥 웃다가 벌떡 일어나 책상 앞으로 가서 앉았다. 하지만 읽을 만한 책이 없었고 결국 누나는 찢어진 검은 봉지를 다시 주워 들었다. 봉지를 들고 있다가 방바닥에 내버리곤 소주병을 들어 올렸다. 소주병의 라벨에 적힌 글자들을 유심히 읽더니 책상 서랍에 소주병을 넣었다. 재하는 침대에 걸터앉아 누나가 하는 짓을 모두 지켜보았다. 이제 그만 올라가.

누나가 그러더라고. 그래서 올라가서 자는 체했어. 이제 누나는 진짜 죽고 싶은가 봐. 죽는 게 제일 재밌대. 아, 정말 미친년이야.

나는 재하가 나의 유일한 친구라는 사실을 기억해냈다. 나 역시 재하의 유일한 친구라는 사실도 변함없었다. 따지고 보면 우리가 가진 것들은 다 유일했다. 유일한 아버지, 유일한 어머니, 유일한 친구. 그리고 재하에겐 내게 없는 유일한 무엇이 하나 더 있었다. 유일한 형제. 물론 나에게도 재하에게 없는 호명이 하나 더 있었다. 유일한 자식. 유일해서 잘 보이지 않는 나는, 온종일 집 밖에서 보내는 일상에 대체로 만족했다. 나는 더 이상 빈 집을 지키고 있는 유일한, 한 사람으로 거기 남아 있지 않았으니까. 아예 거기 없었으니까. 어쩌면 우리가 사는 동안 가장 원하는 것은 서로에게 유일하지 않은 존재가 되는 것, 오직 그뿐일지도 몰랐다.

재하가 먼저 집으로 들어섰다. 우리는 누가 먼저랄 것 없이 눈으로 누나를 찾기 바빴다. 누나는 보이지 않았다. 집은 좁았다. 오랫동안 누나를 찾을 필요가 없었다. 누나는 집 안에 없는 게 확실했다. 재하와 나는 집 밖으로 나갔다. 담장 없는 집의 가장자리를 샅샅이 살폈다. 누나는 없었다. 확실했다. 재하는 당황했다. 누나를 찾으러 어디로 가야 할지, 누나가 있을 만한 곳이 어딘지 재하는 전혀 알지 못했다. 확실히 몰랐다. 재하의 뒤꽁무니를 졸졸 따라다니며 사색이 되긴 나도 마찬가지였다. 누나가 집에 없을 경우는 우리 둘 중 누구도 예상하지 못한 바였다.

재하는 주춤거리며 조금씩 집에서 멀리, 멀리 나아갔다. 왔던 길을 천천히 되돌아갔다. 불 켜진 비닐하우스와 그 너머 불 꺼진 비닐하우스들을 바라보면서 우리는 한숨을 내쉬었다.

저기엔 없을 거야.

내 말에 재하는 쉽게 동의했다. 우리는 다시 강둑 위를 걸었다. 강둑의 가파른 경사면에 빽빽이 자란 갈대숲을 불안한 눈으로 쳐다보면서 나쁜 상상에 휘말리기도 했다.

여기에도 없을 거야.

재하의 말에 나 또한 크게 수긍했다. 누나가 갈대숲 속에 드러누워 있을 리 만무하지만 어쩌면 다른 무엇이 처참한 자세로, 빠른 속도로 썩어가고 있을지도 모른다는 생각이 들었다. 우리는 수시로 머리를 세차게 가로저으며 집에서 멀리 나아갔다.

초조함은 점점 커지는데, 발걸음은 점점 느려졌다. 길 끝엔 강 너머 동네로 향한 다리뿐이고, 누나가 다리를 건너갔을 확률은 매우 낮았다. 좀 전까지 다리 아래에 낚싯대를 드리우고 있던 재하와 나였다. 다른 사람도 아닌 누나가 다리 위에 섰더라면 절대로 그 모습을 놓쳤을 리가 없었다. 재하는 강둑의 비탈면을 미끄러지듯 내려갔다. 모래밭에 서서 주위를 노려보듯 살펴보았다. 인기척이라곤 전혀 찾아볼 수 없었다. 강 너머 바위맡에서, 부리가 긴 흰 새들이 젖은 다리를 말리면서 깃털에 묻은 물기를 털어내고 있었다.

백로야.

얼빠진 얼굴로 강 건너를 바라보던 재하가 중얼거리듯 말했다.

뭐라고?

해가 아주 빠진 강가에 서니 윙윙거리는 소리가 자꾸 귓속을 파고들었다. 재하의 목소리가 잘 들리지 않았다.

저 새들 말이야. 백로래. 며칠 전에 누나가 말해줬어.

나는 백로, 백로, 하며 몇 번 따라 하다가 말았다. 왠지 그 또한 틀린 이름 같았다. 집으로 돌아가야 할 시각이 바투 다가왔다. 부지런히 걸어도 평소보다 늦게 집에 도착할 듯했다. 적절하지 못한 순간이다 싶으면서도 나는 결국 재하에게 그만 집으로 돌아가야겠다는 말을 꺼내고야 말았다. 재하가 내 어깨를 툭 치며 어서 가라고 했다. 내기의 결과는 다음에 알려주겠다고, 짐짓 미소까지 내보였다. 나는 어쩐지 먼저 돌아서고 싶진 않아서 재하에게 너부터 가라고 떼를 썼다. 누나는 벌써 집에 돌아왔을 거라고 억지로 재하의 등을 떠밀었다. 그 순간 귀를 찢는 비명이 들렸다. 재하와 나는 괴상한 소리가 난 방향으로 고개를 틀었다.

백로라는 그 새였다. 새는 커다란 날개를 한껏 젖히며 비명 같은 소리를 내지르더니 홀쩍 날아올랐다. 불현듯 허탈했다. 우리는 함께 강둑 위로 기어올랐다. 그러곤 등을 돌려 헤어졌다.

나는 다리의 가장자리를 따라 걸었다. 자칫 넘어지기라도 하면 아래로 떨어질지도 몰랐다. 다리가 후들거렸다. 재하가 나를 보고 있을 것 같았다. 내가 얼마나 큰 위험을 감수하면서 집으로 돌아가고 있는지 알아줬으면 싶었다. 여전히 눈으로는 누나를 찾고 있다는 사실까지도 재하가 눈치채길 바랐다. 나는 보란 듯 멈춰 서서 강의 오른쪽을 뚫어져라 바라보았다. 뭔가 작은 형체가 보이는 것 같기도 했고 아닌 것 같기도 했다. 불 켜진 비닐하우스를 바삐 오가는 사람들의 그림자만 뚜렷하게 보였다. 나는 가만히 서서 누나의 행방에 골몰했다. 재하의 이름을 불러볼까도 싶었다. 목청을 가다듬다가 말았다. 어차피 들리지 않을 것이다. 놀란 새들이 아까처럼 이상한 소리라도 내지른다면 재하만 식겁할 게 뻔했다.

다시 발걸음을 떼던 참에 나는 다리 아래를 지나가는 하얀 옷자락을 보았다. 뭔가가 강물 위를 떠다니고 있었다. 옷자락이 아닐 수도 있었다. 그런데도 등줄기에 소름이 돋았다. 나는 다리 밑을 더 살펴볼 엄두 따윈 내지 못하고 뛰다시피 다리 위를 건넜다. 무서웠다. 그것이 새라면 단숨에 날아올라 내 어깨에 발톱을 박아넣는 일이 없으란 법도 없고, 만약 내가 본 것이 누군가의 옷자락이라면, 나는 아무래도 그런 것을 본 적 없다고, 그렇게밖에 달리 말할 수가 없었다.

뛰면서 나는 속으로 재하를 불렀다. 재하를 부르면서 누나를 생각했다. 갑자기 누나가 그토록 불렀던 재하라는 이름이, 사실은 나를 불렀던 것일지도 모른다는 생각이 들었다. 어쩌면 누나는 나를 동생으로 삼고 싶었을 지도 모른다. 누나가 애초부터 우리 가족이었으면 상황은 많이 달라졌을 것이다. 울고 싶었다. 울었다. 다리를 모두 지나왔을 때부터 나는 울었다. 울며 걷고, 울며 뛰었다.

벌게진 두 뺨을 훔쳐내며 현관문을 열었다.

이제 오니.

난데없는 목소리가 나를 반겼다. 엄마의 목소리였다. 비쭉 고개부터 들이미니 식탁 앞에 앉아 있던 엄마가 허리를 뒤로 한껏 젖히며 내게 인사를 건넸다.

어디 갔다 왔어?

나는 우물거리며 그저 손으로 등 뒤를 가리키기만 했다. 등 뒤에 누나가 서 있기라도 한 것처럼 말이다.

엄마가 왜, 지금 집에?

나는 더듬거리며 물었다. 엄마가 웃었다. 그러곤 허리를 곧게 펴더니 나를 향해 환하게 웃었다. 나도 모르게 뒷걸음쳤다.

나 회사 그만뒀어.

엄마는 천장을 흘깃 바라보다가 나를 향해 손을 뻗었다.

이제부터 엄마가 우리 아들의 좋은 친구가 되어주려고.

말이 끝나기 무섭게 엄마가 식탁 위에 놓여 있던 책을 집어 들더니 내게 흔들어 보였다. 마치 내 친구 노릇을 하기 위해서 책을 읽는 사람처럼, 오로지 그것만이 삶의 목표인 사람처럼. 정작 자신도 친구 따윈 단 한 명도 없는 사람처럼 그렇게, 어색한 손 인사를 내게 막 건네고 있었다.

엄마, 우리 새 보러 갈까?

무슨 새?

나는 팔을 들어 강이 있다고 짐작되는 곳을 가리키며 대답했다. 우리가 친구 사이처럼 지내기 위한 유일한 조건인 양 간절하고 단호하게 말했다.

강에 죽은 새.

황현진

2011년 장편소설《죽을 만큼 아프진 않아》로 제16회 문학동네작가상을 수상했다.

첨벙

ⓒ 박솔뫼 백수린 송지현 오한기 윤민우 이갑수 이상우 이주란 정지돈 조수경 최정화 최진영 황현진 2014

초판 1쇄 인쇄 2014년 12월 17일
초판 1쇄 발행 2014년 12월 22일

지은이 박솔뫼 외
펴낸이 이기섭
편집인 김수영
책임편집 김준섭
기획편집 김윤정 이지은
마케팅 조재성 정윤성 한성진 정영은 박신영
관리 김미란 장혜정

펴낸곳 한겨레출판(주) www.hanibook.co.kr
주소 서울시 마포구 효창목길 6, 4층(공덕동)
전화 02-6383-1602~3
팩스 02-6383-1610
대표메일 munhak@hanibook.co.kr

ISBN 978-89-8431-865-6 03810